टेलीविजन पत्रकारिता

टेलीविजन पत्रकारिता

यश सिंघानिया

रोहिणी, दिल्ली –110089

पहला संस्करण : 2020

ISBN : 978-93-89984-41-5

प्रकाशक
प्रखर गूँज प्रकाशन
एच – 3/2, सेक्टर – 18,
रोहिणी, दिल्ली –110089
011-27851059, 7982710571, 7838505899

आवरण : **प्रवीण कसाना**

Television Patrakarita
by
Yash Singhania

Published by
PRAKHAR GOONJ PUBLICATION
H-3/2, Sector - 18, Rohini, Delhi - 110089
Contact : 7982710571, 7838505899, 011-27851059
Email : prakhargoonj@gmail.com,
sinha.neelu123@gmail.com

अपनी बात

पिछले दो दशक के दौरान देश में टेलीविजन पत्रकारिता के क्षेत्र में जबरदस्त विस्तार हुआ है। ये विस्तार केवल समाचार चैनलों की संख्या बढ़ने के रूप में ही नहीं हुआ बल्कि टेलीविजन समाचारों के बदले स्वरूप, क्षेत्र, अंदाज एवं आयाम में भी हुआ है। क्षेत्रीय भाषाओं में भी पूरी तरह समाचारों को समर्पित टेलीविजन चैनलों के आने के बाद देहात और कस्बाई क्षेत्रों की छोटी घटनाएँ भी अब टेलीविजन पर कवर की जाने लगी हैं। इस विस्तार में बड़ा योगदान डिजीटल तकनीक का है। जिसके कारण अब एक समाचार चैनल शुरू करना पहले की तुलना में काफी आसान और सस्ता हो गया है। भारत में राष्ट्रीय स्तर पर टेलीविजन समाचार चैनलों का सिलसिला अब लगभग थमने लगा है लेकिन ये क्षेत्रीय बूम की शुरुआत है। हिंदी पट्टी में बड़े टेलीविजन समूह राज्यवार चैनल आरंभ करने की तैयारी पूरी कर चुके हैं। चैनलों के मध्य अगली टीआरपी की जंग राज्यों के मैदान पर होगी।

स्वाभाविक रूप में टेलीविजन पत्रकारिता में विस्तार के फलस्वरूप देश में टेलीविजन पत्रकारिता के शिक्षण में भी पिछले दो दशक के दोरान एकाएक बूम आया है। लगभग प्रत्येक संस्थान अपने यहाँ मीडिया का पाठ्यक्रम आरंभ कर चुका है। और उसमें विशेष जोर टेलीविजन पर रहता है। पूरी एक पीढ़ी ऐसी तैयार हो गयी है जो टेलीविजन समाचारों को देखकर बड़ी हुई है और जिनमें से लगभग प्रत्येक के मन के किसी कोने में टेलीविजन एंकर या रिपोर्टर बनने का सपना विद्यमान है। शिक्षण संस्थानों में एक वर्ग ऐसा है जो युवा दिमागों में पलते सपने को अपना निशाना बनाकर सस्ते में पैसा बनाने में जुटा है। बिना किसी विशेष तैयारी के ये संस्थान छोटे-मोटे पाठ्यक्रम चलाकर मोटी कमाई में जुटे हैं। जबकि कुछ संस्थान गंभीरता से टेलीविजन शिक्षण में जुटे हैं।

लगभग यही हाल मीडिया संबंधी पुस्तकों का भी है। कुछ अरसे पहले तक बाज़ार में टेलीविजन पर केवल अंग्रेजी में पुस्तकें उपलब्ध थीं। लेकिन

अब हिंदी में आकर्षक कवर पेज और शीर्षकों वाली ढ़ेर सारी पुस्तकें उपलब्ध हैं। इसके बावजूद मीडिया छात्रों को इन पुस्तकों को खरीदने और पढ़ने के बाद निराशा ही हाथ लगती है। इसका कारण ये है कि एकाएक मीडिया विषयों पर पुस्तकें लिखने वाले अनेक लेखक प्रकट हो गये हैं। समस्या तब पैदा होती है जब इनमें से अधिकांश का मीडिया से कोई दूर का नाता भी नहीं होता। और ये अनुभवहीनता उनके लेखन में उजागर हो जाती है। अनेक पुस्तकें तो केवल समाचार पत्रों में छपे लेखों का संग्रह मात्र है। जो विचार से तो छात्रों को परिचित करती हैं लेकिन टेलीविजन पत्रकारिता को पेशेगत तकनीकी बारीकियों को नहीं समझा पातीं। दरअसल पाठ्यक्रम आधारित टेस्टबुक की घोर कमी है।

पिछले एक दशक में टेलीविजन पत्रकारिता पेशे और शिक्षण के अनुभव के आधार पर ये कहा जा सकता है कि पत्रकारिता के पेशे और शिक्षण के बीच एक फासला आज भी बना हुआ है। हालांकि ये पहले से कम हुआ है। लेकिन टेलीविजन चैनलों और शिक्षण संस्थानों के बीच आदान प्रदान के लिए एक मजबूत सेतू बनाने की आवश्यकता पहले से आज अधिक महसूस की जा सकती है। अधिकांश टेलीविजन पत्रकार इतने व्यस्त हैं कि उनसे अपने अनुभवों को पुस्तक में ढालने की उम्मीद करना बेमानी होगा और वहीं अधिकांश शिक्षक एवं पेशेवर लेखक ऐसे हैं जिन्होनें टेलीविजन में या तो काम ही नहीं किया है या उनके टेलीविजन चैनलों के निकट जाने की संभावना ना के बराबर है। नतीजा ये निकलता है कि पुस्तकें बेजान, नीरस और थोथी सी लगती हैं।

टेलीविजन पत्रकारिता नामक ये पुस्तक हमारा एक विनम्र प्रयास है छात्रों को उनके पाठ्यक्रम के अनुरूप सामग्री उपलब्ध कराने का। पुस्तक में समाचार की मूल अवधारणाओं पर चर्चा के अलावा भाषा पर विशेष बल दिया गया है। टेलीविजन समाचारों की भाषा पर केंद्रित दो अध्याय पुस्तक की सह लेखिका कीर्ति सिंह द्वारा की गई इस विषय पर शोध पर आधारित हैं। जिसमें टेलीविजन पत्रकारों द्वारा उपयोग में लाने वाले शब्दों, अभिव्यक्तियों, तुकबंदियों, मुहावरों और लोकोक्तियों का सिलसिलेवार ढंग से विश्लेषण किया गया है।

प्रत्येक अध्याय के अंत में अभ्यास कार्य के रूप में कुछ काम किया गया है जिसे यदि छात्र गंभीरतापूर्वक करें तो उन्हें ये विषय सीखने में मदद मिलेगी। इसका एक कारण ये भी है कि पत्रकारिता सिद्धांत के साथ-साथ कौशल भी है।

जिसे केवल पढ़कर या बातें करके नहीं सीखा जा सकता। कौशल करने से विकसित होगा। ये अभ्यास कार्य शिक्षण के लंबे अनुभव का परिणाम हैं। उम्मीद है ये मीडिया शिक्षकों के लिए भी उपयोगी साबित होंगे। पुस्तक के अंत में टेलीविजन पत्रकारिता में कैरियर नामक अध्याय छात्रों को इस क्षेत्र में अपना कैरियर आरंभ करने में मदद करेगा।

पुस्तक को बेहतर बनाने के लिए सभी छात्र-छात्राओं, शिक्षकों एवं पाठकों से सुझाव आमंत्रित हैं।

– यश सिंघानिया

अनुक्रम

अध्याय 1

टेलीविजन समाचार : मूल अवधारणाएं

- ☐ टेलीविजन - एक माध्यम के रूप में
- ☐ टेलीविजन की सीमाएं
- ☐ टेलीविजन न्यूज स्टोरी
- ☐ समाचार के तत्व
- ☐ समाचार स्रोत
- ☐ समाचार मूल्य
- ☐ टेलीविजन कार्यक्रमों के रूप

टेलीविजन - एक माध्यम के रूप में

टेलीविजन तकनीक के विकास में अनेक वैज्ञानिक खोजों का योगदान रहा है। वैसे भी टेलीविजन संचार के कई माध्यमों से मिलकर बना है। इसमें जहां रेडियो तकनीक के जरिये आवाज़ का प्रयोग किया जाता है, वहीं रंगीन तस्वीरों को भी प्रसारित किया जाता है। गतिमान तस्वीरों को कैमरे में कैद कर लेना और फिर उसको अपने अनुसार संपादित करने की तकनीक भी टेलीविजन के निर्माण में काफी उपयोगी रही। एक दृष्टिकोण से तो टेलीविजन मल्टीमीडिया की तरह काम करता है क्योंकि हम इसमें एक साथ देखते, सुनते और पढ़ते हैं। अनेक तकनीकों को समेटे होने के बावजूद ये सवाल भी बार-बार उठता है कि टेलीविजन की अपनी ऐसी क्या विशेषताएं हैं जो इसे दूसरे माध्यमों- रेडियो, सिनेमा और प्रिंट मीडिया से अलग पहचान देती हैं।

टेलीविजन मूलतः एक दृश्य माध्यम है। यही दृश्य इसे रेडियो से अलग करते हैं। इसमें आवाज़ के रूप में बोले गये शब्द और संगीत दृश्यों के सहयोगी का काम करते हैं। उनका अलग से कोई वजूद अक्सर नहीं होता। जैसे समाचारों में अगर किसी खबर के दृश्य नहीं हैं तो दर्शकों के लिए वो लगभग रेडियो पर समाचार सुनने जैसा ही होगा। लेकिन अगर दृश्य हमारे पास मौजूद हैं और नैरेशन नहीं है तो भी दर्शक उस कहानी को समझ पाने में समर्थ होंगे। शब्दों का महत्व दृश्यों को विशेष अर्थ देने में हैं। टेलीविजन में दृश्यों का होना ही उसकी सबसे

बड़ी खासियत और ताकत है। इसी कारण टेलीविजन अन्य संचार माध्यमों पर भारी पड़ता है। आज भी लोग सुनी-सुनाई बातों की अपेक्षा आंखों देखी बातों पर ज्यादा भरोसा करते हैं।

दृश्य माध्यम

एक चीनी कहावत है कि एक तस्वीर हज़ार शब्दों को बयां करती है। टेलीविजन पर दिखाए जाने वाले कितने ही दृश्य इसी तरह कुछ न कुछ कहकर बहुत कुछ कह जाते हैं और इसका सबसे ज्यादा फायदा उस वक्त होता है जब समाचारों में घटना के दृश्यों से तो रूबरू करवाया जा सकता है परन्तु उस घटना के बारे में तथ्यात्मक एवं विस्तृत जानकारी उपलब्ध नहीं है। अगर ये कहा जाए कि शब्द और दृश्य मिलकर ही टेलीविजन की भाषा बनते हैं तो यह भी गलत नहीं होगा।

एक दृश्य माध्यम के रूप में टेलीविजन की भाषा की व्याख्या करें तो यह लगभग व्याकरण के नियमों से ही मेल खाती है। जिस तरह शाब्दिक भाषा में तैंतीस अक्षर और तेरह व्यंजन हैं जिनको व्याकरण के नियम से जोड़कर हम अलग-अलग शब्द बनाते हैं और शब्दों से वाक्य बनते हैं जो एक ख़ास अर्थ देते हैं। ठीक इसी तरह छोटे विजुअलों को एक विशेष क्रम में जोड़कर एक ख़ास मतलब दिया जा सकता है।

इसी प्रकार हम टेलीविजन का इस्तेमाल केवल संगीत सुनने के लिए नहीं करते बल्कि गानों को सुनने के साथ-साथ उनका फिल्मांकन देखने के लिए करते हैं और जब-जब हमारी आंखे रोचक दृश्यों में खो जाती हैं वहीं हमारे कान संगीत को उतनी तन्मयता और ध्यान से नहीं सुन पाते जितना कि म्यूजिक सिस्टम में। साथ ही ज्यादातर टेलीविजन सेटों में स्पीकर छोटे और साधारण ही होते हैं जिनका मुख्य उद्देश्य संगीत की बारीकियां सुनना नहीं होता। ये भी उतना ही सही है कि टेलीविजन बनाने वाली कंपनियां दिनोंदिन आवाज पर भी पहले से अधिक ध्यान दे रही हैं।

सिनेमा की तुलना में टेलीविजन का पिक्चर रिजोल्यूशन कम होता है। फिल्म का पर्दा बड़ा है और उसे वास्तविक जीवन से बड़ा कहा जाता है और टेलीविजन के विजुअल छोटे और वास्तविक जीवन से छोटे होते हैं। टेलीविजन की इसी मज़बूरी के चलते इसमें क्लोज अप शोट्स का भरपूर इस्तेमाल किया जाता है इस कारण इसे 'क्लोजअप मीडियम' कहा जाता है। बोलते व्यक्तियों के क्लोज अप शोट्स यानी 'टॉकिंग हेड्स' की मदद से ही ढेर सारे धारावाहिक और समाचार कार्यक्रम बनाए जाते हैं। जबकि बड़ा पर्दा होने के कारण सिनेमा में लोंग शोट्स अधिक प्रयोग किये जा सकते हैं। टेलीविजन के छोटे पर्दे पर लाँग शोट्स में डिटेल

खो जाती हैं। उदाहरण के लिए संजय लीला भंसाली की फिल्म देवदास में सेट्स की भव्यता इसे टेलीविजन पर देखने के दौरान मर जाती है।

टेलीविजन की ताकत इसके विजुअल इसलिए भी हैं क्योंकि मनुष्य के मस्तिष्क में पढ़े और सुने हुए शब्दों की तुलना में देखे गये दृश्य अधिक समय तक बने रहते हैं। कई बार तो ये दृश्य हमारी याददाश्त में ताउम्र बने रहते हैं। इसी शक्ति को पहचानते हुए समाचारपत्र भी आजकल अधिकाधिक विजुअल होते जा रहे हैं। बड़े-बड़े रंगीन फोटो आजकल पत्रों में सामान्य हो गये हैं। इसे पत्रों पर टेलीविजन का दबाव भी कहा जा सकता है। लेकिन विजुअल के इतने अधिक महत्व के बावजूद हम टेलीविजन में नैरेशन यानी वायस ऑवर को भी कम करके नहीं आंक सकते क्योंकि शाब्दिक भाषा की तुलना में दृश्यों की भाषा उतनी सधी हुई नहीं होती। एक ही मूक टेलीविजन दृश्य के अनेक व्यक्ति अलग-अलग अर्थ निकाल सकते हैं। दृश्यों के अर्थ बांधने के लिए भी नैरेशन का उपयोग किया जाता है। इसके अलावा टेलीविजन दृश्यों की अपनी सीमा भी है, जिन्हें पूरा करने के लिए शब्दों की आवश्यकता पड़ती है। जैसे केबिनेट की बैठक के दृश्य से बताते हैं कि कौन-कौन लोग उपस्थित हैं लेकिन बैठक कहां, कब और क्यों हो रही है ये नहीं बताते। बैठक में लिए गए फैंसलों को विस्तार से बताने के लिए भी नैरेशन का ही सहारा लेना पड़ता है, लेकिन इस सबके बावजूद विजुअल्स शब्दों पर भारी पड़ते हैं।

भावनात्मक माध्यम

किसी घटना या व्यक्ति से हम सबसे ज़्यादा तब प्रभावित होते हैं जब या तो हम घटना स्थल पर मौजूद हों या फिर किसी माध्यम ने घटना का ब्यौरा ज्यों का त्यौं पेश कर दिया हो। वाचिक परंपरा के समय किस्सागो घटना का ब्यौरा गांव-गांव जाकर सुनाते थे और हर बार उसके विवरण में कुछ जोड़-घटा हो जाता था और फिर एक मुंह से दूसरे मुंह जाते-जाते कई बार तो तथ्यों के साथ अच्छा खासा खिलवाड़ भी हो जाता था। प्रिंट माध्यम आने के बाद मानकीकरण की संभावना बनी, अब समाचार एक ही रूप में हजारों लोगों के पास पहुंचने लगे। यही काम रेडियो से भी संभव हुआ। लेकिन इन माध्यमों की भी एक सीमा थी, तथ्यों को तो इनके द्वारा अच्छी तरह प्रसारित किया जा सकता था लेकिन जहां एक भावनात्मक संचार की बात है, उसमें कहीं ना कहीं कोई कमी अखरती थी। मुद्रित माध्यम में शब्द चित्रों की मदद ली जाती है तो रेडियो में स्वर में बदलाव और पृष्ठभूमि संगीत आदि की मदद ली जाती है।

टेलीविजन ने अपने रंगीन गतिमान और रोचक विजुअल्स की मदद से

भावनाओं के संप्रेषण में रेडियो और प्रिंट माध्यमों को पीछे छोड़ दिया। भूकंप के बाद बांटे जाने वाले खाने के दौरान लोगों का भोजन पर बुरी तरह टूट पड़ना अगर टेलीविजन पर दिखा दिया जाए, तो सारे शब्द धरे के धरे रह जाते हैं या फिर युद्ध के दौरान बिलखती मां और बच्चे के क्लोजअप किसी भी दर्शक को उद्वेलित करने के लिए पर्याप्त हैं। इसी प्रकार ग्यारह सितम्बर के अमेरिकी विश्व व्यापार केन्द्र के दो टावरों के टकराने के विजुअल सालों तक दर्शकों के जहन में ताज़ा रहेंगे। भारत में कारगिल युद्ध और भुज का भूकंप ऐसी घटनाएं हैं जिनके दौरान पहली बार टेलीविजन की ताकत को इस रूप में पहचाना गया। धुंआधार लाइव कवरेज के कारण ही पूरे देश ने मानसिक तौर पर करगिल युद्ध लड़ा और खूब आर्थिक मदद दी। यही नज़ारा भूकंप के बाद राहत कार्यों में मदद के दौरान भी रहा।

वास्तविकता का माध्यम

दृश्यों की संचार प्रक्रिया भी शब्दों की संचार प्रक्रिया से काफी भिन्न है। जब हम सेब शब्द समाचारपत्र में पढ़ते हैं तो हमारे मन में सेब के फल का ख्याल तुरंत ही आ जाता है। यहां सेब शब्द और वास्तविक फल में कोई तार्किक सम्बन्ध नहीं है लेकिन संचार की सुविधा के लिए सभ्यता के विकास के दौरान मनुष्य ने वस्तुओं को अलग-अलग पहचान देने के लिए उन्हें अलग-अलग ध्वनि और लिखित संकेत दे दिये हैं। लेकिन यहां एक बात गौर करने लायक है कि सुने और पढ़े हुए सेब शब्द से हमारे मन में वही सेब आएगा जो हमने इससे पहले देखा होगा और अगर किसी ने सेब देखा ही नहीं है तो उसके लिए कल्पना करना काफी मुश्किल होगा। यानी इस प्रकार के **सिग्नीफाइर** और **सिग्नीफाइड** में काफी अन्तर होने की वजह से संचार में काफी मुश्किलें आती हैं। शाब्दिक भाषा की एक मुश्किल ये है कि इसको समझने के लिए उस भाषा की एक न्यूनतम समझ होना आवश्यक है, जबकि दृश्यों की भाषा सार्वभौमिक है जो किसी ट्रेनिंग की मांग नहीं करती। दृश्य संचार से ये प्रक्रिया अलग है क्योंकि वास्तविक चीज या तो छपी हुई दिखा दी जाती हैं या फिर उसका मूविंग विजुअल टेलीविजन पर दिखा दिया जाता है। टेलीविजन की इस विशेषता के कारण हम इसे वास्तविकता के करीब मीडियम मानते हैं। यानी इसमें सिग्नीफायर वास्तविक सिग्नीफाइड के पूरी तरह ना भी कहें तो काफी करीब होता है। हालांकि पूरी वास्तविकता दिखाने का दावा तो टेलीविजन नहीं कर सकता फिर भी ये सिनेमा को छोड़कर वर्तमान दूसरे माध्यमों की तुलना में काफी असली है।

टेलीविजन में हम कैमरे की आंख से देखते हैं। ये देखना अपनी आंखों से देखने से अनेक अर्थों में भिन्न है। आंखों की तुलना में कैमरे के पास कई सुविधाएं

है तो वहीं कुछ सीमाएं भी हैं। जिस गति से हम आंखों से ऊपर नीचे, दाये-बांये देख पाते हैं या फिर अंधेरे-उजाले में देख पाते हैं। उतने मुक्त रूप में कैमरा घटनाओं को रिकोर्ड नहीं कर पाता। कैमरे से धीरे-धीरे पैन और टिल्ट शोट्स बनाने पड़ते हैं। वहीं, चीजों पर ज़ूम करके क्लोज अप में देखने की कैमरे की विशेषता हमारी आंख में नहीं होती। विभिन्न प्रकार के रिकोर्डिड विजुअल को एक खास क्रम में हम टेलीविजन पर देखते हैं और उस क्रम को रखने का भी अपना एक विशेष व्याकरण है। इसलिए टेलीविजन - रिलायटी का अपना एक मिथक गढ़ता है, जो वास्तविक दुनिया से अलग होता है। समाचारों में लाइव प्रसारणों की बढ़ती संख्या ने इस विचार को बल दिया है कि टेलीविजन घटनाओं का अधिक सच्चा चित्रण करता है।

क्लोज अप माध्यम

टेलीविजन ने विजुअल के माध्यम से संचार करने का सारा विज्ञान सिनेमा से सीखा है। लेकिन समयांतर में टेलीविजन ने इस कला में अपना योगदान भी किया और इसे अधिक समृद्ध बनाया। छोटे स्क्रीन की अपनी कमजोरी को छुपाने के लिए टेलीविजन ने अपने विजुअल का साइज बड़ा कर दिया और क्लोज अप शोट्स की संख्या बढ़ा दी। वहीं सिनेमा की तुलना में टेलीविजन ने बोलते हुए शब्दों का अधिक प्रयोग करना उचित समझा। इसके अलावा सिनेमाई एडिटिंग के नियमों को थोड़ा ढ़ीला करते हुए उन्हें ज्यादा आसान बनाया। टेलीविजन में क्लोज अप शोट्स की बहुलता के कारण कई बार इसे क्लोज अप मीडियम भी कहा जाता हैं।

सभी तरह के शोट्स का अपना औचित्य होता है। इसी प्रकार क्लोज अप शोट्स भी हम तभी दिखाते हैं जब हम किसी बात पर अधिक बल देना चाहते हैं या फिर दर्शक का ध्यान वस्तु-विशेष की ओर आकर्षित करना चाहते हैं। क्लोजअप शोट्स टेलीविजन की जरूरत है। अत्यधिक क्लोज अप शोट्स के कारण टेलीविजन अनेक बार घटनाओं को व्यापक संदर्भ में ना दिखा कर सच्चाई का एक पहलू ही दिखा पाता है या कई बार क्लोज अप में चीजों को दिखाकर उन्हें जरूरत से ज्यादा बड़ा करके दिखाता है। खबरों में इसका बुरा परिणाम निकलकर सामने आता है। जैसे झगड़े की रिपोर्टिंग में अगर एक व्यक्ति की छोटी सी चोट से निकलते खून का क्लोज अप बार-बार या अधिक समय तक दिखाया जाए तो दर्शकों के मन में एक छाप ये पड़ती है कि बड़े पैमाने पर खून खराबा हुआ है। इसी तरह समाज में बुरी घटनाओं के क्लोजअप अधिक दिखाने से ये भाव उभरता

है कि सारा समाज खराब हो गया है जो कि आधा सच है पूरा नहीं।

टेलीविजन की सीमाएं

समय गुजरने के साथ-साथ अब टेलीविजन की सीमाएं भी सामने आने लगी हैं। विजुअल टेलीविजन की सबसे बड़ी ताकत होने के साथ-साथ इसकी सबसे बड़ी कमजोरी भी है क्योंकि अनेक ऐसी घटनाएं हैं जिनको हम दृश्यों की मदद से नहीं दिखा सकते जैसे अगर किसी संगठन ने शहर में लड़कियों के पैंट पहनने पर रोक लगाने की घोषणा कर दी है तो इसके घटना के दृश्य उस संगठन के नेता के केवल बयान ही हो सकते हैं। अनेक ऐसे मसले भी हैं जिनके विजुअल उपलब्ध होना मुश्किल हैं ऐसे में हम उनके स्थान पर कामचलाऊ दृश्य दिखाकर खबर को पूरा कर देते हैं। भारत में ये बात इसलिए भी महत्वपूर्ण है क्योंकि यहां अभी चैनलों के पास सीमित कैमरा टीम ही हैं और हर तरह के विजुअल इकट्ठा कर पाना काफी मंहगा होने के साथ-साथ मुश्किल भी है। यही कारण है कि दूरदराज की घटनाओं या ग्रामीण अंचलों के विजुअल टेलीविजन समाचारों में कम ही दिखाई देते हैं और टेलीविजन पर घूम-फिरकर चंद बड़े शहरों की खबरें छायी रहती हैं। विजुअल की इसी सीमा के चलते ही हमें आकस्मिक घटनाओं के विजुअल भी नहीं मिल पाते और ज्यादातर विजुअल घटना घट जाने के बाद के ही होते हैं। इसका एक कारण ये भी है कि भारत में विदेशों की तरह शौकिया कैमरा रखने वालों की संख्या भी ना के बराबर है।

विजुअल मीडियम होने के कारण टेलीविजन हमेशा नये-नये रोचक फुटेज की मांग करता है और टेलीविजन पर जाने-अनजाने जिस समाचार में सनसनीखेज और रोचक विजुअल होते हैं उसे अधिक महत्व मिलता है और विजुअल के मामले में कमज़ोर घटना महत्वपूर्ण होते हुए भी कम समय शामिल की जाती है। परिणामस्वरूप फिल्म और फैशन जैसे मुद्दे टेलीविजन पर छाये रहते हैं। इस संदर्भ में भारतीय विमान के कंधार अपहरण कांड का उदाहरण गौर करने लायक है। इस घटना के विजुअल उपलब्ध नहीं थे और घटना काफी महत्वपूर्ण थी। ऐसे में टेलीविजन चैनल खासकर उस समय मुश्किल में पड़ गये जब उन्होंने सारी खबर रोककर केवल कंधार मामले को दिखाना शुरू कर दिया। इस घटना के जो दो-तीन मिनट के जो विजुअल थे वो एक विदेशी कैमरापर्सन ने कंधार एयरपोर्ट पर लिये थे। ये भारतीय विमान और उससे उतरते एक आतंकवादी के शोट्स थे। केवल इन्हीं दो-तीन दृश्यों को कितनी बार दोहराया जाता। बदले में ज्यादातर चैनलों ने स्टूडियो में मेहमान बुलाकर इस मुद्दे पर चर्चा शुरू कर दी, जबकि दर्शक घटना

देखना चाहते थे। इसके अलावा अपहृत विमान यात्रियों के रिश्तेदारों द्वारा किए गए प्रदर्शनों को भी अत्यधिक फुटेज दिया गया। जिस कारण सरकार भी दबाव में आ गयी और यात्रियों को छुड़ाने के लिए खूंखार आतंकवादियों को छोड़ दिया गया। इस घटना की टेलीविजन कवरेज की बाद में काफी आलोचना की गयी।

ठीक इसी प्रकार उल्काओं के पृथ्वी के पास से गुजरने की घटना को लाइव प्रसारित करने का फैसला किया गया तो चैनल दर्शकों को आधा घंटे भी नहीं बांध सके क्योंकि अंधेरे आसमान के लाइव प्रसारण को दर्शक कितना झेल पाते। बाद में टेलीविजन पत्रकारों को अपनी गलती का अहसास हुआ कि इस प्रकार की घटना का प्रसारण लाइव करने का कोई ख़ास औचित्य नहीं है। पाकिस्तानी राष्ट्रपति परवेज मुशर्रफ की भारत यात्रा के दौरान भी इसी प्रकार की घटना घटी। लाइव प्रसारणों के दौरान जब विजुअल की कमी पड़नी शुरू हुई तो एंकरों और विशेषज्ञों ने दोनों नेताओं की भावभंगिमाओं का विश्लेषण करके कयास लगाने शुरू कर दिये।

टेलीविजन न्यूज स्टोरी

आदिम काल से मनुष्य में नई जानकारियां जानने की अदम्य आकंक्षा रही। शायद यही कारण है कि आधुनिक युग में भी सूचनाओं का विशाल कारोबार चल रहा है। जब भी हम एक-दूसरे से मिलते हैं तो पूछते हैं कि क्या नया चल रहा है? क्या समाचार हैं? या फिर क्या हो रहा है? ये दरअसल उसी जिज्ञासा को दर्शाता है जिसमें हम आस-पास होने वाली नई घटनाओं को जानना चाहते हैं। समाचार सापेक्ष हैं। अलग-अलग समाचार अलग-अलग व्यक्तियों के लिए महत्वपूर्ण हो सकते हैं। ऐसा हो सकता है कि एक सूचना किसी व्यक्ति के लिए बड़ी खबर है तो दूसरी सूचना उसके लिए कोई खबर ही नहीं है।

अंग्रेजी का शब्द 'न्यूज' लेटिन भाषा के शब्द 'नोवा' से बना है जिसका अर्थ होता है नया। NEWS एकवचन शब्द है। जानकारी के अभाव में कुछ लोग इसे न्यू का बहुवचन भी मान लेते हैं। दुनिया भर में विद्वानों ने न्यूज को अलग-अलग तरीके से परिभाषित किया है। कुछ लोगों के मुताबिक North, East, West & South में घटित होने वाली घटनाएं NEWS कहलाती हैं।

जबकि कुछ लोगों का जोर ऐसी सूचनाओं पर है जो सामान्य से हटकर हैं। जब एक कुत्ता आदमी को काटता है तो यह समाचार नहीं बनता, जबकि आदमी कुत्ते को काटता है तो यह एक समाचार बनता है। यानी ऐसी सूचनाएं जो सामान्यतः नहीं घटती।

□ नई और रोचक सूचनाएं समाचार बनाती हैं।

□ जब कोई व्यक्ति दूसरों से कुछ छुपाना चाहता है तो वह दूसरों के लिए समाचार बनती है।

□ समाचार किसी घटना, विचार एवं समस्या के बारे में ऐसी सामयिक सूचना है जो बड़ी संख्या में या तो लोगों को प्रभावित करती है या फिर काफी लोगों की इसमें रूचि होती है।

टेलीविजन पत्रकारिता भी एक अर्थ में सूचनाओं का कारोबार है जिसमें पत्रकार एक माध्यम विशेष के सहारे बड़े श्रोता समुदाय तक खबरों को पहुंचाता है। वह खबरों की मार्केटिंग करता है और इस काम में वह सूचनाओं की पैकेजिंग भी करता है। उनको एक विशेष अंदाज में पेश करता है ताकि वो दर्शकों को अधिक पसंद आये। कुछ पत्रकार तो यहां तक कहते हैं कि जो कुछ वे टेलीविजन पर दिखाते हैं, दरअसल वही न्यूज है। इसमें कुछ हद तक उनका अहंकार झलकता है क्योंकि अनेक घटनाएं ऐसी होती हैं जिन्हें कोई भी माध्यम कवर नहीं करता। इसलिए वे खबर के दायरे से बाहर रह जाती हैं। इसके विपरीत कुछ महत्वहीन गौण घटनाएं अपने स्वरूप के विपरीत बड़ी राष्ट्रीय खबरें बना दी जाती हैं।

बाजार समाचार को अपने तरीके से परिभाषित करता है। बाजार समर्थक विद्वानों के मुताबिक खबर एक उत्पाद है और जो भी सूचना बाजार में बेची जा सकती है वह समाचार है। जिस सूचना में बिकने की संभावना अधिक है वह बड़ी खबर है और जो सूचना महत्वपूर्ण होने के बावजूद बाजार में आसानी से बेची नहीं जा सकती या उसके खरीददार (दर्शक) नहीं हैं, वह छोटी खबर है। उदाहरण के तौर पर फिल्म और फैशन उद्योग से सम्बन्धित समाचारों में दृश्यात्मकता होने के कारण टेलीविजन समाचारों में उन्हें अधिक समय दिया जाता है। जबकि विकास प्रक्रिया सम्बन्धी समाचारों को अधिक महत्व नहीं दिया जाता है।

समाचार के तत्व

आरंभ से ही पत्रकारिता में समाचार के प्रमुख तत्वों को छह ककारों (क्या, कब, कहां, कौन, कैसे और क्यों) में समझा जाता है। यानी समाचार लिखते वक्त घटना विशेष से जुड़े हुए छह प्रश्नों का जवाब देने की कोशिश की जाती है। उदाहरण के लिए एक डॉक्टर के अपहरण के विरोध में भोपाल में सभी डॉक्टर हड़ताल पर चले गये। अब इस घटना में छह ककार इस प्रकार हो सकते हैं-

1. **क्या**-दर्शक के मन में सबसे पहले यही प्रश्न उठता है कि क्या हुआ। यह समाचार का सबसे महत्वपूर्ण हिस्सा है। कोई घटना, विचार या समस्या जिससे कि समाचार बनता है। सामान्यतः टेलीविजन रिपोर्टर

घटना को कैमरे से रिकार्ड करते हैं, या फिर घटना स्थल पर मौजूद लोगों से उनके विचार जानते हैं ताकि यह पता लगाया जा सके कि क्या घटना हुई। डॉक्टर का अपहरण और उसके बाद हुई डॉक्टरों की हड़ताल घटना का प्रमुख पहलू है।

2. **कब**-उसके बाद प्रश्न उठता है कि घटना कब हुई। यह बताने के लिए पत्रकार आज, कल, परसों, सुबह, दोपहर, शाम या रात इत्यादि बताकर दर्शकों को घटना के समय की सूचना देता है। उदाहरण के लिए डाक्टर का अपहरण कल हुआ था और डॉक्टर आज हड़ताल पर चले गये।

3. **कहां**-यह प्रश्न भी महत्वपूर्ण है कि घटना कहां हुई। क्योंकि स्थान का पता लगने के बाद ही दर्शक उस घटना को एक संदर्भ विशेष में समझ पाते हैं। यदि घटना स्थल उसके काफी करीब है और उससे जुड़ा हुआ है तो वह उसके लिए अधिक महत्वपूर्ण समाचार है, और यदि दूर की घटना है तो हो सकता है वह उसको उतना महत्व न दे। डॉक्टर का अपहरण और हड़ताल भोपाल शहर की घटना है। स्वाभाविक है कि भोपाल के लोगों पर इसका सीधा असर पड़ेगा और यहाँ के लोगों की इस खबर में सबसे अधिक रूचि होगी। जबकि कश्मीर के लोग इस खबर को सामान्य रूप से ही लेंगे।

4. **कौन**-सामान्य घटनाओं में कौन का प्रश्न थोड़ी देर बाद आता है। आम दर्शक इस तथ्य में इतना रूचि नहीं दिखाते कि अपहरण किस डॉक्टर का हुआ है। लेकिन डॉक्टर यदि नामी-गिरामी है तो कौन की जानकारी अपने आप महत्वपूर्ण हो जायेगी। डॉक्टरों की हड़ताल भी एक पेशे में लगे लोगों की हड़ताल के रूप में ली जायेगी न कि किसी व्यक्ति विशेष की।

5. **कैसे**-घटना जानने के बाद दर्शकों के मन में यह सवाल उठना भी स्वाभाविक है कि आखिर अपहरण की घटना को किस प्रकार अंजाम दिया गया। यह घटना के अधिक विवरण से पता चलेगा कि अपहरण की घटना कैसे हुई। हो सकता है कि शुरूआत में यह विवरण उपलब्ध न हो, लेकिन धीरे-धीरे सूचनाओं का विवरण मिलने के बाद पत्रकार खबरों में कैसे का जवाब देने की कोशिश करते हैं। यह संभव है कि शुरूआती समाचार कैसे का जवाब पूर्ण रूप से न देते हों।

6. **क्यों**-दर्शकों के मन में समाचार देखने के बाद विश्लेषण की प्रक्रिया भी शुरू हो जाती है। वे यह भी उम्मीद करते हैं कि समाचार न केवल सूचनाएं दें बल्कि सूचनाएं क्यों घटित हो रही हैं इस बात का भी उत्तर दें। अक्सर पत्रकार घटनाओं की रिपोर्टिंग करते समय क्यों का जवाब देने

से बचते हैं क्योंकि जब तक घटनाओं के पीछे दोषी कारकों का पता न चले तब तक किसी प्रकार की गलत सूचना देना सही नहीं होगा। डॉक्टर के अपहरण के पीछे प्रमुख कारण फिरौती वसूलना है और यदि अपहरणकर्त्ताओं का इस बारे में फोन आ गया है तो यह जानकारी स्पष्ट होगी या फिर घटना के चश्मदीद गवाहों के विवरण के मुताबिक अपहरण-फिरौती के लिए किये जाने के संकेत मिलते हैं। अन्यथा अटकलबाजी के आधार पर अपहरण के कारणों को लेकर किसी प्रकार की टीका-टिप्पणी ठीक नहीं होगी। अन्ततः इससे समाचार की विश्वसनीयता ही कम होगी।

समाचार स्रोत

देश-दुनिया में निरंतर लाखों घटनाएं घटती रहती हैं। लेकिन समाचार चैनल उनमें से कुछ ही घटनाओं को खबर बनाता है। समाचार स्रोतों को प्रमुख रूप से दो हिस्सों में बाटा जा सकता है। पहले स्रोत वे हैं जिनके द्वारा चैनल के बाद समाचार आते हैं और दूसरे प्रकार के स्रोत वे हैं जहां से एक रिपोर्टर के पास खबरें आती हैं।

चैनल के स्रोत

1. **स्टाफ रिपोर्टर**-चैनलों पर दिखाये जाने वाले समाचारों में सबसे अधिक संख्या ऐसी खबरों की होती है जो चैनल के स्टाफ रिपोर्टरों द्वारा इकट्ठा किये गये होते हैं। एक राष्ट्रीय चैनल के देश भर में ब्यूरो आफिस होते हैं। राज्यों की राजधानी के अलावा छोटे शहरों में भी रिपोर्टर रखे जाते हैं। ये रिपोर्टर चैनल के पे-रोल पर होते हैं और कैमरा, वाहन इत्यादि का खर्च चैनल द्वारा उठाया जाता है। इसके अलावा जिलों में अंशकालिक संवाददाता भी होते हैं जिनको स्टोरी आधार पर भुगतान किया जाता है।

2. **समाचार एजेंसियां**-अन्तरराष्ट्रीय समाचारों के लिए भारतीय चैनल न्यूज एजेंसी पर निर्भर करते हैं क्योंकि पूरी दुनिया में अपने रिपोर्टर नियुक्त करना काफी मंहगा साबित होगा। रायटर की विजुअल फीड की मदद से अधिकांश चैनल विदेशी खबरें तैयार करते हैं। एकमात्र भारतीय विजुअल एजेंसी एशियन न्यूज इंटरनेशनल (ANI) समाचार चैनलों को एक्सक्लूसिव खबरें उपलब्ध कराती हैं। इसके अलावा प्रेस ट्रस्ट आफ इंडिया (PTI) और यूनाइटेड न्यूज आफ इंडिया (UNI) प्रिंट न्यूज एजेंसीज हैं। जो लगातार खबरें प्रसारित करते रहते हैं। चैनल के आफिस में सभी कम्प्यूटरों पर न्यूज एजेंसी के कनेक्शन होते हैं जिनकी मदद

से पत्रकार समय-समय पर खबरों के अपडेट लेते रहते हैं। क्रालर पर चलने वाले अधिकांश एक लाईन वाले समाचार न्यूज एजेंसी की मदद से ही बनाये जाते हैं।

3. **न्यूज फीचर सर्विस**-कई देश अपना प्रचार करने के लिए फीचर सर्विस चलाते हैं। इसके तहत ये देश अपने यहां की रोचक खबरों की विजुअल फीड मुफ्त में चैनलों को समय-समय पर उपलब्ध कराते हैं। जैसे अमरीकी सूचना केन्द्र (USIS) इस प्रकार की न्यूज फीचर एजेंसी चलाता है। चैनलों को जो भी स्टोरी पसन्द आ जाती है उसे वे प्रसारित कर देते हैं।

4. अन्य टेलीविजन चैनल-आजकल एक टेलीविजन चैनल भी दूसरे चैनल के समाचारों के प्रमुख स्रोत बन गये हैं। जब-जब किसी घटना विशेष के विजुअल किसी एक चैनल के पास होते हैं तो बाकी चैनल भी उन तस्वीरों को उस चैनल का नाम देते हुए दिखाना शुरू कर देते हैं। उदाहरण के तौर पर चन्दन तस्कर वीरप्पन की तस्वीरें केवल सन टीवी के पास थीं तो बाकी के चैनलों ने भी सौजन्य सन टीवी का टैग लगाकर वे तस्वीरें दिखाईं। इसी प्रकार इराक युद्ध के दौरान अलजजीरा चैनल पर प्रसारित ओसामा बिन लादेन के इंटरव्यू को दुनिया भर में टेलीविजन चैनलों ने दिखाया। लेकिन इस प्रकार किसी दूसरे चैनल की विजुअल फुटेज एक अवधि से अधिक दिखाना गैर कानूनी है। क्रिकेट मैच की तस्वीरें इस प्रकार दिखाने को लेकर खेल चैनलों ने समाचार चैनलों के खिलाफ कोर्ट में केस दायर कर दिया था क्योंकि क्रिकेट मैच दिखाने के अधिकार खेल चैनल करोड़ों रुपये देकर खरीदते हैं और इस प्रकार बिना अनुमति और भुगतान के मैच के विजुअल कुछ भारतीय चैनलों ने विदेशी चैनलों के साथ करार भी किये हुये हैं। जिसके तहत वे चैनल दुनिया भर की खबरों को उपलब्ध कराते हैं। बदले में भारतीय चैनल उन्हें भारत की खबरें उपलब्ध कराते हैं।

5. **अन्य माध्यम**- कंवर्जेंस के इस दौर में सभी माध्यम एक-दूसरे से कन्टेंट का आदान-प्रदान कर रहे हैं। टेलीविजन चैनलों में अखबार, रेडियो और इंटरनेट की मदद लेना आम बात है। इसी प्रकार अखबारों के कार्यालय में भी रात को टीवी चैनलों की हेडलाईन देखकर मुख्य पृष्ठ तैयार किया जाने लगे है। लेकिन इस आदान-प्रदान में सबसे आगे इंटरनेट है जो न केवल संदर्भ मुहैया कराता है बल्कि सूचनाएं भी त्वरित गति से उपलब्ध कराता है।

6. **आमंत्रण-पत्र**-समाचार चैनलों के प्रमुख कार्यालयों और ब्यूरो आफिसों में लगातार आमंत्रण-पत्र आते रहते हैं। लोग विभिन्न कार्यक्रमों, धरना, जुलूसों, सेमीनारों आदि की कवरेज के लिए चैनल को आमंत्रित करते हैं। प्रमुख प्रेस कान्फ्रेंस के आयोजन से पहले भी पत्रकारों को औपचारिक आमंत्रण दिया जाता है। ये आमंत्रण टेलीफोन, फैक्स, ई-मेल, कार्ड या पत्र के रूप में भी हो सकता

है। समन्वय डेस्क के पत्रकार आमंत्रण-पत्रों के ढेर से समाचार बनने लायक उपयोगी घटनाओं के आमंत्रण छांटते हैं और रिपोर्टर को उसे कवर करने के लिए भेजते हैं।

7. बेनामी टेलीफोन सूचनाएं-समाचार चैनल आजकल अपने आफिसों के टेलीफोन नम्बर दर्शकों को बताते रहते हैं। वे दर्शकों को सूचनाएं देने के लिए आमंत्रित भी करते हैं। नतीजा यह निकलता है कि जागरुक दर्शक अपने आस-पास कोई अनहोनी घटना होते ही तुरन्त चैनल के पास फोन कर देते हैं क्योंकि कोई भी चैनल सब जगह अपने पत्रकारों को तैनात नहीं कर सकता। दुर्घटनाओं के मामले में इस प्रकार के बेनामी फोन काल्स काफी उपयोगी साबित होते हैं। लेकिन ऐसी सूचनाओं को बिना क्रास चैक किये सच नहीं मान लेना चाहिए क्योंकि कई बार शरारती तत्व इसका गलत फायदा भी उठा लेते हैं।

8. **जागरुक नागरिक**- डिजीटल तकनीक ने छोटे घरेलू वीडियो कैमरों को काफी सस्ता बना दिया है। आम नागरिक भी अब अनोखी खबर बनने लायक घटनाओंको अपने हैंडीकैम में रिकार्ड करने लगे हैं। समाचार चैनलों ने जब 2005 में पहली बार बरसात की तबाही की तस्वीरें मुम्बई के लोगों से आमंत्रित की तो अनेक उपयोगी फुटेज नागरिकों ने भेजी, जिन्हें चैनल पर दिखाया गया। इसी प्रकार दिल्ली के एक नागरिक ने अपने घर की खिड़की से पड़ोस में रिश्वत लेते पुलिस जवानों को अपने कैमरे में कैद कर लिया और बाद में उसे एक चैनल को दे दिया। कई बार विरोधी लोग भी एक-दूसरे के काले कारनामों का पर्दाफाश कराते हैं। इस प्रकार की खबरों को दिखाने से पहले चैनल उसके सभी पहलुओं की पूरी जांच-पड़ताल कर लेते हैं।

9. **सूचनादाता**-किसी भी चैनल के लिए देश-दुनिया में हर स्थान पर अपने कर्मचारियों को नियुक्त करना संभव नहीं है। ऐसे में कुछ चैनल इनफार्मर रखते हैं। इनका काम केवल चैनल को घटना की सूचना देना होता है। यदि चैनल को लगे कि वह घटना महत्वपूर्ण है और कवर करने लायक है तो वह अपनी कैमरा टीम घटना स्थल की ओर रवाना कर देता है। बदले में सूचना के लिए इनफार्मर को निश्चित भुगतान भी किया जाता है। बीबीसी और सीएनएन चैनलों के इनफार्मर दुनिया भर में फैले हुए हैं।

संवाददाता के स्रोत

समाचार चैनलों में विषयों के आधार पर अलग-अलग ब्यूरो बने होते हैं। जैसे-राष्ट्रीय ब्यूरो, अंतरराष्ट्रीय ब्यूरो, बिजनेस ब्यूरो, स्पोर्ट्स ब्यूरो, आर्ट एंड कल्चर ब्यूरो इत्यादि। रुचि और विशेषज्ञता के आधार पर पत्रकारों को विभिन्न ब्यूरो में जिम्मेदारी

दी जाती है। इसका लाभ यह होता है कि एक ही बीट पर लम्बे समय तक रिपोर्टिंग करके संवाददाता अपने अच्छे सम्पर्क बना लेता है और उसे खबरें निकालने में अधिक परेशानी नहीं होती। इसके अलावा रुचि और अनुभव होने के कारण रिपोर्टर उस विषय की रिपोर्टिंग औरों की तुलना में बेहतर कर पाता है।

1. **प्रत्याशित स्रोत**-अनेक स्थान ऐसे होते हैं जहां से नियमित रूप से समाचार बनते हैं। जैसे राजनैतिक समाचार अक्सर संसद, विधानसभा, राजनैतिक दलों के कार्यालयों से बनते हैं। क्राइम की खबरें पुलिस स्टेशनों, न्यायालयों और अस्पतालों से मिलती हैं। संगीत, कला और संस्कृति से सम्बन्धित खबरें कालेजों, विश्वविद्यालयों, थियेटरों, सिनेमागृहों, प्रदर्शनी स्थलों में अधिकतर बनती हैं। इसी प्रकार कर्मचारियों से जुड़े हुए समाचार विभिन्न बोर्डों, निगम दफ्तरों आदि में मिलते हैं। संबंधित बीट के पत्रकार नियमित रूप से इन स्थानों के सम्पर्क में रहते हैं। अक्सर इन स्थानों पर पत्रकारों के सम्पर्क सूत्र मौजूद रहते हैं जिनसे अन्दर की सारी खबरें पत्रकारों तक पहुंचती रहती है।

2. **प्रत्याशित घटनाएं**-हर साल कुछ घटनाओं की पुनरावृत्ति होती है और पत्रकार ऐसी प्रत्याशित घटनाओं की रिपोर्टिंग के लिए पहले से ही तैयारी कर लेते हैं। जैसे संसद और विधानसभा सत्रों की तारीख पहले से तय कर दी जाती है। चुनावों की घोषणा बहुत पहले हो जाती है। हर साल छात्रों की परीक्षाएं होती हैं इस दौरान उनकी तैयारी के तनाव, परीक्षा आयोजन और परीक्षा परिणाम से जुड़ी खबरें दिखाई जाती हैं। विभिन्न मौसम भी हर साल आते हैं और गर्मी के कारण मौतें, बीमारियां, पानी की किल्लत, सूखे का कहर, बरसात के दौरान बाढ़, भू-स्खलन, सर्दी में ठंड से गरीब लोगों की मौत, फसल को नुकसान यह सब खबरें हर साल बनती हैं, जिनके बारे में पत्रकार पहले से ही मानसिक रूप से तैयार रहता है। अनेक मेले, प्रदर्शनी, उत्सव, प्रतिस्पर्द्धायें, सम्मेलन, सालाना आयोजन होते हैं। जैसे दिल्ली के प्रगति मैदान में हर साल 14 नवम्बर से विश्व व्यापार मेला आयोजित होता है। साल की शुरूआत में विश्व पुस्तक मेला आयोजित होता है।

3. **अप्रत्याशित घटनायें**-पत्रकार कुछ घटनाओं का अनुमान पहले से नहीं लगा पाते। जैसे दुर्घटनायें हमेशा ही अप्रत्याशित होती हैं जिनके लिए पहले से कोई तैयारी नहीं की जा सकती। आकस्मिक घटनाओं की कवरेज के लिए तो सूचना मिलते ही दौड़ना पड़ता है। प्राकृतिक आपदाएं जैसे भूकम्प, भू-स्खलन, बाढ़, आंधी-तूफान, ओलावृष्टि, जंगल की आग, अकाल, सूनामी अप्रत्याशित घटनायें है जिनके लिए तुरन्त तैयारी करके जाना पड़ता है। इसके अलावा रेल, बस, हवाई और समुद्री दुर्घटनाएं भी आकस्मिक घटनायें हैं जिनकी पहले से तैयारी नहीं की जाती। मक्का-मदीना में भगदड़ से मौत, अमरनाथ यात्रा में बर्फीली चट्टानों के

फिसलने से, मेलों में भगदड़ से, आतंकवादी हमले और आगजनी में हुई मौतें भी इसी श्रेणी में आयेंगी।

समाचार सूत्र

किसी भी संवाददाता के लिए समाचार सूत्र का बड़ा महत्व होता है। दरअसल, सूत्र पत्रकार का विस्तार है जो समय-समय पर पत्रकार को सूचनाएं उपलब्ध कराता है। किसी पत्रकार के सम्बन्धित क्षेत्र में कितने सूत्र हैं इससे तय होता है कि वह सूचना एकत्रित करने में कितना मजबूत और त्वरित होगा। अक्सर पत्रकार किसी एक क्षेत्र में कई सूत्रों को रखते हैं ताकि सूचनाओं की विश्वसनीयता की जांच की जा सके। सूत्र घटनास्थल पर तब भी मौजूद रहता है जब पत्रकार अपने किसी दूसरे काम में लगा होता है। यह किसी भी पत्रकार के लिए संभव नहीं कि वह हर पल अपने क्षेत्र में होने वाली घटनाओं पर नजर रख सके। सूत्रों की मदद से ही पत्रकार अन्दर की खबर को जान पाता है।

अधिकाधिक विश्वसनीय सूत्र बनाना और उन्हें बनाये रखना किसी कला से कम नहीं है। ये इस बात पर निर्भर करेगा कि पत्रकार का अपने सूत्र के साथ कैसा व्यवहार है। अधिकांश परिस्थितियों में सूत्र पत्रकार से कुछ पाने की उम्मीद करता है, लेकिन अनेक बार सूत्र केवल इसलिए सूचना दे देता है ताकि उसका सम्पर्क एक पत्रकार से बना रहे। यह उसके लिए आत्म संतोष का एक कारण होता है। कई बार सूत्र अपना मतलब हल करने के लिए पत्रकार को सूचना देता है। ऐसे मामलों में सूत्र अपना स्वार्थ सिद्ध करने के लिए पत्रकार का उपयोग करना चाहता है। ऐसे में पत्रकार को चौकन्ना रहने की आवश्यकता है। अधिकांश सरकारी दफ्तरों में आपसी द्वन्द्व के चलते लोग एक-दूसरे की कमियों को पत्रकारों तक पहुंचाते हैं, लेकिन ये पत्रकार की जिम्मेदारी है कि केवल उन्हीं सूचनाओं को खबर बनाये जिनसे व्यापक सामाजिक हित जुड़ा हुआ है क्योंकि किसी व्यक्ति विशेष से दुश्मनी निकालना या उसमें किसी की मदद करना उसका काम नहीं है।

अपने सूत्र को बनाये रखना और समय-समय पर उसे उसके महत्व का अहसास कराना पत्रकार को आना चाहिए। इसके लिए रिपोर्टर को मिलनसार होना आवश्यक है। फोन डायरी उसकी सबसे अच्छी दोस्त साबित होगी। अपने सूत्र के नाम को उजागर न करने की जिम्मेदारी भी पत्रकार की है क्योंकि सूत्र जब कोई गोपनीय सूचना उपलब्ध कराता है तो ऐसा वह पत्रकार पर अटूट विश्वास के बाद ही करता है। उसका नाम उजागर होने के बाद सूत्र पर संकट आ सकता है। सूत्र का नाम बताने पर समझिये कि वह सूत्र आपके लिए भविष्य में काम नहीं करेगा।

सूत्र को विश्वास में लेकर ही सूचनाओं को उपयोग में लाना चाहिए। विश्वासघात करके पत्रकार स्वयं अपने भविष्य के दरवाजे बन्द कर लेता है।

स्रोत में विविधता

दुनिया भर में मीडिया को अधिकाधिक लोकतांत्रिक बनाये जाने को लेकर विमर्श चल रहे हैं। इसी बहस में मीडिया में विविधता की बात भी उठायी जा रही है। मीडिया में विविधता तभी सुनिश्चित की जा सकती है जब सूचनाओं के स्रोत में विविधता होगी। सत्तर के दशक में प्रसिद्ध मेकब्राइड आयोग की रिपोर्ट में कहा गया था कि जब तक दुनिया में सूचना प्रवाह पर कुछ शक्तिशाली देशों का नियंत्रण रहेगा तब तक विविधतापूर्ण मीडिया की कल्पना करना बेमानी होगा। शोध बताते हैं कि दुनिया की पांच प्रमुख समाचार एजेंसियां- रायटर्स, एपी, एएफपी, यूपीआई और ताश विश्व सूचनाओं को नियंत्रित करते हैं। मेकब्राइड आयोग ने ऐशियाई और अफ्रीकी देशों में सूचना समृद्धि की बात जोर-शोर से उठायी थी। आयोग की रिपोर्ट के मुताबिक जब तक गरीब देश अपने सूचना स्रोत विकसित नहीं करेंगे तब तक सूचनाओं का वर्तमान असमान साम्राज्य बरकरार रहेगा। एकतरफा सूचना प्रवाह का ताजा उदाहरण इराक युद्ध के दौरान देखने को मिला जब युद्ध की सारी खबरें केवल अमरीकी पक्ष को दिखा रही थीं। इराक की स्थिति और उसके नजरिये से खबरें केवल अलजजीरा चैनल पर देखने को मिलीं। स्रोत की विविधता इस मायने में भी महत्वपूर्ण है ताकि कुछ लोग सच को दबा न सकें। इसके लिए जरूरी है कि विभिन्न विचारधारा के चैनलों को समाचार प्रसारित करने का मौका दिया जाये और सरकारें अपनी गतिविधियों को पारदर्शी बनाते हुए पत्रकारों कों अधिक छूट दें।

समाचार मूल्य

टेलीविजन चैनल में खबरों का प्रवाह निरन्तर बना रहता है। समाचार एजेंसियां और ब्यूरो आफिसों के अलावा अनेक ऐसे स्रोत होते हैं जहां से खबरें आती रहती हैं जबकि बुलेटिन में तो एक निश्चित संख्या में ही खबरें दिखाई जाती हैं। अपने समाचार बोध की मदद से पत्रकारों को निरन्तर ये फैसले करने पड़ते हैं कि कौन सा समाचार बुलेटिन में शामिल करने लायक है और कौन सा नहीं। समन्वय डेस्क के पत्रकार भी समाचार बोध के आधार पर रिपोर्टरों को ये बताते हैं कि कौन सी घटनाएं कवर करनी हैं और कौन सी नहीं। दूसरी तरफ ब्यूरो के रिपोर्टर भी अपनी समाचार समझ का प्रयोग करते हुए यह अनुमान लगाते हैं कि किस समाचार का मूल्य कितना है।

परिभाषा

समाचार मूल्य यानी समाचार का महत्व। दरअसल समाचार मूल्य वे पैमाने हैं जिनके आधार पर पत्रकार और सम्पादक टेलीविजन चैनलों में ये निर्धारित करते हैं कि किन खबरों को कवर किया जाना है और किनको नहीं। खबर कवर करने के बाद भी उस समाचार का महत्व यह तय करने में मदद करता है कि उसे हेडलाइन में शामिल करके बुलेटिन में प्रथम स्थान देना चाहिए या बुलेटिन क्रम के बीच में दिखाना चाहिए। इस सबके अलावा समाचार का पैकेजिंग फार्मेट तय करने में भी समाचार मूल्य को एक प्रमुख आधार बनाया जाता है। जैसे यदि कोई समाचार महत्वपूर्ण नहीं है तो उसे छोटे एक वीओ पैकेज के रूप में एडिट करवाया जा सकता है। जबकि बड़े समाचार मूल्य वाली खबर को संभव है दो अलग-अलग पैकेजों में पेश किया जाये।

सन् 1965 में जॉन गल्टन और मेरी रयूज ने अपने प्रसिद्ध अध्ययन में एक दर्जन ऐसे तत्व बताये जो पत्रकारों के समाचार चयन को प्रभावित करते हैं। ये कारक हैं—Frequency, Amplitude, Unambiguity, Familiarity, Predictability, Surprise, Correspondence, Composition, Eliteness of People, Eliteness of Nations, Personification and Negativity. दोनों शोधकर्त्ताओं ने 1973 में अपनी दूसरी शोध में बताया कि कुछ समाचारों में दूसरों की तुलना में मीडिया में आने की अधिक संभावना होती है।

प्रमुख समाचार मूल्य

1. **प्रभाव**-मनुष्य स्वभावतः जिज्ञासु है। वह अपने आस-पास के बारे में जानना चाहता है। उसकी वह सब जानने की अधिक इच्छा होती है जो उससे जुड़ा होता है या फिर जिसका उस पर असर पड़ता है। उदाहरण के लिए पेट्रोल की कीमतों में बढ़ौतरी यदि पचास पैसे प्रति लीटर भी होती है तो यह आम लोगों के लिए बड़ी खबर बनती है क्योंकि इसका सीधा असर देश के व्यापक समुदाय पर पड़ता है। जबकि दिल्ली में टैक्सी किराये में वृद्धि देशवासियों के लिए खबर नहीं है। इसी प्रकार बजट पेश होने के बाद चैनल आम लोगों के इस्तेमाल की वस्तुओं के दाम कम-ज्यादा होने को अपनी पहली खबर बनाते हैं क्योंकि इसका सीधा असर करोड़ों लोगों पर पड़ता है। पत्रकार इसके लिए सीधा सा फार्मूला अपनाते हैं कि प्रभाव यदि अधिक व्यापक है तो खबर बड़ी बनेगी और असर यदि सीमित और कम है तो खबर संक्षिप्त और छोटी बनेगी।

2. **रुचि**-कुछ घटनाओं का कोई भी असर सामान्य दर्शक पर नहीं पड़ता

लेकिन फिर भी वे उसे देखना पसन्द करते हैं क्योंकि उसमे उनकी रुचि होती है। ये बिलकुल मानवीय स्वभाव के अनुरूप होता है। जैसे- प्रसिद्ध अभिनेत्री ऐश्वर्या राय की शादी कब और किससे होगी इससे रायपुर के एक युवा पर कोई असर नहीं पड़ने वाला लेकिन ऐश्वर्या राय की फिल्मों का प्रशंसक होने के कारण वह प्रत्येक ऐसी खबर में रुचि रखता है जो ऐश्वर्या राय की शादी से जुड़ी हो। इसके अलावा मानवीय रुचि का एक भावनात्मक पक्ष भी होता है जो किसी घटना को समाचार योग्य बनाता है।

उदाहरण के लिए भोपाल की एक झुग्गी बस्ती में छह वर्षीय बालिका के साथ बलात्कार की घटना होती है। रामनवमी के दिन कन्या भोज के बहाने बच्ची को घर से बुलाया गया, उस समय उसके माता-पिता मजदूरी पर गये हुए थे। शाम को जब गायब लड़की रोती-बिलखती घर लौटी तो उसके माता-पिता ने पुलिस में रिपोर्ट की। बच्ची के मेडिकल टेस्ट ने घटना की पुष्टि कर दी। उपरोक्त समाचार मानवीय संवेदनाओं को उद्वेलित करता है क्योंकि एक बच्ची के साथ दुराचार दर्शकों को अन्दर तक झकझोर देता है।

3. **असाधारणता**-सामान्य घटनाएं हमें आकर्षित नहीं करती, जबकि जीवन के किसी भी पहलू में असामान्यता तुरन्त खबर बन जाती है। जैसे एक लड़के और लड़की की शादी कोई नयी खबर नहीं है लेकिन दो लड़कियां यदि घर से भागकर आपस में विवाह कर लेती हैं तो यह असाधारण घटना कही जायेगी। स्वाभाविक रूप से दर्शकों में यह सूचना एक कौतुहल पैदा करेगी। इसी प्रकार अगर साठ वर्ष की एक महिला एक बच्चे को जन्म दे तो यह अप्रत्याशित घटना मानवीय जिज्ञासा को जगा देती है। दरअसल, ऐसे मामलों में सूचना का नया और अनोखा होना उसे खबर बनाता है। उड़ीसा का साढे चार वर्षीय बुधिया जब पैंसठ किलोमीटर की दौड़ लगाकर एक रिकार्ड कायम करता है तो सारे देश की निगाहें उसकी तरफ लग जाती हैं। सामान्यतः इतने छोटे बच्चे से ऐसी उम्मीद नहीं की जा सकती।

4. **नकारात्मकता**-पत्रकारिता जगत में कहा जाता है कि बुरी खबर अच्छी खबर होती है। अक्सर पत्रकारों पर यह आरोप लगाया जाता है कि वे समाज में होने वाली केवल नकारात्मक घटनाओं को ही समाचार बनाते हैं। दरअसल ये भी उतना ही बड़ा सच है कि मनुष्य का ध्यान नकारात्मक घटनाओं की तरफ सहज ही जाता है। शहर में यदि सब कुछ ठीक-ठाक चल रहा है तो यह शांति कोई समाचार नहीं है क्योंकि शांति की अपेक्षा तो रहती ही है, लेकिन किसी कारणवश यदि दंगे हो जाएं तो यह एक बड़ी खबर बनेगी। ऐसी सभी खबरें जो अपराध, भ्रष्टाचार और दुर्घटनाओं से जुड़ी हैं, नकारात्मकता लिए होती हैं और खूब दिखाई

जाती हैं।

5. **समीपता**-मानवीय स्वभाव है कि वह अपने आस-पास की घटनाओं से अधिक जुड़ता है, उनके बारे में सोचता है और अधिक जानना चाहता है। भले ही वे घटनाएं कम महत्वपूर्ण ही क्यों न हों। जयपुर शहर में एक हत्या की घटना पटना के लोगों के लिए उतनी बड़ी खबर नहीं बनती जितनी कि जयपुरवासियों के लिए। जब तक कि मरने वाला व्यक्ति राष्ट्रीय स्तर पर चर्चित न हो। इसी प्रकार अपने मोहल्ले में एक महिला के गले से चैन झपटने की छोटी सी घटना में हमारी रुचि अधिक होती है जबकि टोकियो में हुई दुर्घटना में पचास लोगों की मरने की खबर से हम उतना उद्वेलित महसूस नहीं करते। समीपता केवल भौगोलिक ही नहीं बल्कि मानसिक भी होती है। उदाहरण के लिए जब फिजी में भारतीय मूल के प्रधानमंत्री महेन्द्र चौधरी को सत्ता से बेदखल कर कैद कर लिया गया था तो यह घटना भारतीय चैनलों पर बड़ी खबर बनी थी। क्योंकि फिजी से भारतीय सैकड़ों मील दूर होते हुए भी मानसिक तल पर जुड़े हुए हैं।

6. **विशिष्ट व्यक्ति**-प्रसिद्ध हस्तियों से जुड़ी छोटी बातें भी बड़ी खबर बनती हैं। ऐसा विश्वास है कि दर्शक उनको जानना चाहते हैं। प्रधानमंत्री कार्यकाल में अटल बिहारी वाजपेयी के घुटने के ऑपरेशन की खबरें कई दिनों तक चैनलों पर छाई रहीं। इसी प्रकार सुपरस्टार अमिताभ बच्चन का ऑपरेशन भी आम लोगों की बड़ी खबर थी। इसी प्रकार मशहूर क्रिकेटर सचिन तेन्दुलकर का जन्मदिन राष्ट्रीय समाचार बनाया जाता है। जेसिका लाल हत्याकांड में क्योंकि एक सांसद का बेटा आरोपी था इसलिए इसे भी राष्ट्रीय स्तर की खबर बनाया गया। लेकिन कई बार लगता है कि विशिष्ट व्यक्तियों से जुड़ी गैर जरूरी बातों को भी बढ़ा-चढ़ाकर बड़ी खबर के रूप में पेश किया जाता है जिसकी जरूरत नहीं होती।

7. **विवाद या भिड़न्त**-जब-जब जीवन में विवाद जन्म लेता है तो वह खबर बन जाता है। राष्ट्रीय एवं अंतराष्ट्रीय स्तर पर अधिकांश समाचार दरअसल विवाद की रिपोर्टिंग ही हैं। चाहे भारत-पाकिस्तान विवाद हो या इजराईल-फिलिस्तीन मसला। सब खबरों की जड़ में कोई न कोई झगड़ा है। युद्ध, दंगे और अधिकांश अपराधों के मूल में विवाद हैं। इसी प्रकार जहां दो या दो से अधिक पक्ष किसी मसले पर आमने-सामने हैं वहां लोगों के मन में और अधिक जानने की इच्छा पैदा हो जाती है। सभी खेलों, राजनैतिक लड़ाईयों तथा चुनावों में द्वन्द्व मौजूद होता है। एक प्रकार की भिड़न्त है, टकराव है जिसके परिणाम को लेकर लोगों के बीच उत्सुकता, बेचैनी बनी रहती है। इसी अनिश्चितता और कौतुहल के कारण ये घटनाएं खबरें बनती हैं।

मिस इंडिया वर्ल्ड 2004 का ताज लक्ष्मी पंडित को पहनाया गया लेकिन इसके तुरन्त बाद वे विवाद में घिर गयीं। आरोप था वे विवाहित हैं और उन्होंने गलत तरीके से इस प्रतियोगिता में भाग लिया। आखिरकार लक्ष्मी पंडित को अपना खिताब वापिस करना पड़ा और प्रतियोगिता की दूसरी उपविजेता रही सियाली भगत को मिस इंडिया वर्ल्ड 2004 घोषित किया गया। उपरोक्त खबर में यदि लक्ष्मी पंडित विवादों में नही घिरती तो शायद यह प्रतियोगिता इतनी बड़ी खबर नहीं बनती।

8. **निरंतरता**-कई बार घटनाएं एक निरंतर क्रम में कई दिनों तक चलती रहती हैं। रुक-रुक कर लोग उसके बारे में उत्सुक बने रहते हैं और ऐसे में चैनलों को भी इन सूचनाओं को समय-समय पर प्रसारित करना पड़ता है। उदाहरण के लिए शान्ति निकेतन के विश्व भारती विश्वविद्यालय के संग्रहालय से गुरूदेव रवीन्द्रनाथ टैगोर का नोबेल पदक चोरी हो गया। यह खबर सभी चैनलों पर प्रमुख सुर्खी बनी। बाद में इस घटना की सीबीआई जांच के आदेश दिये गये। कई दिनों बाद नोबेल चोरी से संबंधित कोई भी सूचना देने वाले व्यक्ति को दस लाख रुपया ईनाम देने की घोषणा का समाचार आया और उसके बाद इस चोरी के सिलसिले में एक कर्मचारी की गिरफ्तारी की खबर भी दिखाई गई। इस प्रकार एक प्रमुख घटना का सिलसिला कई दिन तक चलता है जिसे लगातार निरंतरता क साथ चैनलों को कवर करना पड़ता है। ऐसे में बाद में घटित होने वाली छोटी घटनाएं भी प्रमुख बनी रहती हैं।

9. **प्रतिस्पर्द्धा**-आजकल टेलीविजन समाचार चैनलों के बीच होड़ भी यह तय करने में महत्वपूर्ण भूमिका निभा रही है कि कौन सी खबर प्रमुख है और कौन सी नहीं। खबरों को सबसे पहले दिखाने के चक्कर में चैनलों में एक प्रकार की भेड़ चाल देखी जा सकती है। अगर कोई प्रमुख चैनल किसी खबर को कवर करने जा रहा है तो बाकी भी उसी दौड़ में शामिल हो लेते हैं। इस प्रकार कई बार फालतू समाचारों को भी जरूरत से अधिक तूल दे दिया जाता है। उदाहरण के लिए कई राष्ट्रीय समाचार चैनल मध्यप्रदेश के एक ऐसे व्यक्ति का दिनभर लाइव प्रसारण करते रहे जिसने घोषणा की थी कि ज्योतिषी के मुताबिक उसकी मौत उसके जन्मदिन पर नियत समय पर होगी और वह व्यक्ति घर छोड़कर दिनभर अपनी मौत की प्रतीक्षा करता रहा। लेकिन मौत नहीं आई और शाम को वो व्यक्ति ये कहकर वापस लौट आया कि शायद उसकी पत्नी की पूजा-अर्चना के कारण होनी टल गई। नियति टली हो या नहीं लेकिन इस घटना के सीधे प्रसारण ने टेलीविजन चैनलों की भेड़ चाल को उजागर कर दिया।

10. **सामयिकता**-चौबीस घंटे समाचारों के दौर में सामयिकता का महत्व

पहले से कहीं अधिक बढ़ गया है। सूचनाओं की सामयिकता भी पल-पल बदल रही है। दर्शक भी देखना चाहते हैं कि ठीक उसी समय क्या हो रहा है। सेटेलाईट प्रसारण की मदद से अब समाचार चैनल आसानी से घटनाओं का सजीव प्रसारण करने लगे हैं। यह संभव है कि एक घंटे पहले प्रसारित किया गया समाचार एक घंटे बाद अपनी सामयिकता खो दे। उदाहरण के लिए राजनैतिक उथल-पुथल के दौर में घटनाएं कुछ इस प्रकार बदलती हैं।

- रात 12.00 बजे - बागी विधायकों की बैठक हुई।
- सुबह 2.00 बजे- बागी विधायकों ने अपना नेता चुन लिया।
- सुबह 10.00 बजे - बागी विधायकों ने राज्यपाल से मिलकर सरकार के लिए जरूरी बहुमत होने का दावा किया।
- सुबह 11.00 बजे - राज्यपाल ने सरकार बनाने के लिए बागी विधायकों के नेता को आमंत्रित किया।
- शाम 5.00 बजे - नये मुख्यमंत्री ने शपथ ली।

उपरोक्त घटनाक्रम के दौरान पत्राकारों को सूचना की सामयिकता पर विशेष ध्यान देना पड़ता है। पल-पल बदलते घटनाक्रम में ये सबसे अधिक महत्वपूर्ण होता है कि इस समय की नयी खबर क्या है और उसी के अनुरूप खबरों के क्रम को तय किया जाता है।

टेलीविजन समाचार मूल्य

पत्रकारिता के माध्यम के रूप में टेलीविजन समाचार-पत्रों से भिन्न है। क्योंकि टेलीविजन की प्राथमिकताएं और आवश्यकताएं अलग होती हैं और समाचारों के चयन में इन प्राथमिकताओं का असर साफ दिखाई देता है। इसका यह अर्थ कतई नहीं है कि टेलीविजन पत्रकार अन्य समाचार मूल्यों का ध्यान नहीं रखते हैं बल्कि निम्नलिखित समाचार मूल्य तो अतिरिक्त हैं।

1. टेलीविजन एक दृश्य माध्यम है इसलिए इसमें ऐसे समाचारों को अधिक महत्व दिया जाता है जिनकी तस्वीरें आकर्षक होती हैं। उदाहरण के लिए फैशन और फिल्म से संबंधित खबरों को दूसरों की तुलना में आसानी से चुन लिया जाता है और अधिक समय तक दिखाया जाता है।

2. समाचार पत्रों की तुलना में टेलीविजन बुलेटिन केवल बारह से पन्द्रह समाचार ही दिखाता है। खबरों की सीमित संख्या टेलीविजन चैनल में समाचारों की चयन प्रक्रिया को काफी सख्त बना देती है।

3. टेलीविजन समाचारों में मनोरंजकता को अधिक महत्व दिया जाता है, क्योंकि आज भी मध्यमवर्गीय परिवारों में टेलीविजन सूचना का कम और

मनोरंजन का माध्यम अधिक है। इसीलिए पत्रकार समाचारों को 'सूचनारंजन' के रूप में परोस रहे हैं। गंभीर राजनैतिक समाचारों को भी मनोरंजक बनाया जा रहा है, इसी कारण मानवीय रुचि, लाइफ स्टाइल, फिल्म और फैशन से जुड़ी खबरें टेलीविजन के लिए अधिक उपयुक्त साबित हो रही हैं।

4. टेलीविजन में विचारों और प्रक्रियाओं की तुलना में ऐसी वास्तविक घटनाओं को अधिक महत्व दिया जाता है जिनमें गतिमान तस्वीरें उपलब्ध हो सकें। यही कारण है कि खेल, आन्दोलन या दुर्घटनाएं टेलीविजन में बड़ी खबर बनती हैं।

5. टेलीविजन चैनल खबरों के लिए अपने रिपोर्टरों पर निर्भर करते हैं। बहुत कम मौके ऐसे आते हैं जब चैनल न्यूज ऐजेन्सियों से मिलने वाली खबरों से काम चलाते हैं। जबकि समाचार पत्रों में बड़ी तादाद एजेन्सी समाचारों की होती है। चैनलों में एक्सक्लूजिव समाचारों का दबाव बढ़ती प्रतिस्पर्द्धा के कारण भी है।

समाचार मूल्यों के बदलते आयाम

पूरी दुनिया में बाजार के दबाव के चलते टेलीविजन समाचारों के मूल्यों में तेजी से बदलाव देखा जा रहा है। खबरों में गंभीरता कम हो रही है और महत्वपूर्ण राष्ट्रीय-अन्तरराष्ट्रीय मुद्दों के स्थान पर स्थानीय हल्के-फुल्के मसलों पर खबरें केन्द्रित हो रही हैं। राजनीति और अर्थ जगत के समाचारों के साथ-साथ अब प्रमुख हस्तियों से जुड़े समाचारों, मानवीय रुचि की घटनाओं और मनोरंजन जगत को खबरों का केन्द्र बिन्दु बनाया जा रहा है। साफ शब्दों में कहें तो टेलीविजन समाचारों का भी टेबलॉयडीकरण हो रहा है। अब सेलीब्रिटी, सेक्स, सनसनी, स्कैंडल, अधिक खबर बनाये जाते हैं।

दरअसल ये परिवर्तन टेलीविजन समाचारों की विषय-वस्तु पर बाजार के बढ़ते दबाव को दर्शाते हैं। हालांकि बाजार समर्थक लोग ये कहते हैं कि जैसा दर्शक पसन्द करेगा वैसा ही वे दिखायेंगे। लेकिन जांच-पड़ताल से पता चलता है कि यह परिवर्तन टीआरपी हासिल करने के नित नये हथकंडों का परिणाम है। अब टेलीविजन समाचार उत्पाद बना दिये गये हैं और बाजार समीकरण ही उसका स्वरूप तय कर रहे हैं। शायद भविष्य में सबसे प्रमुख समाचार मूल्य बाजार में बिकना हो जायेगा। यदि किसी भी समाचार को कम कीमत में बनाकर बाजार में बेचा जा सकता है और उसके लिए अधिक विज्ञापनदाता उपलब्ध हों तो वह बड़ा समाचार है।

टेलीविजन कार्यक्रमों के रूप

दृश्य माध्यम होने के साथ-साथ प्रवाह (FLOW) का माध्यम भी है। फ्लो का अर्थ यहां इसके एक रेखीय होने से है। यदि हम समाचार-पत्रों को देखें तो उसमें पाठक अपनी पसन्द के हिसाब से समाचारों का चयन करके पढ़ सकता है। यानी यदि वह क्रिकेट में रूचि रखता है तो सीधे खेल पृष्ठ पढ़ सकता है और उसे बिजनेस के समाचार पढ़ने हैं तो वह तुरन्त पन्ने बदलकर बिजनेस के पेजों पर जा सकता है। अखबार की इस प्रकृति से पाठक को स्वतंत्रता मिलती है। वह कब, कौन सा समाचार कितना पढ़े। लेकिन ऐसा टेलीविजन में संभव नहीं है। टेलीविजन में उसे समाचारों को उसी क्रम में देखना होगा जिस क्रम में निर्माता उसे दिखाता है। यानी टेलीविजन के कार्यक्रम एक निश्चित क्रम में फ्लो के जरिये दर्शक के सामने एक के बाद एक आते जाते हैं और इसमें दर्शक की पसन्द महत्वपूर्ण नहीं है बल्कि निर्माता स्वयं अपना क्रम तय करते हैं। हालांकि वह कार्यक्रम का शेड्यूल बनाने में दर्शक के समय का ध्यान रखते हैं। लेकिन 30 मिनिट के बुलेटिन में यदि दर्शक चाहे कि वह सीधा खेल समाचारों पर चला जाये तो ऐसा संभव नहीं है। हालांकि उसके पास विभिन्न चैनलों की एक पसन्द है, वह चैनल बदल सकता है और पसंद के चैनल पर मनचाहे समय तक रुक सकता है। लेकिन चैनल सर्फिंग के दौरान भी उसे चैनल विशेष पर वही सब कुछ देखना होता है जो एक चैनल निर्माता तय करता है। इस प्रकार देखा जा सकता है कि टेलीविजन अपने कार्यक्रमों को एक विशेष अंदाज में पेश करता है। उसकी एक शुरूआत होती है और उसका एक अंत भी होता है जिसके बीच में दर्शक को विज्ञापन भी झेलने पड़ते हैं। दरअसल, टेलीविजन कार्यक्रम का यह क्रम (FLOW) माध्यम और दर्शक के बीच रिश्ते को तय करने में महत्वपूर्ण भूमिका निभाता है।

टेलीविजन ने अपनी जरूरत के हिसाब से अनेक कार्यक्रम फार्मेटों को जन्म दिया है। कुछ कार्यक्रम उसने रेडियो से लिये हैं, जबकि दृश्य प्रधान माध्यम होने के नाते कुछ फार्मेट उसके अपने हैं। मोटे तौर पर टेलीविजन के कार्यक्रमों को हम दो भागों में विभक्त कर सकते हैं-

1. **कथा आधारित कार्यक्रम**-टेलीविजन पर दिखाये जाने वाले कार्यक्रमों का बड़ा हिस्सा कथा, कहानी और किस्सों पर आधारित होता है क्योंकि एक घरेलू माध्यम होने के नाते टेलीविजन मूलतः मनोरंजन का साधन है और परिवार के सभी सदस्य हर दिन टेलविजन को मनोरंजन के लिए अधिक देखते हैं। अधिकांश मनोरंजक कार्यक्रम काल्पनिक कथाओं पर आधारित होते हैं। भारतीय टेलीविजन पर फिल्म आधारित सामग्री भी अधिक मात्रा में दिखाई जाती है। इस प्रकार के

कार्यक्रम, धारावाहिक, टेलीफिल्म, कॉमेडी शो, सीरीज इत्यादि के रूप में देखे जा सकते हैं।

भारत में धारावाहिकों का इतिहास 1984 से शुरु होता है। जब हम लोग नामक पहला धारावाहिक दूरदर्शन पर दिखाया जाता है। उसके बाद बुनियाद, खानदान, भारत एक खोज, तमस आदि अनेक धारावाहिक बनाये गये। धारावाहिकों में कहानी एक ऐपीसोड में खत्म न होकर लगातार ऐपीसड दर ऐपीसोड धीरे-धीरे आगे बढ़ते हैं। जबकि सीरीज में कहानी हर ऐपीसोड में खत्म हो जाती है, लेकिन उन्हीं पात्रों और पृष्ठभूमि के साथ अगले ऐपीसोड में फिर नयी कहानी पेश की जाती है। देख भाई देख, और जबान संभाल के इसके अच्छे उदाहरण हैं। बाद में रामायण और महाभारत जैसे पौराणिक धारावाहिक बनाये गये, जिन्होंने काफी सफलता हासिल की। नब्बे के बाद कथा आधारित कार्यक्रमों में नये प्रयोग किये गये और स्वाभिमान और शान्ति जैसे डेली सॉप ने रोजाना दिखाये जाने वाले धारावाहिकों का युग शुरू किया। दूरदर्शन पर लम्बे समय से केवल टेलीविजन के लिए बनायी जाने वाली टेलीफिल्मों का भी प्रसार किया जाता रहा है। सन् 2000 के बाद स्टार प्लस पर दिखाये जाने वाले एकता कपूर के धारावाहिकों ने लोकप्रियता के नये कीर्तिमान स्थापित किये।

2. **वास्तविकता आधारित कार्यक्रम**-वास्तविक जीवन की घटनाओं को उसी रूप में दर्शाने वाले कार्यक्रम इस श्रेणी में आते हैं। समाचार, वृत्तचित्र, सभी प्रकार के टॉक शो, गेम शो और सीधे प्रसारण वास्तविकता आधारित कार्यक्रम हाते हैं। इन कार्यक्रमों का उद्देश्य मनोरंजन के स्थान पर सूचना देना और ज्ञानवर्धन करना होता है। इनके निर्माण में भी वे सभी सावधानियां बरती जाती हैं जिनसे वास्तविकता को हूबहू पेश किया जा सके। अनेक बार रोचकता का तत्व न होने के बावजूद इस प्रकार के कार्यक्रम दर्शकों द्वारा केवल इसलिए पसन्द किये जाते हैं क्योंकि वे सूचनाप्रद होते हैं।

देश में टेलीविजन समाचारों की शुरूआत दूरदर्शन पर 60 के दशक में ही हो गई थी। लेकिन समसामयिक मसलों पर टॉक शो, फीचर और वृत्तचित्र अस्सी के दशक में टेलीविजन पर दिखाये जाने लगे। जबकि सीधे प्रसारण की देश में लम्बी परम्परा रही है। टेलीविजन समाचारों में निजी चैनलों के आने के बाद काफी विकास हुआ। निजी चैनलों ने विभिन्न प्रकार के समसामयिक कार्यक्रमों के निर्माण में भी काफी रचनात्मकता दिखाई और नये टेलीविजन फार्मेट ईजात किये। उदाहरण के लिए आपकी अदालत और जीना इसी का नाम है जैसे कार्यक्रम किसी भी पारंपरिक फार्मेट में फिट नहीं होते। टॉक शो अक्सर दो व्यक्तियों के बीच समकालीन गम्भीर मुद्दों पर बनाया जाता है।

लेकिन चैट शो हल्के-फुल्के मनोरंजक विषयों पर अनौपचारिक माहौल में फिल्माया जाता है। स्टुडिया डिस्कशन के प्रोग्राम में इन दिनों विशेषज्ञों के अलावा आम दर्शकों की भी भागीदारी होती है। स्टुडियो में बैठे दर्शकों को भी प्रश्न पूछने की अनुमति होती है।

टेलेंट हंट शो की शुरूआत सारेगामापा और वूगी-वूगी जैसे कार्यक्रमों से हुई लेकिन कौन बनेगा करोड़पति ने गेम शो के इतिहास में सबसे अधिक प्रसिद्धि पाई। रियेलिटी शो की श्रेणी में इंडियन आइडियल कार्यक्रम उल्लेखनीय है। वास्तविकता आधारित कार्यक्रमों में रियेलिटी शो काफी विविधता भरे हैं। इनमें कुछ खेल आधारित हैं जबकि कुछ कार्यक्रमों में भागीदारों को अपनी प्रतिभा या अजीबों गरीब करतब दिखाने की वजह से दर्शक पसन्द करते हैं। जैसे शाबास इंडिया कार्यक्रम में ऐसे लोगों को प्रस्तुति देने का मौका मिलता है जो अचरज भरा होता है। इसी प्रकार विदेशी कार्यक्रम फीयर फेक्टर का भारतीय संस्करण भी दिखाया जाने लगा है।

अभ्यास कार्य

- किसी वास्तविक घटना को आधार बनाकर टेलीविजन के विभिन्न फार्मेटों के अनुरूप समाचार स्क्रिप्ट लिखें और विश्लेषण करें कि क्या छह ककारों को उसमें शामिल किया गया।
- टेलीविजन बुलेटिन देखते हुए समाचारों के स्रोतों को पहचानने का अभ्यास करे। ये ढूंढने का प्रयास करें कि क्या रिपोर्टर ने समाचार के सभी संभावित स्रातों का उपयोग किया है और स्रातों के चुनाव में किसी प्रकार के पूर्वाग्रह तो नहीं हैं।
- बुलेटिन में शामिल समाचारों के समाचार मूल्य पहचाने का अभ्यास करें। ये पता लगाएं कि हेडलाइन में शामिल समाचारों की क्या विशेषता है।
- समाचार-पत्र से किन्हीं 10-12 समाचारों को उनके मूल्य के आधार पर क्रमवार एक समाचार बुलेटिन के रूप में जंचाएं।
- वर्तमान में प्रसारित किए जा रहे विभिन्न कार्यक्रमों की एक सूची तैयार करें और फार्मेट के आधार पर उनका वर्गीकरण करें।

अध्याय 2

टेलीविजन समाचार लेखन

- ☐ विजुअल के लिए लिखना
- ☐ टेलीविजन समाचार लेखन
- ☐ टेलीविजन समाचार लेखन के फार्मेट
- ☐ एंकर लिंक का महत्व और प्रकार
- ☐ टेलीविजन हेडलाइन, टीजर और स्लग

विजुअल के लिए लिखना

टेलीविज़न मूलतः एक विजुअल मीडियम है और यही विजुअल इसे दूसरे जन संचार माध्यमों खासकर रेडियो से अलग करते हैं। विजुअल ही इसकी सबसे बड़ी ताकत हैं अक्सर लोग चीनी उक्ति को दोहराते हैं कि एक तस्वीर हज़ार शब्दों के बराबर होती है। ये कहावत काफी पुरानी है जब इलेक्ट्रानिक माध्यमों का विकास भी नहीं हुआ था। यही तस्वीर आज मूविंग हो गयी है और संगीत व बोले जाने वाले शब्द इसकी मदद में मौजूद हैं। हम इसकी बढ़ी हुई संचार क्षमता का आसानी से अंदाज़ा लगा सकते हैं।

विजुअल यानी दृश्य- इसका अर्थ कई मायनों में काफी व्यापक है। हम जो कुछ भी देखते हैं वो सब कहीं ना कहीं दृश्य ही है। वैज्ञानिक भी अब इस बात से सहमत हैं कि मनुष्य के मन-मस्तिष्क पर दृश्यों की छाप पढ़े या सुने हुए शब्दों की तुलना में अधिक दिनों तक बची रहती हैं। प्रिंट मीडिया भी अपना प्रभाव बढ़ाने के लिए शुरूआत से ही विजुअल की मदद लेता आया है। वो चाहे स्टिल पिक्चर के रूप में हो या फिर कार्टून या ग्राफिक्स के रूप में। आजकल तो टेलीविजन के बढ़ते दबाव में अखबार अधिकाधिक विजुअल होते जा रहे हैं। यूरोपियन प्रिंट मीडिया ये काम बहुत पहले कर चुका है। न्यूयॉर्क टाइम्स और वाशिंगटन पोस्ट में आधे-आधे पृष्ठों की रंगीन तस्वीरें छपना सामान्य प्रचलन हैं। शब्द चित्राों की मदद से रेडियो भी कहीं न कहीं श्रोताओं के मन में दृश्य रचने की कोशिश करता है।

टेलीविज़न के विजुअल कागज पर छपे या फिर आँख से देखे गये दृश्यों

से अलग हैं। पहले तो ये मूविंग हैं और दूसरे ये एक छोटे से स्क्रीन पर काफी सिलसिलेवार तरीके से दिखते हैं या कहना चाहिए कि हम टेलिविज़न पर केवल वही दृश्य देख पाते हैं जो हमें कैमरा अपनी आँख से दिखाता है। विजुअलों का क्रम भी दर्शक तय नहीं करता। साथ ही इनके साथ बैक ग्राउन्ड साउन्ड के साथ-साथ वायर ऑवर या कभी-कभी संगीत भी रिकार्ड कर दिया जाता है।

दृश्य संचार मूलतः विजुअल की मदद से संचार करना है। जिस तरह शाब्दिक भाषा में तैंतीस अक्षर और तेरह व्यंजन हैं जिनको जोड़ कर हम लोग अलग-अलग शब्द बनाते हैं और फिर उन शब्दों को व्याकरण के नियमों से क्रमवार ज़ोड़ कर एक ख़ास अर्थ को दूसरों तक पहुँचाते हैं। एक मायने में दृश्यों के ज़रिये संचार करना भी लगभग ऐसा ही काम है। फर्क केवल इतना है कि टेलीविज़न में अक्षर और शब्द की भूमिका कैमरे द्वारा रिकार्ड किए गए विजुअल निभाते हैं। जिस तरह हर एक शब्द का एक विशेष अर्थ होता है उसी प्रकार ख़ास विजुअल का ख़ास मतलब होता है। और उन विजुअलों को क्रमवार एडिट करने का भी एक व्याकरण होता है जिसे विजुअल ग्रैमर कहते हैं। टीवी के दृश्य अलग-अलग तरह के हो सकते हैं। एक्सस्ट्रीम क्लोज अप, क्लोज अप, मिड शोट, टाइट मिड, लाँग शोट और वैरी लाँग शॉट। इसी प्रकार कैमरा एंगल के आधार पर भी विजुअल अनेक प्रकार के हो सकते हैं जैसे - हाई ऐंगल या लो ऐंगल शॉट, ऑवर द शोल्डर शॉट, कैमरा के मूवमेंट के आधार पर पैन और टिल्ट शॉट और वहीं ज़ूम इन और ज़ूम आऊट शॉट भी होते हैं।

कैमरा पर्सन जब फील्ड में जाता है तो उसकी भरपूर कोशिश रहती है कि ज्यादा से ज्यादा अच्दे शॉट्स अलग-अलग एंगल से रिकार्ड करके लाए जाएं। बाद में इन विजुअल में से एडिटिंग के दौरान जरूरत के मुताबिक शॉट्स का चयन कर लेते हैं। दृश्य संपादन यदि सही तरीके से किया जाए तो बिना शब्दों के ही कहानी का संचार किया जा सकता है। उदाहरण के तौर पर पॉप एल्बम के वीडियो, जिनमें गाने और संगीत का कहानी कहने में कोई योगदान नहीं होता है और फिर भी हम कहानी को आसानी से समझ लेते हैं। फाल्गुनी पाठक समेत ज़्यादातर हिन्दुस्तानी पॉप गायकों के ज्यादातर वीडियो एल्बमों की दृश्य कहानी इतनी रोचक होती है कि दर्शक उस गाने को सुनने से अधिक देखने में रूचि दिखाते हैं। कई बार तो होता ये है कि कोई गाना अच्छे फिल्मांकन की वजह से अधिक दिनों तक याद रखा जाता है और इसमें मनोरम और यादगार विजुअल का विशेष योगदान होता है। हालांकि टेलीविजन समाचार की कहानी हूबहू एक गाने की दृश्य कहानी की तरह नहीं होती लेकिन फिर भी विजुअल में एक तारतम्यता और क्रम को तो बनाना पड़ता ही है। उदाहरण के लिए प्रेस कांफ्रेंस की ख़बर के संपादन के दौरान

कार से उतर कर कांफ्रेंस में भाग लेने आते हुए नेता के शॉट्स को हम सबसे अंत में नहीं लगा सकते। उसे लगाना है तो क्रम में पहले ही लगाना पड़ेगा और जाते हुए नेता के शॉट्स को अंत में लगाएंगे।

टेलीविजन समाचार लेखन

सरल शब्दावली-सरल और जाने पहचाने शब्दों का चयन टेलीविजन समाचार लेखन में सबसे जरूरी है। क्योंकि अखबार की तरह टेलीविजन में मुश्किल शब्दों के अर्थ ढूंढने के लिए शब्दकोश देखने का मौका नहीं रहता और एक बार दर्शक किसी शब्द पर अटक गया तो बाकी जानकारियों पर भी वो ठीक प्रकार ध्यान नहीं दे पाता। अखबार की तरह टेलीविजन समाचारों को मनचाहे समय पर दोबारा देखने की सुविधा भी नहीं रहती। सरल शब्दों के चयन के पीछे एक तर्क ये भी है कि कठिन शब्द उच्चारण के लिहाज से दिक्कत करते हैं। ये मानवीय स्वभाव है कि उच्चारण और समझने में आसान शब्दों की ओर उसका झुकाव रहता है। सरल शब्द एंकर की दृष्टि से भी उपयोगी रहते हैं। कई बार एंकर सुविधानुसार शब्दों को बदल देते हैं।

सरल वाक्य विन्यास-अगर हम अपने बोलचाल को हूबहू नोट करके उसे पढ़ें तो बहुत ही आश्चर्यजनक तथ्य सामने आयेगा। ज्यादातर लोग अपनी बात बहुत ही छोटे-छोटे वाक्यों में कहते हैं। हम चाह कर भी बहुत जटिल वाक्यों को बोलचाल में इस्तेमाल नहीं कर पाते। कारण स्वाभाविक है बोलते समय हमें एक साथ विचारना, शब्द चयन और वाक्य निर्माण करना तीनों करने पड़ते हैं और ये सब एक साथ इतनी गति से होता है कि मानवीय मस्तिष्क ही ये कर पाने में सक्षम है। इस जटिल प्रक्रिया के दौरान हम एक वाक्य में एक ही सूचना देते हैं और फिर दूसरा वाक्य बनाते हैं। अक्सर हम मिश्रित और संयुक्त वाक्यों का कम इस्तेमाल करते हैं।

शब्दों और दृश्यों के बीच संबंध-टेलीविजन लेखन दृश्यों के लिए लेखन है। यहां अखबार की तरह शब्द की स्वतंत्रा स ा नहीं है बल्कि उसे दृश्यों के साथ मिल कर चलना पड़ता है। दोनों के बीच बेहतर तालमेल ही एक न्यूज़ स्टोरी को यादगार बनाता है। विजुअल जहां भावनात्मक स्तर पर काम करते हैं तो शब्द तथ्यों को उजागर करते हैं। दृश्यों के पास संचार की जबरदस्त ताकत होने के बावजूद उसकी कुछ सीमाएँ भी हैं। यहीं से शब्द की भूमिका शुरू होती है। शब्द दृश्यों के व्यापक और अस्पष्ट अर्थों को विशेष बना देते हैं। उदाहरण के लिए दृश्य ये तो बता सकते हैं कि कैबिनेट की बैठक में कौन-कौन उपस्थित हैं लेकिन ये बैठक किस

संदर्भ में हुई या बैठक में कौन-कौन से फैसले लिये गये ये बताने के लिए शब्दों का सहारा लेना पड़ेगा। शब्दों और दृश्यों के बीच अच्छे तालमेल का मतलब ये नहीं है कि शब्द दृश्य को ही बताने लगे। शब्दों में वो सब कहने की जरूरत नहीं है जो दृश्य कह चुके हैं। शब्दों से तो हम अतिरिक्त जानकारी या ऐसे तथ्य जो छूट गये हैं, बता सकते हैं।

तिथियां-बोलचाल की भाषा की तरह ही टेलीविजन समाचारों में दिनों या तारीखों के स्थान पर आज, कल, परसों आदि का प्रयोग किया जाता है। इसी प्रकार पिछले हफ्ते, अगले महीने, पिछले साल या इस महीने के जरिए हम समय को आसानी से समझा सकते हैं। अगर सही तारीख या साल बोला जाए तो दर्शक को समझने के लिए दिमाग पर जोर डालना पड़ेगा। उदाहरण के लिए दर्शकों को समझाने के लिए यह बोलना अधिक सहज होगा कि पिछले साल जनवरी माह की बीस तारीख को अमुक कानून लागू किया गया।

संख्याएं-संख्या को बताने में हम अक्सर करीब या लगभग का प्रयोग करते हैं। अनुमानित संख्या से दर्शक आसानी से समझ सकता है। उदाहरण के तौर पर 49850 रूपये की आय को लगभग पचास हज़ार कहा जा सकता है। कोशिश की जाती है कि दर्शक को गणित की उलझन से बचाया जा सके और संख्याओं को सरल तरीके से पेश किया जाए। लेकिन अनेक मौके ऐसे भी आते हैं जब हम अनुमानित संख्या का प्रयोग नहीं कर सकते हैं। जैसे रनों की संख्या मृतकों की संख्या, शेयर बाज़ार सूचकांक और तापमान की जानकारी सही-सही देनी होगी। भले ही वह दर्शकों को जटिल लगे। टेलीविजन की स्क्रिप्ट क्योंकि एंकर द्वारा पढ़ी जानी है इसलिए उसकी सुविधा को ध्यान में रखते हुए संख्या को शब्दों में लिखा जाता है। जैसे 10432 के स्थान पर दस हज़ार चार सौ ब ीस लिखना बेहतर होगा।

कथात्मकता-बोलचाल की भाषा की तर्ज पर टेलीविजन समाचार भी कथा सुनाने जैसे ही लिखने चाहिए। दरअसल में समाचार भी एक कहानी (स्टोरी) ही होते हैं। पत्राकार उसे दर्शकों को सुनाता है। ये पुराने जमाने के किस्सागो जैसा ही काम है लेकिन काफी जिम्मेदारी भरा।

दोहराव से बचें-सब शब्दों के दोहराव से बोरियत महसूस करने लगते हैं। मनुष्य हर पल विविधता चाहता है। बोलचाल में भी अगर एक ही शब्द का बार

बार प्रयोग हो तो वो अखरने लगता है। श्रोता उसे पकड़ लेते हैं। इसीलिए लिखते समय इस बात का पूरा ध्यान रखा जाना चाहिए कि शब्दों का दोहराव जहां तक हो सके टाला जाए। इसके लिए पत्राकार कई लेखन तकनीक अपनाते हैं। सबसे जरूरी है पर्यायवाची शब्दों का खजाना। इसके अलावा हम प्रधानमंत्राी वाजपेयी, अटल बिहारी वाजपेयी, श्री वाजपेयी आदि का विविध पूर्ण प्रयोग कर सकते हैं।

संक्षिप्त शब्दावली-अनेक बार संस्थानों और संगठनों के नामों के छोटे रूप अधिक प्रचलित होते हैं। लेकिन ये मान कर नहीं चलना चाहिए कि सभी दर्शक उसके पूरे नाम को जानते हैं। इसलिए एक बार उसका पूरा नाम लिख कर फिर छोटा रूप प्रयोग किया जाना चाहिए। उदाहरण के रूप में पहली बार जवाहरलाल नेहरू विश्वविद्यालय प्रयोग करने के बाद जएनयू का इस्तेमाल किया जा सकता है।

सर्वनाम का प्रयोग-टेलीविजन में जहां तक हो सके सर्वनाम जैसे ये, वे, इसने, उसने, हमने, तुमने, उन्होंने, इन्होंने, उसी ने आदि से बचना चाहिए। सर्वनाम किसी भी संज्ञा के स्थान पर प्रयोग होता है लेकिन टेलीविजन में उनके प्रयोग से एक समस्या उत्पन्न हो जाती है कि यदि दर्शक ने बाद में टेलीविजन खोला है तो वह सर्वनाम की मदद से यह नहीं जान पाता कि किस बारे में बातचीत चल रही है। इसलिए स्क्रिप्ट लेखन के दौरान बार-बार सर्वनाम के उपयोग की बजाय विभिन्न रूपों में संज्ञा का ही उपयोग करना उचित रहता है।

डायरेक्ट स्पीच-टेलीविजन में स्क्रिप्ट लिखने के दौरान इनडायरेक्ट स्पीच का प्रयोग कम से कम किया जाता है, किन्तु सामान्य बोलचाल के दौरान हम बातों को डायरेक्ट स्पीच में भी बोल सकते हैं। ये समझने और बोलने दोनों में आसान होते हैं। उदाहरण के लिए -कल दिल्ली पुलिस द्वारा यमुना विहार इलाके में एक घर पर छापा मारकर दो आतंकवादियों को पकड़ा गया। इसके स्थान पर यह सीधे-सीधे यह कहना अधिक सरल होगा कि दिल्ली पुलिस ने कल यमुना बिहार इलाके में एक घर पर छापा मारकर दो आतंकवादियों को गिरफ्तार कर लिया।

टेलीविजन समाचार लेखन के फोर्मेट

परिचय-अलग-अलग माध्यमों के लिए समाचार लिखने के दौरान ना केवल भाषा में परिवर्तन आ जाता है बल्कि उसके प्रारूप में भी खासा बदलाव लाना पड़ता है। एक समय था जब अनेक समाचर पत्रों के पत्राकार अच्छे वेतन पर टेलीविजन

चैनलों में आ गये थे। उनके लेखन में अखबारों की छाप स्पष्ट देखी जा सकती थी। उन पत्राकारों के लेखन में शब्दों का चयन और वाक्य विन्यास सभी कुछ समाचार पत्राों की ही तरह होता था। सबसे बड़ी दिक्कत उन्हें टेलीविजन के समाचार फॉर्मेट को अपनाने में हुई। एक तरफ टेलीविजन में विजुअल के लिए लिखना था दूसरी तरफ ये लेखन पढ़ने के लिए नहीं सुनने के लिए लिखा जाना था। साथ ही टेलीविजन समाचार का वायस ऑवर, बाईट और फिर वायस ऑवर के ढांचे में बंधा हाना उसकी सबसे बड़ी खासियत थी जो शुरूआत में बड़ी समस्या के रूप में सामने आती है।

टेलीविजन समाचारों के ज्यादातर फॉर्मेट टेलीविजन की जरूरतों के मुताबिक विकसित हुए हैं। अमेरिका और ब्रिटेन में विकसित हुए ये फॉर्मेट आज पूरी दुनिया में स्वीकार्य हो गये हैं। रात-दिन चलने वाले चैनलों के पास हर पल अपने स्त्रोतों से समाचार आते रहते हैं। समाचारों को सबसे पहले दर्शकों तक पहुंचाने की जल्दी में टीवी पत्राकारों ने अनेक फॉर्मेट बनाए हैं।

1. न्यूज़ पैकेज

सबसे अधिक इस्तेमाल होने वाले इस फॉर्मेट को टेलीविजन का मूल समाचार फॉर्मेट कहा जा सकता है। इसके पैकेज नाम से ही अनुमान लगाया जा सकता है कि इसमें समाचार की पैकेजिंग की जाती है। यानी दृश्यों और बाईट को जरूरत के मुताबिक संपादित करके उन पर वायस ऑवर रिकॉर्ड किया जाता है। अक्सर वायस ऑवर और बाईट और फिर वायस ऑवर का क्रम बना कर दर्शकों को पूरे समाचार से अवगत कराया जाता है। एक न्यूज़ पैकेज की औसत अवधि एक से ढेड मिनट की होती है। इसी दौरान सामान्यतः तीन वायस ओवर और दो या तीन बाईट को क्रमशः संपादित किया जाता है इस फॉर्मेट को हम संपूर्ण इसलिए मानते हैं क्योंकि इसमें पत्राकार के पास अपनी रिपोर्ट को प्रस्तुत करने का अधिक समय होता है। इसके अलावा वायस ओवर, बाईट और पीटीसी के जरिए वो अपनी बात सिलसिलेवार ढंग से दर्शकों तक पहुंचा सकता है।

उदाहरण–

वायस ओवर-1 ज़्यादातर शुरूआत विजुअल से ही की जाती है। इसमें दृश्य और कुछ सेकिंड के बाद शब्द न्यूज़ स्टोरी को स्थापित करने की कोशिश करते हैं। इसकी हम अखबार की लीड से तुलना कर सकते हैं। रोचक दृश्यों और शब्दों से दर्शक को बांधे रखने की कोशिश की जाती है। कई बार कुछ खास मौकों पर पत्राकार बाईट से भी शुरूआत करते हैं। लेकिन ऐसे में बाईट काफी दमदार होनी

चाहिए। जो अपने आप में समाचार का सबसे महत्वपूर्ण पहलू हो। उदाहरण के लिए बिहार में जातीय नरसंहार के बाद बिलखती महिलाओं और बच्चों में से किसी एक की बाईट से शुरूआत करके यदि वायस ओवर दिया जाए- बिहार के इस गांव की महिलाओं के लिए कल का दिन एक ....

बाईट (1)-पहले वायस ओवर के क्रम में ही उपयुक्त बाईट का इस्तेमाल ना केवल दर्शकों को घटना से जुड़े किसी व्यक्ति के विचार बताती है बल्कि दर्शकों को आंखों देखी घटनाओं का विवरण बताने में भी मदद करती है। वायस ओवर हो या फिर बाईट इनकी अवधि बीस से पच्चीस सैकिंड ही रखी जानी चाहिए। माना जाता है कि इससे अधिक अवधि में दर्शक बोर हो जाता है। वायस ओवर और बाईट का क्रम भी पैकेज में रोचकता बनाए रखता है।

वायस ओवर-2 खबर का विस्तार कुछ और तथ्य इस वायस ओवर में दिये जा सकते हैं। इसको हम समाचार की बॉडी कह सकते हैं। अक्सर आंकडे दूसरे वायस ओवर में ही दिये जाते हैं।

बाईट-(2) खबर के दोनों पहलू कवर करने के लिए अक्सर बाईट की संख्या कम से कम दो तो होती ही है।

वायस ओवर-3 अंतिम वी ओ होने के कारण इसमें हम खबर के सारे पहलूओं को समेटने की कोशिश करते हैं। अक्सर कुछ पत्राकार साइन ऑफ से पहले संपादकीय लाईन के माध्यम से अपनी राय भी दे देते हैं या फिर एक सवाल छोड़ कर अपनी बात खत्म कर देते हैं।

पीटीसी-जरूरी नहीं है कि सभी न्यूज़ पैकेज पीटीसी से ही समाप्त हों। फिर भी अच्छे पैकेज़ में पीटीसी एक जरूरी अंग है। पीटीसी के बारे में विस्तार से इस पुस्तक के दूसरे अध्याय में चर्चा की गयी है।

उदाहरण—

Anchor Link

देश की आर्थिक राजधानी मुम्बई में आज शाम सिलसिलेवार ढंग से सात धमाके हुए। सभी धमाके लोकल ट्रेनों में हुए। इस आतंकी हमले में डेढ़ सौ से अधिक लोगों के मारे जाने और पांच सौ के करीब घायल होने की आशंका। एक रिपोर्ट

सुपर/एस्टन (Supere Aston)

रिपोर्ट	:	कमल कुमार
अनिल	:	प्रत्यक्षदर्शी
राजकुमार	:	घायल
शिवराज पाटिल	:	केन्द्रीय गृह मंत्री

Vo-1 ये धमाके उस समय हुए जब मुम्बईवासी रोजाना की तरह अपने काम से घरों को लौट रहे थे। मुम्बई की लाइफ लाइन समझी जाने वाली लोकर ट्रेनों के प्रथम श्रेणी के डिब्बों को आतंकवादियों ने अपना निशाना बनाया है। कई बम विस्फोट इतने तेज थे कि डिब्बे के परखच्चे उड़ गए।

Bite-1 अनिल : प्रत्यक्षदर्शी

'पहले तो सोचे डिब्बे में कोई सिलेंडर फट गया, लेकिन धमाका इतना तेज था कि कुछ देर तक तो सुनना ही बंद हो गया। डिब्बे में चारों तरफ लोग चीखने-चिल्लाने लगे थे। कुछ नीचे गिर गए।'

Bite-राजकुमार - घायल

'मैं सीट पर बैठा हुआ था। धमाके के साथ ही कोई चीज मेरे सिर और कंधे पर आकर लगी। कुछ लोग मुझे अस्पताल तक लाए।'

Vo-2 उधर दिल्ली में धमाकों की खबर के बाद प्रधानमंत्री मनमोहन सिंह ने आपात बैठक बुलाई है। प्रधानमंत्री ने लोगों से शान्ति बनाए रखने की अपील की है। केन्द्रीय गृह मंत्री शिवराज पाटिल ने कहा कि सरकार कानून व्यवस्था बनाए रखने के लिए कोई कसर बाकी नहीं छोड़ेगी।

Bite-शिवराज पाटिल- केन्द्रीय गृह मंत्री

'मुझे उम्मीद है कि इस नाजुक मौके पर देश की जनता शान्ति और धैर्य बनाए रखेगी। सरकार आतंकवाद का मजबूती से मुकाबला करेगी।'

Vo.3 सरकार ने मृतकों के परिवार वालों को दस लाख और घायलों को दो-दो लाख रुपए की आर्थिक मदद देने का ऐलान किया है। सरकार ने मुम्बई के सभी बड़े अस्पतालों को घायलों का इलाज करने के निर्देश जारी किए हैं।

PTC ये पहला मौका नहीं है जब आतंकवादियों ने मुम्बई को अपना निशाना बनाया है, लेकिन सबसे बड़ा सवाल ये है कि इस प्रकार की करतूतों को अंजाम देने वालों को हमारी सुरक्षा ऐजेंसियां पहले से ही धर दबौचने में बार-बार नाकाम क्यों रहती हैं? मुम्बई से मैं कमल कुमार....

2 एंकर रीड

इस फॉर्मेट को ड्राई न्यूज़ भी कहा जाता है क्योंकि इसमें समाचार को बिना किसी विजुअल के दिखाया जाता है समाचार केवल एंकर पढ़ देता है और उसका चेहरा ही दर्शक देखते रहते हैं। दूरदर्शन के पास जब अधिक कैमरा टीम नहीं थी, तब उसके बुलेटिनों में ऐसी खबरों की भरमार होती थी। हालांकि एंकर रीड का अधिक होना किसी भी बुलेटिन के लिए काफी बुरा माना जाता है क्योंकि दर्शक तस्वीरें देखने के लिए टेलीविजन समाचार देखता है नहीं तो रेडियो पर भी समाचार सुने जा सकते हैं एंकर का चेहरा आखिर कब तक देखा जा सकता है।

लेकिन इस फॉर्मेट का महत्व भी कोई कम नहीं है। अनेक बार घटना इतनी बड़ी नहीं होती कि उसे पैकेज लायक समय दिया जाए ऐसे में एंकर रीड के रूप में उसे सुना कर इतिश्री कर ली जाती है। इसके अलावा अनेक बार घटना की जानकारी तो ऐजेंसी से मिल जाती है लेकिन उसके विजुअल आने में देर होती है। ऐसे में उसे एंकर रीड बना दिया जाता है। पत्राकार घटना स्थल से ही मोबाइल के जरिये ऑफिस में समाचार की जानकारी दे देता है जिसके आधार पर आसानी से पांच छह लाईन की एंकर रीड तैयार की जा सकती है। ये फॉर्मेट इतना सरल है कि कई बार बुलेटिन पढ़ते समय ही एंकर के हाथ में पांच छह लाइन की एक एंकर रीड थमा दी जाती है।

उदाहरण

देश की आर्थिक राजधानी मुम्बई कुछ देर पहले ही एक के बाद एक हुए सात धमाकों से दहल उठी। इन धमाकों में सौ से अधिक लोगों के मारे जाने की और लगभग पांच सौ के घायल होने की आशंका है। ये बम धमाके आज शाम साढ़े छह बजे के करीब लोकल ट्रेनों में हुए। आतंकियों ने इस समय अपने घरों को लौट रहे यात्रियों को अपना निशाना बनाया हैं

3. एंकर ग्राफिक्स

समाचार के विजुअल जल्दी से जल्दी हेड ऑफिस तक पहुंचाना टीवी पत्रकार के लिए सबसे महत्वपूर्ण किन्तु कठिन कार्य होता है। कोशिशों के बावजूद कई बार विजुअल आने में देर हो ही जाती है। ऐसे में डेस्क के लोग पहले एंकर रीड के तौर पर उस समाचार को पढ़वा देते हैं और बाद में कम्प्यूटर ग्राफिक्स की मदद से उसी खबर को थोड़ा विस्तार दे देते हैं। अक्सर छोटी दुर्घटनाओं, किसी व्यक्ति की मृत्यु के समाचार इस श्रेणी आते हैं। उदाहरण के तौर पर लोकेशन ग्राफिक्स की मदद से दुर्घटना स्थल के बारे में बताया जा सकता है। टेलीविजन समाचार में ग्राफिक्स के महत्व और भूमिका के बारे में इस पुस्तक के अन्य अध्याय में चर्चा

की गयी है।

उदाहरण

देश की आर्थिक राजधानी मुम्बई में आज शाम छह बजकर बीस मिनट से छह बजकर चालीस मिनट के बीच सिलसिलेवार ढंग से सात धमाके हुए। इन धमाकों में सौ से अधिक लोगों के मारे जाने और लगभग पांच सौ के घायल होने की खबर है।

(Graphics In) ये धमाके उस समय हुए जब लोग लोकल ट्रेनों से अपने घरों को लौट रहे थे। अधिकांश धमाके रेल के First Class डिब्बों में हुए हैं। धमाके मीरा रोड, बोरिवली, जोगेश्वरी, खार, बांद्रा, माहिम, मांटुगा में हुए। धमाकों के तुरन्त बाद मुम्बई में टेलीफोन और मोबाइल सेवाएं जाम हो गयीं जिससे लोगों को अपने घरों में संपर्क करना काफी मुश्किल हो रहा है। (Graphics Out)

ये पहला मौका नहीं है जब आतंकियों ने मुम्बई को अपना निशाना बनाया है। इतने बड़े पैमाने पर तेरह साल पहले उन्नीस सौ तिरानवें में भी एक साथ तेरह जगहों पर बम विस्फोट हुए थे, जिसमें दो सौ अट्ठाइस लोग मारे गए और बारह सौ लोग घायल हो गए थे।

4. एंकर विजुअल

विजुअल ऑन एंकर भी एंकर रीड फॉर्मेट का एक और विस्तार है। कुछ चैनलों में इसे VOSOT भी कहा जाता है। यह लगभग एंकर ग्राफिक्स के समान ही है। अंतर केवल इतना ही है कि इसमें ग्राफिक्स के स्थान पर विजुअल दिखाए जाते है। इस फॉर्मेट की जरूरत इसीलिए पड़ी क्योंकि अनेक बार ऑफिस में विजुअल तो आ जाते हैं लेकिन उन्हें एडिट करने का समय नहीं होता। ऐसे में पूरी तरह एडिट करके उसका पैकेज बनाने के बजाए कुछ दृश्यों को ही एंकर के समाचार पढ़ते समय दिखा दिया जाता है। कई बार तो ये भी होता है कि टेप आये अभी कुछ ही मिनट होते हैं और उपयुक्त विजुअल क्यू करके तुरंत उसे दिखा दिया जाता है। आखिर टेलीविजन समाचारों का मूल उद्देश्य दर्शकों तक दृश्य पहुंचाना ही तो है।

उदाहरण

देश की आर्थिक राजधानी मुम्बई में आज शाम छह बजकर बीस मिनट से छह बजकर चालीस मिनट के बीच सिलसिलेवार ढंग से सात धमाके हुए। इन धमाकों में सौ से अधिक लोगों के मारे जाने और लगभग पांच सौ के घायल होने की खबर है।

(Visual In) ये धमाके उस समय हुए जब लोग लोकल ट्रेनों से अपने घरों को लौट रहे थे। अधिकांश धमाके रेल के First Class डिब्बों में हुए हैं। धमाके मीरा रोड, बोरिवली, जोगेश्वरी, खार, बांद्रा, माहिम, मांटुगा में हुए। धमाकों के तुरन्त बाद मुम्बई में टेलीफोन और मोबाइल सेवाएं जाम हो गयीं जिससे लोगों को अपने घरों में संपर्क करना काफी मुश्किल हो रहा है। (Visual Out)

ये पहला मौका नहीं है जब आतंकियों ने मुम्बई को अपना निशाना बनाया है। इतने बड़े पैमाने पर तेरह साल पहले उन्नीस सौ तिरानवें में भी एक साथ तेरह जगहों पर बम विस्फोट हुए थे, जिसमें दो सौ अट्ठाइस लोग मारे गए और बारह सौ लोग घायल हो गए थे।

5. एंकर विजुअल बाईट

ये विजुअल ऑन एंकर फार्मेट का विस्तार है। दोनों में अन्तर केवल इतना है कि इसमें अन्त में एक बाइट दी जाती है। एंकर अनुमानित रूप से एक अवधि तक स्क्रिप्ट पढ़ता है और उसके कुछ सेकेण्ड बाद विजुअल्स रूक जाते हैं और बाइट शुरू हो जाती है। न्यूज पैकेज की तरह इसमें कोई वाईस ओवर रिकार्ड नहीं किया जाता। दरअसल ये फार्मेट उन खबरों में काफी उपयोगी साबित होता है जहां विजुअल्स एडिट करके पैकेज बनाने लायक नहीं समझा जाता है। लेकिन इस फार्मेट की सीमा यही है कि इसमें एक ही बाइट उपयुक्त लगती है।

उदाहरण

देश की आर्थिक राजधानी मुम्बई में आज शाम छह बजकर बीस मिनट से छह बजकर चालीस मिनट के बीच सिलसिलेवार ढंग से सात धमाके हुए। इन धमाकों में सौ से अधिक लोगों के मारे जाने और लगभग पांच सौ के घायल होने की खबर है।

(Visual In) ये धमाके उस समय हुए जब लोग लोकल ट्रेनों से अपने घरों को लौट रहे थे। अधिकांश धमाके रेल के First Class डिब्बों में हुए हैं। धमाके मीरा रोड, बोरिवली, जोगेश्वरी, खार, बांद्रा, माहिम, मांटुगा में हुए। धमाकों के तुरन्त बाद मुम्बई में टेलीफोन और मोबाइल सेवाएं जाम हो गयीं जिससे लोगों को अपने घरों में संपर्क करना काफी मुश्किल हो रहा है। (Visual Out) Bite अनिल-घायल (अस्पताल में)

मैं शाम को ट्रेन से अपने घर जा रहा था। मेरे पीछे एक जोरदार आवाज हुई। मैंने सोचा डिब्बा पटरी से उतर गया। पीछे देखा, इससे पहले कोई चीज मेरे कंधे पर आकर टकरायी और थोड़ी देर में चीखने-चिल्लाने की आवाज आने लगी और कुछ लोग डिब्बे में बेहोश होकर गिर पड़े।

6. एंकर बाईट

कई बार किसी महत्वपूर्ण व्यक्ति द्वारा कही गयी बात ही खबर बन जाती है। ऐसे में अन्य विजुअल दिखाने की अगर जरूरत ना हो तो केवल एंकर द्वारा खबर का परिचय देकर बाईट दिखा दी जाती है और ये एंकर बाईट फॉर्मेट बन जाता है। उदाहरण के तौर पर किसी सरकारी फैसले का बयान या फिर एक मसले पर किसी नेता की प्रतिक्रिया अपने आप में ही खबर बन सकती है।

उदाहरण

उधर दिल्ली में धमाकों की खबर के बाद प्रधानमंत्राी ने तुरन्त आपात बैठक बुलाई है। प्रधानमंत्री ने लोगों से शांति बनाए रखने की अपील करते हुए कहा कि सरकार कानून एवं व्यवस्था बनाए रखने के लिए हर संभव उपाय करेगी। केन्द्रीय गृह मंत्री शिवराज पाटिल ने आपात बैठक के बाद पत्राकारों को सम्बोधित किया।

Bite शिवराज पाटिल- केन्द्रीय गृह मंत्री

मुझे उम्मीद है कि इस नाजुक मौके पर देश की जनता शांति बनाए रखेगी और आतंकवाद का दृढ़ता के साथ सामना करेगी।

7. फोनो रिपोर्ट

टेलीफोन सदा से ही पत्राकारों के लिए समाचारों को भेजने के लिए एक सफल माध्यम साबित हुआ है चाहे तुरंत ऑफिस में कोई सूचना भेजनी हो या फिर आपस में संपर्क साधना हो। आजकल फोन का सीधी रिपोर्टिंग के लिए भी खूब इस्तेमाल हो रहा है। फोनो का उपयोग ख़ासकर वहां अधिक उपयोगी साबित होता है जहां घटना चक्र पल-पल बदला रहा हो। जैसे कोई महत्वपूर्ण कैबिनेट बैठक चल रही है और बाहर कुछ खबरें रुक-रुक कर आ रही हैं ऐसे में बार-बार ताज़ा समाचारों के लिए फोनो एक सर्वो ाम जरिया है। अकसर टीवी पत्राकार दिनभर की ख़बरों का एक न्यूज़ पैकेज बना देते हैं और नये घटनाक्रम के लिए फोनो की मदद ले लेते हैं।

फोनो का दूसरा उपयोग किसी दूर बैठे व्यक्ति से फोन के जरिये उसकी बाईट लेकर किया जाता है। ये जरूरी नहीं कि हर जगह चैनल के रिपोर्टर मौजूद हों ऐसे में तुरंत फोन के जरिये संबंधित व्यक्ति से बात की जा सकती है। उदाहरण स्वरूप अगर किसी सीमा पर अचानक कोई गोलीबारी हो जाये तो संबंधित प्रशासनिक और सैनिक अधिकारी से सम्पर्क टेलीफोन से साधा जा सकता है। फोनो लाईव और रिकॉर्डिंड दोनों हो सकता है। फोनो रिपोर्टिंग के बारे में विस्तार

से अन्य अध्याय में चर्चा की गयी है।

उदाहरण

मुम्बई बम विस्फोट की खबर में विजुअल आफिस भेजने से पहले ही रिपोर्टर घटनास्थल या अस्पताल से फोन के जरिए ताजा हालात की जानकारी दे सकता है। इसके लिए बुलेटिन प्रोड्यूसर एंकर को कुछ सवाल भी दे सकता है। इसके अलावा यदि संभव हो तो प्रोड्यूसर मुम्बई के पुलिस आयुक्त से भी फोन पर तथ्यों की पुष्टि के लिए साक्षात्कार ले सकता है।

8. लाईव वीडियो रिपोर्ट

आधुनिक तकनीक की मदद से आजकल आसानी से रिपोर्टर किसी भी स्थान से लाइव रिपोर्ट भेज सकता है। स्टूडियो में बैठा एंकर एक साथ देश के अलग-अलग भागों में स्थित अपने रिपोर्टरों से सीधी बातचीत कर लेता है। लाईव रिपोर्ट दो प्रकार की हो सकती हैं। पहली स्थिति में रिपोर्टर कैमरे के सामने खड़ा रहकर समाचार के बारे में वर्णन करता है। दूसरी स्थिति में घटनाक्रम का सीधा प्रसारण किया जाता है जिसके साथ-साथ स्टूडियो में बैठे एंकर या घटनास्थल पर मौजूद रिपोर्टर का वर्णन आडियो रूप में चलता रहता है। ओबी वैन और उपग्रह तकनीक के बाद लाइव रिपोर्टिंग करना काफी आसान हो गया है। अब एक साथ एक ही स्क्रीन पर दर्शक एक दर्जन से अधिक स्थानों पर मौजूद रिपोर्टरों को सीधा देख सकते हैं। लाईव रिपोर्टिंग का मकसद दर्शकों को सीधे घटना स्थल से रूबरू कराना है।

हालांकि सीधे प्रसारण के दौरान किसी प्रकार की लिखित स्क्रिप्ट की आवश्यकता नहीं पड़ती, लेकिन इसके लिए लम्बे पत्राकारीय अनुभव, आत्मविश्वास, भाषा पर पकड़ और पैनी दृष्टि की आवश्यकता जरूर पड़ती है। लाईव रिपोर्ट का उपयोग पत्राकार अकसर उन खबरों में अधिक करते हैं जहां खबर का स्वरूप विकासमान है या खबर निरंतर बदल रही है।

उदाहरण

मुम्बई बम विस्फोट की खबर में चैनल तुरन्त अपनी ओबी वैन को घटनास्थल की तरफ रवाना कर सकता है। रिपोर्टर बचाव कार्य की सीधी कवरेज दिखा सकता है। जबकि दूसरी वैन अस्पताल के हालात का सीधा प्रसारण कर सकता है। विजुअल प्रसारण के अलावा प्रत्यक्षदर्शियों का सामूहिक इंटरव्यू का भी लाइव प्रसारण करना बेहतर होगा। ओबी वैन के जरिए रिपोर्टर समय-समय पर मिलने वाली ताज़ा जानकारियों को समेटते हुए प्रत्येक बुलेटिन में कुछ लाइव चैट भी कर सकते हैं।

9. स्टूडियो चर्चा

वैसे तो परम्परागत अर्थों में समाचार का अर्थ केवल तथ्यों से लिया जाता है। लेकिन अब समाचार में विचार का मिश्रण भी होने लगा है और दर्शक इसे पसन्द करते हैं। समाचार बुलेटिन में चर्चा-विमर्श एक जमाने में न के बराबर था। आजकल प्राइम टाइम बुलेटिन में समाचार के साथ समकालीन मुद्दे पर छोटी सी चर्चा एक जरूरी हिस्सा बन गयी है। अकसर समाचार प्रोड्यूसर किसी ज्वलंत मुद्दे पर दो विशेषज्ञों को स्टूडियो में आमंत्रित करते हैं और बुलेटिन के बीच में ही सम्बन्धित खबर दिखाने के बाद उस पर मेहमानों से चर्चा करते हैं। यह सिलसिला दो-तीन सवालों तक ही सीमित रहता है। इसके बाद फिर से बुलेटिन के बाकी के समाचार दिखाये जाते हैं।

उदाहरण

मुम्बई बम विस्फोट का हाथ होने के संकेत मिले। इस मुद्दे पर स्टूडियो में चर्चा-विमर्श के लिए पुलिस आयुक्त, सिमी नेता और राजनैतिक पक्षों को बुलाया जा सकता है। लेकिन ये बात हमेशा ध्यान में रखनी चाहिए कि किसी भी स्टूडियो चर्चा के लिए एक विवादास्पद मुद्दा और दो या दो से अधिक पक्षों के प्रतिनिधियों का होना आवश्यक है।

10. इंटरव्यू

कई बार कोई समाचार चैनल किसी महत्वपूर्ण हस्ती से विशेष इंटरव्यू करने में सफल होता है। जिसे वह ज्यों का त्यों या थोड़े बहुत संपादन के बाद दिखाता है। दरअसल इस प्रकार के एक्सक्लूसिव इंटरव्यू से भी अनेक खबरें निकलती हैं जैसे-एनडीए सरकार के दौरान जब प्रधानमंत्री अटल बिहारी वाजपेयी के इस्तीफे की चर्चा खूब गर्म थी तब आज तक ने वाजपेयी से एक एक्सक्लूसिव इंटरव्यू किया। जिसमें प्रधानमंत्री ने इस्तीफे की किसी भी संभावना से साफ इंकार किया। ये स्वयं एक बड़ी खबर थी जिसे आज तक ने अपने बुलेटिन में हेडलाइन बनाया।

उदाहरण

मुम्बई बम धमाकों की घटना के बारे में मुम्बई पुलिस आयुक्त की विशेष इंटरव्यू आधारित खबर बनाई जा सकती है।

11. वॉक्स पॉप

ये एक रोचक समाचार फार्मेट है जिसमें आम लागों के विचारों को खबर

बनाया जाता है। वॉक्स पॉप शब्द लेटिन भाषा के Vox Populi शब्द से बना है। इसका अर्थ होता है जनता की आवाज। इसमें रिपोर्टर जनता के पास अलग-अलग मुद्दों पर उनकी राय लेने के लिए जाता है और सभी से दो या तीन सवाल पूछता है। बाद में इन बाइट्स को एक साथ ऐडिट करके समाचार के रूप में दिखाया जाता है। अकसर एक वॉक्स पॉप में सात से दस लोगों की बाइट शामिल की जाती है। वॉक्स पॉप में ये ध्यान रखा जाता है कि सभी तबके के लोगों की आवाज उसमें शामिल की गई हो।

उदाहरण

मुम्बई बम धमाको के एक-दो दिन बाद अनेक मसलों पर आम लोगों की राय ली जा सकती है। जैसे- मुम्बईवासियों को इस प्रकार की आतंकवादी कार्रवाई से निबटने के लिए किस प्रकार की तैयारी करनी चाहिए। इस प्रकार की आतंकी घटना के लिए कौन जिम्मेदार है?

एंकर लिंक

समाचार पत्र में जो महत्व मुखड़े (Intro) का है वही टेलीविजन समाचार में एंकर लिंक का होता है। दरअसल एक समाचार बुलेटिन में प्रत्येक समाचार का पहले एंकर परिचय देता है और उसके बाद उस समाचार का विजुअल रूप दर्शकों को दिखाया जाता है इस प्रकार एंकर एक समाचार को दूसरे समाचार से अलग भी करता है और दो समाचारों के बीच में लिंक का काम भी करता है। जिस प्रकार प्रिंट पत्रकार मुखड़ा बनाते वक्त खबर के सबसे अधिक महत्वपूर्ण भाग को उभारते हैं उसी प्रकार टेलीविजन पत्रकार भी किसी न्यूज का एंकर लिंक बनाते समय इस बात का विशेष ध्यान रखते हैं कि समाचार का अर्थ सबसे नया, रोचक और सनसनीखेज पहलू एंकर लिंक में प्रस्तुत किया जाये, लेकिन इसका अर्थ यह नहीं है कि इस खबर के सभी पहलुओं को एंकर लिंक में समेटा जाये। दरअसल एंकर लिंक का प्रमुख कार्य दर्शक को समाचार देखने के लिए प्रेरित करना है।

दर्शक हमेशा यह जानना चाहता है कि सबसे महत्वपूर्ण खबर क्या है। न्यूज का केन्द्रीय बिन्दु क्या है। किसने क्या कहा है और कहां कौन सी घटना घटी है। घटनाक्रम में भी नवीनतम कौन सी है और कौन सी घटना उन्हें अत्यधिक प्रभावित करने वाली है। इसी प्रकार समाचार मूल्यों को आधार बनाकर टेलीविजन पत्रकार एंकर लिंक लिखते हैं। अधिकांश एंकर लिंक दो से तीन वाक्यों के होते हैं। अधिक लम्बे एंकर लिंक बोरियत पैदा करते हैं। रोचक एंकर

लिंक लिखना लम्बे अनुभव के बाद ही संभव हो पाता है। बाजार के दबाव और टीआरपी की होड़ के चलते एंकर लिंक को अधिकाधिक सनसनीखेज बनाया जा रहा है। टेलीविजन चैनलों में एंकर लिंक लिखने के लिए अलग से प्रोड्यूसर रखे जाते हैं। ये लोग न केवल भाषा के धनी होते हैं बल्कि इन्हें खबरों को रोचक अंदाज में प्रस्तुत करने में महारत हासिल होती है। एंकर लिंक के जरिये साधारण से साधारण समाचार को भी विशेष बनाकर पेश किया जा सकता है।

एंकर लिंक लेखन

अधिकांश एंकर लिंक छह ककार के इर्द-गिर्द लिखे जाते हैं।

1. **क्या**-भोपाल से ग्वालियर जा रही एक पेसेन्जर गाड़ी के नदी में गिरने से लगभग 100 लोगों के मारे जाने की खबर है। यह दुर्घटना आज सुबह पांच बजे विदिशा के पास हुई। और जानकारी के लिए आइये बात करते हैं अपने संवाददाता से जो इस समय घटना स्थल पर मौजूद हैं।

2. **कौन**-स्टाम्प घोटाले के मुख्य आरोपी केतन पारीख ने कल मुम्बई में आत्म समर्पण कर दिया। घोटाला उजागन होने के बाद से केतन पारीख फरार था। और अदानल ने उसके खिलाफ गैर जमानती वारंटी जारी कर दिया था।

3. **कब**-आखिरकार अमरकांत की पत्नी मधुमणी त्रिपाठी ने कल लखनऊ की एक अदालत में आत्म समर्पण कर दिया।

4. **कहां**-लगभग एक महीने की तलाश के बाद कालूराम उर्फ 'कालिया' को कल भोपाल में गिरफ्तार कर लिया गया। कालिया पर अनेक हत्याओं और डकैतियों के आरोप थे।

5. **कैसे**-चंदन तस्कर वीरप्पन को कल दो घंटे चली मुतभेड़ में मार दिया गया। वीरप्पन की तलाश में सेना और पुलिस के जवान पिछले दो महीने से विशेष अभियान चलाये हुये थे।

6. **क्यों**-पर्चा लीक करने के प्रमुख आरोपी राधेश्याम ने पूछताछ के दौरान बताया कि उसे अपनी बेटी की शादी के लिए पैसे की जरूरत थी और पैसा जुटाने के लिए उसने पर्चा लीक किया।

एंकर लिंक के प्रकार

एक ही समाचार को विभिन्न चैनल अक्सर अपने-अपने अंदाज में पेश करते हैं। कई बार तो अलग-अलग चैनल घटना के पक्ष और विपक्ष में खबरों को प्रस्तुत करते हैं। घटना के कौन से पहलू को एंकर लिंक बनाया गया है, इससे भी चैनल

के रवैये का पता चलता है। प्रतिस्पर्द्धा में प्रत्येक चैनल कुछ हटकर एंकर लिंक बनाने की कोशिश करता है। कई बार तो घटना के छोटे से पहलू को उठाकर ही तिल का ताड़ बना दिया जाता है। कभी किसी कथन को खबर बनाया जाता है तो कभी घटना खबर बनती है।

1. **उद्धरण आधारित एंकर लिंक**-वित्त मंत्री जसवंत सिंह ने कहा है कि तीसरी तिमाही में कृषि क्षेत्र में नौ फीसदी की विकास दर होने पर सारे देश को गर्व होना चाहिए। वित्त मंत्री कल उद्योगपतियों के संगठन फिक्की के सम्मेलन में बोल रहे थे।

2. **प्रश्नवाचक एंकर लिंक**-क्या आप गर्मियों में कहीं घूमने की योजना बना रहे हैं। यदि हां तो फैसला करने के पहले जरा टूर पैकेजों को ध्यान से समझ लें।

3. **वक्तव्य आधारित एंकर लिंक**-दुनिया में करीब साढ़े चार करोड़ लोग नेत्रहीन हैं। यह संख्या सन् 2020 तक दोगुनी हो जाने की आशंका है। अंधकार रोकने के संदेश को घर-घर पहुंचाने के लिए विश्व अंधकार निवारण सप्ताह मनाया जा रहा है। पेश है एक विशेष रिपोर्ट।

अब आप अपने टेलीविजन सेट पर राजनीतिक विज्ञापन नहीं देख पायेंगे। सुप्रीम कोर्ट ने एक फैसले पर कल इस पर रोक लगा दी।

4. **विवरणात्मक एंकर लिंक**-वो पांच साल पहले उत्तरप्रदेश के छोटे से गांव से भागकर दिल्ली आया था। उस वक्त उसका सपना था एक छोटी सी सब्जी की दुकान चलाना। लेकिन अब वह एक ऐसी दुकान चलाता है जिसमें होता है जिस्सफरोशी का धंधा। देखिये एक रिपोर्ट-

5. **शौकिंग एंकर लिंक**-उत्तरप्रदेश बीजेपी अध्यक्ष विनय कटियार के बाद अब गुजरात के मुख्यमंत्री नरेन्द्र मोदी की जबान भी बेलगाम हो गई है।

अभी तक आपने ऐसे अनेक हत्यारे देखे होंगे जो बदला लेने के लिए किसी का कत्ल कर देते हैं। लेकिन हम आपको एक ऐसे खूंखार हत्यारे के बारे में बताते है जो केवल अपना शौक पूरा करने के लिए किसी को मौत की नींद सुला देता है। देखिये एक रिपोर्ट-

टेलीविजन हेडलाइन

प्रत्येक समाचार बुलेटिन हेडलाइन से शुरू होते हैं। अधिकांश चैनल अपने बुलेटिनों से पहले चार से छह हेडलाइन देते हैं। जबकि कुछ समाचार बुलेटिन दो बुलेटिनों के बीच में संक्षिप्त समाचार के रूप में भी प्रमुख खबरों को हेडलाइन के रूप में दिखाते हैं। दरअसल हेडलाइन का उद्देश्य बुलेटिन की शुरूआत में ही

दर्शकों को प्रमुख खबरों से परिचित कराना होता है। यह एक प्रकार से बुलेटिन की शो केस विण्डो है। हेडलाइन के साथ-साथ चैनल उस खबर से जुड़े हुए एक या दो तस्वीरें भी दिखाते हैं। ये विजुअल सबसे रोचक होते हैं जिन्हें देखकर दर्शक के मन में पूरी खबर देखने की जिज्ञासा पैदा होती है। खबरों की मार्केटिंग के हिसाब से भी हेडलाइन का विशेष महत्व है। हेडलाइन के जरिये पत्रकार न केवल खबरों के महत्व या प्रमुखता को बताते हैं बल्कि इसकी मदद से वे दर्शकों को बांधे रखने की कोशिश भी करते हैं। अनेक बार कोई खबर हेडलाइन में सबसे पहले दिखा दी जाती है और दर्शक केवल उसे देखने के लिए पूरे बुलेटिन भर इंतजार करता है।

टीजर और स्लग

टेलीविजन निर्माता निरंतर दर्शकों को बांधे रखने का प्रयत्न करते हैं। दर्शक उनका कार्यक्रम लगातार देखते रहें इसके लिए वे विभिन्न तरीके अपनाते हैं और उन्हीं में से एक है टीजर। टीजर ब्रेक पर जाने से पहले वह दृश्य एवं श्रृव्य जानकारी है जिसकी मदद से टेलीविजन निर्माता दर्शकों को यह संदेश देता है कि आप कार्यक्रम देखते रहिये, आगे भी और रोचक जानकारियां हैं। समाचारों में टीजर के दौरान ब्रेक के बाद दिखाये जाने वाली प्रमुख खबरों को पेश किया जाता है। वैसे तो टीजर का प्रयोग मनोरंजक कार्यक्रमों में भी किया जाता है, लेकिन इस शब्द का उपयोग अधिकांश टेलीविजन समाचारों के संदर्भ में किया जाता है।

टेलीविजन पत्रकार किसी भी समाचार को अति संक्षिप्त रूप में लिखने के लिए इसे दो या तीन शब्दों में समेट देते हैं। जैसे किसी मसले पर यदि कांग्रेस प्रवक्ता अपनी बात पत्रकारों के सामने प्रेस कान्फ्रेंस के माध्यम से रख रहे हैं तो उसे ब्वदहतमे च्ब कहने से पूरी खबर सम्प्रेषित हो जाती है। इस प्रकार खबरों का अति संक्षिप्तीकरण करना स्लग बनाना कहलाता है। स्लग का प्रयोग दर्शकों के लिए नहीं किया जाता। यह शब्द पत्रकार अपनी सुविधा के लिए चैनल के आन्तरिक कामकाज के दौरान प्रयोग करते हैं। जैसे इस खबर की स्क्रिप्ट कम्प्युटर में बनाकर उसकी फाइल का नाम कांग्रेस पीसी रखा जाता है, जिससे कि अन्य लोगों को भी तुरन्त खबर का अंदाजा हो जाये।

स्लग के उदाहरण

भारतीय जनता पार्टी की जनसभा (BJP rally)
केन्द्रीय केबीनेट की बैठक (Cabinet Meet)

भारत पाकिस्तान क्रिकेट मैच (Indo-Pak Cri)
भोपाल एक्सप्रेस दुर्घटनाग्रस्त (rail acci)
शेयर बाजार का उतार चढ़ाव (Sensex)

अभ्यास कार्य

- किसी बड़े समाचार का टेलीविजन क्रालर के लिए एक लाइन का समाचार बनाइए।
- समाचार एजेंसी के कॉपी के आधार पर टेलीविजन के लिए न्यूज पैकेज लिखें।
- न्यूज पैकेजिंग के अभ्यास के लिए एक ही फुटेज को अलग-अलग छात्रों को दिखाएं और छात्र उसके आधार पर अपनी स्क्रिप्ट लिखें। जिसके आधार पर बाद में उस फुटेज से न्यूज पैकेज एडिट किया जाए।
- किसी तस्वीर को लेकर एक स्क्रिप्ट तैयार करें। ये अभ्यास एक से अधिक तस्वीरों को क्रम विशेष में जोड़कर भी किया जा सकता है। दरअसल एक स्थिर तस्वीर अलग-अलग स्क्रिप्ट के संदर्भ में किस प्रकार अलग भाव व्यक्त करती है ये जानना इस अभ्यास का उद्देश्य है।
- किसी वीडियो क्लिप को मूक करके देखें और फिर उसके लिए स्क्रिप्ट लिखें। उसके बाद स्क्रिप्ट को विजुअल चलाकर पढ़ें और देखें क्या शब्द और दृश्यों के बीच मेल-जोल है।
- किसी टेलीविजन समाचार के लिए विभिन्न प्रकार के एंकर-लिंक तैयार करें। साथ ही ये भी बताएं कि एंकर लिंक बदलने से समाचार के भाव में क्या परिवर्तन आएगा।
- टेलीविजन देखते हुए रोचक हेडलाइन की सूची तैयार करें। एक ही समाचार के लिए विभिन्न समाचार चैनलों द्वारा बनाए गए शीर्षकों पर तुलनात्मक विचार करें। स्वयं एक समाचार के अनेक हेडलाइन बनाने का अभ्यास करें।

अध्याय 3

टेलीविजन की भाषा

- ☐ बोलचाल की भाषा
- ☐ जनसंचार लेखन
- ☐ दृश्यों के लिए लेखन
- ☐ टेलीविजन समाचारों की भाषा
- ☐ टेलीविजन समाचारों की शब्दावली
- ☐ टेलीविजन समाचारों के मुहावरे एवं अलंकार
- ☐ अभ्यास कार्य

बोलचाल की भाषा

अक्सर लोग सोचते हैं कि जो लोग लिखने और बोलने के दौरान मुश्किल शब्दों का इस्तेमाल करते हैं उन लोगों को भाषा की अच्छी समझ होती है। इसमें कुछ सच हो सकता है लेकिन अगर हम जनसंचार माध्यमों के लिए लेखन की बात करें तो हमें दूसरे कोण से सोचना होगा। साधारण सा तर्क ये है कि बेहतर संचार के लिए हमें उसी भाषा का प्रयोग करना पड़ेगा जिसको हमारी लक्षांक जनता यानी दर्शक, पाठक और श्रोता भलीभांति और सहजता से समझ सकें और इसी कारण बोलचाल की भाषा का महत्व बढ़ जाता है।

बचपन से ही हमें स्कूल में भाषा का लिखित रूप ही अधिक सिखाया जाता है। जो छात्र अच्छा लिखना जानते हैं वही अच्छे अंक प्राप्त करते हैं। परीक्षा और मूल्यांकन का सारा ढांचा ही लिखित भाषा पर आधारित है। ये एक विचारणीय पहलू है कि हिन्दी में बोलचाल की भाषा को कभी भी गंभीर अध्ययन का विषय नहीं बनाया गया। जबकि अंग्रेजी में स्पोकन इंग्लिश पर काफी कम हुआ है। शायद इसका कारण कुछ विद्वानों का आम जनता की बोली और भाषा को गंवार समझना भी रहा है। भाषा का इतिहास बताता है कि सामान्य जन ने ही समय-समय पर अपनी जरूरत के हिसाब से भाषा को बदला है और उसे समृद्ध किया है। भाषाविद् तो शब्दकोष में उस बदलाव को दर्ज करने का काम

करते हैं। जब भी हम भाषा का प्रयोग लिखने में करते हैं जाने-अनजाने हमारा शब्द चयन और वाक्य विन्यास लिखित भाषा के ढांचे की झलक देता है। ये एक मजेदार तथ्य है कि मनुष्य ने संचार के लिए पहले ध्वनियों को ईजाद किया और हजारों साल बाद ही उनको लिपि का रूप दिया गया। आज भी बच्चा बोलना पहले सीखता है और स्कूल जाकर ही उसे लिखना सिखाया जाता है। कहावत है काला अक्षर भैंस बराबर। भारत जैसे देश में जहां आज भी आबादी का एक बड़ा हिस्सा पढ़ा लिखा नहीं है बोलचाल की भाषा के महत्व को नकारा नहीं जा सकता।

अब सवाल ये उठता है कि टेलीविजन पत्रकारिता के संदर्भ में बोलचाल की भाषा की चर्चा क्यों महत्वपूर्ण बन जाती है। टेलीविजन एक जनसंचार माध्यम है जिसके श्रोता ना केवल सामान्य जन हैं बल्कि वे अलग-अलग सामाजिक सांस्कृतिक पृष्ठभूमि के हैं और टेलीविजन पत्रकारिता का मूल उद्देश्य भाषा की विद्वता बघारना नहीं बल्कि खबरों को लोगों तक पहुंचाना है। हालांकि हरेक व्यक्ति तक पूर्ण संचार करना असंभव है, लेकिन हमारी कोशिश रहती है कि कैसे अधिक से अधिक स्पष्टता से समाचारों को लोगों तक पहुंचाया जाए और ये केवल तभी संभव हो सकता है जब हम अपने संदेश के लिए उन्हीं प्रतीकों और शब्दों का प्रयोग करें जिनसे श्रोता भी वाकिफ हों। कहावत ये भी है कि कोस कोस पै बदलै पाणी, पांच कोस पै बदली वाणी। जब स्थानीय भाषाओं की इतनी विविधता हो तो बोलचाल की भाषा का मानक तय कर पाना सच में काफी मुश्किल काम है। लेकिन टेलीविजन पत्रकारों को यही काम करना पड़ता है। आज के बोलचाल को समझाने के लिए हमें इसके अतीत पर एक नजर डाली पड़ेगी।

प्राचीन काल में संस्कृत को जानने की सबको अनुमति नहीं थी क्योंकि कुछ ही लोग पढ़ाई-लिखाई के सारे काम करते थे। बड़े-बड़े वेद-पुराण संस्कृत में हैं और संस्कृत के जानकार लोग उनका अध्ययन करके आम लोगों को उनकी जानकारी देते थे। दूसरे शब्दों में कहें तो ज्ञान की कुंजी कुछ खास लोगों तक ही सीमित थी। आम लोगों ने अपनी अलग बोलियाँ थी। मुगल भारत में फारसी अपने साथ लाए। फारसी काफी दिनों तक दरबारी भाषा बनी रही। स्थानीय भाषाओं से मेलजोल के बाद उर्दू का जन्म हुआ। इसी तरह अंग्रेजों के साथ ही अंग्रेजी भाषा भी भारत में आयी। भारतीयों ने अंग्रेजी के भी अनेक शब्द अपने बोलचाल में शामिल कर लिये।

बीसवीं सदी की शुरूआत में देश में नगरीकरण की प्रक्रिया की शुरूआत हुई। ग्रामीण काम की तलाश में बड़े शहरों की ओर प्रस्थान करने लगे तो वो

भी अपने साथ अनेक बोलियों के ठेठ देशज शब्द ले गये। ये प्रक्रिया बड़े ही व्यापक स्तर पर भाषाओं और बोलियों के मेलजोल की प्रक्रिया थी जो आज भी अनवरत जारी है। साररूप में कहा जाए तो आज खड़ी बोली का जो रूप उत्तर भारत के लोग प्रयोग करते हैं उसका विकास सैंकड़ों सालों के मेलजोल के बाद हुआ है। हम हिन्दी नहीं बोलते बल्कि इसके लिए बेहतर शब्द हिन्दुस्तानी है।

बोलचाल की भाषा निरंतर बदलती रहती है। समय और जरूरत के मुताबिक विकसित और समृद्ध होती रहती है। नये शब्द जुड़ते जाते हैं और कुछ शब्दों का प्रयोग छूटता जाता है या कम हो जाता है। किसी भी भाषा के विकास की ये एक सहज प्रक्रिया है। हरेक भाषा को बदलते वक्त के साथ खुद की उपयोगिता को साबित करते रहना पड़ता है। बोलचाल की भाषा को हमें इसके इसी बदलते स्वरूप में समझना और स्वीकारना होगा। जन संचारक होने के नाते एक पत्रकार को पोपुलर भाषा की नब्ज पर हाथ रखना सीखना पड़ेगा।

इतिहास भी बताता है कि जितने भी बड़े-बड़े संत और नेता हुए हैं वे अपने काल के अच्छे संचारक थे। महात्मा बुद्ध ने अपने विचार फैलाने के लिए संस्कृत की बजाए आम लोगों की पाली और प्रकृत को अपनाया। कबीर ने अवधी और ब्रज के घोलमेल को ही अपने दोहों का माध्यम बनाया। सूरदास ने ब्रज चुनी। आधुनिक युग में विवेकानंद, गांधी, माओ त्से तुंग और रजनीश अपने समय के अच्छे संचारक रहे और उन्होंने अपने समय की सरल और बोलचाल की भाषा में दर्शन की गूढ़ बातों पर चर्चा की है।

बोलचाल की भाषा का एक और पहलू जिस पर अक्सर कम ध्यान दिया जाता है वो है लिखित भाषा के शब्दकोश में लाखों शब्द हो सकते हैं, लेकिन हम सारे शब्दों का इस्तेमाल बोलचाल के दौरान नहीं करते। अमूमन एक सामान्य व्यक्ति अपने दिन भर के सारे बोलचाल में केवल 2000 शब्दों से ही काम चला लेता है।

जनसंचार लेखन

टेलीविजन एक जनसंचार माध्यम है और इसे व्यापक स्तर पर आम लोगों द्वारा देखा जाता है। दर्शकों में विभिन्न पृष्ठभूमि के लोग शामिल हैं। अनपढ़ और पढ़े-लिखे दोनों प्रकार के लोग टेलीविजन देखते हैं। इसीलिए टेलीविजन के लिखना सामान्य लेखन से कठिन माना जाता है। जनसंचार की दृष्टि से भाषा के दो रूप होते हैं- मुद्रित और श्रव्य। मुद्रित भाषा के लिए पढ़ा लिखा होना जरूरी है। जबकि श्रव्य भाषा के लिए ये जरूरी नहीं कि व्यक्ति साक्षर हो, क्योंकि टेलीविजन रेडियो की तरह एक श्रव्य माध्यम है इसलिए इसकी कुछ

विशेषताएं समाचार लेखन के संदर्भ में रेडियो से भी मेल खाती हैं। इसमें भी रेडियो की तरह बोलचाल की भाषा का इस्तेमाल किया जाता है। लिखित और बोलचाल की भाषा में अंतर को देखे तो पता चलता है कि बोलचाल की भाषा में सरल शब्दों और वाक्यों का प्रयोग अधिक होता है। बोलचाल की भाषा में तद्‌भव और देसज शब्दों का प्रयोग अधिक किया जाता है वहीं लिखित भाषा के दौरान तत्सम शब्दों का प्रयोग होता है। वैसे लेखन में लालित्य और स्वाभिवकता लाने में तद्‌भव शब्द काफी सहायक होते हैं।

मनुष्य का स्वभाव है कि वह कम मेहनत में अधिकाधिक संचार करना चाहता है। बोलचाल की भाषा में असंख्य उदाहरण ऐसे हैं जब हम बहुत ही कम शब्दों का इस्तेमाल करते हुए अपनी बात दूसरों को समझा जाते हैं। जैसे किसी व्यक्ति के नाम के संदर्भ में बात करें तो ग्रामीण इलाकों में ये ख़ास आदत होती हैं कि वे किसी भी बड़े नाम को अपनी सुविधानुसार छोटे रूप में पुकारने लगते हैं। बतौर उदाहरण लक्ष्मण नाम को लच्छु कह कर पुकारना। इसी तरह जो शब्द बोलने में अधिक कठिनाई हाती है, उन्हें भी लोग आसान रूप में बोलते हैं जैसे सारी हिन्दी पट्टी की बोलियों में श के स्थान पर स का उच्चारण किया जाता है और प्रकार की परकार, स्कूल को सकूल या इस्कूल, गर्म को गरम आदि पुकारा जाता है।

टेलीविजन समाचार चैनलों का एक दिलचस्प उदाहरण इस संदर्भ में प्रस्तुत है- ट्रक चालकों ने अपनी मांगों के समर्थन में हड़ताल की थी, लगभग सभी न्यूज़ चैनलों ने इस खबर में ट्रक ऑपरेटरों, ट्रक चालकों, ट्रक मालिकों ने हड़ताल कर दी..... इन शब्दों का प्रयोग किया लेकिन एक चैनल ने बहुत ही साधारण लहज़े में कहा कि ट्रक वालों ने हड़ताल कर दी। भरतमुनि ने भी अपने नाट्य शास्त्र में नाटकों की लोकप्रियता को बरकरार रखने के संदर्भ में कहा है- मृदुललित पदाद्यं गूढ़शब्दार्थहीनं जनपद सुख बोध्यम- यानी भाषा ऐसी हो जिसमें मृदु ललित शब्दों के समूह हों,..... गूढ़ता अर्थ में ना हो व जनपद को आसानी से समझ में आ जाए। ठीक यही बात संचार की दृष्टि से टेलीविजन समाचारों पर भी लागू होती है। कहना चाहिए समाचारों की शब्दावली अगर साहित्यिक, अलंकरित या गूढ़ होगी तो उसका पूरा लाभ जन सामान्य नहीं उठा पाएंगे। बेहतर हो अगर टेलीविजन लेखक वही भाषा प्रयोग में लाये जो उसके बहुसंख्यक दर्शक बोलते और जानते हों और वो है बोलचाल की भाषा- हिन्दुस्तानी।

दृश्यों के लिए लेखन

टेलीविजन समाचारों के लिए लिखना दृश्यों के लिए लेखन है। जहां भी

दृश्य और नैरेशन में सामंजस्य नहीं होगा वहीं सम्प्रेषण की दृष्टि से वह माध्यम विफल हो जाएगा। अधिकतर टेलीविजन समाचारों में ऐसे उदाहरण मिल जाएंगे, जब स्क्रिप्ट का मुख्य आधार ख़बर के दृश्य ही होते हैं। उदाहरण

आंखें हैं तो जहान है, लेकिन अगर इन आंखों से आप अपने जहान को इतना ही देख पाएं तो आपको कैसा लगेगा। आज देश में हज़ारों की संख्या में लोग दृष्टिदोष के शिकार हैं और मोतियाबिंद से पीड़ित हैं। (डी डी न्यूज, 1 अप्रैल)

इन पंक्तियों को यदि दृश्यों के साथ जोड़ कर सुना जाए तो शायद कोई कमी महसूस नहीं होगी। परन्तु दृश्यों को ओझल कर दिया जाए तो स्क्रिप्ट में इतना ही देख पाएं ..... को समझना मुश्किल होगा। दरअसल, दृश्य में कैमरे ने डिफोकस रूप में विजुअल रिकोर्ड किये थे जो मोतियाबिंद के धुंधलेपन को दिखा रहे थे। ऐसे ही अनेक उदाहरणों से रेडियो और समाचारपत्र से टेलीविजन स्क्रिप्ट की भिन्नता को दर्शाया जा सकता है। टेलीविजन में अख़बार की तरह शब्द की स्वतंत्र सत्ता नहीं होती बल्कि उसे दृश्यों के साथ मिलकर चलना पड़ता है। दोनों के बीच तालमेल ही एक न्यूज़ स्टोरी को यादगार बनाने में सहायक होते हैं। दृश्य जहां भावनात्मक स्तर पर काम करते हैं वहीं शब्द तथ्यों को उजागर करते हैं।

टेलीविजन समाचारों की भाषा

हिन्दी भाषा के प्रचार-प्रसार में जितना योगदान हिन्दी फिल्मों और टेलीविजन कार्यक्रमों का रहा है शायद उतना देश के हिन्दी विद्वानों का नहीं रहा। यही कारण है कि जो काम केन्द्रीय सरकार कानून बनाकर नहीं कर पायी वो काम बहुत ही सहज तरीके से पूरा होने की तरफ बढ़ रहा है। ये काम है हिन्दी का एक राष्ट्रीय भाषा के रूप में बनकर उभरना। आज देश के दक्षिणी प्रांत हों या पूर्वोत्तर सब जगह ना केवल हिन्दी समझी जाती है बल्कि हिन्दी टेलीविजन कार्यक्रम चाव देखे जाते हैं हिन्दी फिल्मों द्वारा शुरू किये गये इस अभियान को अब टेलीविजन आगे बढ़ा रहा है।

टेलीविजन चैनलों के बीच प्रतिस्पर्धा के दौर में हिन्दी का स्वरूप भी निरंतर बदल रहा है। निरंतर बदलती आवश्यकताओं के अनुरूप हिन्दी में नये प्रयोग किये जा रहे हैं कई मायने में ये प्रयोग शुभ हैं तो कई अर्थों में ये काफी चिंताजनक और विचारणीय भी। स्पष्ट है कि भारत में सबसे अधिक हिंदी भाषी होने के कारण अब बाज़ार ने हिन्दी के महत्व को स्वीकार कर लिया है। पहली बार बाज़ार हिंदीमय हो रहा है। विज्ञापन हो या ग्रीटिंग कार्ड

सभी कुछ हिंदी में पहले से ज्यादा सहज लग रहे हैं। अधिकांश टेलीविजन चैनल एक के बाद एक हिंदी की शरण में चले गये हैं। ये हिंदी का जमाना है। पोपूलर हिंदी का। टेलीविजन की पोपूलर हिंदी का विकास चैनलों के विकास से सीधा जुड़ा हुआ है।

समाचार की भाषा

लम्बे समय तक दूरदर्शन की सरकारी हिंदी और शुरूआती दिनों में ज़ी न्यूज़ की हिंग्लिश के बाद अब लगभग सभी टेलीविजन पत्रकारों ने ये स्वीकार कर लिया है कि अधिकतर दर्शकों के चहेते बनना है तो हिन्दुस्तानी भाषा को अपनाना होगा। हिंदुस्तानी यानी विशुद्ध हिन्दी के स्थान पर हिन्दी, ऊर्दू, संस्कृत, अंग्रेजी और बोलियों का व्यवहारिक मिश्रण। आज तक ने ठेठ मुहावरों और देसज शब्दों का प्रयोग करके टेलीविजन समाचारों की भाषा को और अधिक सरल और ग्रहणीय बनाया। हिंदी अब टेलीविजन समाचारों में पूरी तरह स्थापित हो चुकी है और अपना मुहावरा स्वयं गढ़ रही है। चैनल आम लोगों से ठेठ देहाती जुमलों और अभिव्यक्तियों को ले रहे हैं तो साथ ही उन्हें अनेक नये शब्द भी सिखा रहे हैं।

देश में टेलीविजन चैनल तेज़ी से पोपूलर हिंदी का विकास कर रहे हैं। पोपूलर यानी लोगों की लोकप्रिय जुबान - जो ना तो उनकी अपनी पुरानी बोली जैसी है और ना ही शुद्ध हिंदी। ये किताबों में जड़ कर दी गयी भाषा ना होकर निरंतर बहने वाला दरिया है। हर पल मीडिया और आम आदमी इसमें नये प्रयोग कर रहे हैं। कोई सख्त बंधन नहीं बस अभिव्यक्ति ही मूल मंत्र है। कभी आम आदमी मीडिया को नये जुमले और अभिव्यक्ति देता है तो कभी मीडिया किसी शब्द को एकाएक लोकप्रिय बना देता है। शब्द भी एक फैशन बन गया है। नित नये शब्द फैशन में आते हैं तो पुराने शब्दों के अर्थ बदलते रहते हैं। भाषा पर दबाव है कम शब्दों में अधिक बात कहने का। सरल बिना कठिनाई के बोले जाने वाले शब्द अधिक लोकप्रिय हो जाते हैं तो कठिन लेकिन ताकतवर शब्द मात खा जाते हैं, ट्रक मालिकों की हड़ताल के समय कई चैनलों ने ट्रक ऑपरेटर, ट्रक ड्राइवर, ट्रक मालिक शब्द का इस्तेमाल किया। लेकिन बहुत जल्दी ही आम लोगों द्वारा इस्तेमाल की जाने वाली अभिव्यक्ति - ट्रक वालों की हड़ताल - चैनलों ने प्रयोग की। सरल शब्द भले ही अंग्रेजी का हो अपना लिया जाएगा। जैसे आम लोग भाजपा के स्थान पर बीजेपी का प्रयोग अधिक करते हैं।

प्रतिस्पर्धा के दबाव में टेलीविजन समाचारों की भाषा में जो नये प्रचलन सामने आये हैं वो ना केवल चिंताजनक है बल्कि हिन्दी पर इनके दूरगामी

असर पड़ने वाले हैं। अकादमिक हलकों में मीडिया भाषा का गंभीर और गहरा अध्ययन समय की मांग है। बाज़ार ने बिकने को इस समय सबसे बड़ी न्यूज़ वैल्यू बना दिया है। बिकने का दबाव भाषा से रोचक और सनसनीखेज होने की मांग करता है। समाचारों को सनसनीखेज बनाने की कोशिश में पत्रकार अधिकाधिक हिंसात्मक शब्दों का प्रयोग करने लगे हैं। जैसे खेल में **भारत ने पाकिस्तान को सात एक से रोंदा। पेट में चाकू घूसेड़ा। गोलियों से भून दिया** आदि। शब्द यदि मन में विजुअल पैदा करते हों तो और भी अच्छा। टेलीविजन भावनात्मक माध्यम भी है। भाव और विजुअल पैदा करने वाले शब्दों का इस्तेमाल अधिक हो रहा है। बजट की हैडलाइन देखिये - चाशनी से सराबोर जसवंती बजट (आम बजट), चुनावी पटरी पर नीतीश की रेल (रेल बजट)। भाव उत्पन्न करता ये शीर्षक - तपने लगा है सूरज - जलाने लगी है बिजली (बिजली संकट), पानी के बीच प्यासा गांव (केरल), दिल्ली दहली (बम धमाके)।

भाषा में सामंती झलक

विकास प्रक्रिया में मनुष्य ने हर युग में भाषा को अलग अंदाज में विकसित किया है। प्रत्येक राजनैतिक व्यवस्था ने अपने लिए अलग शब्दावली गढ़ी है। ऐतिहासिक तौर पर भारत में लोकतांत्रिक व्यवस्था सामंतवाद के विरूद्ध अभियान छेड़ कर नहीं बल्कि समझौते से स्थापित हुई है। यही कारण है कि आज़ादी के इतने साल बाद भी हम सामाजिक जीवन के हर क्षेत्र में सामंती युग के अवशेष साफ तौर पर देख सकते हैं। मीडिया और इसकी भाषा भी कोई अपवाद नहीं हैं। पत्रकारों की भाषा में हम इसकी छाप आसानी से देख सकते हैं।

टेलीविजन कवरेज के दौरान चुनाव एक लोकतात्रिक प्रक्रिया ना होकर **महासमर**, **महासंग्राम**, **जंग** या **युद्ध** बन गया है। राजनैतिक नेता लोकतंत्र में जनता के प्रतिनिधि होने के बजाए सामंतवादी लहजे में **महारथी**, **बाहुबली**, **मराठा लोबी**, **राजा**, **राजमाता**, **संन्यासिन** या **महारानी** के रूप में पुकारे जा रहे है। राजनैतिक गतिविधियों को **रणभेरी** या **बिगुल बजाने**, **रणनीति तैयार करने**, **धावा बोलने**, **हमला बोलने**, **आड़े हाथों लेने**, **धूल चटाने**, **बिसात बिछाने**, **दांव पेंच** आदि के रूप में अभिव्यक्त किया जाता है। लगभग यही स्थिति खेल समाचारों की भी है। खेल समाचारों को सनसनीखेज बनाने के लिए उसे एक युद्ध के रूप में दिखाया जाता है। क्रिकेट विश्व कप के दौरान इराक युद्ध चल रहा था। दोनों ही घटनाओं के समाचारों की भाषा लगभग एक जैसी थी।

ज्यादातर मीडियाकर्मी इस प्रकार की भाषा को जाने अंजाने प्रयोग कर रहे हैं। ऐसा करने में उनकी मंशा भाषा को अधिक रोचक बनाने की रहती है। उन्हें मालूम ही नहीं है कि शब्दों के चयन में दरअसल वे एक विचार को प्रसारित कर रहे हैं। फिर भी इसके लिए केवल मीडिया जिम्मेदार हो ऐसा भी नहीं है क्योंकि मीडियाकर्मी भी कहीं न कहीं समाज को ही प्रतिबिंबित कर रहे हैं। समाज में अनेक जगह राजाओं के पूर्वज आज भी राजा की तरह पूजे जाते हैं। अनपढ़ जनता सामंती मूल्यबोधों के ढ़ोने को मज़बूर है। नागरिक चेतना और साक्षरता के अभाव में लोकतांत्रिक आत्मबोध सिरे से गायब है। ऐसे में जागरूक मीडियाकर्मी की ये जिम्मेदारी बनती है कि वो जनता को लोकतांत्रिक जिम्मेदारियों और मूल्यों का बोध कराये। भाजपा की मध्यप्रदेश चुनाव में जीत पर एक लोकप्रिय अखबार ने शीर्षक बनाया - **संन्यासिन को ताज, राजा को वनवास**। एक दिन पहले ही एक प्रेस कॉंफ्रेंस में जब एक पत्रकार ने इसी भाषा में सवाल पूछा तो उमा भारती ने साफ कहा कि मैं अब संन्यासिन नहीं जनता की सेवक हूँ और ये ताज नहीं जिम्मेदारी है जिसे मुझे निभाना है।

भाषा का खेल या खेल की भाषा

चुनावों की ज़ोरदार कवरेज के दौरान भाषा का दूसरा पहलू नज़र आता है। राजनीति को मनोरंजक बनाने के लिए इसमें खेल के शब्दों का भरपूर इस्तेमाल किया जाता है। मानो चुनाव एक रोचक तमाशा हो और मदारी की भूमिका दर्शकों के सामने एंकर निभा रहे हों। **किस्सा कुर्सी का, कुर्सी की दौड़, सिंहासन का सेमीफाइनल, सिंहासन डोलना** ये सब ऐसे उदाहरण हैं जो कुछ नया करने की कोशिश में जाने अनजाने समाचारों की गंभीरता कम करने वाला साबित हो रहा है। इस जुमलेबाज़ी में मूल कथ्य कहीं गुम हो जाता है। कहा जाता है टेलीविजन स्टाईल का माध्यम है और इसमें भाषा भी लच्छेदार होनी चाहिए इसीलिए कॉपी राइटर का ध्यान मूल कथावस्तु से हटकर उसकी भाषाई प्रस्तुति पर अधिक रहता है।

इसके अलावा भाषा को अत्याधिक हल्का और मनोरंजक बनाने के चक्कर में अनेक बार टेलीविजन कॉपी राइटर बहुत ही चलताऊ ढंग से जुमलों या मुहावरों का प्रयोग करने लगे हैं। ख़ासकर खबरों के दौरान स्क्रीन के सुपर या एस्टन पर नज़रों को बांधे रखने के लिए चार-पांच शब्दों का सहारा लिया जाता है। उदाहरण के लिए पंजाबी पॉप गायक दलेर मंहदी की गिरफ्तारी की खबरों में उसके शॉट्स दिखाने की बजाए बार-बार उसके गानों के लंबे टुकड़े ही दिखाये गये। उसके गानों की शब्दावली को भी मजाकिया रूप में प्रयोग किया

गया। जब दलेर ने जमानत के लिए अर्जी दी तो सुपर बनाया गया ना ना ना ना ना रे। कौन बनेगा करोड़पति के बाद इसी अंदाज में शीर्षक बनाए गए- कौन बनेगा इराकपति, कौन बनेगा मुख्यमंत्री आदि। आज तक ने चुनाव में नारा, नखरा, नाटक नाम से कार्यक्रम बनाया। वोटों की बंदरबांट, एम एल ए की क्लास, वोट एक्सप्रेस आदि अन्य रोचक उदाहरण हैं।

तुकबंदी की भाषा

टेलीविजन मूलतः एक विजुअल माध्यम है। शब्द भी विजुअल का सहयोग करते हैं। शब्द सुनने के लिये लिखे जाते हैं। इसीलिए शब्द सुनने में भी रोचक लगे इस बात का पूरा ध्यान रखा जाता है। तुकबंदी की कविता सुनने में मधुर लगती है। ठीक इसी प्रकार दर्शकों को लुभाने के लिए टेलीविजन चैनल तुकबंदी वाली हेडलाइन का अधिकाधिक प्रयोग करने लगे हैं। उदाहरण के लिए-**ट्रक हड़ताल से सड़कें सूनसान**-जयपुर से चैन्नई तक भारी नुकसान। तुकबंदी में कई बार तो अर्थ को भी उतना महत्व नहीं दिया जाता जितना उसका रोचक और कर्णप्रिय होने को दिया जाता है। तुकबंदी ना बन पाये तो अलंकारों का इस्तेमाल किया जाता है। एक उदाहरण देखिये-**राम के दल में दलदल** (भाजपा में भ्रष्टाचार), **अंगूठे ने दिखाया अंगूठा** (सचिन की चोट), अमन पर फिर पड़ा कफन (कश्मीर मुद्दा)। इसी प्रकार उत्तरप्रदेश में मायावती और मुलायम के बीच रस्साकसी के खेल पर टेलीविजन चैनलों और समाचार पत्रों ने काफी रोचक शीर्षक बनाये-**माया का मायाजाल, मायाजाल में फंसे मुलायम, मुलायम पर माया ने फेंका जाल, माया मेमसाहब का जन्मदिन, मायावती की माया, पर मुलायम बने कठोर** आदि।

टेलीविजन हिन्दी का भविष्य

मीडियाकर्मियों ने हिन्दुस्तानी भाषा में पिछले दस साल अनेक प्रयोग कर लिये हैं ये प्रयोग खुले आम सबके सामने हुए हैं। सामान्य लोगों ने इसे पसंद किया है। आम पत्रकार इस प्रयोग के कर्ता बने हैं। पूरी दुनिया में अंग्रेजी के साथ इस समय इंटरनेट (ई मेल और चैटिंग) और एस एम एस के जरिये इसी प्रकार का प्रयोग चल रहा है। भाषा को छोटा और सरल बनाया जा रहा है। हिन्दी पहली बार इतने बड़े पैमाने पर प्रयोगशाला बनी है। कई मायने में ये प्रयोग नये नहीं हैं। हिन्दी के कवि एवं साहित्यकार इस प्रकार के प्रयोग करते रहे हैं। बस फर्क ये है कि इस बार ये सब बड़े पैमाने पर जनसंचार माध्यमों की मदद से हो रहा है।

चुनावी आंगन में तुलसी (तुलसी का चुनाव प्रचार), त्रिशूल की नोंक पर फंसे

तोगड़िया (तोगड़िया पर रोक), पंजे की पौ बारह - कमल मुरझाया (हिमाचल चुनाव परिणाम), सर्द सुबह, ठिठुरता दिन और कोहरे में लिपटी रात (सर्दी) जैसे शीर्षक पत्रकारों के मन में छुपा कवि ही लिख सकता है। लेकिन ये साहित्य काफी जल्दबाज़ी में लिखा हुआ है। मीडिया अब हिन्दी को अपना बना चुका है। हिन्दी के लिए ये परीक्षा की घड़ी है। उम्मीद करें कि वो तेज़ी से जनमाध्यमों पर सवार होकर सर्वजन की चहेती बन जग में छा जाएगी।

टेलीविजन समाचारों की शब्दावली

रोजमर्रा में एक व्यक्ति बोलचाल में जिन शब्दों का प्रयोग करता है शायद वह स्वयं भी नहीं जानता कि उन शब्दों का मूल क्या है। कैसे उन शब्दों ने उनके बोलचाल में स्थान बनाया। किस प्रकार वे शब्द इतने करीबी हो गये कि अब उन्हें अपनी बोलचाल की भाषा से हटाना मुश्किल है। असल में इस बोलचाल की हिन्दी को हिन्दुस्तानी कहना बेहतर होगा।

''ये **एक ऐसी भाषा है जो संस्कृतनिष्ठ हिन्दी नहीं है, ना ही यह प्राचीन रूप वाली पश्चिमी हिन्दी या डिंगल-पिंगल वाली हिन्दी और ना ही मैथिल-कोकिल-विद्यापति वाली हिन्दी है बल्कि भारतीय भाषाओं और विदेशी भाषाओं के शब्दों से मिलकर बनी हिन्दी भाषा है।'' (जनसंचार माध्यमों में हिन्दी, चन्द्र कुमार, 2001, पेज 19)**

हिन्दुस्तानी भाषा के विकास की कहानी को चंद शब्दों में समेट देने से इसके स्वरूप को समझना कठिन है। इसलिए हिन्दुस्तानी भाषा के विस्तृत परिचय के लिए इसकी ऐतिहासिक आधारशिला को टटोलना आवश्यक है। भारत बहुधर्मी, बहुसंस्कृति, बहुभाषी देश है जिसका कारण है यहां समय-समय पर विदेशियों का आगमन, आक्रमण और फिर भारत में उनका शासन कायम होना। इस प्रकार यहां विभिन्न जाति, धर्म और समुदाय के लोगों के रहन-सहन, खान-पान और उनकी भाषा ने मिलकर एक मिश्रित संस्कृति को जन्म दिया। इसका काफी प्रभाव यहां की भाषा पर भी पड़ा।

भारत की सबसे प्राचीन और मूल भाषा संस्कृत है। हालांकि कुछ विद्वानों के मुताबिक संस्कृत और वैदिक दोनों भाषाएं भारत की प्राचीनतम भाषाएं हैं। समय-समय पर इन भाषाओं में भी काफी परिवर्तन हुए हैं, चूंकि संस्कृत भाषा को जानने का अधिकार कुछेक लोगों को ही था। अतः सामान्य जन ने अपनी बोलियों को विकसित किया। बौद्ध काल में इस प्रकार पाली, प्राकृत और अपभ्रंश का जन्म हुआ। इसी श्रृंखला में मध्यकाल में मुगल शासक अपने साथ फारसी और अरबी लाये। लंबे समय तक इन दोनों भाषाओं में ही मुगल दरबारों का कामकाज होता रहा। स्थानीय भाषाओं के साथ इन

विदेशी भाषाओं के मेल के फलस्वरूप एक नयी भाषा उर्दू का जन्म हुआ। **मूलतः तुर्की भाषा के शब्द उर्दू का शाब्दिक अर्थ बाज़ार होता है। दरअसल बाजार में खरीद-फरोख्त के दौरान इस मिश्रित भाषा का जन्म हुआ।**

इसी तरह सोलहवीं शताब्दी में अंग्रेज अपने साथ अंग्रेजी भाषा लेकर आये और भारतीयों ने अनेक अंग्रेजी शब्द अपनी बोलचाल में शामिल कर लिए। बीसवीं सदी की शुरूआत में देश में नगरीकरण की प्रक्रिया शुरू हुई। ग्रामीण लोग काम की तलाश में शहरों की ओर प्रस्थान करने लगे तो वे भी अपने साथ अनेक ठेठ देशज शब्द ले आये। ये प्रक्रिया बड़े ही व्यापक स्तर पर भाषाओं और बोलियों का मेलजोल था जो आज भी थमा नहीं है। सार रूप में कहा जाए तो आज खड़ी बोली का रूप उत्तर भारत के लोग प्रयोग करते हैं। उसका विकास सैकड़ों सालों के मेलजोल के बाद हुआ है।

रोचक तथ्य ये भी है कि हिन्दू और हिन्दी शब्द भी मुगलों द्वारा दिया गया शब्द है। इसी प्रकार हिन्दी भाषा के प्रयोग होने वाले शब्दों को परखें तो वे भी काफी संख्या में आयातित हैं। हिन्दी और हिन्दुस्तानी में एक सबसे बड़ा फर्क ये ही है कि हिन्दी में संस्कृतनिष्ठ शब्दों की प्रधानता है जबकि हिन्दुस्तानी भाषा अरबी, फारसी, पुर्तगाली, तुर्की, डच, पश्तो और अंग्रेजी शब्दों का सम्मिश्रण है। भाषा विकास की इस प्रक्रिया में जनसंचार माध्यम भी अपनी भूमिका निभा रहे हैं। फिल्म, रेडियो, टेलीविजन और समाचारपत्र अब लोगों में एक लोकप्रिय भाषा को विकसित करने में लगे हुए हैं।

हिन्दी के स्वरूप की इस बहस में आज भी विरोधाभास कायम हैं। साहित्यिक वर्ग का एक हिस्सा आज भी हिन्दुस्तानी को स्वीकारने को तैयार नहीं है, अगर हम साहित्यिक रचनाओं को उठाकर देखें तो ऐसे गूढ़ शब्दों का प्रयोग किया जाता है जिनको समझ पाना आम आदमी के लिए कठिन है। जैसे लम्बे समय तक संस्कृत को पढ़ने, लिखने और समझने की अनुमति कुछ लोगों को थी और ज्ञान कुछ लोगों तक ही सिमट कर रह गया था। आज भी कहीं न कहीं ये संकुचित भावना कुछ विद्वानों में मौजूद है। वे इस बात को मानने को तैयार नहीं है कि जटिल होना भाषा की प्रकृति नहीं बल्कि उसकी विकृति है ऐसा नहीं है कि साहित्यिक भाषा में कोई दोष है। साहित्य में प्रयुक्त भाषा की अपनी गरिमा है परन्तु जनसंचार माध्यमों में भी उन्हीं गूढ़ अर्थों वाले साहित्यिक शब्दों का प्रयोग किया जाता है तो श्रोता या दर्शक सूचना प्राप्त करने के बजाए शब्दों का अभिप्राय ही ढूंढता रहेगा।

सुखद बात ये है कि अब जनसंचार माध्यम आम लोगों के बोलचाल की भाषा को बहुत महत्व दे रहे हैं। शायद ये उनकी मज़बूरी भी है। समाचार

चैनलों में पत्रकार खबरों को सरलतम तरीके से प्रस्तुत करने के लिए लोगों की जुबान का प्रयोग कर रहे हैं। वो आम लोगों के मुहावरों और कहावतों का सहारा ले रहे हैं। मोटे तोर पर शब्दों के मूल आधार पर हम समाचारों में प्रयुक्त होने वाले शब्दों को चार हिस्सों में बांट सकते हैं- तत्सम, तद्भव, देसज, विदेशज।

तत्सम शब्द

तत्सम शब्द वे हैं जो संस्कृत से आये हैं और जिन्हें बिना किसी परिवर्तन के स्वीकार कर लिया गया टेलीविजन समाचारों में प्रयोग होने वाले तत्सम शब्द इस प्रकार हैं-

अंकुश, इच्छा, इतिहास, उग्र, उचित, उच्चारण, उत्सव, उत्साह, उदय, उदाहरण, उद्देश्य, उपराष्ट्रपति, उपलब्धि, उपहार, उल्लेख,. ऋग्वेद, औद्योगिक, कठिनाई, कमल, कलह, कल, कार्यवाही, कारण, काया-पलट, कार्य, कुलाधिपति, केन्द्र, क्षेत्र, क्षण, खेद, गठबंधन, गठजोड़, गंभीर, गणना, गायक, गुप्त, गोपनीय, घटना, चयन, चरण, चर्चित, चिंतनीय, चिन्ह, छद्म, जड़, जन्म, जागरुक, जाति, जाल, टिप्पणी, तत्कालीन, तथ्य, तान, तिथि, तिरस्कार, दण्ड, दम्पत्ति, दया, दर्शन, दल, दशमलव, दाह-संस्कार, दिग्गज, दुख, दुर्घटना, दुर्दशा, दुष्कर्म, दूत, दूर, दैनिक, दोषी, द्वारा, धन, धर्म, धारणा, धूप, धूम, धुरंधर, ध्यान, ध्वज, नक्षत्र, नागरिक, स्त्री, नामांकन, नाश, निंदा, निःसंदेह, निधन, नियति, नियम, नियुक्ति, निरंकुश, निराशा, निर्णायक, निर्देश, निर्भर, निर्माण, निर्गुट, निर्यात, निर्वाचन, निश्चय, निश्चित, निष्कासित, नीति, नृत्य, नृशंस, नेता, नेतृत्व, नेत्र, न्याय, न्यायालय, न्यायालयीन, न्यूनतम, पक्ष, पटाक्षेप, पद, पदक, पति, पद्धति, परस्पर, पत्रकारिता, पराजय, परामर्श, परिभाषा, परियोजना, परिवर्तन, परिवार, परिषद, परीक्षक, परीक्षा, परिसर, पर्यटक, पवित्र, पलायन, पर्व, पीड़ित, पुरस्कार, पुस्तक, पुष्टि, अहम्, अप्रत्याशित, प्रकाश, प्रगति, प्रतिक्रिया, प्रतिद्वन्द्वी, प्रतिबन्ध, प्रतियोगिता, प्रतिष्ठा, प्रदर्शन, प्रदेश, प्रथम, प्रबंध, प्रभाव, प्रमुख, प्रयत्न, प्रयुक्त, प्रयोग, प्रशंसा, प्रशिक्षण, प्रवेश, प्रसन्न, प्रसव, प्रसार, प्रस्ताव, प्रस्तुत, प्रायश्चित, प्राप्त, प्रारंभ, बंधक, बल, बलात्कार, भक्ति, भय, भविष्य, भाग, भाग्य, भाव, भारत, भाषण, भावुक, भूमिका, भ्रष्टाचार, मंत्रोच्चारण, मध्यावधि, मनोविज्ञान, मानसिक, महिला, महान्, माया, मुद्रा, मुख्यालय, मूर्ति, मूल्य, मूल्यांकन, मृत्यु, मंत्री, मौन, यज्ञ, यात्री, युग, युवती, योग्य, रंग, रक्षा, रचना, रहस्य, राज्य, राष्ट्र, लाभ, वंचित, वक्तव्य, वर्जित, विजय, विज्ञापन, वित्तमंत्रालय, विदाई, विधायक, विधानसभा, विधेयक, विरोधाभास, विवादास्पद, विवरण, विश्वसनीय, विस्तार, वेतन, व्यक्तित्व, व्यर्थ, व्यवसाय, व्यस्त, शंका, शव, शरीर, शांति, शिखर, शोषण, श्रीगणेश, श्रेय, संकट, संकल्प, संकेत, संख्या, संगम, संगीत, संधि,

संग्राम, संचालन, संदेह, संदेश, संपत्ति, संपर्क, सम्पादक, संबंध, सम्प्रदाय, संभावना, संवाददाता, संविधान, संशोधन, संस्कृति, सक्रिय, सतर्क, सत्ता, सत्र, समय, समझौता, समस्या, समाचार, समर्थक, समर्पण, समाज, सम्मान, सम्मेलन, सहायक, साक्षात्कार, सांसद, सामान्य, सार्वजनिक, सावधान, सिंहासन, सिद्ध, सीमा, आतंकवाद, सुनिश्चित, सुरक्षा, सुविधा, सूचकांक, सूचना, स्थिति, स्नान, स्पष्ट, स्वागत, स्वस्थ, स्वायत्ता, हताशा, हत्या, हतोत्साहित, हस्ताक्षर, हिंसा।

तद्‌भव शब्द

इसमें वे शब्द आते हैं जिनका उद्‌गम तो संस्कृत है किन्तु उनका मूल रूप अब सुरक्षित नहीं रहा है और उनमें ध्वनि या रूप सम्बन्धी परिवर्तन हो गया है। आम जन ने प्रयोग के दौरान उन्हें सरल बना दिया है।

काम, नाच, गहरा, छाता, काजल, कोठरी, चांद, भीख, भूख, भात, दुबला, माथा, लाठी, आंधी, सांप, पान, गधा, आदि।

विदेशज शब्द

समाचारों की भाषा में मूलतः दो तरह के विदेशज शब्दों का प्रयोग अधिक देखने में आता है-

- ☐ मुस्लिम प्रभावयुक्त शब्द (अरबी, फारसी, तुर्की और पश्तो)
- ☐ यूरोपीय प्रभावयुक्त शब्द (पुर्तगाली, फ्रांसिसी, डच और अंग्रेजी)

अरबी शब्द

अचानक, अदालत, अपील, अलविदा, अलावा, अहमियत, आखिर, आम, आलम, आसार, इंतजार, इज़ाफा, इंसान, इश्तहार, इस्तीफा, इस्तेमाल, उम्र, एहसान, एहसास, एहतियाती, ऐतिहासिक, ऐन, ओहदा, औरत, कतई, क़त्ल, क़दम, कुबूल, क़ब्जा, कभी, कमाल, कयास, क़रार, क़रीब, कर्ज़, कलई, कवायद, कसीदा, कसर, क़सम, क़ानून, क़ानूनन, क़ाबिज़, क़ायदा, क़ायम, क़िस्म, क़िस्मत, क़िस्सा, कुदरत, कुव्वत, कोहराम, ख़तरनाक, ख़तरा, ख़ता, ख़त्म, ख़बर, ख़्याल, ख़राब, ख़र्च, ख़रीद, ख़लल, ख़ारिज, ख़ास, ख़ासियत, ख़ासा, ख़िताब, खुमार, खुलासा, ख़ैर, ग़रीब, ग़रीबी, ग़ायब, गुस्सा, ग़ैरकानूनी, ग़ैर जिम्मेदार, ग़ौर करना, ग़ौरतलब, ज़खीरा, जज़्बात, जमानत, ज़रा, ज़रूरत, जरूरी, जल्द, जवाब, जायज़, जायज़ा, ज़ाहिर, ज़िम्मा, जिला, ज़िम्मेदार, जुर्म, जेहाद, ज़्यादा, तक़दीर, तक़रीबन, तक़लीफ, तनातनी, तफ्तीश, तबादला, तबीयत, तमाम, तमाशा, तरक़ीब, तरक्की, तरजीह, तरफ, तरीका, तसल्ली,

तस्वीर, ताक़, तहसील, ताक़त, ताज्जुब, तारीख़, तारीफ़, तालीम, तुरूप, तूफान, तैनात, तैयार, तौबा, तोहफ़ा, दक़ियानूसी, दख़लअंदाजी, दख़ल, दफ़्तर, दबदबा, दर्ज़, दहशत, दाख़िल, दायर, दावा, दावेदार, दिक्कत, दिमाग़, दौरा, नक़द, नज़र, नज़ारा, नफ़रत, नक़शा, नारा, नौबत, फज़ीहत, फ़िज़ूल, फटकार, फतह, फ़रार, फर्ज़, फसल, फासला, फिलहाल, फितरत, फौज, फैसला, बदला, बदलना, बयान, बहस, बाक़ी, बाग़ी, बालिग, बिल्कुल, बिसात, बुख़ार, मंज़िल, मकान, मजबूर, मज़हब, मज़ाक, मतलब, मदद, मरीज़, मर्ज़ी, मशक्कत, मशगूल, मशविरा, मशहूर, मसला, मसविदा, मसौदा, महज़, महफिल, महफूज़, महसूस, मार्फ़त, माल, मालिक, मासूम, माहौल, मिज़ाज़, मिन्नत, मियाद, मिसाल, मुकदमा, मुआवजा, मुआयना, मुआफी, मुकरना, मुक्कमल, मुकर्रर, मुक़ाबला, मुक़ाम, मुख़बिर, मुज़रिम, मुनाफा, मुनासिब, मुताबिक, मुलायम, मुलाक़ात, मुलाज़िम, मुश्किल, मुस्लिम, मुसाफ़िर, मुसीबत, मुस्तैद, मुहब्बत, मौक़ा, मौत, मौसम, यकीन, यानी, रद्ध, रद्धोबदल, राज़ी, रास्ता, राह, राहत, रिश्वत, रवायत (रिवाज़), लग़ातार, लाज़िमी, लापता, लापरवाह, लायक, वक़्त, वज़ह, वजूद, वाकई, वाजिब, वायदा, शक़, शक़ल, शराब, शर्त, शानदार, शामिल, शिकवा, शिद्दत, शुक्रिया, शुरूआत, शौक, सचमुच, सफ़र, सफ़ाई, सफ़ाया, सबक, सलाह, सलीक़ा, सलाम, सवाल, सियासत, सिर्फ़, सिलसिला, सुबह, सेहत, सेहरा, सैलाब, हक़ीकत, हुजूम, हद, हफ्ता, हरक़त, हल्का, हालात, हावी, हासिल, हिम्मत, हिसाब, हिस्सा, हुकूमत, हुक्म, हौसला।

फ़ारसी शब्द

कम, कमर, कमोबेश, काग़ज़, कार्रवाई, कारोबार, किराया, कोताही, ख़ामी, ख़्वाहिश, खुद, खुदरा, खुश, खुशामद, खून, खूब, ख़ोजा, ख़्वाब, ग़रम, ग़रमाना, ग़श्त, गाहे-बगाहे, गिरफ्त, गिरफ्तारी, गुंजाईश, गुज़ारा, गुनाह, गुम, चहलकदमी, चापलूसी, चुनिंदा, चेहरा, जंग (लड़ाई), जंज़ीर, ज़ख्म, जगह, ज़बान, जादू, ज़िदा, जिंदगी, ज़ोर, तख़्ता, तपिश, ताक़, तल्ख़, ताज, ताज़ा, तादाद, तेज़, दंगल, दग़ा, दम-ख़म, दरवाज़ा, दस्तख़त, दस्तक, दस्तावेज़, दहलीज़, दिल, दीग़र, दीदार, दुश्मन, दोस्ती, नज़दीकी, नमाज़, नाक़ाम, नाक़ाबिल, नाक़ामयाबी, नाखुश, नागंवार, नाजायज़, नाज़ुक, नामज़द, नायाब, नामोनिशान, नुक़सान, नुमाइंदा, नेस्तनाबूत, नौकरी, पर्दा, परहेज़, परेशान, पर्चा, पसंद, पसोपेश, पहलवान, पहलू, पाबंदी, पापा, पुल, पैरवी, पैमाना, पैग़ाम, फ़रियाद, बंदोबस्त, बख़िया, बराबर, बरामद, बर्फीला, बशर्ते, बहाल, बाज़ार, बिस्तर, बीमा, बुज़ुर्ग़, बुलंद, मग़र, मज़ा, मज़दूर, मुसलमान, मोहर, मेहरबान, मैदान, याद, रक़म, रंजिश, रिश्ता, रूख़, रोज़, रोज़ग़ार, बेरोज़ग़ार, लगाम, लेकिन, वरना, शगूफा,

शर्मिन्दा, शर्म, शहर, शाम, शायद, शिकंजा, शिकार, शिनाख़्त, शुमार, सकते में आना, सख़्त, सज़ा, सब्ज़बाग, सरकार, सरोकार, सर्दी, सरासर, सराहना, साल, सिफ़ारिश, सिपाही, सुर्ख़ियां, सुस्त, हमेशा, हिन्दुस्तान, हिन्दी, होश, होशियारी।

तुर्की शब्द- उर्दू, सुराग़, सौग़ात, बेग़म, चेचक, तमगा, चोगा, तलाश।

पश्तो शब्द- गुण्डा, गड़बड़, लताड़ना, अटकल, भड़ास।

पुर्तगाली शब्द- नीलाम, पादरी, लबादा, पिस्तौल

फ्रांसीसी शब्द- अंग्रेज़, कूपन, कारतूस।

डच शब्द- तुरूप, बम।

अंग्रेजी शब्द

एजेंसी, कंपनी, कमीशन, कॉलेज, स्टेशन, कांग्रेस, फिल्म, ऑपरेशन, टेलीफोन, फ्लैट, प्रेस, कांफ्रेस, पर्चा लीक, मीडिया, बॉलीबुड, स्टोरी, सर्वे, थर्ड इयर, पेपर, रेडियो, आईआईएम, पेरामीटर, नोबेल, सीबीआई, म्युजियम, टी.वी. चैनल, रिसपोन्स, ट्रेनिंग, डिटेल्स, ब्रेकिंग न्यूज़, प्रेक्टिस, एयरफोर्स, अटैन्ड, हेलीकॉप्टर, बेस कैंप, फायरिंग, ब्रेक, फ्लाइट, मिनट, हीरोईन, फाइव स्टार होटल, करियर, स्कोप, वॉकआउट, ड्रीमगर्ल, हीमेन, दर्जन, एक्शन, कमेटी, शूटर, इंकवायरी, क्रेश, अंडरवर्ल्ड, ब्रांच, ब्रांड, फैशन, शोरूम, कॉसमेटिक्स, साइनबोर्ड, ग्रेनेड, बोफोर्स, पोटा रिव्यु कमेटी, बस, फ्लाईओवर, बैंक, बर्थ-डे-गर्ल, केक, स्टेशन, मॉडल, कॉर्पोरेशन, यूनिवर्सिटी, कंपनी, फोन, फीस, रजिस्टर्ड, नेच्युरल, टेलेंट, स्कूल, एके-47 रायफल, बैरियर, स्टैण्ड, प्रोफेशनल्स, नेटवर्क, नोर्थ मुम्बई, सर्वे, लंच, डाऊट, क्लीन चिट, आर्गेनाइज़ेशन, बुलेटिन, प्रापर्टी, डीलर, स्टांप, सेक्स वर्कर, फोटो, ओवरटेक, फ्लाइट, डाटा रिकोर्डर, एफ.आई.आर., पार्लियामेंट, लाइन, वेबसाइट, पार्टिशन, बोर्डर क्रॉस, डाइरेक्शन, डिफलेक्शन, टाई, पेंशन, एक्सकल्युसिव रिपोर्ट, डिस्पेच, क्लास, एक्ज़ाम, सीरियल नंबर, कोडिंग, इंग्लिश मीडियम स्कूल, आन्सर, शीट्स, एन्ट्री, लिव-इन-रिलेशन, किलोमीटर, फॉर्मूला, कम्युनिकेशन, सैक्टर, एरिया, ऑथोरिटी, कंडीशन, रेडियो, डुप्लीकेट, बोर्ड ऑफ डायरेक्टर्स, प्रियोरिटी, ट्रैक, पिन प्वाइंट, डिवाइसिस, लोफ्लाई, ट्रांसफार्मर, ट्रस्ट, क्विक, विज़िट।

खेल के शब्द-टेस्ट मैच, फिटनेस सर्टीफिकेट, स्कोर, एप्लीकेशन, टॉप आर्डर, लैंड अप, टीम, मीटिंग, बोलिंग, टीम एफर्ट, कोच, डिपार्टमेंट, विकेट, फुटबॉल, एथेलेटिक्स, टेबल टेनिस, चैंपियनशिप, क्वालीफाई, क्रिकेट, डिप्लोमेसी, बॉलीबॉल, बेडमिंटन, क्रिकेट, फालोआन, ड्रॉ, आल आउट, मैन आफ दि मैच, रन, बाउंडरी,

पिच, मेनेजमेंट, वॉकआउट, डिक्लेयर, कन्फ्युज़न, पारी, डबल सेंच्युरी, पवेलियन, फील्डिंग, ओवर, सिच्युएशन, रिएक्ट, रिसपोन्स, फिट, इंडिया, फरदर ट्रीटमेंट, फर्स्ट क्लास विकेट, सुपरहिट, लाइन अप, हाफ सेन्च्युरी, कप्तान, डीफेंस, ड्रेसिंग रूम, ओवर, मास्टर ब्लास्टर, वर्ल्ड कप, सीरिज, फेवरेट, विकेट-कीपर, रिपोर्ट, फाइनल, रिकोर्ड, बेटिंग, जिम्नेज़ियम हॉल, राऊंड, एक्सप्रेस, शॉट फाइन लेग।

राजनीतिक शब्दावली-लिस्ट, ज्वाइन, इलैक्शन, कमीशन, टिकट, सीटें, पार्टी, रेस, एन्टी इनकम्बेन्सी, फैक्टर, वोटिंग, कांस्टीट्यूएन्सी, एजेंडा, मेनीफेस्टो, फीलगुड फैक्टर, फ्लॉप शो, आऊटसोर्सिंग, कैप्टन, एक्सिट पोल, नोटिस, रोड शो, विज़न, डॉक्युमेंट, इंडिया शाइनिंग, डाइल्यूट, हाइपर रिएक्ट, सोर्स, कमेंट्स, चांस, पॉवर सेक्टर, सेक्युलर, पोल, नंबर वन, फेल, पास, रिपोर्ट कार्ड, हाइटेक प्रचार, हाई प्रोफाइल, इमेज, स्टार, कम्पेनर, हीरो से ज़ीरो, हाईकमान, टेप कांड, ओपिनियन पोल।

कानूनी शब्द-सुप्रीम कोर्ट, अपील, हाईकोर्ट, कोड आफ कंडक्ट, एडवोकेट, रिट, केस, बेंच, जज़, मैजिस्ट्रेट।

पदनाम-क्लर्क, डॉक्टर, साइकोथेरेपिस्ट, कमांडर, मेजिस्ट्रेट, पी.एम.ओ., डी.जी.पी. , फ्लाइट लेफ्टिनेंट, आई.बी. मिनिस्टर, सी.ई.ओ., कमिश्नर, इंस्पैक्टर, कलैक्टर, इंजनियर, अफसर, ड्राइवर, पुलिस, पॉयलट, वाइस चांसलर, एम.पी., चेयरमैन, फैकल्टी, प्रोफेसर

आर्थिक शब्दावली-बजट, शेयर, रूपया, सेंसेक्स, स्टॉक, डॉलर, ओल्ड इकोनोमी, आईसीआईसीआई इश्यू, सब्सक्राइब, डील, पैसा।

मौसम समाचार-डिग्री, सेल्सियस, माइक्रोग्राम, माइनस चार डिग्री टेम्परेचर।

देशज शब्द

हेकड़ी दिखाना, पलड़ा भारी, धत्ता बताना, ढिंढोरा पीटना, तड़के ही, बूंदा-बांदी, थमना, पर्दाफ़ाश, खिलवाड़, इंतज़ाम धरे के धरे रह जाएंगे, सवालों की झड़ी, पचड़ा, बेसब्री, गाना-बजाना, बौछार, बरसना, लपकना, पटखना, सूना, जुगलबंदी, घेरना, चुप्पी साधना, गढ़, धक्का पहुंचना, पलटवार, छींटाकशी, घमासान, पिटना, समेटना, नतीजे, अंधाधुंध, लुभाना, झोला टांग, झोला छाप, अखाड़ा, फक्कड़, चप्पा-चप्पा छानना, लाव-लश्कर, गाजे-बाजे, भीड़ जुटी, ठहाका, रंग चढ़ा, परहेज़,

नब्ज़ पकड़ना, पल्लू, बारिश, ठन गई, ठान लेना, टांग अड़ाना, झुंझलाना, बखिया उधेड़ी, कगार, टिकना, पुच्छल्ले, दबदबा, धांधली, भंडाफोड़, ठुकराना, खाता खोलना, झोली, जुझारू, झोला छाप, भद्दे, फूहड़, बोली लगाना, कब्ज़ा, धरपकड़, घर दबोचना, कन्नी काटना, दामन थामना, साफ-सुथरा, कसर ना छोड़ना, लताड़ना, लतियाना, बतियाना, टोना-टोटका, कहर ढहाना, पर्चा, होड़, दूभर, झेलना, रसम अदायगी, खिल्ली उड़ाना, हथकंड़ा, दबंग, भौच्चके, घपला, हरकत, धुलाई कर दी, तेवर, डटे रहना, शामत आना, भिड़े, अड़े, गाढे, नाश, सेंध लगाना, जमावड़ा, पल्ला झाड़ना, तामझाम, पटाना, ब्याहना, दबोचना, ताबड़तोड़, छौंक लगाना, छुरा घौंपना, डेरा डालना, दहलीज़, शतक ठोंके, चिक-चिक, खींचतान, खिचखिच, माथा-पच्ची।

टेलीविजन समाचारों में मुहावरे एवं अलंकार

लोकोक्तियां एवं मुहावरे (वाग्थाराएं) भाषा को पुष्ट करने का एक महत्वपूर्ण साधन हैं। इनके प्रयोग से भाषा चुस्त एवं जीवंत हो जाती है। लोकोक्ति और वाग्धाराएं वाक्य या वाक्यांश का वह सुगठित एवं परिष्कृरित रूप हैं जिसमें किसी भी प्रकार का फेरबदल संभव नहीं है। वह जिस रूप में चल पड़ता है। उसी रूप में प्रभावी होता है। अक्सर मुहावरे और कहावत को पहचानने में भ्रम की स्थिति बनी रहती है। इसके लिए दोनों में अंतर समझना अतिआवश्यक है। कहावत एक पूरे वाक्य के रूप में होती है जिसका आधार कोई कहानी या घटना विशेष होती है। किसी भी विषय को स्पष्ट करने के लिए कहावतों का प्रयोग होता है। साथ ही खास बात ये है कि कहावतों का प्रयोग बिलकुल स्वतंत्र रूप में होता है जबकि मुहावरों का प्रयोग वाक्यों के अंतर्गत ही संभव है। मुहावरा एक प्रकार से वाक्य का अंश होता है जिसका अपना स्वतंत्र अस्तित्व नहीं होता।

मुहावरे

हिन्दी का मुहावरा शब्द अरबी भाषा के मुहावरे शब्द का परिवर्तित रूप है। **मुहावरा शब्द का वास्तविक अर्थ है अभ्यास या बातचीत। मुहावरा एक ऐसा वाक्यांश है जो सामान्य अर्थ का बोध ना करा कर किसी विलक्षण अर्थ का बोध कराता है।** मुहावरे का शब्दार्थ नहीं अपितु उसका भावार्थ ही ग्रहण किया जाता है।

अलंकार

अलंकार दो शब्दों से मिलकर बना है - अलम् और कार। अलम् का अर्थ है भूषण, सजावट अर्थात् जो अलंकरित या भूषित करे वह अलंकार है। कहना

चाहिए अलंकार भाषा का श्रृंगार है इनके द्वारा अभिव्यक्ति में स्पष्टता, प्रभावोत्पादकता और चमत्कार आ जाता है। अलंकार मौटे तौर पर दो तरह के होते हैं - शब्दालंकार और अर्थालंकार।

शब्दालंकार के अंतर्गत अनुप्रास यमक और श्लेष अलंकार आते हैं। और अर्थालंकार में मुख्यतः उपमा, रूपक, उत्प्रेक्षा, अतिशियोक्ति और अन्योक्ति अलंकारों को शामिल किया जाता है।

1. **अनुप्रास**-वाक्य में जहां व्यंजनों की बार-बार आवृति हो वहां अनुप्रास अलंकार होता है। जैसे - पवार बिना प्रचार
2. **यमक**-जब एक ही शब्द दो या दो से अधिक बार वाक्य में आये और उसका अर्थ हर बार भिन्न हो तो वे यमक अलंकार होता है। जैसे - कमाल ने खेली कमाल की पारी।
3. **श्लेष**-टेलीविजन स्क्रिप्ट में इसका शाब्दिक अर्थ है चिपकना। जहां एक शब्द एक ही बार प्रयोग हाने पर दो अर्थ दे वहां श्लेष अलंकार होता है। जैसे-कमाल की पारी
4. **उपमा**-अत्यंत समानता के कारण पूरी तरह भिन्न होते हुए भी जहां एक वस्तु या प्राणी की तुलना दूसरी प्रसिद्ध वस्तु या प्राणी से की जाती है वहां उपमा अलंकार होता है। जैसे - असम में हालात गृहयुद्ध की तरह हो गये हैं।
5. **रूपक**-जहाँ गुण की अत्यंत समानता के कारण उपमेय में ही उपमान का अभेद आरोप कर दिया गया हो, वहां रूपक अलंकार होता है। जैसे - बोफोर्स का भूत कांग्रेस का पीछा नहीं छोड़ रहा।
6. **उत्प्रेक्षा**-जहां उपमेय में उपमान की संभावना अथवा कल्पना कर ली गयी हो, वहां उत्प्रेक्षा अलंकार होता है। इसके बोधक शब्द हैं - मानों, ज्यों।
7. **अतिशयोक्ति**-जहां किसी वस्तु, पदार्थ अथवा कथन का वर्णन लोक-सीमा से बढ़ाकर प्रस्तुत किया जाए, वहां अतिश्योक्ति अलंकार होता है। जैसे - भारत का पहाड़ सा स्कोर

टेलीविजन समाचारों के मुहावरे

1. चुनावों की **उल्टी गिनती शुरू** हो गयी है।
2. मध्यप्रदेश में बीजेपी का **पलड़ा भारी** है।
3. राहुल के अमेठी दौरे में लोगों ने उन्हें **सर आंखों पर बैठाया**।
4. सारे कानूनों को **धता बताते हुए....**
5. चुनावी आचार संहिता को **ताक पर रखकर .....**
6. तेंदुलकर ने आखिरकर भारत का **खाता खोला**।

7. सुप्रीम कोर्ट ने मोदी सरकार को **कड़ी फटकार लगायी।**
8. चुनाव आयोग ने राजनैतिक दलों की **लगाम कसी।**
9. **आया राम-गया राम की** राजनीति...
10. बीजेपी ने धारा 370 का मुद्दा **ठंडे बस्ते में डाल** दिया।
11. पाकिस्तान पर हार का **खतरा मंडराने** लगा।
12. मुशर्रफ ने भारतीय टीम की **तारीफ के पुल बांधे।**
13. भारतीय खिलाड़ियों ने मैच में **एड़ी चोटी का जोर लगा दिया।**
14. हार के बाद कई नेताओं ने राजनीति से **किनारा कर लिया।**
15. जॉर्ज फर्नांडिस ने भी आडवाणी के **सुर में सुर मिला दिया।**
16. सहयोगियों ने बीजेपी को **बीच मझधार में छोड़ दिया।**
17. मुशर्रफ ने कश्मीर मसले पर एक बार फिर **तेवर कड़े किये।**
18. मुशर्रफ ने कश्मीर का **राग अलापा।**
19. कांग्रेस ने इस पर **चुटकी लेते हुए कहा .....**
20. कांग्रेस की **धज्जियां उड़ाने वाली** बीजेपी को भी ......
21. सेक्यूलरिज्म को **तार-तार करने वालों की खैर** नहीं।
22. आडवाणी ने मोदी की **बेलगाम जबान** को लेकर **पल्ला झाड़ लिया।**
23. वोटरों पर **डोरे डालने के लिए** राजनैतिक दलों को अपने सिद्धान्तों से **तौबा करते देर** नहीं लगती।
24. ढेंकनाल में राजा के पी सिंह देव की **पौ बारह,** जीतेंगे दोबारा।
25. सोनिया मोदी पर **जमकर बरसीं।**
26. सोनिया ने मोदी पर **पलटवार करते** हुए कहा ....।
27. पी. चिदम्बरम ने इस मुद्दे पर **नपा तुला जवाब दिया।**
28. इरफान पठान ने **कहर ढहाया।**
29. शीला के घर के बाहर **तांता लग गया।**
30. सभी नेता शीला को **मक्खन लगाने में जुटे थे।**
31. पार्टी कार्यकर्त्ता **जोश में होश ना खो बैठें .....**
32. कुंबले के आगे पाकिस्तान **रेत के महल की तरह** ढहने लगा।
33. पाकिस्तानी बल्लेबाज़ **ताश के पत्तों की तरह** बिखरने लगे।
34. शोएब अख्तार के भी **हाथ-पांव फूलने लगे।**
35. पारी की हार ने मेज़बान टीम की **कलई खोल दी।**
36. गेंदबाजों के लिए विकेट हासिल करना **टेढी खीर साबित हो रहा था।**
37. शोएब क्रीज पर **खूंटा गाढ कर खड़े रहे।**
38. मिस इंडिया को आखिरकार खिताब से **हाथ धोना पड़ा।**

39. मिस इंडिया के खिताब का विवाद अब **तूल पकड़ता जा रहा है।**
40. मुशर्रफ बयानबाज़ी के **पचड़ों में पड़ने से** परहेज कर रहे हैं।
41. चुनाव आयोग ने टीवी पर राजनैतिक विज्ञापनों को **हरी झंडी दे दी।**
42. इरफान पठान ने इकतीस रनों में ही युहाना की **जमकर धुलाई कर दी।**
43. जीतने के बाद भारतीय टीम का हौंसला **सातवें आसमान पर होगा।**
44. लोकसभा चुनाव में बीजेपी की **लुटिया डूबती नज़र आ रही है।**
45. अन्तरराष्ट्रीय ब्रांड भारत में अपना **सिक्का जमाने की ताक में हैं।**
46. विमान हादसे में पांच लोगों को **जान से हाथ धोना पड़ा।**
47. अन्तरराष्ट्रीय कंपनियां भारत में **पैर जमाने की कोशिश** में जुटी हैं।
48. टिकट के लिए बॉलीबुड़ सितारों में **होड़ मच गई।**
49. वाजपेयी और सोनिया ने **साधा एक दूसरे पर निशाना।**
50. चुनावी मैदान में भी **चूहे बिल्ली का खेल** जारी है।
51. हेमा गमांग पति के बारे में सवाल करने पर **चुप्पी साध** जाती हैं।
52. नोबेल चोरी होने से देश की प्रतिष्ठा को **धक्का पहुंचा** है।
53. सुप्रीम कोर्ट ने राजनैतिक दलों को एक-दूसरे पर **कीचड़ ना उछालने के लिए** आगाह किया है।
54. आतंकी हमलों ने सुरक्षा ऐजेंसियों के **होश उड़ा दिये।**
55. जवानों ने मलबा ढूंढने के लिए पहाड़ों का **चप्पा-चप्पा छान मारा।**
56. भारतीय टीम गेंदबाज़ी में पाकिस्तान से **इक्कीस ही साबित हुई।**
57. आडवाणी ने बिहार में आर जे डी सरकार की **बखिया उधेंड़ी।**
58. महबूबा मुफ्ती ग्रेनेड हमले में **बाल-बाल बचीं।**
59. जैश-ए-कमांडर वहीं **ढेर हो गये।**
60. वाजपेयी ने गुवाहाटी के लोगों की **नब्ज़ पकड़ते हुए कहा......।**
61. मोदी ने अपने भाषण में सोनिया की **जमकर खिल्ली उड़ाई।**
62. भारतीय टीम ने पाकिस्तानी टीम के **छक्के छुडा दिये।**
63. बैटिंग और बोलिंग दोनों में **पटखनी दी।**
64. राहुल द्रविड़ युवराज की **तारीफ करते नहीं थके।**
65. मायावती ने अमेठी में **सेंध लगायी।**
66. रावलपिंड़ी में भारतीय गेंदबाजों की **तूती बोली।**
67. चुनाव में नेता एक-दूसरे के खिलाफ **आग उगल रहे हैं।**
68. बीजेपी ने कांग्रेस को **कठघरे में खड़ा किया।**
69. सभी आरोपी पुलिस को चकमा देकर **रफूचक्कर हो गये।**
70. सरकार ने पदोन्नति के मामले में वायुसेनाध्यक्षों के **पर कतरे।**

71. आंध्रप्रदेश में करारी हार के बाद बीजेपी नेता **सकते में आ गये।**
72. बैठक में पार्टी के दोनों गुटों के बीच **तीखी नौंक-झोंक हुई।**
73. अयोध्या का मुद्दा बीजेपी के **गले की हड्डी बन गया है।**
74. सियासी **ऊंट किस करवट बैठेगा** ये तो चुनावी नतीजे ही बताएंगे।
75. **हवा का रुख पहचान** पार्टियों ने सोनिया को अपना समर्थन दे दिया।
76. दिल्ली में **सियासी पारा गर्म हो रहा है।**
77. सरकार के अनेक विकास के फैसले **तुगलकी फरमान साबित** हुए।
78. तोगड़िया के भाषणों ने दंगों की **आग में घी का काम किया।**
79. सुप्रीम कोर्ट ने मोदी सरकार पर **शिकंजा कस दिया है।**
80. संसद पर हमले से सुरक्षा ऐजेंसियों की **नींद उड़ गयी है।**
81. बीजेपी अयोध्या मामले पर **ऊहापोह की स्थिति में है।**
82. क्षेत्रीय दल अपनी जीत के लिए **रात-दिन एक किये हुए हैं।**
83. भारतीय खिलाड़ियों को लाहौर की पिच **खूब रास आ रही है।**
84. अंगप्रदर्शन जारी- बिपासा की तरह मल्लिका ने भी **दिखाये जलवे।**
85. साड़ी कांड चुनाव में बीजेपी के लिए **परेशानी का सबब** बन सकता है।
86. प्रियंका गांधी का जादू लोगों के **सिर चढ़कर बोला।**
87. साड़ी हादसे पर राजनैतिक दल अपनी **रोटियां सेंकने में जुट गये हैं।**
88. अपने समर्थकों को संभालने में नेताओं के **पसीने निकल रहे हैं।**
89. भारत ने पाकिस्तानी बैटिंग का **काम तमाम कर दिया।**
90. राजनैतिक सामग्री के कारण सोनिया का दौरा **खटाई में पड़ गया।**
91. वाजपेयी ने कहा कांग्रेस **तिल का ताड़ बना रही है।**
92. चुनाव परिणामों ने एनडीए की उम्मीदों पर **पानी फेर दिया।**
93. बम की अफवाह के बाद **अफरा-तफरी मच गयी।**
94. निष्कासन रद्द होने के बाद जोगी के **सितारे बुलंद हुए।**
95. भीड़ बेकाबू होने के बाद सारे इंतजाम **धरे-के-धरे रह गये।**
96. पाकिस्तान में जीत के झंडे गाड़ने के बाद लोगों ने खिलाड़ियों को **सिर आंखों पर बैठा लिया।**
97. चुनावी दंगल में नेता **दो-दो हाथ करने को** तैयार हैं।
98. विमान हादसे के बाद वायुसेना ने **चुप्पी साधी।**
99. दूसरे दौर में बातचीत **पटरी से उतर गयी।**
100. पाकिस्तान को हराने का **बीड़ा उठाया** अनिल कुंबले ने।
101. आरोपियों की तलाश में पुलिस जंगलों की **खाक छान रही है।**
102. पाकिस्तानी बल्लेबाज़ों को **रनों के लाले पड़ गये।**

103.अन्तिम मैच में भारत के लिए **करो या मरो के हालात** थे।
104.वरूण गांधी **शब्दों के तीर चलाने** से बाज नहीं आये।
105.नीति तो है लेकिन कार्रवाई के नाम पर वही **ढाक के तीन पात**।
106.वरूण गांधी को प्रचार में उतार कर गोयल ने **दूर की कोड़ी फैंकी**।
107.दिल्ली कांग्रेस में **सिर-फुटव्वल जारी** है।
108.अपराधी पुलिस के साथ **आंख-मिचौनी** का खेल खेल रहे हैं।
109.दस लाख रूपये शिक्षा सुधार के लिए **ऊंट के मुंह में जीरे** के समान हैं।
110.बीजेपी को सत्ता से दूर रखने के लिए सभी दलों ने **सुर से सुर** मिला दिया।
111.मुम्बई धमाकों के लिए जिम्मेदार लोगों को ढूंढने के लिए पुलिस ने खूब **सिर खपाया।**

अभ्यास कार्य

- कठिन भाषा में लिखे गये पैरा को आसान और बोलचाल की भाषा में तब्दील करें। पैरा में प्रयुक्त किए गए कठिन शब्दों के आसान विकल्पों की सूची तैयार करें।
- बच्चों से बातचीत करके ये जानने का प्रयास करें कि टेलीविजन कार्यक्रमों के बारे में उनका क्या सोचना है। विशेषकर उनके छवि संसार में टेलीविजन का क्या योगदान है।
- आम लोगों की बातचीत को रिकार्ड करके उसे कागज पर ज्यों का त्यों उतार लें और ये मूल्यांकन करें कि बोलचाल के दौरान आम लोगों का शब्द चयन और वाक्य विन्यास क्या रहता है।
- अपने पसंदीदा चैनल की शब्दावलियों की एक सूची तैयार करें। ये खोजने की कोशिश करें कि क्या मीडिया आम जीवन में भाषा पर प्रभाव डालता है?
- टेलीविजन पत्रकारों द्वारा प्रयोग किए जाने वाले मुहावरों की सूची तैयार करें और ये जानने का प्रयास करें कि चैनल भाषा को रोचक, लच्छेदार और प्रभावशाली बनाने के दौरान उसके अर्थों के साथ किस हद तक खिलवाड़ करते हैं?
- चैनलों द्वारा प्रयोग की जाने वाली भाषा में किन शब्दों का बहुतायत है। इसका एक तुलनात्मक अध्ययन करें। हिन्दी शब्दकोश की मदद से ये भी जाने कि कौन सा शब्द किस भाषा से लिया गया है और वर्तमान हिन्दुस्तानी भाषा का स्वरूप क्या है?

अध्याय 4

टेलीविजन समाचारों की भाषा की प्रकृति

- ☐ परिचय
- ☐ राजनैतिक समाचारों की भाषा
- ☐ आर्थिक खबरों की भाषा
- ☐ खेल समाचारों की भाषा
- ☐ मौसम समाचारों की भाषा
- ☐ धार्मिक समाचारों की भाषा
- ☐ आपराधिक समाचारों की भाषा
- ☐ मानवीय रूचि के समाचारों की भाषा
- ☐ निष्कर्ष

परिचय

'राष्ट्रीय टेलीविजन समाचार चैनलों का विश्लेषणात्मक अध्ययन' विषय के इस शोध में सन् 2004-05 के दौरान प्रमुख हिन्दी समाचार चैनलों की भाषा का अध्ययन किया गया। शोध का प्रमुख उद्देश्य समाचारों में प्रयुक्त होने वाली भाषा की प्रकृति एवं विशेषताओं का अध्ययन करना था। शोध के लिए प्राईम टाइम टेलीविजन बुलेटिनों के प्रतिनिधि सेंपल को पहले रिकार्ड किया गया और फिर उन्हें बार-बार देख-सुनकर तथा कागज़ पर स्क्रिप्ट नोट कर भाषा की बारीकियों की जांच-पड़ताल की गई। सेम्पल अवधि के दौरान संसदीय चुनाव, पाकिस्तान में खेली गई भारत-पाक क्रिकेट सीरिज, उज्जैन में सिंहस्थ कुंभ मेला आदि अनेक ऐसी महत्वपूर्ण घटनाएं हुईं जिनकी चैनलों ने विशेष कवरेज की।

राजनैतिक समाचारों की भाषा

शोध बताते हैं कि टेलीविजन समाचारों में दो ही विषयों की खबरें अधिक रहती हैं। पहली राजनैतिक और दूसरी खेल से जुड़ी खबरें। चुनाव को भी राजनीति से अलग करके नहीं देखा जा सकता। कहना चाहिए कि चुनाव ही सबसे बड़ी राजनीति है, जिसमें हमेशा पक्ष-विपक्ष एक दूसरे को मात देने के लिए जाल बुनते

रहते हैं। राजनैतिक नेता लगातार परस्पर बयानबाजी और छींटाकशी करते रहते हैं। पत्रकार भी इस तरह की खबरों को मसालेदार लहजे में जनता के समक्ष परोसते हैं।

शब्दावली एवं अभिव्यक्ति

चैनलों में चुनावी खबरों को खास एवं रोचक शीर्षक भी दिया जाता है। उदाहरण के लिए **सिंहासन का फाइनल (ज़ी न्यूज), कांटे की टक्कर (डीडी न्यूज़)।** सिंहासन शब्द राजशाही का प्रतीक है। जैसे सामंतशाही के दौरान राजा-महाराजाओं की लड़ाई में जो जीत कर आता था, राज्याभिषेक करके उसे मुकुट पहनाया जाता था लगभग वैसा ही दृश्य समाचारों की भाषा भी प्रस्तुत करती है। उल्लेखनीय ये भी है कि ज़ी न्यूज़ ने अपने मोन्टाज में सिंहासन शब्द के ऊपर एक स्वर्णिम मुकुट भी बनाया था। इसी प्रकार कांटे की टक्कर यानी कड़ा मुकाबला- ये एक मुहावरा है और चुनावी खबरों में इसका भरपूर इस्तेमाल किया जाता है। इस मुहावरे में भी आक्रामता का अहसास होता है।

राजनैतिक खबरों में एक विशिष्ट शब्दावली का प्रयोग किया जाता है टेलीविजन समाचारों मे चुनाव एक लोकतांत्रिक प्रक्रिया ना होकर महासमर, महासंग्राम, जग या युद्ध बन गया है। राजनैतिक नेता लोकतंत्र में जनता के प्रतिनिधि होने के बजाय सामंतवादी लहजे में महारथी, बाहुबली, राजा, राजमाता, संन्यासिन, दिग्गज, वीरांगना या महारानी के रूप में पुकारे जा रहे हैं। राजनैतिक गतिविधियों को रणभेरी या बिगुल बजाने, रणनीति तैयार करने, धावा बोलने, हमला बोलने, पलटवार करने, आड़े हाथों लेने, बिसात बिछाने, दांव - पेंच, चुनावी अखाड़ा, निशाना साधने, सेंध लगाना आदि के रूप में अभिव्यक्त किया गया है। इसी प्रकार चुनावी क्षेत्र को गढ़ या किले के रूप में बोला जाता है।

उदाहरण

बीजेपी के चुनावी हमलों को लेकर कांग्रेस ने अपनी रणनीति बदल ली है। अब कांग्रेस अटल बिहारी वाजपेयी को भी निशाना बनाएगी। हालांकि कांग्रेस अब तक वाजपेयी पर सीधा हमला करने से बचती रही है। (एनडीटीवी इंडिया 2 अप्रैल 2004)

सोनिया गांधी ने आज मोदी को निशाना बनाते हुए कहा कि वे तीखी टिप्पणी करने से बाज नहीं आते।............इससे नाराज़ सोनिया गांधी ने आज जैसे ही पलटवार किया, आडवाणी मोदी के बचाव में उतर आये। (आजतक 2 अप्रैल 2004)

अब चुनावी महासमर में आपको ले चलते हैं ऐसे चुनाव क्षेत्र में जहां वीरांगनाएं मैदान में जंग की तैयारी में है। रेणुका चौधरी का नाम किसी से छिपा

नहीं हैं और उनका सामना करेंगी - स्वर्णकुमारी। (डीडी न्यूज़ 2 अप्रैल 2004) डीडी न्यूज़ के वीरांगना शब्द सुनते ही रानी झांसी का ध्यान जहन में आता है जो शत्रुओं से लड़ते-लड़ते वीरगति को प्राप्त हो गयी थी। जब कि चुनाव लड़ना इसी प्रकार का काम नहीं है। चुनाव महज मतों से हार और जीत का मसला है।

दक्षिण गुजरात के आदिवासियों को लुभाने के लिए कांग्रेस के बाद अब बीजेपी की कोशिश। बीजेपी ने सोनिया गांधी का मुकाबला करने के लिए वरूण गांधी को मैदान में प्रचार के लिए उतार दिया।.....इसी मंसूबे के साथ मुख्यमंत्री नरेंद्र मोदी ने उनकी ताई पर सीधा हमला किया है। बीजेपी ने वरूण की तैनाती वहां भी की है जहां उनकी ताई रोड़ शो कर रही हैं। राजनीति के अखाड़े में रिश्तों के इस्तेमाल का ये बीजेपी स्टाइल है। (ज़ीन्यूज़ 4 अप्रैल 2004)

राजनैतिक समाचारों को प्रस्तुत करते समय पत्रकार खूब व्यंगात्मक शब्दों का इस्तेमाल करते हैं।

उदाहरण

आज दिल्ली की मुख्यमंत्री शीला दीक्षित का 66वां जन्मदिन है। बर्थ डे गर्ल शीला दीक्षित के घर पर सुबह से ही शुरू हो गया नेताओं का तांता। छुटभैये नेताओं में तो होड़ थी बर्थ डे गर्ल से केक कटवाने की। हर वो नेता जिसे शीला जरा भी जानती हैं - वो केक ले कर पहुंच गया और बर्थ डे गर्ल को वो केक काटने भी पड़े। केक भी ऐसे वैसे नहीं किसी पर वी यानी जीत लिखा था - तो कोई दस फुट लंबा केक ले आया। इस बेचारे के केक पर तो मक्खियां मंडरा रही हैं क्योंकि शीला कुछ ज़्यादा ही व्यस्त थीं। लेकिन ये जनाब हार मानने वाले नहीं। मेहनत - मशक्कत करके आखिर केक कटवा ही लिया। और इस केक के जरिये शीला को मस्का लगाने से लेकर लोकसभा टिकट तक की मांग हो रही थी।

PTC : *तो देखा आपने कि आखिर मुख्यमंत्री का जन्मदिन कैसे मनाया जाता है। कुछ लोग दिल से बधाईयां देते हैं, कुछ मक्खन लगाते हैं और अगर चुनाव पास हो तो टिकट की दावेदारी भी करते हैं। लेकिन मुख्यमंत्री क्या करें, अगर दिल्ली की सत्ता पर काबिज रहना है तो ये सब करना ही है। (एनडीटीवी इंडिया 31 मार्च 2004)*

समाचार की पहली पंक्ति को देखें तो ऐसा लगता है कि शीला दीक्षित का 66वां जन्मदिन एक बड़ी खबर है परंतु ये बात बाकी की ख़बर में गौण हो गयी और समाचार का मुख्य पहलू ये था कि उनके जन्मदिन का राजनैतिक जन्मदिन में परिवर्तित हो जाना। इस खबर के जरिये भारतीय राजनीति की प्रकृति पर तीखा कटाक्ष भी किया गया है। साथ ही खबर में प्रयुक्त मुहावरे जैसे मक्खन

और मस्का लगाना सत्ता के प्रति नेताओं की भूख और लालची प्रवृति को बयां कर रहे हैं। शीला को बार-बार बर्थ डे गर्ल कह कर उन्हें एक मजबूर मुख्यमंत्री के रूप में चित्रित करने की कोशिश की गयी है।

Anchor intro *गुजरात के चुनाव प्रचार में एक और अब्दुल कलाम दिख रहे हैं। लेकिन पुलिस ने उन्हें गिरफ्तार कर लिया है। उन पर आरोप है कि वे बिना इज़ाजत के कांग्रेस के लिए प्रचार कर रहे हैं।*

VO - *राष्ट्रपति अब्दुल कलाम और इन साहब में दो बातें एक जैसी हैं कुछ-कुछ कलाम जैसे दिखते हैं और ये भी दक्षिण भारत के हैं। ये जनाब भी पार्टी प्रचारकों की तरह फक्कड़, झोला-टांग कांग्रेसी गाना गाते हैं। पंजे के लिए दम लगा रहे हैं असली कलाम से भी मिलने की हसरत है। डुपलीकेट कलाम अब कांग्रेस के हर काम में दिखते हैं। आज यहां धरना देने आये हैं। नारे लगा ही रहे थे कि पुलिस ने कलाम साहब को दबोच लिया। कानून तो आखिर कानून है - डुपलीकेट पर भी लागू होगा। धरने वाले बैठ गये और पुलिस कलाम साहब को अपने साथ हवालात ले गयी। (ज़ी न्यूज़, 5 अप्रैल 2004)*

उपरोक्त ख़बर की भूमिका को देखा जाए तो दर्शक आश्चर्य में पड़ सकता है। कि देश का राष्ट्रपति कैसे किसी राजनैतिक दल के लिए प्रचार कर सकता है। यहां सिर्फ हैरानगी ही नहीं खबर को रोचक तरीके से मज़ाकिया लहजे में भी प्रस्तुत किया गया है। शुरूआत में एक सस्पेंस का पुट भी दिया गया है। नकली कलाम को कलाम साहब कह कर रिपोर्टर उस पर व्यंग्य के बाण चला रहा है। वाक्य छोटे-छोटे हैं लेकिन इसमें प्रवाह है। असली कलाम से मिलने की हसरत है। ये कहकर रिपोर्टर डुप्लीकेट की एक सामान्य व्यक्ति होकर भी इतनी बड़ी इच्छा रखने का मज़ाक उड़ा रहा है।

बीएसपी के टोटके

बीएसपी की बुनियाद ब्रहामणवाद के विरोध पर टिकी है। चुनाव जीतने के लिए उसे पंडितो की मदद से कोई परहेज नहीं। पार्टी का एक ब्राहमण उम्मीदवार लोकसभा चुनाव के लिए पर्चा भरने पहुंचा तो उसके साथ मंत्रोच्चारण करने वाले पंडितों की पूरी टोली मौजूद थी।

PTC - कभी मनुवाद को दुश्मन नम्बर वन मानने वाली बीएसपी ने अब चुनाव जीतने के लिए मनुवाद के ही लटके - झटके इस्तेमाल करने शुरू कर दिये हैं। मतलब बिलकुल साफ है कि किसी भी तरह घी निकलना चाहिए। चाहे उंगली टेढ़ी करनी पड़े या फिर हाथ में चम्चम पकड़नी पड़े। (आजतक 1 अप्रैल, 2004)

मंत्रोच्चारण को मनुवादी टोटके और लटके-झटके कह कर एक तरफ ब्राह्मणवादी विचारधारा पर कटाक्ष किया गया है तो दूसरी तरफ राजनेताओं पर भी व्यंग्य कसा गया है कि वे स ाा के लिए किसी भी प्रकार की मौकापरस्ती से बाज़ नहीं आते। घी निकलना चाहिए चाहे चम्मच पकड़नी पड़े। ये खबर सुनकर एक आलोचनात्मक दृष्टि का आभास होता है जो दर्शकों को भी प्रभावित करती हैं।

उपरोक्त उदाहरणों से स्पष्ट है कि किसी भी पार्टी का ऐसा क़दम जिसमें उसकी विचारधारा और गतिविधियों में विरोधाभास दिखाई देता है उसी के अनुरूप भाषा में भी तीखी शब्दावली का प्रयोग पत्रकारों द्वारा किया जाता है। विश्लेषण के आधार पर एक मुख्य बात जो उभर कर सामने आयी है वो ये है कि डीडी न्यूज़ राजनैतिक खबरों को अधिक चटपटे और व्यंग्यात्मक लहजे में प्रस्तुत करने से बचता है।

भाषा में काव्यात्मकता

काव्यात्मकता भाषा को ताज़गी और लीक से हटकर एक नया जीवन प्रदान करती है। आजकल अधिकतर समाचार चैनल खबरों को अधिक रोचक बनाने के लिए अपनी स्क्रिप्ट में नये-नये प्रयोग कर रहे हैं। एक तरफ वे फिल्मों की शब्दावली का प्रयोग कर रहे हैं तो दूसरी तरफ तुकबंदी और अलंकारों का भी भरपूर प्रयोग किया जा रहा है। इन्हीं सब बातों को ध्यान में रखते हुए भाषा में काव्यात्मकता को मुख्यतः अलंकार, तुकबंदी और फिल्मों के नाम या फिल्म संगीत के आधार पर बांटा गया है।

तुकबंदी की भाषा

चुनावी कवायद ज़ोरों पर है, लेकिन चुनावों में कौन देखेगा द्वार और कौन बनायेगा सरकार आइये देखते हैं - जनादेश दो हज़ार चार। (डीडी न्यूज़)

आजतक के कार्यक्रम - आपके एमपी का रिपोर्ट कार्ड - की भाषा की झलक

बाढ़ में नितीश कुमार दमदार,
लोकसभा पहुंचने के पूरे आसार, (बिहार)

बैंगलौर दक्षिण में अनंत कुमार का फीलगुड,
पैंसठ फीसदी वोटरों ने कहा बहुत खूब, (कर्नाटक)

ढेंकनाल में राजा के पी सिंह देव की पौ बारह,

सर्वे का नतीजा - जीतेंगे दोबारा, (उड़ीसा)

बस्तर में जम सकता है बलीराम का बोरिया बिस्तर,
वोटरों की राय - एम पी के तौर पर बेहतर (छत्तीसगढ़)

प्रचार से दूर पवार,
पवार बिना प्रचार, (एनडीटीवी इंडिया)

टेलीविजन समाचारों में शब्द सुनने के लिए लिखे जाते हैं ना कि पढ़ने के लिए। इसलिए शब्द सुनने में भी रोचक लगे इस बात का पूरा ध्यान रखा जाता है। तुकबंदी की कविता सुनने में मधुर लगती है। ठीक इसी प्रकार दर्शकों को लुभाने के लिए टेलीविजन चैनल भी तुकबंदी का अधिकाधिक प्रयोग करने लगे हैं। इस तुकबंदी में कई बार तो अर्थ को भी उतना महत्व नहीं दिया जाता जितना उसका रोचक और कर्णप्रिय होना देखा जाता है।

फिल्मी शब्दावली

आजतक (न्यूज चैनल) से कुछ उदाहरण
तेरा मेरा साथ रहे (सोनिया और शरद पवार के बीच राजनैतिक गठबंधन)
ये रास्ते हैं वोट के (नेताओं द्वारा वोटरों को लुभाने के तरीके)
चुनाव के हमराही (कार्यक्रम का नाम)
जुबान संभाल के (सोनिया के खिलाफ मोदी के बयान पर)
एनडीटीवी इंडिया (न्यूज चैनल) से उदाहरण
अब जुबान संभाल के (चुनाव आयोग द्वारा चेतावनी पर)
हीरो नम्बर वन (गोविंदा की उम्मीदवारी)
बात निकलेगी तो दूर तलक जाएगी
जी न्यूज़ (न्यूज चैनल) से उदाहरण
मोहब्बत और जंग में सब जायज़ है (गिरिधर और उनकी पत्नी हेमा गंमांग दो अलग पार्टियों से एक दूसरे के खिलाफ लड़ने के बारे में)

अलंकारों का प्रयोग

टेलीविजन समाचारों में मनोरंजकता, रोचकता, मधुरता और प्रभावोत्पादकता उत्पन्न करने के लिए पत्रकार अलंकारों का भी काफी प्रयोग करते हैं। कुछ उदाहरण इस प्रकार हैं।

डीडी न्यूज़ से कुछ नमूने -

☐ प्रधानमंत्री अटलबिहारी वाजपेयी ने व्यक्तिगत आरोप की राजनीति पर कड़ा एतराज जताते हुए राजनीति में राजनीति की मर्यादा (यमक) पर ज़ोर दिया। (5 अप्रैल)

☐ ये तो वक्त ही बताएगा कि हंस राज अहीर 1999 की कांटे की टक्कर में से इस बार हार का कांटा (यमक) निकाल पाते हैं या इस बार भी जीत का सेहरा फिर बंधेगा कांग्रेस के पुगलिया या किसी और के सिर। (5 अप्रैल)

☐ कहीं इस बार कांटे की टक्कर में किस्मत का कांटा (अनुप्रास और यमक) नाग नागेश्वर के हक़ में ना झुक जाये। (6 अप्रैल)

☐ चुनाव क्षेत्र में वीरांगनाएं (उपमा) मैदान में जंग (उपमा) की तैयारी में हैं। (6 अप्रैल)

☐ चुनावी लड़ाई के तराज़ू के कांटे (उपमा) को बिलकुल करीब कर दिया। (5 अप्रैल)

आज तक के शीर्षकों में अनुप्रास अलंकार के कुछ उदाहरण -

- वाजपेयी ही वाजपेयी (30 मार्च)
- बयान पर बवाल (1 अप्रैल)
- सितारों का साथ (4 अप्रैल)
- सितारों की सियासत (4 अप्रैल)
- एनडीए का ऐजेंडा (8 अप्रैल)
- बोफोर्स का जिन्न (उपमा) (8 अप्रैल)

आजतक के समाचार से कुछ उदाहरण -

☐ सोनिया गांधी और शरद पवार की बरसों पुरानी दुश्मनी दोस्ती (अनुप्रास) में बदल गयी।

☐ बीएसपी की बुनियाद ब्राह्मणवाद के विरोध (अनुप्रास) पर टिकी हैं

☐ वित्तमंत्री जसवंत सिंह ने कहा कि गृहणियों का बजट अगर सुधरा तो पूरे देश का बजट बेहतर (अनुप्रास) हो सकता है।

☐ तमाम प्रचार कार्यक्रमों का एक ही मक़सद है कि भारत उदय के गुब्बारे (उपमा) में ज़्यादा से ज़्यादा हवा भरी जाये और चुनाव में ऐसी लहर चलायी जाए की ये गुब्बारा उन्हीं की सोची समझी और तय की गयी दिशा में आगे बढ़े।

☐ बोफोर्स का भूत तो मानो (उत्प्रेक्षा) कांग्रेस का पीछा ही नहीं छोड़ रहा

है। हालांकि इस भूत को जिन्दा रखने के लिए जरूरत पड़ती है - कभी राजनैतिक छौंक की तो कभी पत्रकारिता के तड़के की।

एनडीटीवी इंडिया के शीर्षकों में अनुप्रास अलंकार के कुछ उदाहरण -

- प्रचार से दूर पवार (2 अप्रैल)
- पवार बिना प्रचार (4 अप्रैल)
- अटल का अभियान (5 अप्रैल)
- चौटाला और चुनाव आयोग में ठनी (8 अप्रैल)
- अटल - आडवाणी एक मंच पर (5 अप्रैल)

एनडीटीवी की खबरों से कुछ उदाहरण -

माया चांदी है, माया सोना है - ये कहने वाले कलाकार अगली ही लाईन में कहते हैं - माया जादू है माया टोना है। और ये मायावती पर हमला करने का उनका एक तरीका है। अब समाजवादी पार्टी के लिए ये तरीका कितने वोट खींच पायेगा ये तो कहा नहीं जा सकता लेकिन इससे जनता का मनोरंजन जरूर होगा।

सोनिया-पवार एक ही मंच पर (1 अप्रैल) यहां मंच शब्द के दो अर्थ हैं। पहले सोनिया और शरद पवार की पार्टी गठबंधन का प्रतीक है और दूसरा शोलापुर में एक साथ दोनों द्वारा चुनावी रैली को संबोधित करना है। इसमें यमक अलंकार का प्रयोग किया गया है।

ज़ी न्यूज के कुछ उदाहरण

- चौबीस बरस की बीजेपी (अनुप्रास) (6 अप्रैल)
- मंच पर खड़ी सोनिया को ज़मीन पर खड़े प्यादों से वफा की उम्मीद है।
- (अनुप्रास और उपमा) (6 अप्रैल)

हमेशा की तरह बोफोर्स के गोलों के धूंए (उपमा) में बुनियादी मुद्दे एकबार ढंक जाएंगे। (8 अप्रैल)

भारतीय राजनीति में एक बार फिर बोफोर्स का जिन्न (उपमा) बोतल से बाहर निकल कर आ गया है। लोकसभा चुनाव की राजनीतिक मारामारी के बीच बोफोर्स का नया धमाका जहां बीजेपी के लिए दीवाली की आतिशबाज़ी जैसा है वहीं कांग्रेस इस धमाके से उठे धुंए को छांटने में जुट गयी है। (अतिशियोक्ति अलंकार)

निष्कर्ष

टेलीविजन समाचारों में राजनैतिक ख़बरों की भाषा में आक्रामकता बढ़ती जा रही है। टेलीविजन समाचार देखते वक्त ऐसा लगता है कि समाचार स्क्रिप्ट राजनैतिक पार्टियों को ध्यान में रखकर नहीं बल्कि योद्धाओं और उनकी सेना के बीच लड़ाई को ध्यान में रखकर लिखी गयी है। प्रधानमंत्री के पद को एक

राजा का सिंहासन बना दिया गया है। सन् 2004 के लोकसभा चुनाव को प्रत्येक समाचार चैनल ने विभिन्न दलों के बीच जंग के रूप में प्रस्तुत किया। और इस जंग का मैदान है भारतभूमि। जो पार्टी इस युद्ध को जीतेगी उसे ही सत्ता का सिंहासन मिल जाएगा। इस प्रकार चुनावों की तुलना युद्ध से बार-बार करके चैनल समाचारों में अतिरंजना का भाव उत्पन्न करते हैं। राजनैतिक समाचारों को प्रस्तुत करते समय पत्रकार खूब व्यंगात्मक शब्दों का इस्तेमाल करते हैं। और कई बार तो ऐसा लगता है मानों वो राजनेताओं, समूची राजनैतिक प्रक्रिया व्यवस्था का पूरी तरह मखौल उड़ा रहे हो। राजनैतिक समाचारों में मुख्यत अनुप्रास, यमक और उपमा अलंकारों की अधिकता पायी गई।

आर्थिक समाचारों की भाषा

राजनीति, खेल और अन्य ख़बरों की बजाए आर्थिक ख़बरों को टेलीविजन समाचारों में बहुत कम स्थान दिया जाता है। कुछ न्यूज़ चैनल तो अपने बुलेटिन में आर्थिक ख़बरों या शेयर बाज़ार की खबरों को शामिल ही नहीं करते हैं। लेकिन इसकी कमी को पूरा करने के लिए आर्थिक खबरों से संबंधित विशेष समाचार बुलेटिन प्रसारित करते हैं।

शब्दावली एवं अभिव्यक्ति

आर्थिक समाचारों में बाज़ार की स्थिति को बताने के लिए अनेक पिटी-पिटाई शब्दावली को बार-बार उपयोग में लाया जाता है। जैसे - तेज़ी कायम रही, भारी गिरावट आयी, सेंसेक्स फिसला, बिकवाली का ज़ोर रहा, सेंसेक्स लुढका, शेयर बाज़ार में उछाल आया, सेंसेक्स मनोवैज्ञानिक आंकड़े को पार कर गया, शेयर में मज़बूती आयी, बाजार में उतार-चढ़ाव रहा, बाज़ार तेज़ी से खुले। ये शब्दावली अर्थों की दृष्टि से काफी सटीक भी हैं। जैसे शेयर मज़बूत रहे - यहां मज़बूत रहने से अभिप्राय है कि शेयर बाज़ार में स्थिरता से है। इसी प्रकार बाज़ार में काफी उतार-चढ़ाव रहा यानी काफी संख्या में शेयरों के भाव गिरे भी तो शेयर मंहगे भी हुए।

उदाहरण

शेयर बज़ार की शुरूआत तो अच्छी रही लेकिन शाम के कारोबार में बिकवाली का ज़ोर रहा। HLL में भारी गिरावट से BSE के सेंसेक्स पर दबाव पड़ा। हालांकि आईटी कंपनियों में रूचि बनी रही लेकिन इनमें कोई ख़ास तेज़ी नहीं आयी। कुल मिलाकर सेंसेक्स सात अंकों की गिरावट के साथ पांच हज़ार आठ

सौ पंद्रह पर बंद हुआ। जबकि NSE का निफ्टी तीन अंक नीचे गिर कर एक हज़ार आठ सौ उनचास पर आ गया। (एनडीटीवी 7 अप्रैल, 2004)

शेयर बाज़ार में आज लगातार चौथे दिन भी तेज़ी कायम रही। IT और बिजली कंपनियों के शेयर मज़बूत रहे, हालांकि शाम को बाज़ार कुछ फिसला लेकिन कुछ मिलाकर BSE का सेंसेक्स हाफ सेंच्युरी लगाने में कामयाब रहा। तीन हफ्तों के बाद पहली बार सेंसेक्स पांच हज़ार आठ सौ के ऊपर बंद हुआ। (एनडीटीवी, 5 अप्रैल 2004)

निष्कर्ष

आर्थिक खबरों की भी अन्य खबरों की तरह विशेष, सीमित और स्थापित शब्दावली है। रह-रह कर कुछ शब्दों का ही प्रयोग करते हुए भाषा को प्रभावी बनाने का प्रयास किया गया है। आर्थिक समाचारों में मुहावरे, लोकोक्तियों और अलंकारों का प्रयोग नगण्य रूप में होता है। आर्थिक खबरों खासकर शेयर बाज़ार की खबरों में तथ्यात्मकता अधिक पायी जाती है। अतः इसमें अन्य प्रकार के समाचारों की अपेक्षा मुहावरों, लोकोक्तियों और अलंकारों के प्रयोग की अधिक गुंजाइश कम ही रहती है। उसके बावजूद आर्थिक समाचारों की भाषा अभिव्यक्ति की दृष्टि से सार्थक प्रतीत होती है। खेल की ख़बरों की तरह आर्थिक खबरों की अपनी ख़ास तकनीकी शब्दावलियां हैं। जैसे शेयर होल्डर, कंपनी, बजट, सेंसेक्स इत्यादि। अंग्रेजी शब्दों के अधिक प्रयोग का एक कारण ये भी है कि ये खबरें सीधी महानगरों में स्थित बड़ी-बड़ी कंपनियों एवं कोर्पोरेट हाऊसों से जुड़ी होती हैं। अतः इन खबरों का लक्ष्यांक समूह भी साधारण व्यक्ति ना होकर इन कंपनियों के निवेशक और शेयरधारक हैं। जिन्हें इस प्रकार की भाषा या शब्दों को समझने में कोई दिक्कत नहीं होती। दूसरा कारण ये है कि इन अंग्रेजी शब्दों का हिन्दी अनुवाद अप्रचलित हैं। जिन्हें समझने में कठिनाई होती है। जैसे शेयर को हिन्दी में हिस्सा कहा जाता है लेकिन शेयर बाज़ार में ये शब्द अधिक प्रचलित नहीं हो पाया।

खेल समाचारों की भाषा

समाचार चैनलों में खेल की खबरों की जब भी बात करते हैं कि मुख्यतः क्रिकेट की खबरें ही हमारे जहन में उभरकर आती हैं। वो शायद इसलिए भी कि मीडिया खेल की खबरों को ज्यादा अहमियत देता है और इसीलिए क्रिकेट की खबरों का प्रतिशत भी ज्यादा रहता है। चाहे अखबारों की बात हो, रेडियो हो या फिर न्यूज़ चैनल- क्रिकेट मैच के दिनों में एकमात्र क्रिकेट की खबरें ही मीडिया

में छायी रहती हैं। इसका एक कारण ये भी है कि भारत में अन्य खेलों की तुलना में क्रिकेट प्रेमियों की संख्या भी अधिक है।

सन् 2004 में भारत और पाकिस्तान के बीच लम्बे अरसे के बाद काफी महत्वपूर्ण और ऐतिहासिक क्रिकेट सीरीज खेली गयी थी और मीडिया ने इसकी जोरदार ढ़ंग से कवरेज भी की। क्रिकेट मैच के लाइव प्रसारण की वजह से मीडिया के लिए आंखों देखा हाल बयां करना बहुत सरल हो गया है और पूरे दिन की खेल की स्थिति जानने के बाद जब ख़बर के रूप में चैनल क्रिकेट को परोसते हैं, तो समाचारों की भाषा में भी ऐसा प्रतीत होता है मानो उसमें प्रयुक्त शब्दों के बीच रोचक खेल खेला जा रहा हो।

शब्दावली एवं अभिव्यक्ति

ज़ी न्यूज़ चैनल ने भारत-पाक सीरीज के लिए अपने मोंटाज का शीर्षक **सीमा पार घमासान** बनाया। घमासान शब्द युद्ध का प्रतीक है और उस पर सीमा पार शब्द से भाषा में अतिरंजना का भाव दिखाई देता है। इस शब्दावली से ऐसा लगता है कि ये खेल दो टीमों के बीच ना होकर भारत और पाकिस्तान नामक दो शत्रुओं के बीच लड़ी जा रही जंग है और इसी फार्मूले को आगे बढ़ाते हुए मुलतान में भारत की जीत को ज़ी न्यूज़ ने - **जीता मुल्तान रचा इतिहास- भारत बना मुल्तान का सुल्तान** (1 अप्रैल)- समाचार शीर्षक

भारत के लिए ये तो गौरव का विषय है कि उसने लम्बे अर्से के बाद पहली बार पाकिस्तान को उसी की जमीन पर क्रिकेट में मात देकर रिकार्ड बनाया है परन्तु इस जीत में भारत को मुल्तान का सुल्तान कहना कहीं ना कहीं अपने ही मुंह मियां मिट्ठू के भाव को दर्शाता है। जबकि आजतक के खेल की ख़बरों के मोंटाज का शीर्षक बिलकुल सटीक प्रतीत होता है। **शीर्षक था सुपरहिट मुकाबला।** जिसका अभिप्राय है कि मुकाबले पहले भी हुए, हिट भी हुए परन्तु इस बार का मुकाबला पहले की बजाए अधिक रोमांचक होगा। आज तक के द्वारा प्रयुक्त ये शीर्षक दोनों पक्षों को समान तरजीह देता प्रतीत होता है अर्थात बारह साल बाद जहां भारतीय क्रिकेटरों में पाकिस्तान जाकर क्रिकेट खेलने का उत्साह है वहीं पाकिस्तानी खिलाड़ियों के लिए भी ये किसी बड़ी परीक्षा से कम नहीं। जबकि एनडीटीवी ने मुलतान में भारत की जीत को और भी सरल शब्दों में कहा है।

- मुलतान में भारत की ऐतिहासिक जीत,
- पारी और बावन रन से जीता भारत
- पाकिस्तान में पहली बार जीता,

लेकिन इस बात को भी नकारा नहीं जा सकता कि प्रत्येक समाचार चैनल

का बात कहने का अंदाज अलग-अलग होता है। जैसा कि एनडीटीवी इंडिया ने उपरोक्त उदाहरण में बहुत ही सरल और संतुलित शब्दों में कहा है कि बावन रनों से जीता भारत लेकिन इसी खबर को ज़ी न्यूज ने- भारत ने पाकिस्तान को एक पारी और बावन रनों से पीटा- कहा। इसी तरह डीडी न्यूज चैनल ने भी अति आक्रामक शब्दों का इस्तेमाल तो खेल की खबरों में नहीं किया है लेकिन राजनैतिक समाचारों से तुलना करें तो डीडी न्यूज भी निजी चैनलों की तुलना में पीछे नहीं है।

इसके अतिरिक्त खेल की वास्तविक स्थिति का इज़हार करने के लिए न्यूज़ चैनलों ने कभी झटका, मायूसी, छक्के छुड़ा दिये, तो कभी शिकार बनाया आदि शब्दों का इस्तेमाल किया है जो दर्शकों को ना केवल आनंदित करता है बल्कि उन्हें स्टेडियम में चल रही खेल की स्थिति की कल्पना करने को प्रेरित करता है।

भाषा में व्यंग्यात्मकता

डी.डी न्यूज़ एक अप्रैल का एक उदाहरण-

भारत ने पाकिस्तान को उसी की ज़मीं पर पहली बार टेस्ट मैच में हरा कर एक नया इतिहास रच दिया है। सिर्फ दो ऑवर में पाकिस्तान को हरा कर शानदार जीत हासिल कर भारत ने इस मैच को हमेशा के लिए यादगार बना दिया है। टेस्ट मैच के आखिरी दिन भारतीय गेंदबाज़ों के सामने पाकिस्तानी बल्लेबाज़ ज़्यादा देर टिक नहीं सके। तेंदूलकर ने भी अपने बल्ले का जादू बरकरार रखा। और शोएब अख़्तर को ख़ाता नहीं खोलने दिया। भारत के पहाड़ जैसे स्कोर पर पहुंचना तो दूर पाकिस्तान को अब फालोऑन बचाने के भी लाले पड़ते नज़र आये। पाकिस्तान के प्रमुख बल्लेबाज़ तो पवेलियन में आराम फरमा रहे थे। लेकिन कुछ अन्य बल्लेबाज़ जूझ रहे थे। तभी भारत का इंतज़ार ख़त्म हुआ और कुंबले की घूमती हुई गेंद ने सामी के विकेट बिखेर दिये।

पाकिस्तान की दूसरी पारी आयाराम-गयाराम की तर्ज़ पर शुरू हुई। जल्दी ही कुंबले ने तोफीक़ उमर और इमरान फरहत को पवेलियन की राह बतला दी। अगले ही ऑवर में युवराज के सटीक थ्रो पर इंजमाम भी चलते बने। यासिर हमीद जमने की कोशिश कर ही रहे थे कि युवराज ने अपने टेस्ट करियर का खाता खोलते हुए उन्हें सहवाग के हाथों कैच करवा दिया। अब पाकिस्तान पर हार का ख़तरा साफ-साफ मंडराने लगा। इसी बीच रज़्ज़ाक को कुंबले की गेंद पर आकाश चोपड़ा ने लपक लिया।

मोइन खान भी पठान का शिकार बने। हार धीरे-धीरे पाकिस्तान के करीब आती जा रही थी। तभी मुहम्मद सामी और एक अन्य खिलाड़ी टीम को मझधार में छोड़कर पवेलियन वापस लौट गये। लेकिन युहाना ने ज़बरदस्त जुझारूपन दिखाया और अपना सैंकड़ा पूरा कर लिया। और तभी कुंबले ने शोएब को भी चलता किया और दिन का खेल समाप्त होने तक भारत की जीत केवल एक विकेट दूर रह गयी।

उपरोक्त स्क्रिप्ट में गौर करने पर पता चलता है कि भारत की श्रेष्ठता साबित करने वाले वाक्यों और शब्दावली की संख्या अधिक है। दूसरी तरफ चलता किया, पवेलियन की राह बतला दी, आराम फरमा रहे थे जैसे शब्दों के प्रयोग द्वारा पाकिस्तानी खिलाड़ियों की भारतीय क्रिकेटरों से तुलना करते हुए ना केवल उनका मज़ाक उड़ाया गया है बल्कि खेल रिपोर्टिंग की निष्पक्षता और संतुलन के साथ भी खिलवाड़ किया गया है।

उदाहरण एवं विश्लेषण

एनडीटीवी इंडिया

भाषा में नये-नये प्रयोगों के मद्देनजर खेल समाचारों में वर्णनात्मक शैली का भी खूब प्रयोग किया जाता है। सबसे दिलचस्प बात ये है कि इस शैली में बहुत ही सहज तरीके से विपक्षी टीम के लिए चालू शब्दों का प्रयोग किया गया है। ऐसा केवल खेल की खबरों को अधिक रोचक बनाने के लिए किया गया है।

उदाहरण

Anchor intro-

करीब पचास साल के इंतजार के बाद आज भारत ने पाकिस्तान को उसी की जमीं पर टेस्ट मैच में हराने का कारनामा किया है। इरफान पठान ने जैसे ही यूसुफ युहाना का विकेट लिया। भारतीय टीम और उसके प्रशंसक खुशी से झूम उठे।

Voice Over

गुरुवार, एक अप्रैल दो हज़ार चार। दिन के दस बजकर छत्तीस मिनट- इरफान पठान के हाथ से छूटती गेंद और यूसुफ युहाना का .....। हवा में लहरा कर कप्तान द्रविड़ के हाथ ठहरती गेंद और यूसुफ युहाना की मायूसी भरी वॉक। भारतीय खेमे में जश्न। ये लम्हा क्रिकेट के इतिहास में हमेशा के लिए ठहर सा गया है। इस जीत के लिए लगभग पचास साल इंतज़ार किया गया। ये जीत हासिल हुई मुलतान की बेजान पिच पर।

रविवार को जब ये मुकाबला शुरू हुआ तो किसी को उम्मीद नहीं थी कि भारतीय टीम जीत की इबारत लिख देगी। लेकिन राहुल द्रविड के टोस जीतने के बाद वीरेन्द्र सहवाग के तिहरे शतक और तेंदुलकर के नाबाद एक सौ चौरानवे रनों ने भारत के लिए जीत की जमीन तैयार की। इस बेजान विकट पर रनों के मनोवैज्ञानिक दबाव के सामने इंजमाम और उनके साथी एक एक करके ऐसे हिले कि आखिरी दिन मुकाबला भारतीय जीत की सिर्फ रस्म अदायगी में बदल गया। पहली पारी में जावेद मियादांद की खिल्ली उड़ाते हुए इरफान पठान ने पाकिस्तानी बल्लेबाजी की रीढ़ पर ऐसी चोट की कि मेज़बान टीम फोलोऑन से बच नहीं पायी।

अगर रनों का अंबार सामने हो और दूसरी टीम इसके मनोवैज्ञानिक दबाव में दिख रही हो तो कुंबले के लिए इससे बेहतर मंच नहीं हो सकता। ठीक ऐसा ही हुआ और हर बार की तरह कुंबले ने विपक्षी टीम को देखते ही देखते समेट दिया। (एनडीटीवी इंडिया 1 अप्रैल 2004)

Anchor intro-

लाहौर टेस्ट मैच में हार की वजहें तलाशती भारतीय टीम खराब एम्पायरिंग को जरूर कोस रही होगी। पाकिस्तान की पहली पारी में एम्पायर टीम पर कुछ ज्यादा ही मेहरबान दिखे। खासतौर पर स्टीम बकनर की एम्पायरिंग ने भारतीय खेमे को कई बार मायूस किया।

Voice Over

तेज़ गर्मी, चिलचिलाते सूरज और बिजली की तेज़ी से निकलने वाली किरणों पर कभी-कभी एकाध फैसले तो गलत हो ही जाते हैं। लेकिन लाहौर टेस्ट में एम्पायरों ने कई विवादास्पद फैसले लिये। ये फैसले भारत के हक में नहीं थे। मैच में हार हुई है। जाहिर है इन फैसलों पर उंगलियां उठेंगीं ही। लेकिन अंपायर बकनर का लंबा अनुभव कई बार उनकी जिद जैसा लगा। मानो कह रहे हों कि आऊट नहीं हुआ। एंपायरों के साथ दिक्कत ये भी है कि नोट आऊट जैसी तकनीक उनके फैसले को बखूबी परखती है, खिलाड़ियों के साथ-साथ दर्शक भी सब कुछ जानते हैं समझते हैं। बकनर ने आस्ट्रेलिया सीरीज के दौरान भारतीयों को चौंकाने वाले कुछ फैसले दिये थे। किसी भी एक गलत फैसले का शायद ही उनके ऊपर असर पड़े, लेकिन मैदान पर पसीना बहाने वाले खिलाड़ियों पर काफी असर पड़ता है। ये बात अंपायरों को समझनी होगी। (एनडीटीवी इंडिया, 8 अप्रैल 2004)

उपरोक्त उदाहरण से एक बार ये उभरकर आया है कि न्यूज चैनल अक्सर भारतीय टीम के प्रति पूर्वाग्रह से ग्रसित होकर ही उसके पक्ष में खबर की भाषा गढ़ता है और इस पूर्वाग्रह में वे एक हद भी पार करके एंपायर की

निष्पक्षता पर चोट करने से नहीं चूकते। जो कि खेल भावना के बिलकुल विपरीत है क्योंकि अगर भारत के स्थान पर पाकिस्तान इस मैच में हारता तो शायद वहां के टेलीविजन चैनल भी इसी प्रकार का चुटीलापन प्रदर्शित करते।

भाषा में काव्यात्मकता

वर्तमान में खबरों की रोचक भाषा ही मानो किसी समाचार चैनल की लोकप्रियता का मूल मंत्र बन गया है। इस फार्मूले को लगभग सभी चैनलों ने आत्मसात कर लिया है। यहां एक बार फिर दोहरा देना आवश्यक है कि अलंकार, तुकबंदी और फिल्म संगीत या नाम पर आधारित खबरों के शीर्षक देना भाषा को काव्यात्मक एवं मनोरंजनात्मक स्वरूप प्रदान करते हैं।

अलंकार के उदाहरण

□ भारत के पहाड़ जैसे स्कोर (उपमा) तक पहुंचना तो दूर पाकिस्तान को अब फालोऑन बचाने के भी लाले पड़ते नज़र आये। (डीडी न्यूज 1 अप्रैल)

□ जबड़े में जीत (अनुप्रास) (भारत का पाकिस्तान को उसी की जमीं पर हराना।)

□ कुंबले का कहर (अनुप्रास)

□ सस्ते में सिमटे (अनुप्रास)

□ मुलतान टेस्ट के तीसरे दिन छह सौ पचहत्तर रनों के पहाड़ जैसे स्कोर (उपमा) के जवाब में मेज़बान पाकिस्तान को सबसे ज्यादा उम्मीदें बेज़ान पिच से ही रही होंगी। (आजतक 30 मार्च)

□ कमाल की पारी (यमक) इस शीर्षक में कमाल शब्द दो अर्थ लिये हुये है। पहला तो पाकिस्तानी खिलाड़ी आसिफ कमाल और दूसरा उसके मैच में अच्छे प्रदर्शन के प्रतीक के रूप में ये शब्द इस्तेमाल किया गया। एक और उदाहरण इस प्रकार है।

□ कमाल ने मैच में अच्छा प्रदर्शन करते हुए तिहत्तर रन प्राप्त कर कमाल की पारी साबित की। (आजतक 7 अप्रैल 2004)

□ फरहत और इंजमाम उल हक़ ने शतक ठोके तो यूहाना और आसिम कमाल ने भी बल्ले से अपने कमाल दिखाये। (यमक अलंकार, जी न्यूज़ 8 अप्रैल 2004)

□ इसी बीच भारतीय क्रिकेटरों की विकेट गिरने की झुंझलाहट टकराहट के रूप में सामने आयी। (अनुप्रास अलंकार, जी न्यूज़ 8 अप्रैल 2004)

तुकबंदी

- चोट के बाद लौटे कुंबले ने फूंकी मुलतान की पिच में जान
- दूसरी पारी में छह विकेट लेकर पाकिस्तानी बैटिंग का काम किया तमाम (एनडीटीवी इंडिया, 31 मार्च 2004)
- हार की कगार पर (आज तक, 7 अप्रैल 2004)
- भारत में मुलतान का सुल्तान (ज़ी न्यूज़, 1 अप्रैल 2004)

फिल्मी शब्दावली

बात निकली है तो दूर तलक जाएगी (आजतक, 30 मार्च 2004)

ये पंक्ति जगजीत सिंह द्वारा गायी एक गजल की है।

थोड़ी खुशी थोड़ा ग़म (ज़ी न्यूज़, 1 अप्रैल)

ये शीर्षक एक फिल्म के नाम पर दिया गया है।

कप्तान गांगुली पर भी चढ़ा जीत का खुमार लेकिन ऐतिहासिक जीत में नहीं खेलने का ग़म भी।

मैं तो पापा बन गया (ज़ी न्यूज़, 2 अप्रैल)

फिल्म राजा हिन्दुस्तानी के एक गीत साला मैं तो साहब बन गया पर आधारित अनिल कुंबले के पिता बनने पर

निष्कर्ष

समाचारों में खेल की भाषा के संदर्भ में कुल मिलाकर ये कहा जा सकता है कि ये राजनैतिक समाचारों की भाषा शैली से मेल खाती है। इसका एक कारण शायद ये भी है कि दोनों ही ऐसे क्षेत्र हैं जिसमें दो प्रतिद्वंद्वी होते हैं। फर्क सिर्फ इतना है कि राजनीति में सत्ता को हथियाने के लिए पक्ष-विपक्ष संघर्षरत रहते हैं और खेल में दोनों टीमें जीतने के लिए मैदान में उतरती हैं। दोनों ही विषयों की खबरों में युद्ध और लड़ाई में इस्तेमाल होने वाले आक्रामक शब्दों का धड़ल्ले से प्रयोग किया गया है। खेल समाचारों की शब्दावली न केवल राजनीतिक समाचारों की शब्दावली से मेल खाती है, बल्कि कहना चाहिए कि राजनीति से भी अधिक खेल समाचारों की भाषा को आक्रामक, काव्यात्मक और वर्णणात्मक रूप में प्रस्तुत किया गया है। लगभग सभी चैनलों की खेल की खबरों की भाषा काफी व्यंग्यात्मक, कटाक्ष से परिपूर्ण और अहंकार का भाव लिये हुए है।

मौसम समाचारों की भाषा

मौसम की खबरें एक समाचार बुलेटिन का बहुत ही छोटा हिस्सा होती हैं। इसके बावजूद मौसम समाचारों की भाषा में भी उतनी ही रचनात्मकता है जितनी की दूसरी खबरों में। यदि टेलीविजन समाचारों के अतीत में जाएं तो देखते हैं कि शुरूआती दौर में दूरदर्शन पर मौसम समाचारों की भाषा शुष्क और काफी औपचारिक रही है। मौसम की खबरों का अभिप्राय बस न्यूनतम और अधिकतम तापमान बताने तक ही सीमित था। परन्तु निजी चैनलों के आगमन के बाद समाचारों की भाषा पूर्ण रूपेण परिवर्तित हो गयी है।

वैसे तो मौसम की खबरों को रोचक बनाने में अधिक गुंजाइश नहीं दिखती, लेकिन निजी चैनलों में बहुत ही सामान्य एवं बोलचाल के शब्दों के जरिये मौसम की भाषा में भी जीवंतता पैदा कर दी है। साथ ही एक नया प्रयोग देखने में आया है कि अलग-अलग इलाकों के मौसम की खबर बताते वक्त उस क्षेत्र की खबरों को भी बताया जाने लगा है। मौसम और राजनीति को जोड़कर पत्रकार अक्सर चटकारेदार भाषा का इस्तेमाल करते हैं। उदाहरण के लिए - सूरज की बढ़ती तपिश के साथ-साथ राजधानी दिल्ली में सियासी पारा भी चढ़ता जा रहा है।

एनडीटीवी इंडिया

अपनी शुरूआात से ही एनडीटीवी इंडिया मौसम की भाषा में नये-नये प्रयोग करता आया है। सबसे दिलचस्प बात तो ये है कि अन्य चैनलों की तुलना में इसकी शब्दावली बिलकुल भिन्न रही है जैसे किसी क्षेत्र में बारिश की संभावना को व्यक्त करने के लिए कहना - उत्तरी भारत में छाते खुल सकते हैं। सूरज की आंख-मिचौनी जारी है।

उदाहरण

शुरूआत कुछ अच्छी और कुछ बुरी खबर से। सबसे पहले अच्छी खबर - अच्छी ख़बर ये है कि पूरे उत्तरी भारत में कल तक कुछ घने बादल छाए थे लेकिन अब बादल फैल चुके हैं। फिलहाल बादलों की हलचल की संभावना कम है। लेकिन चंडीगढ़ में बारिश की संभावना बरकरार है और तापमान में भी कुछ कमी हुई है। केवल श्रीनगर के इलाकों की तरफ आज कुछ घने बादल हैं। यहां अभी कुछ बूंदे नहीं पड़ पायी हैं। लेकिन संभावना है।

आने वाले अड़तालीस घंटों में पश्चिमी हवाएं तेज़ होंगी। ये पश्चिमी हवाएं कम से कम आपके रविवार की छुट्टी में बेहतर मौसम जरूर लेकर आएंगी। आज बूंदे मेहरबान रही। पश्चिम भारत की ओर मौसम में खासा बदलाव नहीं। यहां के

अधिकतर इलाके काफी गर्म रहे। (एनडीटीवी 2 अप्रैल 2004)

इस स्क्रिप्ट में बारिश की संभावना बतलाने के लिए - केवल श्रीनगर के इलाकों की तरफ कुछ घने बादल हैं जिनकी फिलहाल कुछ बूंदे नहीं पड़ पायी हैं लेकिन संभावना है, का प्रयोग किया गया है। बूंदें नहीं पड़ पायी हैं - इन पंक्तियों में बहुत अनौपचारिक शब्दों का इस्तेमाल किया गया है। दूसरा भावनात्मक तरीके से भी मौसम को प्रस्तुत किया गया है। जैसे पश्चिमी हवाएं...........बेहतर मौसम जरूर लेकर आएंगी।

डीडी न्यूज़

रोचकता की दृष्टि से डीडी न्यूज़ आज भी निजी चैनलों के मुकाबले कुछ पीछे ही ठहरता है। और इसका एक बड़ा कारण इसमें बोलचाल के शब्दों के स्थान पर तत्सम शब्दावली का प्रयोग है।

उदाहरण

आज एक उत्तर-दक्षिणी ट्रफ यानी विंड डिस्कंटीन्यूटी लाइन प्राय द्विपीय भारत से पश्चिमी मध्यप्रदेश तक देखी जा सकती है। कुछ क्षेत्र ऐसे हैं जहां बादल छाये हुए हैं। भारत के मानचित्र को देखा जाये तो पूर्वी मध्य प्राय द्विपीय भारत के आसपास घने बादल स्पष्ट रूप से छाये हुए हैं। अब कल शाम तक का मौसम - उ ार भारत में वर्षा के कोई आसार नहीं बने हुए हैं। वहीं पूर्वी भारत में एक दो स्थानों पर वर्षा हो सकती है। कहीं-कहीं गरज के साथ छीटें पड़ सकते हैं - दक्षिणी भारत में वर्षा का आनंद लिया जा सकता है। एक दो स्थानों पर बूंदा-बांदी पड़ सकती है। पश्चिमी इलाकों में वर्षा के कोई आसार नहीं बने हुए हैं। अब चलते-चलते एक झलक - विश्व भर के तापमान की। (31 मार्च 2004)

उपरोक्त उदाहरण से साफ जाहिर है कि डीडी न्यूज़ चैनल कठिनतम एवं तकनीकी शब्दावलियों का बहुतायात में प्रयोग कर रहा है। ख़बर में जैसा कि डीडी न्यूज़ ने बारिश या बरसात शब्दों के स्थान पर बार-बार वर्षा शब्द का प्रयोग किया है जो ना केवल संस्कृतनिष्ठ है बल्कि सामान्य बोलचाल की भाषा से भी हटकर है। इसी प्रकार ट्रफ यानी विंड डिसकंटीन्यूटी लाईन जैसे तकनीकी शब्द का प्रयोग आम लोगों की समझ से परे है। दूरदर्शन की भाषा का सरल होना इसलिए भी जरूरी है क्योंकि डीडी न्यूज़ ही ग्रामीण और आंचलिक क्षेत्रों में अधिक देखा जाता है। क्योंकि वहां सैटेलाइट चैनल अभी तक नहीं पहुंच पाये हैं। फिर भी पहले की तुलना में अब डीडी न्यूज़ में भाषा को लेकर नये सकारात्मक प्रयोग शुरू हुए हैं।

ज़ी न्यूज़

उत्तरी भारत के अधिकतर शहरों में आसमान तो साफ हो रहा लेकिन तेज़ धूप ने लोगों को परेशान किया। तापमान में कमी आयी। मौसम मिला-जुला रहा। बादलों की आवाजाही के कारण गर्मी से लोगों को कुछ राहत मिली। कई इलाकों में धूल भरी आंधी चलती रही। आसमान साफ रहा। वहीं दक्षिण भारत का मौसम अन्य क्षेत्रों के मुकाबले सुहावना रहा। यहां कुछ इलाकों में हल्की बूंदाबांदी हुई। इसलिए उमस का स्तर बढ़ा रहा। अब कल का तापमान - भारत के महानगरों में कल भी मौसम आज जैसा ही रहेगा। दिल्ली में बूंदाबांदी हो सकती है। हैदराबाद में छाये बादल बरसेंगे। मुंबई के तापमान में कुछ ख़ास बदलाव नहीं आयेगा। (31 मार्च)

आजतक ने इसी ख़बर को कुछ इस तरह अभिव्यक्त किया-

आसामान में बादल उमड़-घुमड़ रहे हैं। बादलों की आवाजाही जारी है। हैदराबाद में भी बादलों का जमावड़ा है। दिल्ली में पारा ऊपर चढ़ा है। कोलकाता में आसमान में बादलों का डेरा है। (31 मार्च)

यदि अधिकांश समाचार चैनलों के मौसम समाचारों की स्क्रिप्ट को ध्यान से देखें तो सभी ने एक ही बात को अलग-अलग अंदाज में कहा है। परंतु शब्दावली समान है। जैसे बादलों की आवाजाही रहेगी, मौसम सुहावना या खुशगवार रहेगा, गरज के साथ छींटे पड़ सकते हैं, आसमान में बादल छाये हुए हैं या बादलों का डेरा है या जमावड़ा है, हल्की बूंदाबांदी हो सकती है इत्यादि।

उदाहरण

- सोनिया गांधी आज नरेंद्र मोदी पर जमकर बरसीं।
- अटल सोनिया एक दूसरे पर बरसे।
- कांग्रेस ने बीजेपी की बयानबाज़ी को लेकर सवालों की झड़ी लगा दी।

यहां प्रयुक्त शब्द बरसे, बरसीं और झड़ी - तीनों बरसात से जुड़े हैं। मौसम की खबरों में सुनते हैं तो सामान्य अर्थ में ही इनका प्रयोग किया जाता है। परंतु विशेष अभिव्यक्ति के रूप में दूसरी खबरों में इनका प्रयोग करने पर इनका अर्थ बदल जाता है।

निष्कर्ष-मौसम समाचारों में अभिव्यक्ति के रूप में मुहावरों, लोकोक्तियों और अलंकारों का प्रयोग कहीं भी देखने में नहीं आया जबकि मौसम समाचारों की कुछ शब्दावलियों का प्रयोग मुहावरों के रूप में अन्य समाचारों में बखूबी किया जा रहा है।

अन्य समाचारों की भाषा

अभी तक राजनीति, आर्थिक, खेल और मौसम समाचारों की भाषा की प्रकृति का विश्लेषण किया गया है। लेकिन इनके अलावा भी अनेक समाचार टेलीविजन बुलेटिन में दिखाये जाते हैं। जिन्हें मिलाकर अन्य समाचारों के रूप में वर्गीकृत किया गया है। इसमें मुख्यतः धार्मिक, आपराधिक, मानवीय रूचि, दुर्घटना इत्यादि समाचार शामिल हैं।

धार्मिक समाचार

सन् 2004 में उज्जैन में सिंहस्थ कुंभ का आयोजन हुआ था। इसी से संबंधित समाचार टेलीविजन चैनलों ने इस दौरान दिखाये। भाषा विश्लेषण की दृष्टि से देखें तो धार्मिक समाचारों में अधिकतर शब्दावली संस्कृतनिष्ठ है। इसका कारण ये है कि हिन्दू धर्म की अधिकांश अवधारणाएं और पुस्तकें संस्कृत में हैं। संस्कृत के इन शब्दों का अन्य कोई विकल्प भी नहीं है। इसके साथ ही ये भी लगता है कि पत्रकार परिवेश के मुताबिक भी शब्दावली का चयन करते हैं। जैसे कुंभ की रिपोर्ट में शाही स्नान के पावन अवसर पर, भव्य मंदिर, महाकालेश्वर के दर्शन, पावन नक्षत्र योग, परंपरा का निर्वाह, शुभ मुहूर्त, श्रद्धालु, पुण्य की प्राप्ति, आस्था का सैलाब, महंत और संत आदि शब्दावली का उपयोग किया गया है।

उदाहरण

शाही स्नान की ये परंपरा अनादिकाल से चली आ रही है। उज्जैन नगरी प्राचीन काल से ही भारत की संस्कृति और कालगणना का केन्द्र बिन्दू रही है।

वहीं दूसरी तरफ जब ऐसा ही कोई आयोजन मुस्लिम धर्म का हो तो भाषा पूरी तरह ऊर्दू लिये होती है। कुंभ के दौरान धार्मिक सद्भाव की एक मिसाल की खबर प्रसारित की गयी। जो इस प्रकार है-

या रसूल अल्लाह लिखा हुआ बाबा साहेब का ये झंडा और दूसरी तरफ हर-हर महादेव की गूंज- ये अनूठा मंजर है क्षिप्रा के घाट पर जहां शेख और ब्राह्मण मिलकर इबादत करते हैं............नफरतों की दीवार में मुहब्बतों की सेंध लगाएं आओ एक बार फिर इस विरान को गुलिस्तां बनाये। ये कहना ग़लत ना होगा कि ये शायद एक ऐसी ही कोशिश है। शायद ये लोग नेता नहीं है इसलिए आज भी इनके लिए इन्सानियत हम से बड़ी चीज है। (एनडीटीवी इंडिया 8 अप्रैल 2004)

उदाहरण

Anchor Link

लखनऊ में प्रशासन ने आज बंद के लिए कड़े इंतजाम किये है। लखनऊ में कल हुए दंगों में चार लोगों की मौत हो गई।

लखनऊ में तनाव (super)

V.O.-एक दूसरे के खून के प्यासे नजर आ रहे ये लोग कुछ दोस्त हैं, कुछ पड़ोसी हैं, कुछ का आपस में शहर का रिश्ता है। सब के सब हमवतन हैं। कुछ देर पहले यह आम इंसानों जैसे थे। बुश के विरोध में जुलूस निकल रहा है। कुछ लोगों ने दुकानें बंद करने की कोशिश की और नतीजा ये रहा। झगड़ा जार्ज बुश से था शिकायत ये थी कि बुश ईरान-इराक और अफगानिस्तान के दुश्मन हैं लेकिन दंगा अपने वतन में हुआ और लहू उनका बहा जो वर्षों से एक-दूसरे के पड़ोसी थे।

क्योंकि जुलूस निकालने वाले एक मजहब के थे। दुकाने न बंद करने वाले दूसरे मजहब के, लिहाजा कौमे आमने-सामने आ गईं। लाठिंया चलने लगी, हर हाथ में बोतल थी। पड़ोसी के सिर निशाने पर थे। थोड़ी देर में लगने लगा कि सड़के शीशे की बनी हैं। पुलिस राष्ट्रपति की आमद में मशरूफ थी। लिहाजा आने में देर लगी।

P.T.C.-लखनऊ के लिए किसी ने लिखा था कि इसके दामन में मोहब्बत के फूल खिलते हैं इसकी गलियों में फरिश्तों के पते मिलते हैं, लेकिन आज इसकी गलियों में फरिश्तों के पते हम ढूंढते रह गए। लखनऊ से कमाल खान एनडीटीवी इंडिया के लिए। (04-03-2006)

आपराधिक समाचार

अपराध समाचारों को टेलीविजन में अक्सर काफी भावनात्मक तरीके से पेश किया जाता है। अपराध की भयानकता और गंभीरता को शब्दों और दृश्यों के जरिये बेचने की पूरी कोशिश की जाती है। दर्शकों को खबर के प्रति भावुक बनाने के लिए ख़ास शब्दों का प्रयोग किया जाता है।

शीर्षक - रिश्तों का खून

मासूमियत भरे ये चेहरे किसी को भी धोखा दे सकते हैं। हथकड़ियों में जकड़े इन दोनों लड़कों ने दरिंदगी की हदें पार करते हुए अपनी पैंतीस साल की भाभी के साथ बलात्कार किया और फिर उसे छुरा घोंपकर मार डाला।......... गाज़ियाबाद के इलाके में इस हत्या के बाद सनसनी फैल गयी है। पुलिस ने दोनों दरिंदों को गिरफ्तार तो कर लिया है। लेकिन पुलिस खुद भी उनकी हैवानियत से हैरान है। मौका-ए-वारदात से पुलिस ने हत्या में इस्तेमाल किया गया छुरा और

कुछ जेवरात बरामद किये हैं। (आजतक 8 अप्रैल 2004)

मानवीय रूचि के समाचार

विषय के मुताबिक टेलीविजन समाचारों में शब्द चयन बदल जाता है। जैसे मानवीय रूचि की ख़बरों के विषय मनभावन होते हैं। ये समाचार आम जीवन से जुड़े होते हैं लेकिन इनमें कुछ रोचक और ख़ास तत्व होते हैं। इसीलिए इनकी शब्दावली भी रूचिकर, कई बार मजाकिया, रसदार, लुभावनी और आकर्षक होती है। इन खबरों की भाषा भी दर्शकों को ये अहसास कराती है कि ख़बर पूरी तरह से उन्हीं के बारे में है या उनसे जुड़ी हुई हैं। दर्शक ऐसी खबरों का लुत्फ उठाते हैं। ऐसी ख़बरों की भाषा राजनीति और खेल की तरह आक्रामक नहीं होती। व्यंग्यात्मकता का पुट हालांकि कुछ देखने को मिलता है। लेकिन अक्सर पाया गया है कि भाव रूखी-सूखी न होकर रसदार और मुहावरेदार होती है।

उदाहरण

शीर्षक - कमाल के कुत्ते

भारतीय सेना के कुत्ते भी लाजवाब हैं। ख़ासकर बर्फीले इलाकों में चीजों को खोजने के उनके हुनर की जितनी भी तारीफ की जाए काफी कम है। छह साल के बिड़ला के काम इतने बड़े-बड़े हैं कि सेना भी उसे सलाम करती है। बिड़ला को बर्फीले इलाके में दबी चीजों का पता लगाने में महारत हासिल है। सेना के जवान भी इन्हें बेइन्तहा प्यार करते हैं। क्योंकि उन्हें मालूम है कि खुदा ना खास्ता अगर वे बर्फ में फंस गये तो यही उन्हें निकालने वाले हैं। (एनडीटीवी, 4 अप्रैल 2004)

पुरूषों के व्यक्तित्व में चार चांद लगाने वाली टाई आजकल हर ख़ास और आम की ख़ास पहचान बन गयी है लेकिन आपको ये जानकर बेहद हैरानी होगी कि जिस टाई को पहनकर आप इतराते हैं और रोब जमाते हैं वही टाई आपकी आंखों के लिए घातक सिद्ध हो सकती है।

एंकर टैग (एंकर का कथन ख़बर दिखाने के बाद) ये थी दिलचस्प जानकारी टाई पहनने वालों के लिए (डीडी न्यूज़ पांच अप्रैल)

हमेशा मानवीय खबरें हल्की फुल्की जानकारी लिये हुए ही नहीं होती हैं कई बार ये गंभीरता, तथ्यात्मकता और भावनात्मकता का भी पुट लिये होती हैं। जो समाज को काफी सार्थक संदेश देती हैं।

उदाहरण

दुनियाभर में चार से साढ़े चार करोड़ नेत्रहीन हैं। और सन् दो हज़ार बीस

तक इनकी संख्या साढ़े चार करोड़ से ज्यादा होने की आशंका है। अधंता को रोकने का संदेश घर-घर पहुंचाने के लिए एक सप्ताह तक विश्व के अंधता निवारण सप्ताह मनाया जा रहा है। आंखे हैं तो जहान है - लेकिन अगर आप अपने जहान को इतना ही देख पायें तो -.................(डीडी न्यूज़ 1 अप्रैल 2004)

उदाहरण

Anchor Link

दिल्ली में अब मुहर लगे मुर्गे बिकेंगे, बर्ड फ्लू को देखते हुए सरकार ने बिना टोस्ट किए मुर्गे की बिक्री पर रोक लगा दी है। उधर बर्ड फ्लू के नाम से मुर्गे के दाम आधे और मछलियों की कीमत दोगुनी हो गई है।

मुहर लगेगी मुर्गों पर (super)

V.O.- कैसे हो मुर्गे भाई ये सवाल लेकर दिल्ली के पशुपालन मंत्री मंडी पहुंचे। मंत्री जी ने घूम-घूम कर मुर्गों की खबर ली। अचानक, मंत्री जी को देखकर मुर्गों ने लंबी कर बातचीत शुरू कर दी। चुनाव के वक्त नारा देते थे मोहर लगेगी हाथ पर, अब मोहन गर्दन पर यानी ये लम्बी गर्दन तभी कटेगी जब इस पर डाक्टर मोहर लगा देगें। मुर्गों से मिलकर मंत्री जी ने भरोसा दिया कि उनके राज में सभी मुर्गे सेहतमंद हैं। मंत्री जी से हौसला मिलते ही मुर्गे ने भी अपनी तन्दरुस्ती के मामले में दुकानदारों के सुर में सुर मिलाया। इसतना भरोसा देने के बावजूद मुर्गों की गर्दन छूरी से दूर रही। मुर्कों की वजह से आफत मछलियों पर आ गई।

P.T.C.- एक पुरानी कहावत है गर्दन छुरी पर हो या छुरी गर्दन पर कटना मुर्गे को ही है और यह कहावत आजकल इन मुर्गों पर पूरी तरह फिट बैठ रही है। जो सेहतमंद हैं उनके लिए ये छुरी तैयार है और जो बर्ड फ्लू से ग्रसित हैं उसे सरकारी छूरी ढूंढ रही है। (राहुल सक्सेना जी न्यूज के लिए)

निष्कर्ष

टेलीविजन समाचार चैनलों का अध्ययन करने के बाद हम पता चलता है कि कुल मिला कर किसी भी न्यूज़ चैनल की अपनी कोई विशिष्ट शब्दावली नहीं है। बल्कि शब्दों एवं अभिव्यक्तियों के चयन के संदर्भ में न्यूज़ चैनल भेड़चाल अपना रहे हैं। अनेक बार एक ही खबर के लिये प्रयुक्त होने वाली ना केवल शब्दावली समान थी बल्कि खबरों के शीर्षक और भूमिका बांधने वाली पंक्तियां भी समान होती हैं।

समाचार चैनलों में तत्सम, तद्भव, देसज और विदेशज सभी प्रकार के शब्दों का विषयानुरूप प्रयोग किया जाता है। फिर भी डीडी न्यूज़ को छोड़कर बाकी चैनल

अरबी-फारसी मूल के शब्दों का प्रयोग अधिक करते हैं। खेल, विज्ञान, शेयर बाज़ार के समाचारों में अंग्रेजी शब्दों का उपयोग धड़ल्ले से करते हैं।

अन्य समाचारों की अपेक्षा राजनीति और खेल की खबरें चैलन अधिक रोचक और चटपटे अंदाज़ में प्रस्तुत करते हैं। और इनके लिए ही अधिक मुहावरों, लोकोक्तियों और अलंकारों का प्रयोग किया जाता है। टेलीविजन समाचारों में अनुप्रास और उपमा अलंकारों का अन्य अलंकारों की अपेक्षा अधिक इस्तेमाल किया जाता है। चैनल समाचारों के शीर्षक में इन अलंकारों का प्रयोग अधिक किया जाता है। तुकबंदी, फिल्मी शब्दावली और गानों की पंक्तियां मुख्यतः समाचार शीर्षकों में प्रयोग की जाती हैं। टेलीविजन समाचारों में लोकोक्तियों की तुलना में मुहावरों का प्रयोग ज्यादा किया जाता है।

अभ्यास कार्य

- ☐ टेलीविजन समाचारों को नियमित रूप से देखते हुए ऐसे शब्दों की सूची बनाएं जो आपके लिए नए हों। ऐसे शब्दों का अर्थ एवं प्रयोग की संबंधित कोश में तलाश करें।
- ☐ टेलीविजन पत्रकारों द्वारा प्रयोग की जाने वाली शब्दावलियों एवं अभिव्यक्तियों के नये चलन को पहचानने की कोशिश करें। इसके लिए विभिन्न हेडलाइन और सुपर पर दिए जाने वाले स्लग को ध्यानपूर्वक देखें।
- ☐ टेलीविजन समाचारों को देखते समय ये जानने की कोशिश करें कि चैनल राजनैतिक, आर्थिक, खेल, अपराध, मनोरंजन और मौसम समाचारों के लिए किन विशेष शब्दावलियों एवं अभिव्यक्तियों का प्रयोग करते हैं।
- ☐ विभिन्न समाचार चैनलों की भाषा का तुलनात्मक विश्लेषण और ये पता लगाने की भी कोशिश करें कि कौन से चैनल में किस प्रकार की भाषा का प्रयोग होता है।
- ☐ टेलीविजन चैनलों में प्रयोग की जाने वाली भाषा पर एक परिचर्चा/बहस आयोजित किया जाए जिसमें इसके पक्ष एवं विपक्ष के वक्ताओं को आमंत्रित किया जाए।

अध्याय 5

टेलीविजन रिपोर्टिंग-एक

- समाचार ब्यूरो
- पीस टू कैमरा
- वॉक्स पॉप
- लाईव प्रसारण
- फोन रिपोर्टिंग
- बाईट चयन

समाचार ब्यूरो

टेलीविजन समाचार चैनल को देश-दुनिया की खबरें एकत्रित करने के लिए अपने ब्यूरो आफिस बनाने की आवश्यकता पड़ती है। अधिकांश चैनलों ने अपने ब्यूरो राज्यों की राजधानियों में बनाए हुए हैं। लेकिन पूर्वोत्तर राज्यों को कवर करने के लिए केवल एक ब्यूरो असम की राजधानी गुवाहाटी में स्थापित किया गया है। सन् 2000 से पहले समाचार चैनलों के ब्यूरो ऑफिसों की संख्या इतनी नहीं थी। विशेष खबरों को कवर करने के लिए आसपास के रिपोर्टर को ही घटनास्थल पर भेजा जाता था। देश की प्रमुख राजधानियों जैसे दिल्ली, मुम्बई, कोलकाता, बैंगलोर, चैन्नई इत्यादि में ही रिपोर्टर होते थे। लेकिन बाद में प्रतिस्पर्द्धा बढ़ने और कैमरों की कीमत घटने के कारण ब्यूरो कार्यालयों की संख्या में भी निरंतर बढ़ौत्री होती चली गई। वर्तमान में समाचार चैनलों के ब्यूरो ना केवल राज्यों की राजधानियों में हैं बल्कि किसी राज्य के अन्य बड़े शहरों में भी अलग से संवाददाता रखे हुए हैं।

समाचार ब्यूरो का महत्व

निःसंदेह ब्यूरो आफिसों की संख्या बढ़ाने का सीधा अर्थ है चैनल के खर्च में बढ़ौतरी। लेकिन सबसे पहले नवीनतम समाचारों को इकट्ठा करने और दिखाने की होड़ में आगे निकलने के लिए अधिकाधिक अपने रिपोर्टर होना आवश्यक है। इसी प्रतिस्पर्द्धा के कारण अब समाचार चैनल ब्यूरो आफिस के

अलावा बड़ी संख्या में जिला मुख्यालयों पर भी अंशकालिक संवाददाता (स्ट्रिंगर) नियुक्त कर रहे हैं। इस संवाददाताओं को किसी भी स्टोरी को कवर करने से पहले उसकी अनुमति मुख्यालय से लेना पड़ती है और प्रति स्टोरी ही इन लोगों को भुगतान होता है। ब्यूरो आफिस की संरचना (ब्यूरो प्रमुख, दो रिपोर्टर, दो कैमरा पर्सन, लाइट/ऑडियो, एडिटर, तकनीकी सहयोग, सहायक, ओबीवैन)

कुल साल पहले तक किसी ब्यूरो ऑफिस में केवल एक रिपोर्टर और उसकी कैमरा टीम ही होती थी लेकिन अब प्रांतीय राजधानियों के ब्यूरो काफी विस्तार ले चुके हैं। किसी राज्य ब्यूरो में एक ब्यूरो प्रमुख, दो रिपोर्टर, कम से कम दो कैमरा टीमें और सहयोगी कर्मचारी होते हैं। अब ये ब्यूरो केवल न्यूज कवरेज करने का ही काम नहीं करते। मेहमानी की चर्चा का सीधा प्रसारण भी करते हैं। सेटेलाइट के माध्यम से सीधे मुख्यालय से जुड़े सभी ब्यूरो आफिस निरंतर खबरों की फीड़ भेजते रहते हैं। ब्यूरो में एक छोटा स्टुडियो भी होता है जहाँ से किसी मसले पर संक्षिप्त चर्चा का सीधा प्रसारण किया जा सकता है। अनेक ब्यूरो एडिटिंग सुविधा युक्त भी हैं जिसकी मदद से अब शूट टेप या असंपादित विजुअल के स्थान पर एडिटिड न्यूज पैकेज मुख्यालय भेजे जाते हैं जिसमें रिपोर्टर का ही वॉयस ओवर और स्क्रिप्ट होती है। इसका एक लाभ ये भी हुआ कि मुख्यालय की टीप पर काम का दबाव घर कर गया है। ब्यूरो टेलीफोन, सैटलाइट लिंक, फैक्स, ईमेल, आदि से सीधे मुख्यालय से जुड़े रहते हैं।

अधिकांश चैनलों ने आर्थिक राजधानी और मनोरंजन नगरी में अपने सुपर ब्यूरो स्थापित किए हुए हैं। इन ब्यूरो की संरचना एक छोटे समाचार चैनल की ही तरह है। हर प्रकार की प्रसारण सुविधाओं से सुसज्जित ये ब्यूरो दरअसल टेलीविजन समाचार चैनल के एक स्क्सटेंशन के रूप में कार्य करते हैं। चैनल कई बुलेटिनों को सीधे प्रसारित करते हैं। एक छोटे स्टूडियो के अलावा मुम्बई ब्यूरो में कई दर्जन पत्रकार-दिन-रात काम करते हैं। बड़े चैनलों ने तो अपने रिपोर्टर दुनिया के प्रमुख देशों की राजधानियों में नियुक्त किये हुये हैं। इस मामले में सीएनएन और बीबीसी वर्ल्ड का नेटवर्क सबसे बड़ा है। इंटरनेशनल कुछ भारतीय चैनलों ने भी लंदन और न्यूयार्क में अपने संवाददाता रखे हुए हैं। जब-जब कोई महत्वपूर्ण घटना अन्य देशों में घटित होती है, भारतीय चैनल अपने रिपोर्टर वहां कवरेज के लिए भेजते हैं। संयुक्त राष्ट्र सम्मेलन और क्रिकेट विश्व कप, इराक युद्ध, अफगानिस्तान के खिलाफ अमेरिकी हमले जैसी महत्वपूर्ण घटनाओं को कवर करने के लिए अधिकांश भारतीय चैनलों ने अपने

रिपोर्टर भेजे थे।

समाचार ब्यूरो की कार्यप्रणाली

छोटा होने के बावजूद ब्यूरो को सभी सदस्यों को मिलकर काम करना पड़ता है क्योंकि उनके सामने सबसे बड़ी चुनौती है पूरे राज्य की प्रमुख खबरों को बिना देरी किए मुख्यालय तक भेजना। भारत के अधिकांश राज्य इतने बड़े हैं कि उनमें एक स्थान से दूसरे स्थान तक जाने में ही दस घंटे लग सकते हैं। ऐसे में बहुत ही कम साधनों में पूरे राज्य को कवर करना दुरूह कार्य है ब्यूरो प्रमुख सुबह सेवेर दिन भर घटित होने वाली घटनाओं की सूची पर विचार करता है और संपादकीय बैठक में पूरे दिन के काम का बंटवारा किया जाता है। दरअसल, एक दिन पहले ही अगले दिन की अपेक्षित घटनाओं की सूची तैयार कर ली जाती है। लेकिन समस्या तब आती है जब अनपेक्षित रूप से काई घटना या दुर्घटना घटित हो जाती है और वो राजधानी से बहुत दूर होती है। ऐसे मौंकों पर एक रिपोर्टर को तुरन्त घटनास्थल के लिए रवाना किया जाता है। दूसरा रिपोर्टर राजधानी में ही अन्य जानकारी जुटाता है। उदाहरण स्वरूप मध्यप्रदेश के खंडवा में यदि कोई दुर्घटना हो जाती है तो राजधानी भोपाल स्थित ब्यूरो प्रमुख को चाहिए कि वो सबसे पहले खंडवा के समीप के रिपोर्टर को इसकी खबर दे। ऐसा भी हो सकता है कि खंडवा स्थित स्ट्रिंगर या इंदौर स्थित अन्य रिपोर्टर ने ही ये जानकारी भोपाल के ब्यूरो प्रमुख को दी हो। किसी भी हालत यदि रेल दुर्घटना बड़ी है जिसमें मरने वालों की संख्या अधिक है तो ब्यूरो प्रमुख स्वयं या सहयोगी को तुरन्त दुर्घटना स्थल की और रवाना कर देता है। दुर्घटना की गंभीरता को देखते हुए यदि उसकी लाइव रिपोर्टिंग करने का फैसला किया जाता है तो ओ.बी.बैण्ड को भी दुर्घटना स्थल की तरफ भेज दिया जाता है।शोध बताती है कि चैनलों पर प्रसारित राज्यों की खबरों का बड़ा हिस्सा राजधानियों से ही तैयार किया जाता है। रिपोर्टर राजधानी या बड़े शहर छोड़कर अधिकांश तभी कस्बों या गांवों में जाते हैं जब कोई दुर्घटना, सनसनीखेज अपराध घटित होते हैं या फिर उन्हें कोई रोचक समाचार मिलने की उम्मीद हो।

समाचार ब्यूरो केवल समाचारों को एकत्रित करने का काम नहीं करते बल्कि चैनल मार्केटिंग के प्रतिनिधि भी ब्यूरो के अभिन्न अंग होते हैं। ये लोग सुनिश्चित करते हैं कि चैनल उस राज्य के सभी इलाकों में भली भांति दिखाया जा रहा है या नहीं। इसके लिए मार्केटिंग विभाग समय-समय पर केबल ऑपरेटरों की बैठक कर उनसे तालमेल बनाये रखता है। विपणन विभाग उस राज्य में चैनल रखने के लिए विज्ञापन जुटाने का काम भी करता

है। उनका काम राज्य में, चैनल की दर्शक्ता के बारे में उद्योगपतियों को बताकर उन्हें चैनल पर विज्ञापन दिखाने के लिए राजी करना होता है। प्रतिस्पर्द्धा के वर्तमान युग में जब मार्केटिंग कुछ हद तक चैनल की खबर नीति को भी प्रभावित करने लगी है। इसे पत्रकारों के लिए नजरअंदाज करना कठिन होता जा रहा है। मार्केटिंग का व्यक्ति निरंतर राज्य में चैनल की घटती-बढ़ती टीआरपी पर निगाह रखता है और चैनल की दर्शक संख्या बढ़ाने के लिए निरंतर सुझाव देता है।

ब्यूरो प्रमुख ना केवल राज्य को प्रमुख समाचारों की रिपोर्टिंग का दायित्व निभाता है बल्कि उसके कंधों पर जिला मुख्यालयों में फैले स्ट्रिंगरों को भी एक सूत्र में पिरोने का जिम्मा होता है। ये अंशकालिक संवाददाता समय-समय पर अपने स्टोरी आइडिया ब्यूरो में भेजते रहते हैं और स्टोरी आइडिया पसंद आने पर ब्यूरो प्रमुख स्ट्रिंगर को उसे शूट करने की अनुमति प्रदान कर देता है। कई बार ब्यूरो से भी अंशकालिक संवाददाताओं को स्टोरी विशेष कवर करने के निर्देश दिए जाते हैं। दरअसल राज्य ब्यूरो के जरिए समाचार चैनल पूरे प्रांत में अपने कारोबार को सुचारू रूप से चलाते हैं।

पीस टू कैमरा

अंग्रेजी भाषा के इस शब्द का अर्थ है कैमरे के सामने बोला गया ऐसा कोई भी वक्तव्य जिसके जरिये रिपोर्टर या एंकर अपनी बात कहता है। पीटीसी टेलीविजन पत्रकारिता में इस्तेमाल होने वाले सबसे लोकप्रिय शब्दों में से एक है। हरेक नये रिपोर्टर की ये इच्छा रहती है कि वो भी कैमरे के सामने चैनल का लोगो लगा माईक हाथ में पकड़कर घटना स्थल से पीटीसी करें। सामान्यतया टेलीविजन रिपोर्टर पर्दे के पीछे रहकर दर्शकों तक अपनी रिपोर्ट भेजता है और दर्शक उसकी आवाज और नाम ही जान पाते हैं। लेकिन विशेष अवसरों पर पीटीसी के जरिए रिपोर्टर दर्शकों से सीधा रूबरू होता है। दरअसल, समाचार पत्रों में जो महत्व बाईलाइन और एंकर स्टोरी का होता है वही स्थान टेलीविजन में पीटीसी वाली खबर का होता है। पीटीसी के प्रयोग का मतलब ही है कि या तो समाचार विशेष है या फिर वो एक्सक्लूसिव है।

समाचार में महत्व

पीटीसी समाचारों की विश्वसनीयता बढ़ाता है। रिपोर्टर के घटनास्थल पर खड़े होकर पीटीसी करने से दर्शक को महसूस होता है कि रिपोर्ट किसी ऐजेंसी के विजुअल या स्टॉक विजुअल की मदद से ना बनाकर ताज़ा कवरेज से बनाई

गई है और रिपोर्टर खुद घटनास्थल पर गया है। इससे भी बढ़कर पीटीसी दर्शक के मन में रिपोर्टर से जुड़ाव पैदा करने में मदद करता है। दर्शक रिपोर्टर विशेष की खास छवि अपने मन में बना लेता है और उसी प्रकार उसकी रिपोर्ट को भी देखता है। पीटीसी के जरिए रिपोर्टर खबर के बारे में अपने विचार, संपादकीय टिप्पणी या कोई सवाल भी उठा पाता है। अक्सर रिपोर्टर ...... क्या होगा ये तो आने वाला वक्त ही बताएगा या फिर .... सवालिया निशान तो लगा ही दिया है आदि वाक्यों से अपना पीटीसी खत्म करने की आदत बना लेते हैं। इस प्रकार की शब्दावली एक ढर्रा बन चुकी है।

माना जाता है कि पीटीसी का स्थान एक न्यूज़ पैकेज के अंत में ही होता है। हालांकि आज भी सबसे अधिक पीटीसी अंत में ही रखे जाते हैं, लेकिन इस बारे में कोई भी एक नियम नहीं बना सकता है। ये निर्भर करता है समाचार की जरूरत और रिपोर्टर की योजना पर। पीटीसी समाचार (न्यूज पैकेज) के आरंभ, मध्य और अन्त किसी भी स्थान पर रखा जा सकता है।

☐ **आरंभ में पीटीसी (Opener)**-इस समय मैं कुख्यात डाकुओं के लिए मशहूर चंबल घाटी के खड़ा हूं और मेरे पीछे आप जो जंगल देख रहे हैं, इनमें ....।

☐ **मध्य में पीटीसी (Bridge)**-रिपोर्ट के बीच में पीटीसी या तो दो टुकड़ों को जोड़ने का काम करता है इसलिए इसे ब्रिज पीटीसी भी कहा जाता है।

☐ **अंत में पीटीसी (Closing)**-अक्सर सारे घटनाक्रम के निचोड़ को प्रस्तुत करने की कोशिश करते हैं। अंत में होने के कारण रिपोर्टर इसमें अपनी टिप्पणी या राय भी देता है।

पीटीसी की पृष्ठभूमि

पीटीसी में पृष्ठभूमि का बड़ा ही महत्व है। पीटीसी करने से पहले रिपोर्टर एक उपयुक्त स्थान तय करता है जहां खड़ा होकर या चलकर वो अपनी बात कहता है। दरअसल पृष्ठभूमि या वो माहौल जिसमें पीटीसी किया जाता है भी कहीं ना कहीं खबर का हिस्सा होता है। समाचार और पीटीसी के स्थान में तालमेल होना जरूरी है। जैसे बर्फीली पहाड़ियों, दुर्घटना स्थल, युद्ध स्थल, आन्दोलन के भीड़ आदि के विजुअल अगर पीटीसी कर रहे रिपोर्टर की पृष्ठभूमि में हों तो दर्शकों को महसूस होता है कि रिपोर्टर ने कितनी मेहनत से जोखिम उठाते हुए रिपोर्ट बनाई है लेकिन घटना स्थल पर मौजूद दिखने के लिए अत्याधिक नाटकीयता का प्रयोग करना कई बार हास्यास्पद भी हो जाता है। उदाहरण के लिए पंच सितारा होटल में स्वीमिंग पूल या समुद्र तट की रिपोर्टिंग

करते समय रिपोर्टर का अंडरवियर पहनकर पीटीसी करना कुछ समय के लिए रोचक भले ही लगे लेकिन दर्शक भी इसे अधिक पसंद नहीं करेंगे। इस बात का ध्यान रखना चाहिए कि पीटीसी के दौरान रिपोर्टर की प्रस्तुति समाचार की गंभीरता से खिलवाड़ ना रकें। पीटीसी की प्रस्तुति दरअसल विषयानूरूप ही होनी चाहिए।

पीटीसी लेखन

अच्छा पीटीसी तैयार करना काफी अनुभव का काम है। दमदार और सधे हुए शब्द से बना पीटीसी दर्शकों के दिल को छू सकता है। मुहावरे और प्रतीकों का प्रयोग पीटीसी को यादगार बना सकता है। अकसर कुछ पत्रकार पीटीसी को एक भाषण मंच बना देते हैं, जबकि पीटीसी संक्षिप्त और छोटा होना चाहिए। एक सामान्य पीटीसी चार वाक्यों या चालीस से साठ शब्दों का होना चाहिए, क्योंकि रिपोर्टर का काम रिपोर्ट करना है फैसला सुनाना नहीं। इसलिए रिपोर्टर को विवादों और घटनाओं पर पीटीसी करते समय अपने फैसले सुनाने या सीधे टिप्पणी करने से बचना चाहिए। पीटीसी की भाषा और प्रस्तुति का भाव खबर अनुरूप हो। जैसे दुखद घटना की खबर के पीटीसी के दौरान रिपोर्टर की आवाज या चेहरे पर मुस्कान या अन्य लटके-झटके दिखना अश्लील लगेगा।

पीटीसी का प्रस्तुतिकरण

अच्छा पीटीसी लिखने के साथ-साथ उसकी प्रभावशाली प्रस्तुति भी महत्वपूर्ण है। अक्सर ड्रेस सेंस के अभाव में कुछ रिपोर्टरों के शब्द और भाव कम उनकी पोशाक अधिक आकर्षण का केन्द्र बन जाती है। ऐसा तब होता है जब रिपोर्टर तड़क-भड़क या चटक रंगों वाले कपड़े पहन लेते हैं। अजीब फैशन के कपड़ों से भी रिपोर्टर को बचना चाहिए। घटना स्थल और खबर से कपड़ों का तालमेल जरूरी है। कोट और टाई के साथ उड़ीसा में कालाहांडी के गांव की रिपोर्टिंग किसी को भी अटपटी लग सकती है। माहौल के हिसाब से खुद को सहज बनाए रखना प्रस्तुति को बेहतर बनाता है। अक्सर कुछ रिपोर्टर पीटीसी करते समय जरूरत से ज्यादा शरीर के किसी भी अंग को हिलाते हैं। चाहे सिर हिलाना हो या हाथों की स्थिति सब कुछ व्यक्ति विशेष के साथ अलग-अलग रूप ले लेता है। लेकिन रिपोर्टर को इस दिशा में खुद को स्क्रिन पर देखकर कुछ सुधार भी करना पड़ता है। सहजता मूल मंत्र है। सुधार के लिए वरिष्ठ पत्रकारों की सलाह भी ली जा सकती है।

पीटीसी का तकनीकी पक्ष

पीटीसी के लिए कौन सा शॉट या कैमरा ऐंगल प्रयोग में लाएं ये इसलिए अधिक महत्वपूर्ण बन जाता है क्योंकि दर्शक केवल वही देख पाता है जो कुछ कैमरा उन्हें दिखाता है। पहले पीटीसी के दौरान अकसर स्थिर क्लोज अप या मिड शॉट बनाया जाता है। लेकिन आजकल रिपोर्टर पीटीसी फिल्माने में भी नये प्रयोग कर रहे हैं। पीटीसी में ज़ूम इन और ज़ूम आउट शोट्स का भी खूब इस्तेमाल चल पड़ा है। पीटीसी चल कर भी बोला जा सकता है। कोशिश यही रहे कि किस तरह से पीटीसी को अधिक रोचक बनाया जाए। लम्बा पीटीसी होने की स्थिति में कैमरा आसपास की किसी प्रासंगिक चीज पर भी कुछ समय के लिए फोकस किया जा सकता है। वर्तमान में टेलीविजन समाचारों में पीटीसी की संख्या बढ़ती जा रही है। यूं तो कोई संख्या निर्धारित कर पाना कठिन है लेकिन पीटीसी की अधिकता आखिरकार इसके महत्व को ही कम कर देती हैं। इसलिए बेहतर होगा कि पीटीसी को विशेष रपटों के लिए ही सुरक्षित रखा जाए और इसे एक आम बात ना बनने दिया जाए।

वॉक्स पॉप

जन माध्यामों की आलोचना अक्सर ये कहकर भी की जाती है कि इन माध्यमों में जन को अपनी बात कहने का मौका कम ही मिलता है। इसलिए टेलीविजन जैसे माध्यम समाज के कुछ साधन सम्पन्न लोगों द्वारा आम लोगों के लिए चलाये जाने वाले माध्यम हैं। समाचार पत्र पाठकों के पत्र छापकर ये कमी पूरी करते हैं। रेडियो श्रोताओं के पत्र और उनकी फरमाइश को सुनते हैं। वहीं समाचार चैनल आम लोगों की आवाज को कैमरे में रिकार्ड करके टेलीविजन पर दिखाते हैं। अनेक ऐसे मौके आते हैं जब दर्शक ये जानने को इच्छुक होते हैं कि साधारण जन की इस बारे में क्या राय हो सकती है। उदाहरणार्थ बजट पारित होने के तुरन्त बाद उस बारे में लोगों की क्या प्रतिक्रिया है या वो इस बारे में क्या सोचते हैं ये अपने आप में एक खबर है क्योंकि इसका सीधा असर उन पर पड़ने वाला है। इसके अलावा किसी बड़े देश के राष्ट्रपति की भारत यात्रा के बारे में आम राय को खबर में दिखाया जा सकता है।

वॉक्स पॉप का अर्थ

वॉक्स पोप (VOX POP) लैटिन भाषा का शब्द है। यह VOX POPULI का संक्षिप्त रूप है। इसका अर्थ है जनता की आवाज यानी आम राय। वॉक्स पॉप

तैयार करने के दौरान एक ही विषय पर विभिन्न समुदाय के लोगों से उनकी राय जानी जाती है और फिर उनको एक साथ संपादित करके दिखाया जाता है। ये एक प्रकार का छोटा सा जनमत सर्वेक्षण ही है। जैसे चुनाव के दौरान आम लोगों की नेताओं से क्या उम्मीदें हैं, इस बारे में अलग-अलग सामाजिक, सांस्कृतिक और आर्थिक पृष्ठभूमि के लोगों से राय ली जा सकती है।

समाचारों में महत्व

मीडिया को अधिक जनतांत्रिक बनाने के लिए उसे अपने दर्शकों की भागादारी को महत्व देना होगा। टेलीविजन अपने दर्शकों को कार्यक्रमों में अधिकाधिक शामिल कर रहा है। आम दर्शक जब देखते हैं कि उन जैसे लोगों को भी टेलीविजन पर दिखाया जा रहा है तो उनका चैनल से लगाव बढ़ जाता है। आज तक ने शुरूआती दिनों में आम लोगों से जुड़ने के लिए यही नीति अपनाई थी। अधिकतर नेता और स्टार चेहरे ही खबर बनते हैं। वॉक्स पोप आम लोगों को टेलीविजन समाचार में शामिल करने का बेहतरीन तरीका है। अनेक बार जटिल राष्ट्रीय मसलों पर साधारण लोग बहुत ही सरल लेकिन असाधारण सी सटीक टिप्पणी कर देते हैं। जैसे मंदिर मसले पर अगर कोई बूढ़ी औरत अगर सरल तरीके से कहे कि पूजा तो हम घर में मंदिर बनाकर भी कर लेंगे लेकिन बेटे की पढ़ाई और रोजगार की समस्या का क्या करें। तो ये एक बड़ी समस्या पर महत्वपूर्ण टिप्पणी होगी।

बेहतर वॉक्स पॉप कैसे करें

- ☐ सवाल सीधे, सपाट और छोटे पूछें ताकि साफ प्रतिक्रिया मिले।
- ☐ सबसे सवाल एक जैसे ही पूछे जाएं जिससे एडिटिंग में सुविधा हो।
- ☐ सभी तबकों, उम्र, लिंग, वर्गों के लोगों को महत्व दिया जाए।
- ☐ पक्ष-विपक्ष दोनों तरह के विचारों को प्रतिनिधित्व दिया जाए।
- ☐ वॉक्स पॉप में लोगों की संख्या को जरूरत से अधिक ना बढ़ाए।
- ☐ अगर उत्तर संतोषजनक नहीं मिल रहे हैं तो अपने प्रश्न में सुधार करें।
- ☐ तकनीकी तौर पर अलग-अलग कैमरा एंगल से इंटरव्यू रिकोर्ड करें।
- ☐ प्रश्न पहले ना बताएं इससे उ ार स्वाभाविकता मर जाती है।
- ☐ सम्पादन में बाईट का चुनाव रोचकता और सक्षिप्तता के आधार पर करें।

लाईव प्रसारण

उपग्रह प्रसारण और डिजिटल क्रांति में टेलीविजन पत्रकारिता का स्वरूप

ही बदल डाला है। किसी भी समाचार को तत्काल दर्शकों तक पहुंचाने में पहले काफी मुश्किलें आती थीं। सबसे बड़ी समस्या तो शूट किये गये विजुअल को प्रसारण के लिए चैनल आफिस में पहुंचाने में आती थी। इसके लिए पहले वीडियो टेप को सभी शहरों से विमान के जरिये दिल्ली मुख्य कार्यालय में भेजा जाता था। इस प्रकार किसी भी समाचार की विजुअल शाम के बुलेटिन में ही दिख पाते थे। हालांकि 80 के दशक से दूरदर्शन के पास सीमित संख्या में स्थलीय प्रसारण के लिए आउट स्टेशन वैन (व्ठ टंद) हैं। लेकिन दूरदर्शन भी सीधा प्रसारण केवल चुनिंदा मौकों पर ही करता है। जैसे- गणतंत्र दिवस परेड, संसदीय चुनाव, केन्द्रीय मंत्रिमण्डल का शपथ समारोह, किसी विशिष्ट व्यक्ति का अंतिम संस्कार इत्यादि।

नब्बे के दशक के अन्त में जब चौबीस घंटे समाचार चैनल आरंभ किये गये तो समाचारों को दिन भर तुरन्त प्रसारित करने की आवश्यकता महसूस की गई। अब दर्शक दिन भर के समाचार शाम को देखने के बजाय उसी समय देखना चाहने लगे जब वे घटित हो रहे थे। सन् 1999 के संसदीय चुनाव में पहली बार समाचार चैनलों ने अपने ब्यूरो आफिसों को सेटेलाइट के जरिये मुख्य कार्यालय दिल्ली से जोड़ दिये। वी सेट की मदद से अब सभी ब्यूरो रिपोर्टर न केवल तत्काल रिपोर्ट भेज सकते थे बल्कि अपने स्टूडियो में बैठकर चर्चा-विमर्श का भी सीधा प्रसारण सेटेलाइट से कर सकते थे। इसके अलावा चैनलों ने अपने ओ.बी.वैनों की संख्या में भी बढ़ौत्री की। आज तक के आने के बाद चैनलों में सबसे तेज गति से समाचारों को प्रसारित करने की होड़ लग गई, जिससे लाईव रिपोर्टिंग का चलन और बढ़ गया। आज तक ने टीआरपी के दबाव में प्रत्येक छोटी से छोटी घटना का सीधा प्रसारण करना आरम्भ कर दिया। उसके रिपोर्टर भी घटना स्थल से अधिकाधिक सीधा समाचार विश्लेषण करने लगे। परिणामस्वरूप अन्य चैनलों को भी इस दौड़ में शामिल होना पड़ा।

लाईव प्रसारण की तकनीक

घटनाओं के सीधे प्रसारण के लिए ओ.बी.वैन का उपयोग किया जाता है। इस वाहन में प्रसारण के लिए सभी जरूरी साजो-सामान मौजूद होता है। एक या दो कैमरे जिनके आउटपुट को एक विशेष फ्रिक्वेन्सी की तरंगों में तब्दील कर वाहन की छत पर स्थापित डिश ऐंटिना की मदद से उपग्रह की तरफ भेजा जाता है। उसके बाद इन सिग्नलों को उपग्रह मुख्य कार्यालय के डिश एंटिना को भेज देता है जहाँ दोबारा इन्हें वीडिया टेप पर विजुअल में बदलकर रिकार्ड कर लिया जाता है, या फिर दर्शकों के लिए सीधा प्रसारित कर लिया जाता है।

समाचारों में सीधे प्रसारण का उपयोग

केवल ऐसे समाचारों का सीधा प्रसारण किया जाता है जो महत्वपूर्ण होते हैं। और दर्शक उन्हें घटित होते हुए देखना चाहते हैं। लाईव प्रसारण का फैसला समाचार चैनल के वरिष्ठ लोग करते हैं, लेकिन अधिकांश ये फैसले अन्य चैनलों से प्रतिस्पर्द्धा में लिये जाते हैं। सीधा प्रसारण केवल उन्हीं घटनाओं का सफल हो पाता है जिन समाचारों में विजुअल घटनाक्रम ऐसा है जिसे दर्शक लगातार देख पायें। अनेक बार समाचार में रोचक विजुअल की उपस्थिति न होने के कारण सीधा प्रसारण दर्शकों को बांध नहीं पाता। उदाहरण स्वरूप गणतंत्र दिवस के मौके पर परेड और अन्य सांस्कृतिक झलकियाँ काफी रोचकता लिये होती हैं जो निरन्तर दर्शकों को बांधे रखती हैं। जबकि सन् 1999 में अनेक चैनलों ने आकाश में तारे टूटने की अभूतपूर्व खगोलीय घटना का सीधा प्रसारण करने का फैसला किया। वैज्ञानिकों ने घोषणा की थी कि आकाश में तारे टूटने की इस घटना से आतिशबाजी जैसा नजारा प्रस्तुत होगा, लेकिन भारत के आकाश में इस प्रकार का कोई दृश्य नहीं पैदा हुआ। टेलीविजन कैमरे आकाश में टेलीजूम करते रहे। स्टूडियो में बैठे वैज्ञानिक और एंकर चर्चा करते रहे और आखिर हारकर उन्हें अपना सीधा प्रसारण बीच में ही स्थगित करना पड़ा।

इसी प्रकार आगरा वार्ता के दौरान भारत के प्रधानमंत्री अटल बिहारी वाजपेयी और पाकिस्तानी राष्ट्रपति जनरल परवेज मुशर्रफ की बातचीत का सीधा प्रसारण करने के लिए सभी चैनलों ने आगरा में डेरा डाल दिया, जबकि जगजाहिर बात थी कि यह वार्ता बन्द कमरे में होगी। संकट तो तब पैदा हुआ जब वार्ता के बाद भी दोनों नेताओं ने पत्रकारों के समक्ष कोई औपचारिक घोषणा नहीं की। अब सीधे प्रसारण में क्या दिखाया जाये। अधिकांश चैनलों ने दोनों नेताओं के थोड़े बहुत उपलब्ध विजुअलों की मदद से उनकी बॉडी लैंग्वेज का विश्लेषण करना शुरू कर दिया। और मुशर्रफ की चाय पार्टी के प्रसारण को लेकर काफी विवाद भी पैदा हो गया। अंततः आगरा वार्ता के दौरान चैनलों की अति उत्साही भूमिका की आलोचना की गई।

दरअसल समाचार चैनल होड़ के अति उत्साह में इस प्रकार की गलतियां करते हैं। यह उनकी अनुभवहीनता को भी दर्शाता है। किसी घटना के सीधे प्रसारण के फैसले से हम दूसरे अर्थों में उस समाचार को अत्यधिक महत्व भी प्रदान करते हैं। इसलिए किसी भी समाचार के लाईव प्रसारण के पहले उसके समाचार मूल्य के बारे में भली-भांति विचार कर लिया जाना चाहिए। एक चैनल ने मध्यप्रदेश के एक ऐसे व्यक्ति का लाईव प्रसारण दिखाना शुरू कर दिया था

जिसने यह घोषणा की थी कि ज्योतिष के मुताबिक उसकी मौत उसके जन्मदिन के मौके पर निर्धारित समय पर होगी। देखा-देखी अधिंकाश चैनल इस बेवकूफी भरी घटना के लाईव प्रसारण में कूद पड़े और अन्त में वह व्यक्ति यह कहकर वापस घर चला गया कि शायद उसकी पत्नी के पूजा-पाठ के कारण होनी टल गई। लेकिन इस पूरे घटनाक्रम के दौरान चैनलों ने आपसी होड़ में बहुत ही गैर जिम्मेदाराना रवैया अपनाया। उन्होंने अवैज्ञानिक बातों को समान में फैलाने में अप्रत्यक्ष रूप से योगदान किया।

लाईव रिपोर्टिंग कैसे करें?

सीधे प्रसारण के दौरान रिपोर्टरों की भूमिका दो तरह की होती है। पहली घटना के विजुअल की व्याख्या करना और दूसरी उसका विश्लेषण करना। गुजरात के अक्षरधाम मंदिर में छिपे आतंकवादियों से जब कमांडो जूझ रहे थे तो समाचार चैनल उसके लाईव प्रसारण में व्यस्त थे। इस प्रकार की घटना के दौरान कैमरा पर्सन निरन्तर घटनाओं को दिखाते रहते हैं और रिपोर्टर माइक संभाले घटनाओं को देखकर उनकी व्याख्या करते रहते हैं। वे ऐसी जानकारियां दर्शकों को देते हैं जो उन तस्वीरों में नहीं होती। जैसे आतंकवादी हमला कब हुआ?, वर्तमान कमांडो ऑपरेशन कितनी देर से चल रहा है?, कितने आतंकवादी अंदर हैं?, कमांडो को कितनी सफलता हासिल हुई है? इत्यादि।

जबकि दूसरी भूमिका में रिपोर्टर विश्लेषण अधिक करता है। अधिकांश चैनल दिनभर की महत्वपूर्ण घटनाओं के बारे में अपने देर रात बुलेटिनों में रिपोर्टर के साथ लाईव चैट करते हैं। इस दौरान रिपोर्टर घटनास्थल या ब्यूरो आफिस की छत पर खड़ा होकर समाचार विशेष के बारे में अपनी राय और विश्लेषण प्रस्तुत करते हैं। आजकल इस प्रकार की विंडो चैट लगभग सभी चैनलों में सामान्य बन चुकी है। दर्शकों के लिए ये 'खिड़कीबाजी' काफी रोचक और नाटकीय होती है। चैनल इस प्रकार की लाईव चर्चा से अपने तकनीकी सम्पन्नता का प्रदर्शन भी करता है। चुनावों के दौरान अनेक बार स्टूडियो में बैठे एंकर देश भर के दस-बारह रिपोर्टरों से एक साथ भी चैट करते हैं। सेटेलाईट टैक्नॉलोजी ने अब यह सब संभव और सरल बना दिया है।

किसी भी घटना की बेहतर लाईव रिपोर्टिंग के लिए सदा ही लम्बा पत्रकारीय अनुभव काम आता है। नये रिपोर्टरों को लाईव रिपोर्टिंग के लिये विशेष तैयारी करनी चाहिए। सीधे प्रसारण के दौरान गलतियों को ठीक करने का मौका नहीं मिल पाता, इसलिए संवाददाता के लिये यह आवश्यक है कि वह

सधी हुई भाषा में सटीक बात कहे। घटनाक्रम की उपलब्ध जानकारियां पहले से जुटा लेना, घटना की पृष्ठभूमि का अध्ययन करना और घटना की मन में पूरी पड़ताल कर लेना ऐसी बाते हैं जिनका विशेष ध्यान रखना चाहिए। आवश्यक सूचनाओं के साथ-साथ उन्हें उचित शब्दों में पिरोकर उपयुक्त अंदाज में बोलने की क्षमता रिपोर्टर में होनी चाहिए। अक्सर सीधे प्रसारण के दौरान रिपोर्टर से अपेक्षा की जाती है कि वह संबधित विषय पर कम सूचनायें उपलब्ध होने के बावजूद धारा प्रवाह में बोलता रहे। ऐसा तभी संभव है जब रिपोर्टर के जेहन में पूरे घटनाक्रम की तस्वीर साफ हो। तभी वह समाचार के बारे में अतीत, वर्तमान और भविष्य के पहलुओं को मिलाकर न केवल सूचनाएं प्रस्तुत कर पायेगा जबकि उनका उचित विश्लेषण भी कर सकेगा।

सामान्यतः सीधे प्रसारण के दौरान रिपोर्टर की कुछ कमियों को दर्शक भी नजर अंदाज कर देते हैं। लाईव रिपोर्टिंग के दौरान कुछ समस्यायें तकनीकी भी होती हैं। जैसे ऑडियो लिंक टूट जाना या फिर ट्रांसमिशन डिले के कारण एंकर और रिपोर्टर के बीच बातचीत में व्यवधान उत्पन्न होना। वैसे रिपोर्टर को पहले से समझा दिया जाता है कि उसे स्टूडियो से एंकर का प्रश्न कुछ सेंकेंड देरी से सुनाई देगा, तब तक वह इंतजार करते हुए कैमरे के सामने गर्दन हिलाकर दर्शकों को यह महसूस नहीं होने देगा कि उसे कुछ सुनाई नहीं दे रहा है।

फोनो रिपोर्टिंग

टेलीविजन पत्रकारों का प्रयास रहता है कि समाचार कम से कम समय में दर्शकों तक पहुंचाये जायें। इस कोशिश में चैनल हर संभव तकनीक का सहारा लेते हैं। टेलीफोन विशेषकर मोबाइल फोन एक कारगर माध्यम है जिससे पत्रकार दर्शकों तक सरलता से ताजा सूचनायें पहुंचाता है। टेलीविजन न्यूज फार्मेट के रूप में भी फोनो रिपोर्ट ने एक विशेष स्थान बना लिया है। जैसे ही समाचार घटित होता है रिपोर्टर आस-पास से सूचनाएं एकत्रित कर फोनो रिपोर्ट हेड ऑफिस भेजता है। तुरन्त विजुअल शूट करके उन्हें भेजना सम्भव नहीं होता, इसलिए आरम्भ के समाचारों में फोनो रिपोर्ट का ही उपयोग किया जाता है।

यदि इटारसी के पास एक रेल दुर्घटनाग्रस्त हो जाये तो भोपाल ब्यूरो के रिपोर्टर को इटारसी तक पहुंचने, घटना शूट करने और विजुअल भेजने में काफी समय लगेगा। लेकिन समाचारों का प्रसारण तो निरन्तर चौबीस घंटे चलता रहता है। ऐसे में उपयुक्त यह होगा कि जैसे ही घटना की जानकारी रिपोर्टर को मिलती है वह भोपाल में ही फोन से रेलवे अधिकारियों से जानकारी बटोरकर फोनो के माध्यम से रिपोर्ट मुख्य कार्यालय भेज दे। विस्तार से रिपोर्ट वह

घटनास्थल पर पहुंचकर ही दे सकता है।

दरअसल मोबाइल फोन इतना सरल, सुलभ और सस्ता माध्यम है कि उसका प्रयोग कहीं भी रहकर बिना झंझट के किया जा सकता है। इसके जरिये ठीक उसी समय घटित हो रहे समाचारों को भी दर्शकों तक पहुंचाया जा सकता है। बस इसकी एक ही सीमा है वह है इसका विजुअल उपलब्ध न करा पाना। लेकिन कैमरा फोन भी अब बाजार में उपलब्ध हो गये हैं। शीघ्र ही पत्रकार कम गुणवत्ता के ही सही लेकिन कुछ विजुअल क्लिप कैमरा मोबाइल के माध्यम से अपने मुख्य कार्यालय भेज सकेंगे और दर्शक उसे अपने टेलीविजन स्क्रीन पर देख सकेंगे।

अधिकांश चैनल देर रात समाचारों में फोनो की मदद से घटनाओं के बारे में ताजा जानकारियां अपने संवाददाता से लेते हैं, क्योंकि विजुअल पैकेज तो दिन भर की घटनाओं को ही कवर कर पाते हैं और वे थोड़े पुराने भी पड़ जाते हैं। ऐसे में एंकर कहता है- आईये इस बारे में ताजा जानकारी के लिए हम अपने रिपोर्टर के पास चलते हैं, जो इस समय मौजूद हैं ....। लेकिन कई बार रिपोर्टर के अलावा समाचार से सम्बन्धित किसी व्यक्ति का इंटरव्यू भी फोन की मदद से लिया जाता है। जैसे जम्मू कश्मीर के उरी इलाके के एक सेना कैम्प में यदि बम विस्फोट हो जाता है तो जम्मू स्थित रिपोर्टर को उसे कवर करने जाना होगा, जिसमें देर लग सकती है। लेकिन दिल्ली हेड ऑफिस से भी उरी क्षेत्र के किसी सेना अधिकारी को फोन पर जानकारी देने के लिए राजी कर लिया जाये तो सम्बन्धित घटना का ब्यौरा शीघ्र मिल सकता है। ऐसे में जब भी सम्बन्धित व्यक्ति उपलब्ध हो तो उसका फोन इंटरव्यू उसी समय रिकार्ड कर लिया जाता है और फिर उसे बुलेटिन के बीच में आवश्यकतानुसार दिखाया जा सकता है। इसी प्रकार बीजेपी नेता प्रमोद महाजन के तुरन्त बाद टेलीविजन चैनलों ने देश की जानी-मानी हस्तियों से फोन पर उनके बारे में राय लेनी शुरू कर दी थी।

फोनो रिपोर्ट के प्रकार

तकनीकी आधार पर फोनो दो प्रकार का हो सकता है 1. लाईव और 2. रिकार्डेड। पहली बार कोशिश रहती है कि एंकर के सवालों का जवाब रिपोर्टर या अन्य व्यक्ति लाईव दे और इस दौरान इस बातचीत को सीधा प्रसारित किया जाता है। लेकिन अनेक बार रिपोर्टर या अन्य व्यक्ति समय पर उपलब्ध नहीं हो पाता या फिर उस समय कोई अन्य कार्यक्रम चल रहा होता है जिसे बीच में रोकना

संभव नहीं होता। ऐसी स्थिति में फोनो को रिकार्ड कर लिया जाता है और उसके बाद अगले बुलेटिनों में उसे दिखाया जाता है।

समाचारों में फोनो का प्रयोग

फोनो निरन्तर बदलती घटनाओं की रिपोर्टिंग में काफी उपयोगी साबित होता है। उदाहरण के लिए यदि किसी महत्वपूर्ण मुद्दे पर कैबिनेट की बैठक चल रही हो और सभी रिपोर्टर बैठक समाप्त होने का इंतजार कर रहे हों। इस बीच बैठक में लिये गये निर्णयों की जानकारी पत्रकारों को आंशिक रूप से मिलती रहती है। जबकि इस स्टोरी में कोई विजुअल परिवर्तन नहीं होता। ऐसे अवसर पर रिपोर्टर फोनो रिपोर्ट की मदद से दर्शकों तक नवीनतम जानकारियां पहुंचाता रहता है।

फोन इंटरव्यू ऐसे समाचारों में अत्यधिक लाभकारी सिद्ध होता है जब सम्बन्धित व्यक्ति किसी दूसरे देश या दूरस्थ स्थान पर मौजूद रहता है जहां केवल एक बाईट के लिए रिपोर्टर का जाना काफी मंहगा निर्णय साबित हो। ऐसे मौकों पर फोन से ही उसकी बाईट ले ली जाती है।

फोन का एक और बेहतर उपयोग किसी अति महत्वपूर्ण व्यक्ति की प्रेस कान्फ्रेंस को केवल ऑडियो रूप में सीधे दर्शकों तक पहुंचाने के लिए भी किया जा सकता है। सीधे प्रसारण के लिए ओ.बी.वैन का उपयोग किया जाता है जिसमें आडियो और विजुअल दोनों सुविधायें उपलब्ध होती हैं। जबकि मोबाइल फोन से बिना अधिक झंझट के केवल आडियो लाईव किया जा सकता है।

फोनो रिपोर्ट कैसे दें?

कुछ पत्रकार फोनो रिपोर्ट देने से पहले उसे लिख लेते हैं और फोन पर पढ़ देते हैं। लाख कोशिशों के बावजूद दर्शक समझ ही जाता है कि रिपोर्टर कहीं से पढ़कर बोल रहा है। इस प्रकार पढ़कर बोलना सुनने में सहज भी नही लगता। बेहतर होगा कि रिपोर्टर सारी घटना को समझकर उसके बारे में स्वतःस्फूर्त बोले। रिपोर्ट में अत्यधिक आंकड़ें हो तो मदद के लिए उन्हें एक नोट बुक में लिखा जा सकता है। अक्सर रिपोर्टर समाचार से जुड़ी तिथियाँ, संख्यायें, नाम आदि नोट करके अपने सामने रखता है। एक जीवन्त फोनो रिपोर्ट के लिए आवश्यक है कि रिपोर्टर के पास घटना सम्बन्धी पूरी जानकारी हो। कई बार स्टूडियो से विश्लेषणात्मक या वैचारिक प्रश्न भी पूछे जाते हैं। उसके लिए भी रिपोर्टर को तैयार रहना चाहिए।

अच्छी फोनो रिपोर्ट संक्षिप्त होती है। गैर जरूरी जानकारियों को अपनी

रिपोर्ट में शामिल नहीं करना चाहिए अन्यथा आप दर्शकों को बोर करेंगे। स्टूडियो से जो भी सवाल पूछे जायें उनका सीधा और साफ उत्तर दिया जाना चाहिए। कुछ रिपोर्टर बोलते समय अटकते हैं या कुछ विशेष शब्दों और अभिव्यक्तियों का प्रयोग बार-बार करते हैं, जो दर्शकों को काफी अखरता है।

बाइट चयन

टेलीविजन समाचारों में बाईट का अत्यधिक महत्व होने के कारण अनेक बार इसे **'बाइट जर्नलिज्म** कहा जाता है। टेलीविजन पत्रकार अक्सर एक अच्छी बाइट की तलाश में रहते हैं। ऐसी बाइट जिसमें कुछ नया बोला गया हो और जो एक्सक्लूजिव हो। एक बार उपयोगी बाइट मिल जाए कि टेलीविजन समाचार तैयार समझो, क्योंकि विजुअल तो पुराने भी लगाये जा सकते हैं। कीमती बाईट हासिल करने के साथ-साथ यह भी आवश्यक है कि पत्रकार को उसका सही रूप में उचित स्थान पर प्रयोग भी करना आता हो। उचित संदर्भ में उपयुक्त बाईट के इस्तेमाल के लिए आवश्यक है कि पत्रकार को बाइट का सही चुनाव करना आता हो।

बाइट चयन का कार्य पत्रकार से समाचार बोध की अपेक्षा करता है क्योंकि बाइट चयन का कार्य एक पत्रकार को ही करना होता है। इसलिये यह भी आवश्यक है कि रिपोर्टर को स्टोरी का एंगल पहले से ही पता हो। दरअसल न्यूज स्टोरी की मांग ही उपयुक्त बाइट के चयन को निर्धारित करती है।

बाईट का अर्थ

वैसे तो ये अंग्रेजी का शब्द अपने मूल अर्थ में खाने का एक कौर को बताता है लेकिन टेलीविजन पत्रकारिता में इस शब्द का इस्तेमाल एक छोटी सी प्रतिक्रिया या राय को कहा जाता है जो किसी विषय-विशेष के संदर्भ में कही जाती है। बाईट को हम खबर विशेष के संदर्भ में लिया गया किसी व्यक्ति का छोटा सा इंटरव्यू भी कह सकते हैं। सामान्यता इसमें पत्रकार चार-पांच सवाल पूछता है और इसके लिए आर्थिक औपचारिक तैयारी नहीं की जाती। इसमें पत्रकर का उद्देश्य उस व्यक्ति की राय या प्रतिक्रिया जानना ही होता है। जैसे एक रेल दुर्घटना के बाद पत्रकार रेल मंत्री से दो-तीन सवाल करता है कि दुर्घटना के पीछे क्या कारण हो सकते हैं या फिर मृतकों के परिवारजनों और घायलों को कितना मुआवजा दिया जाएगा आदि। इन्हीं दो-तीन सवालों की मदद से रिपोर्टर अपनी खबर बना लेता है। अच्छा रिपोर्टर अच्छी बाईट लेना भी जानता है।

बाईट का टेलीविजन में इतना अधिक महत्व है कि बिना बाईट के हम न्यूज पैकेज की कल्पना नहीं कर सकते। इस मामले में अखबार के पत्रकारों का

काम थोड़ा सरल होता है। वे अनेक बार फोन पर भी संबंधित व्यक्ति से उनके विचार या प्रतिक्रिया लेकर छाप देते हैं। लेकिन टेलीविजन के पत्रकार को उस आदमी से समय लेना पड़ता है और फिर कैमरा टीम लेकर उसकी बाईट लेने जाना पड़ता है। टीवी में हम अखबार की तरह ये नहीं कह सकते कि उन्होनें कहा या बताया.......। बल्कि हमें उन्हें कैमरे पर बोलते हुए दिखाना पड़ता है। कुल मिलाकर टेलीविजन रिपोर्टिंग बाईट लेने के इर्द-गिर्द घूमती रहती है। इसीलिए कई बार टीवी रिपोर्टिंग को बाईट रिपोर्टिंग भी कहा जाता है। किसी नेता या व्यक्ति की एक्सक्लूसिव बाईट जुटा लेना रिपोर्टर के लिए गर्व का विषय होता है।

बाइट का महत्व

बाइट किसी भी समाचार की विश्वसनीयता बढ़ाती है। किसी व्यक्ति ने क्या कहा है ये केवल वाईस ओवर में बताने के स्थान पर उक्त व्यक्ति को कैमरे के सामने वह सब बोलते हुये दिखाया जाना चाहिए। कई बार सम्बन्धित व्यक्ति उपलब्ध नहीं होता तो उससे फोन पर बाइट ले ली जाती है और दर्शकों को ज्यों का त्यों सुना दिया जाता है या फिर उसकी कही हुई बात वाइस ओवर में बता दी जाती है। लेकिन कई अवसरों पर व्यक्ति बाइट देने से मना कर देता है। ऐसे में रिपोर्टर अपनी रिपोर्ट में भी इस बात का उल्लेख कर देता है। मना करने के बारे में रिपोर्टर को अगर पहले से ही अनुमान हो जाये तो रिपोर्टर छुपे हुए कैमरे या पहले से कैमरे का रिकार्डिंग बटन ऑन करके सम्बन्धित व्यक्ति से मिलने चले जाते हैं और उसका मना करना या झुंझलाना ज्यों का त्यों दर्शकों को दिखला देते हैं।

टेलीविजन समाचारों में विजुअल के अलावा बाइट भी संतुलन बनाने का एक प्रमुख माध्यम होती है। एक समाचार से जुड़े सभी पक्षों को सामने लाने के लिए पत्रकार सभी प़क्षों की बाइट को अपनी रिपोर्ट में शामिल करता है। जैसे एक डॉक्टर के अपहरण के विरोध में शहर भर के डॉक्टर हड़ताल पर चले जाते हैं। अब इस खबर में अपहृत डॉक्टर के परिवारजन, हड़ताली डॉक्टरों के अलावा हड़ताल से बेहाल मरीजों और सरकार के पक्ष को भी बाइट के रूप में दिखाना वांछित होगा।

टेलीविजन समाचारों में पूर्वाग्रह का अध्ययन करने से पता चला है कि टेलीविजन चैनल बाइट के जरिये ही अपने निर्धारित दृष्टिकोण को खबरों में शामिल करते हैं। इस सन्दर्भ में दो बातें अति महत्वपूर्ण हैं पहली बाइट के लिए किस व्यक्ति का चयन किया जाता है और दूसरी उसकी कही हुई बातों में से

किस कथन को पत्रकार अपनी खबर में किस क्रम एवं अर्थ में प्रयोग करता है। उदाहरण स्वरूप आरक्षण विरोधी आन्दोलन के कवरेज के दौरान यह देखा गया कि कुछ चैनलों ने इस मुद्दे पर आन्दोलनकारी डॉक्टरों की तो बाइट ली लेकिन मरीजों, आरक्षण के पक्षधर डॉक्टरों और संगठनों की बाइट लेना उन्होंने जरूरी नहीं समझा या फिर दूसरे पक्ष को उतना महत्व नहीं दिया गया जितना कि हड़ताली डॉक्टरों को। और इस प्रकार उन्होंने अपने आरक्षण विरोध के पूर्वाग्रह को खबरों की कवरेज का एक छुपा हुआ एजेंडा बना दिया।

अक्सर चैनलों पर यह आरोप लगता है कि उन्होनें बाइट विशेष को अपनी स्टोरी लाइन के मुताबिक संपादित करके दिखा दिया, और जिससे अर्थ का अनर्थ हो गया। ऐसा इसलिये होता है क्योंकि रिपोर्टर खबर की कवरेज से पहले ही अपने मन में समाचार का स्वरूप निर्धारित कर लेता है और फिर उसी के अनुसार वह शूटिंग और इंटरव्यू भी लेता है। अनेक बार बाइट लेने के दौरान वही सवाल पूछे जाते हैं जिस प्रकार के उत्तर पत्रकार चाहते हैं। पत्रकारों की इच्छा रहती है कि कोई भी नेता, कलाकार, साहित्यकार, खिलाड़ी और अन्य नामचीन हस्ती भड़काऊ, गर्मागर्म, सनसनीखेज, रोचक और आरोप-प्रत्यारोप से लबालब बाईट दे ताकि उसकी स्टोरी जानदार बन जाये। पत्रकारों की इसी जरूरत का कुछ लाभ बाइट देने वाले भी उठा लेते हैं। इस संदर्भ में लालू प्रसाद यादव एक अच्छे उदाहरण हैं। वे राजनेता के रूप में यह भली प्रकार जानते हैं कि मीडिया के सामने किस प्रकार पेश आने से अच्छी खबर बने। पत्रकार भी रोचक बाइट की तलाश में उनके पास दौड़े-दौड़ जाते हैं। लेकिन अवसरों पर स्रोत व्यक्ति मीडिया का गलत उपयोग भी कर लेता है। क्योंकि वह जानता है कि टेलीविजन चैनल तो हर गर्मागर्म बाइट को बेचेंगे। इसलिए टेलीविजन पत्रकारों से यह अपेक्षा की जाती है कि वे मीडिया का दुरूपयोग न होने दें।

बेहतर बाइट चयन कैसे करें?

अच्छी बाइट वही कहलाती है जो संक्षिप्त भी हो और सटीक भी। हालांकि संक्षिप्तता का कोई पैमाना निर्धारित नहीं किया जा सकता फिर भी सामान्यतः दस से पन्द्रह सेकेंड की बाइट एक आदर्श बाइट कहलाती है। अमूमन दर्शन इस अवधि में किसी व्यक्ति को बोलते हुए देखकर बोर नहीं होता। लेकिन महत्वपूर्ण मुद्दों पर अनेक बार लम्बी बाइट भी दिखायी जा सकती है। ऐसा अक्सर कम ही होता है कि बोलने वाला रिपोर्टर की आवश्यकता का ध्यान रखे। अधिकांश बाइट देने वाले अपनी ही धुन में या तो खूब सारा बोलना चाहते हैं या फिर ऐसा बोलते हैं जो कि बाइट लायक होता ही नहीं है। राजनैतिक दल अब अपने प्रवक्ताओं

को किसी भी मुद्दे पर अच्छी बाइट देने का प्रशिक्षण दिलवा रहे हैं ताकि चैनल में उनका पक्ष अच्छी तरह कवर किया जाये।

यदि बाइट लम्बी है तो उसमें से काम के हिस्से के कटिंग प्वांइट तलाशना सबसे महत्वपूर्ण काम है। कई बार लम्बी बात में से दो अलग-अलग उपयोगी हिस्सों को निकालकर आपस में जोड़ दिया जाता है और उनके बीच में कटअवे शॉट या फ्लेश का प्रयोग करके एडिटिंग जर्क को दूर किया जाता है।

बाइट चयन के समय यह भी ध्यान रखें कि किसी व्यक्ति के कथन को उसके मूल संदर्भ से काटकर न ऐडिट किया जाये। उदाहरण स्वरूप-

यदि सारे देश में गरीब-अमीर के लिए एक समान शिक्षा व्यवस्था लागू कर दी जाये तो उस हालत में मेरे विचार से आरक्षण को समाप्त कर दिया जाना चाहिए।

उपरोक्त कथन में से यदि केवल दूसरे हिस्से को एडिट करके दिखाया जाये तो वह अनैतिक होगी क्योंकि दूसरी लाईन का अर्थ दरअसल पहले हिस्से के विशेष संदर्भ में ही पूर्ण होता है।

मेरे विचार से आरक्षण को समाप्त कर दिया जाना चाहिए।

अभ्यास कार्य

- ☐ किसी चैनल के स्थानीय ब्यूरो का भ्रमण करें और ब्यूरो प्रमुख से बातचीत करके ये जानने का प्रयास करें कि एक ब्यूरो में काम करते हुए एक रिपोर्टरों को किस प्रकार की समस्याओं का सामना करना पड़ता है।
- ☐ किसी समकालीन घटना/समाचार को आधार बनाकर आरंभ, मध्य और अंत के लिए पीस टू कैमरा लिखें और उसे कैमरे के सामने प्रस्तुत करने का अभ्यास करें।
- ☐ किसी समकालीन मुद्दे पर आम लोगों की राय को वीडियो कैमरे से रिकार्ड करें। उसके बाद संपादन करके एक वॉक्स पॉप तैयार करें।
- ☐ घटना विशेष पर एक-दो मिनट की फोन रिपोर्ट तैयार करें। फिर उसे इंटरकाम रिकार्डर की मदद फोन पर पेश कर रिकार्ड करें। उसके बाद उसे स्वयं सुने और अपनी गलतियां पकड़ने की कोशिश करें। इसी प्रकार कैमरे के सामने लाइव रिपोर्ट प्रस्तुत करने का भी अभ्यास किया जा सकता है।
- ☐ किसी साक्षात्कार या भाषण की फुटेज को ध्यान से देखें और उसके बाद टेलीविजन खबर के लिए उपयुक्त बाइट चयन करने का अभ्यास करें।

अध्याय 6

टेलीविजन रिपोर्टिंग-दो

- ☐ परिचय
- ☐ राजनैतिक रिपोर्टिंग
- ☐ सांस्कृतिक रिपोर्टिंग
- ☐ आर्थिक रिपोर्टिंग
- ☐ अपराध रिपोर्टिंग
- ☐ खोजी पत्रकारिता
- ☐ स्टिंग ऑपरेशन
- ☐ विकास पत्रकारिता
- ☐ नागरिक पत्रकारिता

परिचय

इस अध्याय में विभिन्न विषयों की रिपोर्टिंग की विशेषताओं पर चर्चा की गई है। निश्चित रूप से पत्रकारिता के मूलभूत सिद्धांत अलग-अलग माध्यमों (रेडियो, टेलीविजन, अखबार और वैब मीडिया) के लिए रिपोर्टिंग के दौरान एक रूप ही रहते हैं। इसी प्रकार विभिन्न विषयों की पत्रकारिता के दौरान भी रिपोर्टिंग के आधारभूत नियम समान रहते हैं। फिर भी विशेष विषय की रिपोर्टिंग में पत्रकार को कुछ बातों का विशेष ध्यान रखना पड़ता है। पत्रकारों को ये ध्यान तथ्यों की प्रस्तुति और भाषा दोनों तलों पर रखना पड़ता है। उदाहरण स्वरूप अक्सर राजनैतिक और आर्थिक खबरें गंभीर और सटीक भाषा में लिखी जाती हैं वही मनोरंजन और मानवीय रूचि की रिपोर्टिंग के समय पत्रकार कुछ छूट ले लेते हैं।

समाचार चैनलों में विभिन्न विषयों की रिपोर्टिंग के लिए विशेषीकृत डेस्क होती है। जिन पर विषय विशेषज्ञों को रखा जाता है। ये विशेषज्ञता इस हद तक होती है कि राजनैतिक डेस्क पर एक रिपोर्टर कांग्रेस की बीट देख रहा होता है तो दूसरा बीजेपी की, तो एक अन्य रिपोर्टर तीसरे मोर्चे को संभालता है। ये रिपोर्टर लम्बे समय से एक ही बीट पर काम करने के दौरान उस विषय के अच्छे जानकार

हो जाते हैं। इसी प्रकार खेल, बिजनेस, विदेश, मनोरंजन, क्राइम आदि की डेस्क भी अलग होती हैं। हेल्थ, कानून लाइफ स्टाइल, डिफेंस जैसे विषयों पर भी चैनल अलग से रिपोर्टर की जिम्मेदारी सौंप देते हैं।

विभिन्न विषयों की रिपोर्टिंग के लिए सामान्य पत्रकारिता के सिद्धान्तों की समझ के लेखन और कौशल के अलावा विषय विशेष के कैसेट की गहरी समझ भी आवश्यक है। साथ ही रिपोर्टर उस विषय से जुड़े व्यक्तियों, संगठनों, मुद्दों, गतिविधियों एवं घटनाओं पर नजर रखे तभी वो उस विषय की खबरों के साथ न्याय कर पाएगा। ऐसा मान लिया जाता है कि टेलीविजन समाचार अखबारों की तरह विस्तृत नहीं होते, उसमें चंद तथ्य भर दे देना पर्याप्त होता है। इसलिए एक ही रिपोर्टर सब विषयों के समाचार कवर कर सकता है और राज्य ब्यूरो आफिसों में ऐसा हो भी रहा है। वहां विषयवार अलग-अलग रिपोर्टर रखना चैनलों के लिए संभव भी नहीं होता। लेकिन मुख्य कार्यालय में विशेषज्ञ पत्रकारों का महत्व अब स्वीकारा जाने लगा है। दरअसल, पत्रकारों की विषय विशेषज्ञता चैनलों की गलतियों को कम करने में मदद कर सकती हैं।

इस अध्याय में विभिन्न विषयों की रिपोर्टिंग को इसी नजरिए से प्रस्तुत करने का प्रयास किया गया है। प्रत्येक क्षेत्र की रिपोर्टिंग की चर्चा करते हुए निम्नलिखित प्रमुख बिन्दुओं को केन्द्र में रखा गया है।

- विशेषीकृत रिपोर्टिंग की प्रकृति
- कंटेंट के दायरे और आयाम
- रिपोर्टिंग कौशल

राजनैतिक रिपोर्टिंग

प्रेस कांफ्रेस

टेलीविजन पत्रकारिता में राजनैतिक रिपोर्टिंग का विशेष महत्व है इसका कारण है कि टेलीविजन में राजनीतिक समाचारों का हिस्सा काफी बड़ा होता है। राजनैतिक खबरें अधिक बिकने के साथ-साथ कम समय और संसाधनों से तैयार होती हैं। इसलिए समाचार प्रॉड्यूसर राजनैतिक खबरों को अपने बुलेटिन में अधिक महत्व देते हैं। राजनैतिक खबरों का टेलीविजन समाचारों में कितना फीसदी हिस्सा है ये तो शोध का विषय हो सकता है लेकिन अनेक प्रबुद्ध लोग इस बात पर विचार कर चुके हैं कि आखिर राजनीति ही इतना अधिक खबर क्यों बनती है। ये सवाल टेलीविजन पत्रकारों के समाचार बोध से जुड़ा है तो आम दर्शकों की पसंद

का भी मसला है।

प्रेस कांफ्रेस और प्रेस ब्रीफिंग में अंतर

राजधानियों में जहां राजनैतिक पार्टियों के कार्यालय होते हैं। प्रेस कांफ्रेस और प्रेस ब्रीफिंग पत्रकारों के लिए अनेक खबरों का स्रोत बनती हैं। समय-समय पर नेता प्रेस कांफ्रेंस के माध्यम से पत्रकारों को अपने विचारों या फिर नये तथ्यों से अवगत कराते हैं। ये खबर प्रेस तक पहुंचाने का शायद सबसे व्यवस्थित तरीका है। प्रेस कांफ्रेस और प्रेस ब्रीफिंग में मुख्य अंतर उसके आकार और समय में है। लगातार राजनैतिक उठापठक के दौरान नेताओं को अक्सर हर दिन किसी ना किसी मसले पर पत्रकारों से रूबरू होने की आवश्यकता पड़ती है। उदाहरण स्वरूप संसद या विधानसभा का सत्र यदि चल रहा है तो रोज़ाना कोई समाचार बन सकता है। इसी तरह चुनाव के दौरान रोज़ कोई नयी सूचना प्रेस तक पहुंचानी होती है। ऐसी स्थिति में नेता लोग रोज़ाना नियमित समय पर प्रेस ब्रीफिंग आयोजित करते हैं। संबंधित पत्रकारों को इस बारे में बता दिया जाता है और वो निर्धारित समय पर ब्रीफिंग के लिए उपस्थित होते हैं। जबकि प्रेस कांफ्रेस किसी ख़ास मौके पर ही आयोजित होती है। इसके लिए पहले से पार्टी का प्रेस सचिव सभी टेलीविजन चैनलों में फैक्स, फोन और मेल के जरिये आमंत्रण पत्र भेजता है। इस के अलावा हम प्रेस कांफ्रेंस और प्रेस ब्रीफिंग में इनके आकार के आधार पर भी अंतर कर सकते हैं। पहली बड़ी ओर दूसरी अपेक्षाकृत छोटी होती है। प्रेस कांफ्रेस में अक्सर प्रवक्ता के अलावा पार्टी के एक-दो वरिष्ठ नेता भी उपस्थित रहते हैं तो प्रेस ब्रीफिंग में केवल पार्टी प्रवक्ता ही पत्रकारों से रूबरू होता है।

प्रेस कांफ्रेस की प्रक्रिया

प्रेस कांफ्रेस की एक निर्धारित प्रक्रिया रहती है जिसका ज्यादातर जगह पालन किया जाता है। पहले संबंधित प्रवक्ता आकर अपनी बात रखता है। ये वक्तव्य पांच से पन्द्रह मिनिट तक हो सकता है। बड़ी प्रेस कांफ्रेस में एक से अधिक प्रवक्ता भी अपनी बात रख सकते हैं। उसके बाद पत्रकारों को सवाल पूछने का मौका दिया जाता है। प्रेस कांफ्रेंस में क्योंकि ढेर सारे पत्रकार मौजूद होते हैं। इसलिए सभी को प्रश्न पूछने का मौका नहीं मिल पाता। पहले वरिष्ठ और बड़े चैनलों और अखबारों से जुड़े पत्रकारों को मौका मिलता है। पत्रकार एक प्रश्न के अलावा पूरक प्रश्न भी पूछ सकते हैं। पत्रकारों के लिए ये सवाल पूछना इसलिए भी काफी चुनौतीपूर्ण होता है कि कम समय में सटीक सवाल पूछना होता है। दोबारा मौका अक्सर कम ही मिल पाता है। प्रेस कांफ्रेस के दौरान अक्सर पत्रकारों

को वक्तव्य की छपी हुई एक प्रति भी उपलब्ध कराई जाती हैं।

ध्यान रखने लायक बातें

पूर्व तैयारी-कोई भी प्रेस कांफ्रेस एक खास पृष्ठभूमि में होती है। इसलिए उसे कवर करने से पहले उसे जान लेना जरूरी होता है। बिना होम वर्क के प्रेस कांफ्रेस में जाने से उस विषय को उसके व्यापक संदर्भ में नहीं समझा जा सकता। उदाहरण स्वरूप 1999 के संसदीय चुनाव के दौरान बीजेपी ने अपने घोषणापत्र जारी करने के लिए एक बड़ी प्रेस कांफ्रेस का आयोजन किया था। उस दौरान ये एक महत्वूपर्ण घटना इसलिए थी क्योंकि सब ये जानने को उत्सुक थे कि बीजेपी किन मुद्दों पर चुनाव लड़ने जा रही है। क्या वो राममंदिर, अनुच्छेद 370 और समान आचार संहिता जैसे विवादास्पद मुद्दों को अपने घोषणापत्र में शामिल करती है। अगर पत्रकार को इन सब के बारे में मालूम ही नहीं है तो वो उस प्रेस कांफ्रेस को व्यापक नजरिये से कवर करने के स्थान पर उसकी एकांगी खबर ही पेश कर पायेगा।

समय से पहले पहुंचना-टेलीविजन पत्रकारों को समय से पहले इसलिए पहुंचना जरूरी है क्योंकि उन्हें अखबारी पत्रकारों की तरह केवल पैन और नोटबुक की मदद से ही रिपोर्ट नहीं करना बल्कि कैमरा भी सही स्थान पर लगाना होता है। टेलीविजन समाचार चैनलों की इस भीड़ में ये काफी महत्वपूर्ण हो गया है कि समय से कुछ पहले पहुंचकर ऐसे स्थान पर कैमरा पोजिशन किया जाये जहां से सभी तरह के विजुअल अच्छी तरह से लिए जा सकें। देर से पहुंचकर धक्कामुक्की में अच्छे विजुअल की उम्मीद करना बेमानी होगी। इसके अलावा माईक भी सही स्थान पर लगाकर उसका ऑडियो चेक कर लेना बहुत जरूरी है। अनेक बार अपना माइक ऊपर करने के चक्कर में पत्रकारों में थोड़ी बहुत झड़प भी हो जाती है क्योंकि सभी को चैनलों से निर्देश होते हैं कि उनका लोगो माइक विजुअल में दिखना चाहिए।

कैमरा पर्सन को ब्रीफिंग-इससे पहले कि प्रेस कांफ्रेस शुरू हो टेलीविजन पत्रकार को कैमरा पर्सन को अपनी विजुअल जरूरत और महत्वपूर्ण व्यक्तियों के बारे में संक्षिप्त विवरण दे देना चाहिए। ताकि उसे शूटिंग में आसानी हो। प्रेस कांफ्रेस के दौरान कैमरा पर्सन के सामने सबसे बड़ी समस्या तब आती है जब नेता अपना वक्तव्य लंबा खींचता है या फिर सवाल जवाब का सिलसला लंबा चलता है ऐसे में वो ये फैसला नहीं कर पाता कि कौन सा हिस्सा शूट किया जाए और कौन सा नहीं। इसके लिए पत्रकार को इशारे की मदद से उसे समय पर आगाह करते रहना होता है। टेलीविजन पत्रकारों को कैमरे के बावजूद नोटबुक पर भी नोटिंग करना नहीं भूलना

चाहिए ये उन्हें स्क्रिप्ट लिखने में मदद करता है।

प्रवक्ता से प्रश्न-टेलीविजन पत्रकार को ये नहीं भूलना चाहिए कि उसकी सवाल ना केवल उसके समझ के स्तर और तैयारी को दिखाते हैं बल्कि ये उसके चैनल की छवि को भी प्रभावित करते हैं। यहां होमवर्क जरूरी है। बेहूदा और गैरजरूरी किस्म के सवाल कुछ देर के लिए हंसी के ठकाके जरूर लगवा सकते है। लेकिन आखिरकार ये पूछने वाले की छवि को धूमिल करते हैं। प्रश्न छोटे, स्पष्ट, सीधे, साफ और गंभीर हों तो ही अच्छा है। हो सके तो पूरक सवाल भी पूछें।

प्रेस कांफ्रेस के बाद-अधिकतर प्रेस कांफ्रेस के बाद भोजन या अल्पाहार की व्यवस्था होती है। लेकिन टेलीविजन समाचार चैनलों पर सबसे पहले समाचार दर्शक तक पहुंचाने बा दबाव होता है। ऐसे में टेलीविजन पत्रकार को भोजन करने में समय बर्बाद करने के स्थान पर जल्दी से ऑफिस पहुंचना चाहिए। लेकिन इससे पहले उसे छपा हुआ प्रेस वक्तव्य और संबंधित सामग्री इकट्ठा करना नहीं भूलना चाहिए। प्रेस कांफ्रेस को सभी चैनल कवर करते हैं। इसलिए इसमें कुछ भी नया नहीं होता। सभी चैनल उसी को अपने ढंग से दिखाते हैं। टेलीविजन पत्रकारों पर हमेशा कुछ एक्सक्लूसिव लाने का दबाव भी बना रहता है। ऐसे में यदि संभव हो तो प्रवक्ता या नेता से अलग से कोई बाईट लेने की कोशिश करनी चाहिए।

राजनैतिक आयोजन

राजनैतिक आयोजनों की प्रकृति एवं प्रकार-किसी भी लोकतांत्रिक समाज में राजनैतिक दल विभिन्न मुद्दों को उठाने के लिए अलग-अलग प्रकार के आयोजन करते हैं। दरअसल, इस प्रकार के आयोजन राजनैतिक प्रक्रिया के अभिन्न अंग होने के अलावा लोकतंत्र की सफलता के लिए आवश्यक हैं। टेलीविजन समाचार चैनलों के लिए इस प्रकार के आयोजन महत्वपूर्ण खबर बनते हैं। ये आयोजन न केवल आम जनता के हित से सीधे जुड़े होते हैं बल्कि देश का भविष्य तय करने में भी विशेष भूमिका निभाते हैं। इसलिए टेलीवजिन पत्रकारों को इस प्रकार के आयोजन कवर करते वक्त गंभीरता से अपने दायित्वों को निभाना चाहिए। राजनैतिक पार्टियां समय- समय पर अपनी ताकत का प्रदर्शन करने, सरकार या प्रशासन पर दबाव बनाने और अपने पक्ष में माहौल बनाने के लिए रैली, प्रदर्शन, जुलूस आदि करती रहती हैं। एक लोकतांत्रिक समाज में ये आयोजन विचार मंथन या विरोध जताने के ताकतवर औजार होते हैं एक टेलीविजन पत्रकार को सबसे पहले ऐसे आयोजनों के नामों और उनके बीच फर्क को समझना चाहिए।

धरना-एक जगह बैठकर अपनी मांगों के समर्थन में किया गया प्रदर्शन का आयोजन धरना है। धरना सांकेतिक, एक दिन के लिए या फिर बेमियादी भी हो

सकता है।

जुलूस-मांग पट्टिकाओं, बैनर के साथ कतारबद्ध या जत्थे के रूप में नारेबाज़ी के साथ प्रदर्शन करना जुलूस है। जुलूस मौन भी हो सकता है।

जनसभा-एक खुले स्थान पर काफी लोग श्रोता के रूप में कुछ वक्ताओं को किसी विशेष मुद्दे पर सुनने के लिए जुटती है तो वो जनसभा बन जाती है।

रैली-अपेक्षाकृत बड़े पैमाने पर जब अलग-अलग स्थानों से जुलूस की शक्ल में लोग आकर एक निश्चित स्थान पर पहुंचकर जब सभा का रूप ले लेते हैं तो वो रैली कहलाती है। अक्सर नेता लोग रैली को अलग नाम दते हैं। जैसे धिक्कार रैली, बहिष्कार रैली, संकल्प रैली, स्वाभिमान रैली, लाठी रैली आदि। नेता रैली की विशालता को दिखाने के लिए उसके आगे विशाल, विराट जैसे शब्द भी लगा देते हैं। लालू यादव ने तो अपनी रैली की विशालता दिखाने के लिए उसके लिए रैली का पुरूषवाचक शब्द बनाकर रैला शब्द का इस्तेमाल किया।

घेराव-इसमें आंदोलनकारी अपनी मांगों के समर्थन में दबाव बनाने के लिए किसी अफसर या नेता को घेर लेते हैं या उसे बंधक बना लेते हैं।

हड़ताल-कर्मचारियों द्वारा अपने काम को रोक देना या निर्धारित से अधिक करना हड़ताल है। हड़ताल सांकेतिक हो सकती है यानी एक दिन की। जिससे कि सरकार या प्रशासन को संकेत मिल जाए। इसके अलावा इसके अनेक रूप हो सकते हैं- भूख हड़ताल, अनिश्चितकालीन हड़ताल आदि। भूख हड़ताल में आन्दोलनकारी अनशन पर बैठ जाते हैं। ये क्रमिक हो सकती है जिससे बारी-बारी से अनेक लोग अनशन करते हैं। अनशन आमरण भी हो सकता है। कर्मचारी अक्सर पैन डाऊन स्ट्राइक भी करते हैं जिसमें वे ऑफिस तो आते हैं लेकिन काम नहीं करते।

बंद और चक्काजाम-सामान्य गतिविधियां जैसे रेलसेवा, बस सेवा, बाजार, स्कूल, अस्पताल आदि बंद करके भी कई बार राजनैतिक दल अपना विरोध जताते हैं।

विरोध के अन्य तरीके-आन्दोलनकारी विरोध करने के रोचक, विचित्र तरीके अपना रहे हैं। जैसे बाजू में काली पट्टी बांधना, प्रशासन या सरकार की सद्‌बुद्धि के लिए यज्ञ करना, पुतला दहन करना, पानी किल्लत के विरोध में मटके फोड़ना, तेल की कीमतों के विरोध में बैलगाड़ी पर कार-स्कूटर लाद कर जुलूस निकालना। सिर मुंडवा कर किसी का श्राद्ध करना, जूता पालिश करना, नग्न प्रदर्शन करना इत्यादि।

दरअसल आन्दोलनकारी विरोध के नए तरीके खबर बनने के लिए अपना रहे हैं। विदेशों में पर्यावरण प्रेमी संगठन पेटा के कार्यकर्त्ता जीवों पर अत्याचार के खिलाफ सार्वजनिक स्थानों पर पूर्णतया नग्नावस्था में प्रदर्शन करते हैं। वहां चर्चित समाचार बनने की ये एक लोकप्रिय तरीका बन चुका है।

ध्यान रखने लायक बातें

आयोजन की पृष्ठभूमि-कोई राजनैतिक आयोजन अचानक घटित होने वाली घटना ना होकर एक श्रृंखलाबद्ध घटनाओं की परिणति होती है। ठीक इसी प्रकार ऐसे आयोजनों के दूरगामी परिणाम भी निकलते हैं। रिपोर्टिंग से पहले अगर हमें पृष्ठभूमि का पता नहीं है तो संभव है कि रिपोर्टिंग एकांगी और पूर्वाग्रह लिए हुए हो।

आयोजन के मुद्दे-राजनैतिक आयोजन के मुद्दे क्या-क्या हैं? मांगे और मकसद क्या है? ये सब जानना इसलिए जरूरी है क्योंकि कई बार ऊपरी मुद्दे दिखावे के होते हैं और छिपा हुआ एजेंडा कुछ और ही होता है। पत्रकार राजनैतिक घटनाक्रम को विश्लेषित करके असली खबर को पकड़ पाने में सक्षम होना चाहिए। रैली की पृष्ठभूमि क्या है और रैली के बाद राजनीति में क्या बदलाव आने वाले हैं। रैली की सफलता से किस नेता का कद बढ जाएगा या किसी पार्टी की जीत सुनिश्चित हो जाएगी ये सब टेलीविजन रिपोर्टर को भांपने में सक्षम होना चाहिए।

शूटिंग की सावधानियां-राजनैतिक आयोजन हमेशा ही रोचक विजुअल उपलब्ध कराते हैं। बड़ी संख्या में मानवीय चेहरे - वो भी अलग-अलग जगह से आये लोग-कैमरा पर्सन को शूटिंग की पूरी संभावना उपलब्ध कराती है। ऐसे आयोजनों में चेहरों के अलावा मांग पट्टी, बैनर और नारे भी अच्छी खबर बनते हैं। समस्या नेताओं के भाषण रिकोर्ड करने में आती है। अनेक नेता और उनके लंबे-लंबे भाषण। कैमरा पर्सन को उपयोगी हिस्सा चुनने में काफी दिक्कत आती है। उसके लिए सारे भाषण ज्यों का त्यों कैमरे में कैद करना असंभव है। रिपोर्टर इस मसले पर कैमरा पर्सन की मदद कर सकता है। अधिक शूट करना एडिटिंग की मुश्किलें भी बढाता है और संसाधन भी व्यर्थ जाते हैं।

आम लोगों की आवाज़-अक्सर बड़ी रैलियों की कवरेज के दौरान रिपोर्टर शहरी पूर्वाग्रह से ग्रसित होकर या तो केवल नेताओं की ही बाईट लेते हैं या फिर दूरदराज से आये ऐसे कम जानकार लोगों की बाईट दिखाकर साबित करना चाहते हैं कि रैली में आये लोग अनपढ़-गंवार हैं और उनको यूं ही बहका कर इकट्ठा कर लिया गया है। रिपोर्टर को ये कतई नहीं भूलना चाहिए कि राजनैतिक आयोजन लाख खामियों के बावजूद लोकतांत्रिक समाज में जन भावना के प्रतीक हाते हैं और आम लोगों की सही बाईट के बिना ऐसे आयोजनों की रिपोर्ट को पूरा और संतुलित नहीं माना जा सकता।

मानवीय रूचि का कोण-एक ही आयोजन से अनेक स्टोरी भी निकल सकती है। अक्सर बड़ी रैलियां राजनैतिक खबर के अलावा मानवीय रुचि की खबर भी बनती हैं। बशर्ते रिपोर्टर के पास ऐसी दृष्टि हो। हरेक बड़ी रैली में हिस्सा लेने वाले लोगों

को पानी और भोजन की समस्या से जूझना पड़ता है।

चुनाव

लोकतंत्र में चुनाव एक महत्वपूर्ण आयोजन है जिसके जरिये नागरिक अपनी पसंदीदा सरकार चुनते हैं और समाचार चैनल किसी भी चुनाव को कवर करने के लिए काफी पहले से तैयारी शुरू कर देते हैं। चुनाव इसलिए भी अधिक खबर बनते हैं क्योंकि बड़े पैमाने पर लोगों की इसमें भागीदारी होती है, सस्पैंस के साथ-साथ अनेक रोचक पहलू पत्रकारों को अलग-अलग कोणों से खबर उपलब्ध कराते हैं। चुनाव चाहे विश्वविद्यालय का हो या फिर पंचायत, जिला परिषद से लेकर संसद का हो, लगभग सभी की प्रक्रिया एक जैसी ही होती है। जिन लोगों ने कभी चुनावों में सक्रिय तौर पर भागीदारी नहीं की है या फिर चुनाव नहीं लड़ा है उनके लिए चुनाव कवर करने से पहले चुनाव प्रक्रिया को समझ लेना अति आवश्यक है।

चुनाव प्रक्रिया

चुनाव प्रचार-जो काफी पहले से ही शुरू हो जाता है।

मतदाता सूची-चुनाव आयोग मतदाता सूची को दुरूस्त करता है ताकि नये मतदाताओं को शामिल और मृतकों के नाम सूची से हटाए जा सकें।

चुनाव घोषणा पत्र-पार्टियां अपने मुद्दों को स्पष्ट करने के लिए पहले से ही घोषणा कर देती है कि वो अगर सत्ता में आती हैं तो किन नीतियों पर अमल करेंगी। ये मतदाताओं को लुभाने और अपनी बात रखने का तरीका है।

चुनाव की अधिकारिक घोषणा-चुनाव आयोग चुनाव की तारीखों की घोषणा विधिवत गजट में छापकर करता है। चुनाव की अधिकारिक घोषणा के बाद चुनाव आचार संहिता लागू हो जाती है।

नामांकन की अंतिम तारीख-इस दिन तक उम्मीदवार पर्चा भर सकते हैं।

चुनाव प्रचार रोकने की तिथि-चुनाव से अक्सर अड़तालीस घंटे पहले रैलियों आदि से चुनाव प्रचार पर रोक लगा दी जाती है। जबकि घर-घर जाकर मिलने का सिलसिला चलता रहता है।

मतदान की तारीख-इस दिन मतदाता अपने मत का प्रयोग करते हैं।

मतगणना-इलेक्ट्रोनिक वोटिंग मशीनों के बाद मतगणना का कार्य थोड़े समय में ही पूर्ण हो जाता है।

विजयी उम्मीदवारों के नामों की घोषणा-मतगणना पूरी होने के बाद चुनाव अधिकारी विजयी उम्मीदवारों की विधिवत घोषणा करता है। उसके बाद जिस भी दल

को बहुमत मिलता है वह अपनी सरकार बनाने का दावा पेश करता है।

शपथ समारोह

सरकार बनाने और चलाने की प्रक्रिया

खबर बनने लायक घटनाएं

चुनाव प्रचार-राजनैतिक लोग चुनाव प्रचार के नये-नये रोचक तरीके अपनाते हैं जो अपने आप में रोचक खबर बनते हैं। बहुजन समाज पार्टी हाथियों का जुलूस निकालती है तो दिल्ली के नेता फिल्मी हस्तियों से चुनाव प्रचार करवाते हैं। लालू प्रसाद यादव बड़ी लालटेन को कार पर बंधवाकर घुमवाते हैं तो भारतीय जनता पार्टी रथ यात्रा निकालती है। चुनाव से काफी पहले ही अघोषित रूप से चुनाव प्रचार शुरू हो जाता है। रैलियां चुनाव प्रचार का बड़ा तरीका है। जब-जब केन्द्रीय नेता किसी रैली में हिस्सा लेते हैं तो राष्ट्रीय समाचार बनते हैं।

मतदाता सूची-हरेक चुनाव से पहले विपक्षी पार्टियां ये आरोप अक्सर लगाती हैं कि सत्ताधारी दल उसके वोटरों के नाम मतदाता सूची में से हटवाकर अपने समर्थकों के नाम डलवा रही हैं। कई बार तो इस मसले पर अच्छा खासा विवाद पैदा हो जाता है।

घोषणा-पत्र-राष्ट्रीय दलों के घोषणा पत्र सबके इंतजार का विषय होते हैं। अक्सर ये दल दिल्ली में बड़ी प्रेस कांफ्रेस करके अपने घोषणा-पत्र जारी करते हैं। घोषणा-पत्र में कौन-कौन से मुद्दे शामिल किये गये हैं या छोड़े गये हैं यही खबर बनते हैं।

चुनाव प्रक्रिया-चुनाव की तिथियां घोषित होते ही सभी राजनैतिक दल अपने-अपने उम्मीदवारों की सूची जारी करने लगते हैं। चुनाव आयोग किन क्षेत्रों को संवेदनशील घोषित करते हैं और किस इलाके में कब चुनाव होंगे ये सब खबर का विषय बनते हैं। मतदान का प्रतिशत और बूथकैपचरिंग आदि की घटनाएं मतदान के दिन खबर बनते हैं। इसके बाद विजयी उम्मीदवार के नाम और फिर सरकार बनाने की जोड़तोड़ खबरों का प्रमुख विषय बनते हैं।

चुनावी खबरों की पैकेजिंग

बैकग्रांउंडर-समाचार चैनल चुनाव से काफी पहले ही उसकी तैयारी में जुट जाते हैं। सामान्यतया संसदीय चुनावों में दो महीने पहले ही चुनाव डेस्क की स्थापना कर दी जाती हैं जिसका काम होता है देशभर के प्रमुख चुनावी क्षेत्रों, नेताओं का राज्यवार और पार्टीवार विवरण तैयार करना। समाचार चैनल कई हफ्ते पहले ही चुनावी प्रसारण शुरू कर देते हैं। इस प्रसारण में अधिकतर बैकग्राउंडर दिखाए जाते

हैं। इस प्रकार के समाचारों में किसी नेता, दल या क्षेत्र विशेष की पृष्ठभूमि के बारे में दर्शकों को अवगत कराया जाता है।

मुद्दे आधारित समाचार-चुनाव के राष्ट्रीय, क्षेत्रीय और स्थानीय मुद्दों में काफी फर्क होता है। प्रत्येक संसदीय या विधानसभा क्षेत्र के मुद्दे बिल्कुल ही अलग-अलग हो सकते हैं। क्षेत्र विशेष में चुनाव किन मुद्दों पर लड़ा जा रहा है। राजनैतिक दलों ने क्या मुद्दे उठाए हैं तो आम जनता की राय क्या है, उनकी समस्याएं क्या हैं इन सबको लेकर समाचार बनते हैं।

विश्लेषणात्मक समाचार-हार-जीत का फैसला तो चुनाव परिणाम आने के बाद ही पता चलता है लेकिन तब तक हर व्यक्ति विशेषज्ञ की तरह अपना विश्लेषण करता रहता है। पत्रकार भी कहां पीछे रह सकते हैं। पिछले चुनावों को आधार बनाकर, मतदाताओं की संख्या का हिसाब-किताब लगाते हुए, लोगों की राय जानते हुए पत्रकार ऐसे समाचार खूब प्रसारित करते हैं। अंतिम दिनों में तो मतगणना के दौरान टेलीविजन एंकर लगातार घंटों हार-जीत को लेकर चर्चा करते रहते हैं। आजकल हरेक समाचार चैनल चुनाव से पहले सर्वेक्षण करके अपने अनुमान को सही साबित करने की कोशिश करता है। इस कारोबार में चुनाव विश्लेषकों का एक तबका भी भारत में तैयार हो गया है।

इंटरव्यू आधारित समाचार-चुनाव के अंतिम दिनों में महत्वपूर्ण उम्मीदवारों के साक्षात्कार भी काफी महत्वपूर्ण हो जाता है। पत्रकार ऐसे मौकों पर या तो स्वयं कैमरा टीम लेकर उनके घर या कार्यालय में जाते हैं या फिर उम्मीदवारों को स्टूडियो में आमंत्रित करते हैं। इंटरव्यू आधारित समाचारो में अक्सर पत्रकार कुछ मुद्दों पर उम्मीदवारों की राय लेते हैं और फिर उनको एक साथ ऐडिट करके खबर बनाते हैं। कई बार सत्तापक्ष और विपक्ष के बीच आरोपों और जवाबों का एक रोचक सिलसिला इस प्रकार के समाचारों में देखने को मिलता है।

एक दिन नेता के साथ-चुनाव कवरेज के दौरान अकसर पत्रकार महत्वपूर्ण नेताओं के साथ दिनभर चुनाव प्रचार में रहते हैं और मानवीय दृष्टिकोण से वे उनकी दिनचर्या को फिल्माते हैं। मसलन उनका खान-पान, पहनावा, पसन्द-नापसन्द, व्यस्तता, समस्यायें इत्यादि। इस प्रकार सुबह उठने से लेकर रात को बिस्तर पर जाने तक की घटनाक्रम को एक कैमरा टीम शूट करती है और फिर इस फुटेज को सम्पादित कर आधे घंटे के एक रोचक कार्यक्रम में तब्दील कर दिया जाता है। कैम्पेन ट्रेल (बंउचंपहद ज्तंपस) नामक जी न्यूज पर प्रसारित होने वाला कार्यक्रम इस फार्मेट पर बनाया गया था।

ध्यान रखने योग्य बातें

चुनाव सत्ता के लिए संघर्ष है और इसमें धन और बल का खूब प्रयोग होता है। रिपोर्टिंग के दौरान पत्रकार को हमेशा समाचार बनाने से पहले तथ्यों की गहरी जांच-पडताल करनी पड़ती है। मूल सिद्धान्त ये रहना चाहिए कि प्रत्येक तथ्य को कई व्यक्तियों और स्रोतों से जांच लेना चाहिए। विशेषकर चुनाव के अंतिम दिनों में प्रतिद्वंद्वियों का एक-दूसरे के खिलाफ अफवाह फैलाना आम बात है। ऐसे में कई बार पत्रकार इस प्रकार के दुष्प्रचार का शिकार बनकर अपनी विश्वसनीयता गंवा बैठता है। कुछ उम्मीदवार पत्रकारों को सुविधाएं और धन का लालच देकर अपने पक्ष में रिपोर्टिंग के लिए लुभाते हैं और ऐसा न करने पर धमकियां भी देते हैं। महत्वपूर्ण चुनावी हल्कों में रिपोर्टिंग करना कठिन कार्य है।

चुनाव की रिपोर्टिंग के दौरान पत्रकारों को कमजोर उम्मीदवारों को भी अपनी बात रखने का अवसर देना चाहिए। अकसर देखा ये जाता है कि पत्रकार पूरी लड़ाई को दो या तीन मुख्य उम्मीदवारों के बीच ही दिखाते हैं। जबकि अनेक बार कमजोर दिखने वाले उम्मीदवार भी चुनावी गणित को बिगाड़ देते हैं। दरअसल लोकतंत्र की एक महत्वपूर्ण गतिविधि होने के नाते चुनावों को भी लोकतांत्रिक तरीके से कवर किया जाना चाहिए। अनेक बार आम लोगों में से इमानदार सामाजिक कार्यकर्ता चुनावों में खड़े होते हैं और मीडिया उन पर कोई ध्यान नहीं देता या फिर कुछ सामाजिक संगठन अपने उम्मीदवार मैदान में उतारते हैं जो कभी खबर नहीं बनते। इसी प्रकार पत्रकारों में सारे चुनावी समर को कुछ पार्टियों और व्यक्तियों के बीच की लड़ाई बना देने का चलन देखने में आता है, जबकि चुनाव तो लोकतंत्र का मूल है जिसमें आम नागरिक अपने प्रतिनिधियों को चुनते हैं। इस प्रकार चुनावी खबरों में भी आम लोगों की राय और जनमत को उचित प्रतिनिधित्व मिलना चाहिए।

सांस्कृतिक रिपोर्ट

भारत सांस्कृतिक विविधता भरा एक उत्सवधर्मी देश है। इसलिए पत्रकारों को साल भर सांस्कृतिक खबरों की कमी महसूस नहीं होती। अलग-अलग भौगोलिक विशेषताओं वाले राज्य, उनमें विभिन्न संस्कृतियों, धर्मों और भाषाओं वाले लोग भारत को एक विविधता से परिपूर्ण देश बनाते हैं। भारत जितने त्यौहार शायद ही किसी दूसरे देश में आयोजित होते होंगे। ऐसे में टेलीविजन पत्रकारों के लिए सांस्कृतिक रिपोर्टिंग एक महत्वपूर्ण मुद्दा बन जाती है। संस्कृति सदा ही मानवीय रुचि और मनोरंजन का विषय रही है। रोचक दृश्यों से भरपूर सांस्कृतिक गतिविधियां टेलीविजन के लिए निहायत उपयोगी विषयवस्तु बन जाती है। सही

मायने में संस्कृति को कवर करने का उन्हीं लोगों को हक है जिनकी न केवल संस्कृति में रूचि है बल्कि संस्कृति की गहरी समझ भी है। कला के विभिन्न रूपों और उनके सौन्दर्य शास्त्र से भी वे परिचित हों।

सांस्कृतिक आयोजनों के प्रकार एवं प्रकृति

संस्कृति को मनुष्य के जीवन जीने के ढंग के रूप में परिभाषित किया जाता है। यानि जीवन के वे सभी पहलू संस्कृति की परिधि में आते हैं जिनमें मनुष्य अपनी कलात्मकता और जीवन के उत्सव को उद्घाटित करता है। भारतीय संदर्भ में सांस्कृतिक रिपोर्टिंग के लिए निम्नलिखित घटनाएं महत्वपूर्ण हैं।

□ **परम्परागत त्यौहार**-होली, दीवाली, ईद, क्रिसमस, ओणम, गणेश पूजा, बैसाखी, बिहू, दुर्गा पूजा, दशहरा, तीज इत्यादि।

□ **आधुनिक उत्सव**-स्वतंत्रता दिवस, गणतंत्र दिवस, खजुराहो उत्सव, मरू उत्सव, आगरा उत्सव, संगीत समारोह, फिल्मोत्सव, ट्रेडफेयर, प्रदर्शनियां इत्यादि।

□ **मेले**-कुंभ मेला, सिंहस्थ मेला पुष्कर मेला, कुल्लू मेला, सोनपुर मेला, सूरजकुंड मेला इत्यादि।

□ **राष्ट्रीय सम्मान**-राष्ट्रीय फिल्म पुरस्कार, साहित्य अकादमी पुरस्कार, ललित कला अकादमी पुरस्कार, संगीत एवं नाटक अकादमी पुरस्कार इत्यादि।

□ **शास्त्रीय संगीत**-देश के विभिन्न संगीत घराने, संगीत के विभिन्न रूपों जैसे ठुमरी, खयाल, ध्रुपद, टप्पा आदि की समझ ।

□ **परम्परागत कला**-जात्रा, यक्षगान, तमाशा, नोटंकी, रासलीला, स्वांग, पांडवानी इत्यादि।

□ **फाइन आर्ट**-देश की विभिन्न पेंटिंग परम्पराएं जैसे तंजोर पेंटिंग, मधुवनी पेंटिंग, राजस्थानी पेंटिंग के अलावा आधुनिक कला परम्पराएं।

□ **आधुनिक नाटक**-विभिन्न थियेटरों में आयोजित किये जाने वाले नाटक एवं स्टेज शो।

ध्यान रखने लायक बातें

किसी भी देश की संस्कृति रोचक दृश्यों से भरपूर होती है। ये दृश्य न केवल विविधता लिये होते हैं बल्कि रंग-बिरंगे और मनोरम होते हैं। इसीलिए आकर्षक दृश्यों से लवरेज सांस्कृतिक खबरें दर्शकों को हमेशा भाती हैं। नयी विषय वस्तु लिये हुए सांस्कृतिक खबरों को कवर करते समय रिपोर्टर को हमेशा ध्यान रखना चाहिए कि वो किसी भी सांस्कृतिक आयोजन से बेहतर और रोचक दृश्यों को शूट करे। सांस्कृतिक खबरों को शूट करने में कैमरे की कलात्मकता आवश्यक है। यहां

समय का दबाव कम रहता है और गीत संगीत से भरपूर पृष्ठभूमि आवाजें भी उपलब्ध होती हैं। इसलिए रिपोर्टर को एम्बीयंस का भी दृश्यों जितना ही ध्यान रखना चाहिए। उदाहरण के लिए नृत्य आयोजन में नर्तक के दृश्य के साथ-साथ संगीत का भी उतना ही महत्व है।

सांस्कृतिक खबरों की एडिटिंग के दौरान भी सौन्दर्य पक्ष का विशेष ध्यान रखा जाता है। एडिटिंग के दौरान पृष्ठभूमि संगीत का उपयोग किया जाता है। उदाहरण के लिए पेंटिंग प्रदर्शनी की खबरों में रिपोर्टर एक-एक पेंटिंग के क्लोजअप को दिखाते हुए दर्शक को कला दीर्घा की सैर कराता है। इस प्रकार की खबरों में अक्सर रिपोर्टर हल्का संगीत पृष्ठभूमि में डाल देता है। एडिटिंग के साथ ही कट टू कट के स्थान पर डिजोल्व और स्लो मोशन इफेक्ट का भी प्रयोग खबर को मनोरंजक बनाने के लिए किया जाता है। दरअसल इस प्रकार की खबरें सूचना मूलक होने के साथ-साथ मनोरंजन से भरपूर होती हैं। इसलिए इनमें स्क्रिप्ट का उतना महत्व नहीं रहता जितना कि संगीत और दृश्यों का। अनेक बार शब्दों को विराम दिया जाता है और आकर्षक दृश्यों से ही खबर को आगे बढ़ाया जाता है। रोचकता के कारण ही सांस्कृतिक रिपोर्ट को अन्य विषयों की रिपोर्ट के मुकाबले अधिक समय दिया जाता है।

आर्थिक रिपोर्टिंग

टेलीविजन समाचारों में आर्थिक खबरों का बड़ी संख्या होती है। आर्थिक रिपोर्टिंग जटिल विषय है जिस पर महारत हासिल करने के लिए विशेष अध्ययन का सतत प्रयास आवश्यक है। आर्थिक खबरों का इसलिए भी अधिक महत्व है क्योंकि किसी भी देश के विकास में आर्थिक गतिविधियां महत्वपूर्ण भूमिका निभाती हैं। देश की राजनैतिक उठापटक भी दिनों-दिन आर्थिक मुद्दों से संचालित होने लगी है। समाज की अधिकांश समस्याएं जैसे बेरोजगारी, मंहगाई, भुखमरी मूलतः आर्थिक हैं। या यों कहें कि जीवन का चक्र अर्थव्यवस्था से संचालित हो रहा है। बाजार आज जीवन के हर हिस्से को संचालित कर रहा है। भारत में अनेक समाचार चैनल केवल बिजनेस और बाजार पर केन्द्रित हैं। जबकि दूसरे चैनल भी आर्थिक समाचारों पर केन्द्रित विशेष समाचार बुलेटिन प्रसारित करते हैं। ऐसे में बड़ी तादात में आर्थिक मसलों की समझ रखने वाले रिपोर्टरों की आवश्यकता होती है। लेकिन बहुत कम लोग बिजनेस में रुचि रखते हैं और नतीजा यह निकलता है कि अर्थशास्त्र या व्यावसायिक प्रबंधन में स्नातकोत्तर उपाधि प्राप्त छात्रों को इस तरीके के काम के लिए जुटाया जाता है।

आर्थिक खबरों का दायरा

1. **कृषि**- भारतीय अर्थव्यवस्था कृषि आधारित है और देश में आज भी बड़ी जनसंख्या कृषि आधारित कार्यों से अपना पेट पालती है। लेकिन दुखद बात यह है कि आर्थिक खबरों में कृषि को उतना महत्व नहीं दिया जाता जितना दिया जाना चाहिए। हालांकि क्षेत्रीय समाचार चैनल इस दिशा में अच्छा काम कर रहे हैं। खाद्यान्नों एवं अन्य कृषि उत्पादों के बाजार मूल्य कुछ चैनल नियमित रूप से दिखाते हैं। नये बीज और उर्वरक, किसानों की समस्याएं, मौसम का कृषि पर अच्छा या बुरा असर, कृषि सम्बन्धी सरकार की योजनाएं, सफल किसानों की कहानियां अकसर समाचार चैनलों में खबर बनती है। लेकिन कृषि सम्बन्धी मुद्दों पर गंभीर चर्चा विमर्श और चिंता टेलीविजन समाचार चैनलों पर नहीं दिखाई देता है। पिछले डेढ़ दशक के दौरान उदारीकरण के परिणाम स्वरूप भारतीय किसान किस प्रकार कर्ज तले दब गये हैं, अपनी जमीन और कृषि औजार बेचने को मजबूर हो रहे हैं और इस सबसे बढ़कर आत्महत्या करने को विवश हो रहे हैं। इन सब मसलों पर टेलीविजन समाचारों में संवेदनशील रिपोर्टिंग का अभाव देखने को मिलता है।

2. **शेयर बाजार**-अधिकांश समाचार बुलेटिनों में शेयर बाजार के उतार-चढ़ाव की खबरें नियमित रूप से दिखाई जाती हैं। देश की दो प्रतिशत आबादी शेयरों में निवेश करती है, लेकिन फिर भी चैनलों के लिए शेयर बाजार की खबरें अत्यधिक महत्वपूर्ण होती हैं। यहां तक कि शेयर बाजार के सूचकांक से सरकार की नीतियों या अर्थव्यवस्था की सेहत का अनुमान लगाया जाता है। शेयर बाजार की अत्यधिक रिपोर्टिंग का एक कारण शायद B.S.E. & N.S.E. से सरल और सुलभ खबरें उपलब्ध होना है और दूसरा कारण चैनल मालिकों का ये पूर्वाग्रह है कि उनके दर्शक केवल शहरी मध्यम वर्ग के हैं।

3. **आयात-निर्यात**-उदारीकरण और भूमण्डलीकरण की नीतियों के बाद आयात-निर्यात में तेजी आई है। साथ ही अंतरराष्ट्रीय संगठनों (W.T.O., W.B., F.A.O., I.M.F., I.B.R.D., E.U.) के कार्यक्रम एवं नीतियां भी खूब खबरें बनती हैं। विभिन्न महत्वपूर्ण कंपनियों के सालाना और छः माही कारोबार और कामकाज को लेकर भी खबरें दिखाई जाती हैं।

4. **सर्विस सेक्टर**-इन दिनों सेवा क्षेत्र में काफी कारोबार हो रहा है। बैंकिंग, होटल व्यवसाय, अस्पताल, शिक्षा, इंश्योरेंस, हाऊसिंग, यातायात आदि क्षेत्रों में हर दिन कुछ न कुछ नया होता रहता है। इन क्षेत्रों से सम्बन्धित सरकार की नई नीतियां भी खबरों में छायी रहती हैं।

5. **सरकारी नीतियां**-केन्द्रीय एवं राज्य सरकारों के सालाना बजट सबसे बड़ी

आर्थिक खबरें होती हैं जब चैनल दूसरी खबरों को छोड़ पूरी तरह से इन पर केन्द्रित हो जाते हैं। इनके अलावा राष्ट्रीय आर्थिक सर्वेक्षण, रिजर्व बैंक की नीतियां, सिक्यूरिटीज एंड बोर्ड आफ इंडिया जैसे संगठनों की घोषणाएं आर्थिक खबरों के दायरे में आती हैं।

6. **कारपोरेट सेक्टर**-पिछले कुछ सालों में बड़ी कंपनियों में अपनी कारोबारी गतिविधियों में काफी इजाफा किया है। अब नये उत्पाद को बाजार में उतारना, बाजार के नये चलन, प्रतिस्पर्धा, कंपनियों की खरीद-बेंच ये सब भी आर्थिक खबरें बनती हैं। भारतीय उद्योग संगठनों जैसे C.I.I., F.I.C.C.I., P.H.D. आदि की गतिविधियाँ भी खबरों में छाई रहती हैं।

7. **उपभोक्ता बाजार**-उदारीकरण के बाद भारत में उपभोक्ता बाजार का विस्तार हुआ है। नये शॉपिंग मॉल हर शहर में बन गये हैं और समाचार चैनल उपभोक्ताओं को नये उत्पादों, स्कीमों, प्रदर्शनियों की जानकारी उपलब्ध कराता है। इस प्रकार की खबरें जीवन शैली के समाचारों के साथ मिलाकर दिखाई जाती हैं।

ध्यान देने लायक बातें

1. आर्थिक रिपोर्टिंग के दौरान सबसे बड़ी चुनौती इस विषय का जटिल होना है। इसलिए सबसे जरूरी है कि पत्रकार पहले अर्थव्यवस्था की एक बुनियादी समझ विकसित करें। ऐसा वो अर्थशास्त्र के विधिवत अध्ययन के अलावा समय-समय पर इस विषय से जुड़े समाचारों, लेखों एवं पुस्तकों को पढ़कर कर सकते हैं।

2. आर्थिक खबरों में एक बड़ी समस्या भाषा सम्बन्धी भी सामने आती है क्योंकि आर्थिक समाचारों की शब्दावली का बड़ा हिस्सा अंग्रेजी में होता है जिसे या तो सरल हिन्दी में अनुवाद करना होता है या फिर ज्यों का त्यों अंग्रेजी से उठा लिया जाता है, क्योंकि ये एक तकनीकी विषय है इसलिए अर्थ जगत से जुड़ी हुई महत्वपूर्ण अवधारणाओं एवं शब्दों को पहले अच्छी तरह समझ लेना आवश्यक है।

3. आर्थिक रिपोर्टिंग बड़ी-बड़ी कंपनियों और समाज के धनाढ्य तबके के इर्द-गिर्द घूमती है। पत्रकार की एक रिपोर्ट से किसी कम्पनी का सीधा हित और अहित जुड़ा हो सकता है। ऐसे में रिपोर्टर के सामने निष्पक्ष एवं संतुलित रहने की चुनौती आती है क्योंकि औद्योगिक समूह अपने हितों के लिए मीडिया को प्रभावित करने या खरीदने से बाज नहीं आता। कंपनियों के जनसम्पर्क अधिकारी पत्रकारों को समय-समय पर कीमती तोहफे देते हैं। ये पत्रकार के स्वविवेक पर निर्भर करता है कि वो रिपोर्टिंग के दौरान किसी कंपनी का पी.आर.ओ. बन जाए या एक

निष्पक्ष पत्रकार बना रहे।
4. दिनों-दिन विज्ञापन एवं समाचार में अंतर कम होता जा रहा है। कुछ चैनल कंपनियों से धन लेकर उनके उत्पादों का प्रचार अपने समाचार बुलेटिनों में खबर के रूप में करते हैं। ये चलन भारतीय बिजनेस चैनलों में इस कदर स्थापित हो गया है कि नये उत्पाद की खूबियां बताने वाले अनेक विशेष कार्यक्रम भी दिखाये जाने लगे हैं, जहाँ दर्शक के सामने यह तय कर पाना मुश्किल होता है कि वह विज्ञापन है या समाचार। चैनलों का तर्क है कि वे दर्शकों को उनके उपयोग की सूचनाएं उपलब्ध करा रही हैं। टेलीविजन पत्रकारों को अपनी खबरों के विजुअल में बेवजह कंपनियों के उत्पाद, लोगो और ब्रांड नाम का प्रचार करने से बचना चाहिए।
5. आर्थिक रिपोर्टिंग दौरान अक्सर यह देखा जाता है कि पत्रकार सभी खबरों को कंपनियों, उद्योगपतियों और देश के सुविधा सम्पन्न तबके के दृष्टिकोण से ही रिपोर्ट करते हैं। जबकि आर्थिक समाचारों का आम लोगों पर क्या असर पड़ेगा या उनकी क्या जरूरत है ये सब बातें पीछे छूट जाती हैं। सम्पन्न तबके के प्रति पूर्वाग्रह इस कदर देखने में आता है कि अधिकांश मसलों पर गरीब और ग्रामीण लोगों की राय को शामिल करना भी आवश्यक नहीं समझा जाता है।
6. आर्थिक खबरों में आंकड़ों की बहुतायत होती है जिन्हें प्रसारित करने से पहले कई बार जांच लेना आवश्यक है। अधिक आंकड़े या संख्याएं देने से खबर की रोचकता कम होती है इसलिए बेहतर संचार के लिए आंकड़ों को ग्राफिक्स की मदद से समझाना बेहतर होता है।

अपराध रिपोर्टिंग

अस्सी के दशक में दूरदर्शन समाचारों में अपराध समाचारों को कभी-कभार केवल तभी दिखाया जाता था जब वे किसी बड़ी हस्ती से जुड़े हों। लेकिन निजी चैनलों ने अपराध समाचारों को अपनी लोकप्रियता बढ़ाने का एक सस्ता एवं आसान जरिया बना लिया। अपराध समाचारों पर चैनलों की निर्भरता सन 2003 के बाद से अधिक बढ़ गई क्योंकि इस दौरान चैनल संख्या बढ़ने के साथ-साथ प्रतिस्पर्द्धा भी पहले से अधिक तीखी हो गयी।

अपराध रिपोर्टिंग का विकास

सारी दुनिया के अनुभव बताते हैं कि अपराध की घटनाएं वेदना, करुणा, दया, भय, इर्ष्या, सेक्स, विभत्सता, खौफ और दहशत का भाव लिए होती हैं इसलिए आसानी से मानवीय संवेदनाओं को गहरे तक छू जाती हैं। यही कारण है कि चैनल सनसनीखेज खबरों की खोज में बार-बार अपराध की तलाश में निकल पड़ते हैं। सन

1995 में नैना साहनी हत्याकांड ने सारे देश को झकझोर दिया था। अपनी विभत्सता के कारण इसे 'तंदूर कांड' का नाम दिया गया। दिल्ली में युवक कांग्रेस के एक कार्यकर्त्ता ने अपने मित्र के साथ मिलकर कथित रूप से पहले नैना साहनी की हत्या की, फिर उसके शरीर के टुकड़े तंदूर में डालकर जलाने लगे। लेकिन तंदूर रेस्त्रां के पास से गुजरते दिल्ली पुलिस के एक जवान ने उनके इस कृत्य को भांप लिया और वे पकड़े गये। ज़ी टीवी ने इस घटना के शॉट्स दिखाए तो दर्शक चौंक गए।

अपराध समाचारों पर केन्द्रित पूरे कार्यक्रम की शुरूआत करने का श्रेय भारत में सुहेब इतिलयासी को जाता है। सन् 1995 में ज़ी टीवी पर प्रसारित इंडियाज मोस्ट वांटेड नामक ये कार्यक्रम वैसे तो विदेशी कार्यक्रमों की नकल थी लेकिन भारतीय दर्शकों ने इसे खूब पसन्द किया। सुहेब इलियासी की प्रस्तुति का अंदाज और अपराधियों को पकड़वाने का उनका तरीका जल्दी ही घर-घर की चर्चा बन गया। हालांकि बाद में स्वयं सुहेब इलियासी भी अपनी पत्नी की मौत के मामले में विवादों में घिर गये थे। लेकिन इस कार्यक्रम ने देश में अपराध रिपोर्टिंग के नए प्रतिमान रच दिए।

सन 2000 में दिल्ली में मंकी मैन की अफवाह को चैनलों ने खूब हवा दी। अजीबोगरीब खबर को दिखाने की होड़ में चैनलों हास्यास्पद रिपोर्टिंग शुरू कर दी थी। आतंकवादी हमले भी अपराध समाचारों की श्रेणी में ही आते हैं। लगभग सभी चैनलों ने छोटा राजन, छोटा शकील और दाऊद इब्राहिम की डी कंपनी को विस्तार से बार-बार अपनी खबर बनाया। डी कंपनी से जुड़ी छोटी से छोटी सूचनाओं को भी चैनल पूरे विश्लेषण के साथ विशेष कार्यक्रमों में पेश करते रहे। दरअसल, सन 1993 के मुम्बई धमाकों के तार डी कंपनी से जुड़ने के बाद देश की सुरक्षा एजेंसियां इनके पीछे लग गयी थी। उसके बाद लोगों में भी इसके बारे में जिज्ञासा पैदा होना स्वाभाविक थी। 22 दिसम्बर 2000 की रात को लश्कर-ए-तैयबा के दो आतंकवादी लालकिले में घुस गए और तीन जवानों को मार डाला।

अगले साल 13 दिसम्बर 2001 में आतंकियों ने संसद पर हमला किया। जिसकी रिपोर्टिंग भारतीय टेलीविजन पत्रकारिता के इतिहास में एक यादगार घटना बन गयी। एक घंटे तक चली गोलाबारी को टीवी पत्रकारों ने ज्यों-का-त्यों कैमरे में कैद कर लिया, क्योंकि उस समय सभी चैनलों के रिपोर्टर वहाँ मौजूद थे।

सन 2004 में एमएमएस का मामला खूब उछला। दिल्ली के एक प्रतिष्ठित स्कूल के बच्चे ने अपनी ही क्लासमेट छात्रा का अश्लील एमएमएस बनाकर दूसरे लोगों को भेज दिया। इसकी सीडी बनाकर बाजार में भी बेची गयी। इस सारे मसले को चैनलों ने खूब कवरेज दी। स्वाभाविक है कि नए जमाने में अपराधों का स्वरूप भी बदल रहा है। जम्मू में अनारा की सीडी को भी चैनलों ने खूब दिखाया। उससे

जुड़े अन्य विषयों पर गंभीर चर्चा करने के स्थान पर चैनल कोई भी अश्लील व सनसनीखेज दृश्य दिखाने में अत्यधिक रुचि दिखाते थे।

भारतीय जनता पार्टी के नेता प्रमोद महाजन की हत्या से जुड़ी खबरों को चैनलों ने जोरदार ढंग से दिखाया। उससे भी अधिक सनसनीखेज रहा उनके बेटे राहुल महाजन का नशीली दवाओं के सेवन में लिप्त पाया जाना और प्रमोद महाजन के निजी सचिव विवेक मोइत्रा की नशीली दवाओं के अत्यधिक सेवन से मौत होना। इस केस के एक आरोपी ने जब दिल्ली से भागकर जम्मू स्थित आजतक के स्टुडियो में आत्मसमर्पण किया तो ये एक ऐतिहासिक घटना बन गयी। दरअसल, इस पूरे घटनाक्रम का आज तक ने सीधा प्रसारण किया और टीवी देखकर पुलिस आजतक स्टुडियो में आई और आरोपी को गिरफ्तार कर लिया।

ध्यान रखने लायक बातें

- अपराध की खबरों को कवर करने के लिए रिपोर्टर के पास कानून की आधारभूत जानकारी होना आवश्यक है। इसके अलावा उसे ये भी मालूम होना चाहिए कि देश की पुलिस और कानून व्यवस्था कैसे काम करती है। पुलिस विभाग का ढांचा, अधिकारियों के पदनाम, उनके अधिकार और कार्यप्रणाली क्या हैं। सीबीआई, रॉ, आई.बी. आदि विभिन्न जांच एजेंसियों की बनावट, कार्य क्षेत्र और कार्यप्रणाली क्या है।
- अपराध रिपोर्टर के लिए पुलिस विभाग समाचारों का प्रमुख स्रोत होता है। इसके अलावा अस्पताल, अग्निशमन विभाग, पीड़ित पक्ष, समाचार पत्र और समाचार एजेंसियां भी अपराध समाचारों की जानकारी जुटाने में मदद करते हैं। लम्बे समय तक कुछ केसों की रिपोर्टिंग करते-करते रिपोर्टर के पुलिस और अपराध जगत से जुड़े लोगों से नजदीकी सम्बन्ध बन जाते हैं। ऐसे में उसे सतत ये ध्यान रखना पड़ेगा कि उसका काम केवल अपराध को रिपोर्ट करना है। अपराध में किसी भी प्रकार की लिप्तता रिपोर्टर और चैनल दोनों के लिए बदनामी का कारण बन सकती है। निष्पक्ष, निर्लिप्त और संतुलित बने रहना अनेक बार पुलिस और अपराधियों के दबाव में कठिन लगने लगता है। जबकि कई बार कुछ रिपोर्टर लालच में आकर अपराध की एकतरफा रिपोर्टिंग करने के लिए बहक जाते हैं।
- अपराध समाचारों में दृश्यों का उपलब्ध होना एक प्रमुख समस्या है। जाहिर है रिपोर्टर अपराध घटित होने के बाद ही उसे कवर करने के लिए घटनास्थल पर पहुंचता है। ऐसे में उसे अन्य तस्वीरों से ही काम चलाना पड़ता है। जैसे घटना स्थल की बारीकियां, जांच करते पुलिस अधिकारी,

मृतक के पुराने फोटो या फिर घटना का नाट्य रूपान्तरण।

- घटनास्थल के वीभत्स दृश्यों को दिखाने से परहेज करना चाहिए। कत्ल के बाद खून से लथपथ शव, क्षत-विक्षत शरीर के अंग, कटा हुआ सिर, रोते-बिलखते परिवारजन दर्शकों विशेषकर बच्चों के लिए बुरा असर डालने वाले हो सकते हैं। ऐसे दृश्यों को ब्लेक एंड व्हाइट, नेगेटिव फिल्टर या डिफोकस रूप में दिखाया जाना चाहिए।
- बलात्कार की खबरों में पीड़ित का नाम और पहचान उसकी सामाजिक प्रतिष्ठा बचाने के लिए छुपाया जाता है। यदि पीड़ित की बाइट का उपयोग करना है तो उसे भी मोजैक करके दिखाया जाना चाहिए। इसके अलावा अपराधों, जिसमें पीड़ित की प्रतिष्ठा दांव पर लगी हो, में भी पत्रकारों को ध्यानपूर्वक रिपोर्टिंग करनी चाहिए। एक छात्रा के अश्लील एमएमएस मामले में चैनलों की इस बात के लिए खूब आलोचना हुई थी। क्योंकि ना केवल उन्होंने स्कूल का नाम प्रसारित किया बल्कि छात्रा और आरोपी किशोरी की नाम-पहचान भी सार्वजनिक कर दी थी।
- अपराध समाचारों को रोचक बनाने के लिए उसका नाट्य रूपान्तरण काफी प्रचलित है, लेकिन अकसर देखने में ये आता है कि ये नाट्य रूपान्तरण असली अपराध से भी अधिक वीभत्स, सनसनीखेज और रोंगटे खड़े कर देने वाले होते हैं। रि-कंसट्रक्शन में काम करने वाले कलाकार अपराध को अधिक बिकाऊ बनाने में मदद करते हैं। अकसर साऊंड और लाइट इफैक्ट की मदद से फिल्मी मसाला बना दिया जाता है। साथ ही इस प्रकार के कार्यक्रमों में कैमरा संचालन, वॉयस ओवर और स्क्रिप्ट में शब्दों का चयन विशेष किस्म का रहता है जो छोटी सी सामान्य घटना को भी दिलचस्प और भड़काऊ बना देती है।
- नाट्य रूपान्तरण बनाते समय जहां तक सम्भव हो तथ्यों के साथ खिलवाड़ ना करें। सचाई को सामने लाने के लिए कलाकारों से स्वाभाविक भूमिका निभाने को कहें। ऑवर एक्टिंग या डायलॉग के फिल्मी अंदाज से बचें। नाट्य रूपान्तरण का सुपर जरूर लगाएं ताकि दर्शक सही जानकारी के साथ उसे, देखें और भ्रमित ना हों।
- अपराध कार्यक्रमों में अकसर रिपोर्टर और एंकर का रवैया और अंदाज एक पत्रकार का ना होकर पुलिस एवं जांच अधिकारी, जासूस, वकील, जज और अपराधी का हो जाता है। जबकि यह नहीं भूलना चाहिए कि मूलतः हमारा कार्य घटना की सही जानकारी निष्पक्ष व संतुलित रूप से दर्शकों तक पहुंचाना है। अत्यधिक नाटकीय अंदाज दर्शकों को कुछ दिनों तक भले ही

लुभाए, लेकिन अंततः दर्शक भी घटनाओं को सही रूप में देखना भी पसन्द करते हैं। अपराध की रिपोर्ट यदि सनसनी पैदा करे तो ये उसका स्वाभाविक गुण कहा जाएगा, लेकिन पत्रकार प्रयास से छोटे अपराधों को भी खौफ पैदा करने वाला बनकर पेश करें तो ये अनैतिक होगा। दरअसल, इस प्रकार चैनल कुछ हद तक अपराध से दर्शकों में दहशत पैदा करते हैं। किशोरों को अपराध का सिलसिलेवार विवरण दिखाकर जुर्म करने के नए तरीके सिखा रहा है, जबकि चैनलों का तर्क है कि जो समाज में है उसी को वह दिखा रहा है। बल्कि वे तो लोगों को अपराध के प्रति सचेत कर रहे हैं।

खोजी पत्रकारिता

एक पत्रकार का हमेशा ये प्रयास रहता है कि सच को सामने लाया जाए क्योंकि अकसर सच वैसा नहीं होता जैसा ऊपर से दिखता है। तथ्यों को गहरे तक खोज कर सच को उजागर करना अनेक खबरों की कवरेज के दौरान चुनौती बन जाती है। अपराध और भ्रष्टाचार के अनेक मामलों में पत्रकार का अकसर ऐसी ही चुनौती से सामना होता है। रिपोर्टिंग के परंपरागत तरीकों को छोड़कर नये रास्ते अपनाने पड़ते हैं। खोज की ये मानसिकता अंततः उस पत्रकार को चर्चा में भी ला देती है। बाजार की प्रतिस्पर्धा ने समाचार चैनलों को अधिकाधिक खोजी पत्रकारिता की तरफ धकेल दिया है क्योंकि इसके माध्यम से एक्सक्लूसिव खबरें उपलब्ध हो पाती हैं जिससे ना केवल चैनल की दर्शकता बढ़ती है बल्कि उसके रिपोर्टरों का भी नाम होता है।

खोजी पत्रकारिता का इतिहास

सन् 1972 में 'वाशिंगटन पोस्ट' समाचार पत्र के दो रिपोर्टर बुडवर्ड और वर्नस्टीन वहां की डेमोक्रेटिक पार्टी के ऑफिस में जासूसी की एक घटना की जांच कर रहे थे। इसी सिलसिले में उन्हें पता चला कि पकड़े गए पांच लोगों का सम्बन्ध सत्ता में बैठे राष्ट्रपति और उसकी सरकार से है। दरअसल, बाद की खोजी रिपोर्टों से मालूम हुआ कि डैमोक्रेटिक पार्टी के उम्मीदवार मैक्वार्न की सरकारी मशीनरी का कार्यालय वाटरगेट स्थित था। इसके अलावा व्हाइट हाऊस के कुछ आला अफसरों के भी फोन टेप करने की पुष्टि बाद की खबरों में हुई। पूरे मामले पर इतना बवाल मचा कि एक जांच कमेटी का गठन हुआ, जिसने इस पूरे मामले के लिए राष्ट्रपति निक्सन को जिम्मेदार ठहराया। नतीजतन दुनिया में पहली बार दो पत्रकारों की खोजी रिपोर्ट से अमेरिका के राष्ट्रपति को अपने पद से इस्तीफा देना पड़ा।

भारत में इंडियन एक्सप्रेस अखबार अपने खोजी पत्रकारिता के लिए जाना जाता है। इसके एक रिपोर्टर अश्विनी सरीन दूरदराज के एक इलाके से कमला नाम की एक महिला को खरीद कर दिल्ली ले आए और पत्रकारों के सामने पेश किया। दरअसल, इस पूरी घटना का उद्देश्य ये साबित करना था कि भारत के गांवों में अब भी महिलाओं की खरीद बेच का सिलसिला जारी है। ये घटना और रिपोर्ट काफी चर्चित रही। बाद में इसको लेकर 'कमला' नामक एक फिल्म भी बनाई गयी।

अश्विनी सरीन ही बाद में जानबूझकर गलती करके तिहाड़ जेल सजा काटने गए। योजनाबद्ध रूप से उनकी जमानत नहीं कराई गयी। उद्देश्य था दिल्ली की तिहाड़ जेल के अन्दर की सचाई को देश के सामने लाना। जेल से बाहर आने के बाद अश्विनी सरीन ने तिहाड़ के अंदरूनी हालात बयां करती श्रृखंलाबद्ध रिपोर्ट लिखीं। इस प्रकार के कदम पत्रकार केवल तभी उठते हैं जब उन्हें ये यकीन हो जाए कि सच को रिपोर्टिंग के परम्परागत तरीकों से उजागर नहीं किया जा सकता।

पत्रकार विनीत नारायण ने अपनी वीडियो मैगजीन 'कालचक्र' के जरिए बोफोर्स मामले को उजागर किया। इण्डियन एक्सप्रेस की पत्रकार सुचेता दलाल ने हर्षद मेहता के हवाला कांड (1992) का भंडाफोड़ किया।

ध्यान रखने लायक बातें

1. रिपोर्टर को चाहिए कि जब भी वे किसी ऐसे संदेहास्पद मसले की तह में जाने की योजना बनाए जो सुरक्षा की दृष्टि से खतरनाक हो या जिसमें किसी प्रकार की जोखिम हो तो पहले अपने वरिष्ठ पत्रकार या संपादक को विश्वास में ले ले ताकि संकट की घड़ी में वे उसकी मदद कर सकें। वैसे अधिकांश बड़े खोजी अभियान चैनल के वरिष्ठ लोग तय करके ही चलाते हैं।
2. किसी भी खोजी रिपोर्ट के दिखाए जाने से कुछ लोगों और संगठनों के हित स्वाभाविक रूप से आहत होते हैं। जाहिर है वे प्रतिक्रिया स्वरूप कोर्ट का दरवाजा खटखटाएं। ऐसे में न्यायिक उलझनों से बचने के लिए किसी भी खबर की सच्चाई के पुख्ता सबूत रिपोर्टर और चैनल को अपने पास आडियो-वीडियो या टैक्स्ट डाटा के रूप में अपने पास रखने चाहिए।
3. खोजी पत्रकारिता को निजी रंजिश निकालने, बदला लेने और दबाव बनाकर काम करवाने का हथकंडा ना बनाएं। खोजी रिपोर्ट गहरी, पूर्वाग्रह रहित और तथ्यात्मक रूप से सही ही नहीं तो चैनल कुछ समय के लिए तो चर्चित हो सकता है लेकिन अंततः सच उजागर होने के बाद उसकी किरकिरी भी होगी और साख पर बट्टा भी लगेगा।

4. कुछ पत्रकार खोजी रिपोर्ट में सनसनीखेज विजुअल उपलब्ध ना होने के बाद उन्हें कृत्रिम रूप से बनाते हैं। जैसे अवैध वन कटाई के दृश्यों के लिए स्वयं पैसा देकर कुछ लोगों से कैमरे के सामने पेड़ करवाना या फिर रहस्योद्घाटन करने वाली बाइट देने के लिए रिश्वत देना। ऐसे में बाइट में बोलने वाले के चेहरे को या तो ढंक दिया जाता है या फिर उसे मोजेक कर दिया जाता है। एक पत्रकार ने बिहार के गांवों में ग्रामीण सुरक्षा समितियों की कवरेज के दौरान घूंघट वाली महिलाओं को इकट्ठा कर उनके हाथ में बंदूके थमा दी और उन्हें कैमरे के सामने दौड़ने को कहा। ऐसा उस रिपोर्टर ने केवल अपनी रिपोर्ट को सनसनीखेज बनाने के लिए किया लेकिन रिपोर्ट हकीकत से दूर चली गयी और दृश्य बनावटी प्रतीत हो गए। दरअसल, ऐसे मामलों में दर्शकों की समझ को कम करके नहीं आंकना चाहिए।
5. खोजी रिपोर्ट में कृत्रिम रूप से ऑडियो इफेक्ट डालना और अन्य स्टोरी के विजुअल का संदर्भ रहित उपयोग करना भी नैतिकता के खिलाफ है। बूथ की आवाज कैमरा दूर होने के कारण भली-भांति रिकोर्ड नहीं हो पायी तो एडिटर ने अपने ऑडियो इफेक्ट के टेप से एक नहीं अनेक गोलियों की दमदार ठांय-ठांय की आवाज पृष्ठभूमि में डाल दी। स्टोरी तो जानदार दिखने लगी लेकिन सच का गला घोंट दिया गया। इसी प्रकार एक बार बीबीसी को सार्वजनिक रूप से माफी केवल इसलिए मांगनी पड़ी थी क्योंकि कश्मीर सम्बन्धी एक रिपोर्ट में उसने अफगानिस्तान के गृह युद्ध के शोट्स का प्रयोग कर दिया था। दरअसल, उन शोट्स में आतंकवादी मोर्टार आदि भारी हथियारों का उपयोग कर रहे थे और रिपोर्ट इनके जरिए कश्मीर को एक गम्भीर अंतरराष्ट्रीय मुद्दे के रूप में पेश कर रही थी।
6. कुछ पत्रकार खोजी रिपोर्टिंग केवल फटाफट चर्चित होने के लिए करते हैं। ये पत्रकार यदि कोई सनसनीखेज समाचार नहीं मिले तो खबर बनाने से भी नहीं हिचकते। ऐसी ही रिपोर्ट में रिपोर्टर ने पुलिस के साथ सांठ-गांठ करके एक योजना बनाई। रिपोर्ट के मुताबिक रिपोर्टर को रात दो बजे खेतों में स्थित एक कमरे में दो नक्सलियों के छुपे होने की खबर मिलती है। पुलिस के साथ रिपोर्टर भी घटनास्थल की तरफ कूच करते हैं। पुलिस जीप के पीछे सूनसान खेतों में रिपोर्टर कैमरा टीम के साथ एक कमरे की तरफ बढ़ते हैं। एक छोटे से ऑपरेशन के बाद पुलिस जवान दरवाज़ा तोड़ते हैं और अन्दर से दो युवकों को गिरफ्तार कर लेते हैं। दरअसल गिरफ्तार युवक भी पुलिस के जवान ही थे। उनके चेहरे पर कपड़ा बांधा गया था और सारा घटनाक्रम उस रिपोर्टर और पुलिस की मिलीभगत का नतीजा था।

7. प्रभावशाली लोगों या असामाजिक ताकतों के गलत कार्यों को शूट करना काफी जोखिम भरा कार्य होता है। इस कार्य में जान का खतरा हो सकता है। इसके अलावा अपने कैमरे और अन्य सामान की सुरक्षा भी रिपोर्टर की अहम चिंता होती है। इसलिए सब कुछ योजनाबद्ध होना चाहिए। इस प्रकार की शूटिंग के लिए निहायत छोटे या खुफिया कैमरों का उपयोग किया जाना चाहिए। कई बार घटनाओं को इतनी दूरी से भी शूट किया जाता है कि दूसरे व्यक्ति का ध्यान उस पर ना जाए। ऐसे में टेली जूम लैंस उपयोग में लाए जाते हैं। एक तरीका किसी चलती हुई गाड़ी से शूट करने का भी है जिसमें खतरा भांपते ही बचकर निकला जा सके। कुछ कैमरा पर्सन कैमरे की रिकोर्डिंग ऑन करके ऐसे हाव भाव के साथ घटना स्थल पर चले जाते हैं जिससे कि किसी को पता ही ना चले कि रिकोर्डिंग ऑन है। ऐसे मामलों में कैमरे की लाइट को भी ऑफ कर दिया जाता है।

स्टिंग ऑपरेशन

खोजी पत्रकारिता के विस्तार के रूप में पत्रकार नई तकनीक का इस्तेमाल करके स्टिंग आपरेशन्स को अपना हथियार बनाने लगे हैं। खूफिया कैमरे छोटे आडियो रिकार्डर की मदद से पत्रकार किसी भी भ्रष्टाचार को उजाकर करने के लिए योजनाबद्ध तरीके से कार्य करते हैं। स्टिंग शब्द अमरीकी बोलचाल के शब्द से उपजा है। सत्तर के दशक में ये शब्द अमरीकी पुलिस द्वारा उन योजनाबद्ध कार्रवाईयों के लिए किया जाने लगा, जिनमें गुप्त रूप से अपराधियों को फंसाने के लिए जाल बिछाया जाता था। कई बार अपराधियों को धोखा देकर पुलिस और जांच एजेंसियां फांस लेती थी। पिछले कुछ सालों में भारत में भी स्टिंग आपरेशन समाचार चैनलों के बीच काफी लोकप्रिय हो गये हैं। नशीली दवायें बेचने वालों से दवाएं खरीदना, वैश्याओं और उनके दलालों का पर्दाफाश करने के लिए पत्रकारों द्वारा ग्राहक बनकर जाना या फिर कोई काल्पिनक कम्पनी बनाकर रिश्वत की पेशकश करना इस प्रकार के उदाहरण हैं जिनमें पत्रकारों ने गलत एवं अनैतिक कार्यों को उजागर किया है। भारतीय संदर्भ में इसे डंकमार पत्रकारिता के रूप में भी जाना जाता है।

प्रमुख स्टिंग आपरेशन

1. **रक्षा सौदों में दलाली (19 मार्च 2001)**-देश का पहला स्टिंग आपरेशन तहलका डाट कॉम बेबसाइट ने किया। तरूण तेजपाल के नेतृत्व में अनिरुद्ध बहल और सेम्युअल ने ऑपरेशन वेस्ट एंड नामक इस काम को

अंजाम दिया। इसमें एक काल्पिनक हथियार बेचने वाली कंपनी के प्रतिनिधि बनकर पत्रकार नेताओं और सैन्य अधिकारियों के पास गये और मनचाहे रक्षा सौदे के लिए उन्होंने रिश्वत और वैश्याओं की पेशकश की जिसे अनेक लोगों ने स्वीकार कर लिया। बाद में इस वीडियो फुटेज को वेबसाइट और टेलीविजन चैनल पर प्रसारित किया गया। इस ऑपरेशन के बाद पूरे देश में बवाल मच गया। अनेक नेताओं को अपने पदों से हाथ धोना पड़ा, सेना अधिकारियों के खिलाफ जांच बैठायी गयी। साथ ही तहलका डाट कॉम के खिलाफ भी सरकार ने काफी सख्त रवैया अपनाया। एक के बाद एक केस सरकार की तरफ से तरुण तेजपाल और उनकी कंपनी तहलका डाट कॉम पर दायर किये गये अनेक कर्मचारियों को जेल में डाल दिया गया। कम्पनी के 133 में से केवल चार सदस्य ही बचे रह गये। आखिरकार कंपनी बन्द करनी पड़ी। बाद में तरुण तेजपाल ने तहलका नामक एक समाचार पत्र शुरू किया। इस प्रकरण के बाद पूरे देश में स्टिंग आपरेशन की नैतिकता को लेकर काफी चर्चा हुई। तरुण तेजपाल को पत्रकारों द्वारा वेश्याओं का इस्तेमाल करने के लिए माफी मांगनी पड़ी। लेकिन उनकी इस गलती के कारण इस ऑपरेशन को किसी भी तरीके से कम करके नहीं आंका जा सकता।

2. **बिक्री कर विभाग की घूसखोरी (9 मार्च 2005)**-आज तक ने स्टिंग आपरेशन के जरिये दिल्ली सरकार के बिक्री कर विभाग में बड़े पैमाने पर चल रही घूसखोरी का खुलासा किया। चैनल ने विभाग के 82 अधिकारियों को घूस लेते हुए टेलीविजन पर दिखाया। रिपोर्ट प्रस्तुत होने के बाद सरकार ने कुछ अधिकारियों को निलम्बित कर दिया।
3. **कास्टिंग काऊच मामला (14 मार्च 2005)**-इंडिया टीवी ने शक्ति कपूर से जुड़े इस स्टिंग आपरेशन का प्रसारण किया, जिसमें इंडिया टीवी की एक रिपोर्टर फिल्म स्टार शक्ति कपूर के पास काम मांगने गईं और इस दौरान शक्ति कपूर ने काम के बदले शारीरिक सम्बन्ध बनाने की बात कही। अभिनेता शक्ति कपूर ने कैमरे के सामने कहा कि अभिनेत्री बनने की इच्छुक हर लड़की को फिल्मी दुनिया की बड़ी हस्तियों के साथ सोना पड़ता है। यही नहीं शक्ति कपूर ने कई मशहूर अभिनेत्रियों के नाम भी लिये और कहा कि वे भी इसी रास्ते से ऊपर पहुंची हैं।
4. **कास्टिंग काऊच मामला (17 मार्च 2005)**-कुछ दिनों बाद टीवी स्टार अमन वर्मा के बारे में भी एक टेप इंडिया टीवी पर दिखाया गया, जिसमें अमन वर्मा ने फिल्म में काम मांगने गई एक लड़की का यौन शोषण करना चाहा। पकड़े

जाने पर इस महिला रिपोर्टर से अमन वर्मा ने पैर पकड़कर माफी भी मांगी। नतीजतन इंडिया टीवी ने इस दौरान टीआरपी में प्रथम स्थान प्राप्त कर लिया। पूरे देश में इस मसले पर गर्मागर्म बहस हुई। चैनल के मालिक रजत शर्मा अपने पक्ष में अधिक लोगों को नहीं जुटा पाये।

5. **तिहाड़ जेल में घूसखोरी (5 मई 2005)**-इस स्टिंग आपरेशन के जरिये एक चैनल ने कैदियों को विशेष सुविधाएं देने के नाम पर तिहाड़ जेल में ली जाने वाली घूस का भंडाफोड़ किया। खूफिया कैमरे की मदद से खुलासा किया गया कि किस प्रकार कैदी घूस देकर आराम से जीवन व्यतीत करते हैं। रिपोर्ट के प्रसारण के बाद सरकार ने तिहाड़ जेल के दो डिप्टी सुप्रिटेंडेंट, तीन असिस्टेंट सुप्रिटेंडेंट और एक वार्डन को निलम्बित कर दिया।
6. **ऑपरेशन दुर्योधन (12 दिसम्बर 2005)**-आज तक ने आपरेशन दुर्योधन के टेप प्रसारित किये। ये ऑपरेशन कोबरा कोस्ट डाट कॉम के अनिरुद्ध बहल और सुहासिनी राज द्वारा किया गया था। इन पत्रकारों ने नार्थ इंडियन स्माल मैन्युफैक्चरर्स एसोसियेशन (निस्मा) नामक एक काल्पनिक संस्था बनाई और उसके प्रतिनिधि बनकर कुछ सांसदों से सम्पर्क किया। करीब आठ महीने तक की गई गहन छानबीन के दौरान छप्पन वीडियो टेप और 70 आडियो टेप रिकार्ड किये गये। इन पत्रकारों ने संसद में सवाल पूछने के एवज में सांसदों को रिश्वत की पेशकश की जिसे स्वीकार कर लिया गया। संसद में कुल साठ सवाल पूछे जाने थे जिनमें से लॉटरी सिस्टम के जरिए 25 सवालों का चयन कर लिया गया। टेप में खुले तौर पर अनेक सांसदों और उनके निजी सहायकों द्वारा रिश्वत लेना दिखाया गया। टेप दिखाने के बाद सांसदों के इस शर्मनाक आचरण के खिलाफ बंसल कमेटी जांच के लिए बैठाई गई, जिसमें बाद में 11 सांसदों को निष्कासित करने की सिफारिश की और इतिहास में पहली बार पत्रकारों के भंडाफोड़ के बाद एक साथ 11 सांसदों की संसद सदस्यता समाप्त कर दी गई। अनिरूद्ध बहल ने इससे पहले स्टिंग आपरेशन के जरिये पूर्व क्रिकेट खिलाड़ियों की मदद से मैच फिक्सिंग मामले को भी उजागर किया था।
7. **ऑपरेशन चक्रब्यूह**-कुछ दिनों बाद आपरेशन चक्रब्यूह का प्रसारण स्टार न्यूज द्वारा किया गया जिसमें सांसद निधि की राशि के दुरूपयोग का खुलासा किया गया। इस आपरेशन में एक काल्पिनक एनजीओ के प्रतिनिधि बनकर पत्रकार कुछ सांसदों के पास गये और उनके सामने उनके संसदीय क्षेत्र में प्रोजेक्ट शुरू करने का प्रस्ताव रखा जिसके एवज में एक निश्चित राशि रिश्वत के रूप में दी गई। अनेक सांसदों ने इस प्रकार के प्रोजेक्ट को तुरन्त

स्वीकार कर लिया। इन घटनाओं के बाद भारतीय पत्रकारिता जगत में एक के बाद एक स्टिंग आपरेशन का तांता लग गया। खूफिया कैमरों को लेकर पत्रकार सामाजिक, राजनैतिक जीवन के हर हिस्से में भ्रष्टाचार को उजागर करने के लिए तत्पर हो उठे।

कई मामलों में दूसरे लोग भी इस प्रकार के वीडियो या आडियो टेप प्रसारित करवाने के लिए चैनलों से सम्पर्क साधने लगे। जूदेव टेप कांड (16 नवम्बर 2003) में सरकार ने वन एवं पर्यावरण राज्य मंत्री दिलीप सिंह जूदेव को एक होटल के कमरे में रिश्वत लेते हुए दिखाया गया। जिसमें उन्होंने कहा- ''पैरा खुदा तो नहीं पर खुदा कसम खुदा से कम भी नहीं'' टेप दिखाने के बाद उन्हें कैबिनेट से इस्तीफा देना पड़ा। करीब तीन साल पहले शूट की गई एक सीडी को 11 अक्टूबर 2004 को दिखाया गया जिसमें स्वामी नारायण मंदिर के स्वामियों को एक कॉलगर्ल के साथ रंगरलियां मनाते हुए दिखाया गया था। बडोदरा के पास डाभौल मंदिर के इन स्वामियों की सीडी दिखाई जाने के बाद स्वामी नारायण समुदाय में बवाल मच गया।

इसी प्रकार इनाडू टीवी ने एक सीडी में छोटानागपुर (झारखंड) के आईजी पी. एस.नटराजन को एक आदिवासी महिला का दैहिक शोषण करते हुए दिखाया गया। नटराजन को इस महिला से जुड़े एक मामले की जांच का जिम्मा दिया गया था। महिला ने परिवार से विद्रोह कर एक विजातीय युवक से शादी की थी और बाद में वह सामूहिक बलात्कार की शिकार हुई थी। इंडिया टीवी ने फरवरी 2005 में विधानसभा चुनावों के दौरान अनेक नेताओं के सेक्स टेपों का प्रसारण किया। इसी प्रकार चुनावों से पहले भारतीय जनता पार्टी के महासचिव संजय जोशी की अश्लील सीडी सार्वजनिक रूप से जारी की गई। स्वतंत्रता सेनानियों द्वारा रेल यात्रा की मुफ्त सुविधा के दुरुपयोग का भी स्टिंग आपरेशन के जरिये खुलासा किया गया। एनडीटीवी ने मृतक का शव देने के लिए दिल्ली पुलिस द्वारा उसके रिश्तेदारों से रिश्वत वसूलने की तस्वीरें दिखाईं। कुछ मामलों में आपसी रंजिश निकालने के लिए दूसरों के खिलाफ सीडी जारी किये जाने लगे। अनेक लोग अपने विरोधियों के फोन भी टेप करने लगे।

स्टिंग आपरेशन की नैतिकता

कुछ लोगों ने स्टिंग आपरेशन की यह कहकर आलोचना की कि ये पत्रकारिता नहीं एंट्रेपमेंट है। यानी पहले हम किसी को गलती के लिए उकसाते हैं और जब लालच के कारण कोई व्यक्ति अपराध करने के लिए तैयार हो जाता है तो उसे कैमरे में कैद कर लेते हैं। काल्पिनक कम्पनी या संगठन बनाकर इस

प्रकार पत्रकार केवल अपराध करने की इच्छा का सबूत भी जुटाते हैं। आलोचकों के मुताबिक स्टिंग आपरेशन असली घटनाओं पर ही होना चाहिए। एक आलोचना यह भी थी कि सभी चैनल इस प्रकार के ऑपरेशन प्रतिस्पर्द्धा और टीआरपी की होड़ में कर रहे हैं। इसलिए इस प्रकार के सनसनीखेज कार्यक्रमों के जरिए किसी के निजी जीवन में दखलंदाजी स्वस्थ पत्रकारिता नहीं है। निश्चित तौर पर पत्रकारिता का उद्देश्य समाज हित है और स्वस्थ पत्रकारिता व्यापक जन सरोकारों से जुड़ी होती है। किसी के निजी जीवन में तांक-झांक करने की इजाजत किसी पत्रकार को नहीं दी जा सकती, लेकिन सार्वजनिक हस्तियों के निजी और सार्वजनिक जीवन के बीच काफी कम अन्तर होता है। ऐसे में अपने पदों एवं जनता के पैसे के दुरूपयोग को रोकने के लिए स्टिंग ऑपरेशन करना जायज कहा जायेगा। जहां तक सनसनी फैलाने की बात है तो किसी भी पर्दाफाश के बाद उसकी व्यापक चर्चा तो होती ही है। लेकिन कोई चैनल केवल अपनी टीआरपी बढ़ाने या सुखियों में छा जाने के लिए इस प्रकार के हथकंडों का सहारा लेता है तो वह बहुत दिन तक ऐसा नहीं कर सकता है क्योंकि दर्शक जल्दी ही चैनल की नीयत को भांप लेंगे।

विकास पत्रकारिता

अचरज की बात है कि भारत जैसे विकासशील देश में समाचार चैनलों के लिए विकास कोई खबर नहीं है। शोध बताते हैं कि टेलीविजन पत्रकार विकास की खबरों को प्राथमिकता नहीं देते हैं। स्वाभाविक है कि विकास की पूरी बहस गरीबों और गांव से जुड़ी हुई है। वे न तो आकर्षक हैं और न ही उनकी बाजार में पहुंच है। ऐसे में पत्रकारिता के उद्देश्यों को पुनर्भाषित करने की आवश्यकता है। विकास पत्रकारिता की प्रकृति गहरी जांच परक रिपोर्टिंग की है। विकास की खबरें कवर करने के लिए अधिक समय और ज्यादा धन की आवश्यकता होती है क्योंकि विकास कोई अचानक घटित होने वाली घटना नहीं बल्कि एक धीमी प्रक्रिया है। इसकी तुलना में राजनेताओं और सेलिब्रिटी की बाइट ज्यादा सस्ती और सुलभ खबर बनती है। पत्रकार मानते हैं कि विकास की खबरें कम बिकाऊ हैं। किसी देश के विकास को परिभाषित करने के लिए हमें उसके सभी नागरिकों के जीवन के सभी पहलुओं में प्रगति का अध्ययन करना होगा। विकास केवल आर्थिक नहीं है बल्कि इसमें सामाजिक, राजनैतिक, सांस्कृतिक सभी कारक आवश्यक हैं।

विकास के मुद्दे

अक्सर किसी देश का आर्थिक विकास अर्थशास्त्री वहां की प्रति व्यक्ति

आय, राष्ट्रीय आय, राष्ट्रीय उत्पादन, उपभोग का स्तर, रोजगार की स्थिति और पूंजी निवेश की मात्रा से लगाते हैं। लेकिन विकास के आर्थिक पहलू से जुड़े अन्य मसले मंहगाई, बेरोजगारी और भुखमरी भी हैं। उदाहरण के लिए एक तरफ देश में करोड़पतियों की तादात बढ़ रही है तो दूसरी तरफ उदारीकरण के बाद खेती-बाड़ी चौपट होने के कारण किसान आत्महत्या करने के लिए विवश हैं। विकास का सामाजिक पहलू किसी समाज में महिलाओं, दलितों और अल्पसंख्यकों की स्थिति से जुड़ा हुआ है। इसके अलावा ये सवाल भी महत्वपूर्ण है कि किसी समाज में शिक्षा, स्वास्थ्य, पानी, भोजन और सामाजिक सुरक्षा की स्थिति क्या है? राजनैतिक विकास का आकलन करने के लिए किसी देश की लोकतांत्रिक प्रक्रिया, सरकार में नागरिकों की भागीदारी, आम लोगों की जागरूकता और मीडिया की आजादी का अध्ययन करना होगा। जबकि सांस्कृतिक विकास के तहत हमें पता लगाना होगा कि किसी देश में सांस्कृतिक उत्पादन कितना और किस स्तर पर हो रहा है। क्या वह देश अपने सांस्कृतिक धरोहरों को सहेज पा रहा है या फिर उस समाज में हरेक को अपनी सांस्कृतिक अस्मिता और विविधता बचाये रखने का माहौल मौजूद है।

ध्यान रखने लायक बातें

विकास के मुद्दों को कवर करने वाले रिपोर्टर को विकास की मूल अवधारणा से परिचित होना चाहिए। दुनिया भर में विकास के काम में लगे अंतरराष्ट्रीय संगठनों- विश्व बैंक, विश्व स्वास्थ्य संगठन, विश्व कृषि संगठन, यूनेस्को, यूनिसेफ- की जानकारी होनी चाहिए। इन सबके अलावा भारत में विकास के काम में लगे हुये विभिन्न गैर-सरकारी संगठनों, आन्दोलनों और व्यक्तियों से भी विकास पत्रकार को परिचित होना चाहिए। उदाहरण स्वरूप लगभग दो दशक से चले आ रहे नर्मदा बचाओ आन्दोलन और उसकी नेत्री मेधा पाटकर के विकास सम्बन्धी विचारों की समझ होना जरूरी है। वहीं मैग्सेसे पुरस्कार से सम्मानित राजेन्द्र सिंह, सूचना का अधिकार आन्दोलन से जुड़ी अरूणा राय, बंधुआ मुक्ति मोर्चा के स्वामी अग्निवेश आदि अनेक विकास नेताओं की दर्शन को समझना एक विकास रिपोर्टर के लिए जरूरी है। भारतीय संदर्भ में विकास के मुद्दों को कवर करने से पहले सरकार की विकास नीतियों को समझना भी आवश्यक है। विकास आन्दोलन हैं जिनकी कव्हरेज सकारात्मक रूप में की जानी चाहिए।

नागरिक पत्रकारिता

अर्थ- नागरिक पत्रकारिता का अर्थ ऐसी पत्रकारिता से है जिसमें उसके

पाठक, श्रोता और दर्शक मीडिया के उपयोग के साथ-साथ उसके कंटेंट निर्माण में सक्रिय भूमिका निभाते हैं। इस भागीदारी का उद्देश्य मीडिया को अधिक स्वतंत्र, विश्वसनीय, तथ्यपूर्ण, व्यापक, लोकतांत्रिक और प्रासंगिक बनाना है।

भारतीय टेलीविजन में नागरिक पत्रकारिता की शुरूआत सन् 2005 की बरसात की कवरेज के दौरान तब हुई मानी जाती है जब बरसात से बेहाल मुम्बईवासियों से स्टार न्यूज चैनल ने वीडियो क्लिपिंग और तस्वीरें आमंत्रित की और उत्तर में दर्जनों दर्शकों ने अपने हैंडीकैमरों और मोबाइल फोनों से उतारी गई तस्वीरें और क्लिप भेजीं। चैनल ने इन्हें दिखाया और स्टार न्यूज को इससे काफी लोकप्रियता मिली। दरअसल इस प्रकार चैनल ने एक तीर से दो निशाने साधे। पहला इससे चारों तरफ बारिश की बेहतर फुटेज उपलब्ध हो पायी, दूसरा इस बहाने ढेरों दर्शक भी चैनल देखने लगे।

जब अंग्रेजी चैनल सीएनएन- आईबीएन आरंभ हुआ जिसने अपने विज्ञापनों में भी नागरिक पत्रकारिता को एक मुद्दा बनाया और आम दर्शकों को नागरिक पत्रकार बनने का आह्वान किया। चैनल ने दर्शकों से वीडियो क्लिप आमंत्रित किए जिसके काफी उत्साहवर्धक परिणाम आए। इसी प्रकार इंडिया टीवी के अलावा बाकी चैनल भी दर्शकों को समाचार निर्माण प्रक्रिया में शामिल करने के लिए विज्ञापन दिये।

दरअसल, नागरिक पत्रकारिता की अवधारणा मीडिया के अत्यधिक व्यावसायिकरण का ही परिणाम है। बाजार की प्रतिस्पर्द्धा में समाचार चैनलों का कंटेंट इस कदर सेलिब्रिटी केन्द्रित हो गया है कि जन समस्याओं को नाममात्र की जगह दी जाती है। ऐसे में चैनलों की ये आलोचना स्वाभाविक है कि लोकतांत्रिक देश में चैनल अपनी दर्शकता के हिसाब से चैनल शहरी मध्यम वर्ग के एक सीमित हिस्से का ही प्रतिनिधित्व करता है और उसमें भी जनता के सरोकारों का बड़ा हिस्सा टेलीविजन समाचारों में कभी भी जगह नहीं ले पाता। आम नागरिकों के मुद्दे, विचार, सरोकार और चिंताएं मीडिया में प्रतिबिंबित हों इसके लिए अध्येताओं, आलोचकों और नागरिक संगठनों की तरफ से अनेक बार मांग उठती रही है। प्रतिस्पर्द्धा में मीडिया पर अपने दर्शकों को जोड़े रखने का दबाव पहले से अधिक बढ़ा है। ऐसे में चैनलों का दर्शकों को भागीदारी के लिए आमंत्रण दरअसल कुछ हद तक उनकी मजबूती भी दर्शाता है।

नागरिकों के मीडिया में हस्तक्षेप के कई रूप हैं- सम्पादक के नाम पत्र भेजना, चैनलों के एसएमएस सर्वे में हिस्सेदारी करना और इंटरनेट पर ब्लॉग्स भी सूचना उपभोक्ताओं की जीवन्त हिस्सेदारी का नमूना है। समाचार पत्र अपनी साइटों पर लेख, फीचर और समाचार के बारे में प्रतिक्रिया और राय आमंत्रित करते हैं।

नागरिक पत्रकारिता का सुखद पहलू यह है कि इससे मीडिया अधिक

लोकतांत्रिक बनेगा, लेकिन साथ-साथ मीडिया के दुरूपयोग की संभावनाएं भी बढ़ेगी। जैसे किसी नागरिक के निजी क्षणों को कैमरे में कैद करके उसे सार्वजनिक करना, ऐसा करने वाले व्यावसायिक एवं निजी दोनों कारण से ये कर सकते हैं। फिल्म स्टार करीना कपूर और शाहिद कपूर के चुम्बन के दृश्य को मीडिया द्वारा दिखाना इसका उदाहरण है। अपने विरोधियों की सीडी जारी करने का चलन भी इधन कुछ बढ़ा है। ऐसे में पत्रकारों और समाचार निर्माताओं की भूमिका काफी अहम हो जाती है। गेटकीपर होने के नाते उन्हें तय करना होगा कि 'व्यापक सामाजिक हितों' के लिए क्या प्रसारण करने लायक है और क्या नहीं। उन्हें ही किसी सीडी या तस्वीर की सच्चाई की भी जांच करनी होगी। वो भी प्रसारण से पहले। दरअसल नागरिक पत्रकारिता में भी यदि निष्पक्षता, तथ्यपरकता और संतुलन जैसे मूलभूत आधारों की अनदेखी की गयी तो इसकी विश्वसनीयता समाप्त हो जाएगी।

अभ्यास कार्य

समाचार बुलेटिन निर्माण अभ्यास शिक्षक के लिए

- ☐ सभी छात्रों को इनपुट, आउटपुट और कोर्डिनेशन डेस्क में बांट दें। उन्हें उनकी जिम्मेदारी विस्तार से बता दें। इसके अलावा बुलेटिन प्रोड्यूसर, असिस्टेंट प्रोड्यूसर, एंकर, कॉपी एडिटर की जिम्मेदारी भी तय कर दें। अब सभी छात्रों के साथ सम्पादकीय बैठक आयोजित की जाए जिसमें रिपोर्टरों को अलग-अलग विषयों की खबरें कवर करने की जिम्मेदारी बताई जाए। राजनैतिक, आर्थिक, सामाजिक, सांस्कृतिक, मनोरंजन, मौसम समाचारों को समेटते हुए एक बुलेटिन की योजना बनाई जाए।
- ☐ सभी रिपोर्टर अपनी रिपोर्ट तय अवधि में शूट करके ऑफिस लौटेंगे और डेडलाइन के भीतर ही टेप का प्रिव्यू करके स्क्रिप्ट लिखेंगे और उसके बाद वॉयस ओवर करके स्टोरी एडिट करेंगे। इस बीच आऊटपुट टीम के सदस्य स्टॉक फुटेज की मदद से भी कुछ स्टोरी तैयार करेंगे, एंकर लिंक लिखेंगे। रन डाऊन तैयार करेंगे। एंकर शूट करके सभी समाचारों को शामिल करते हुए बुलेटिन तैयार करेंगे।

अध्याय 7

टेलीविजन इंटरव्यू

- ☐ परिचय
- ☐ इंटरव्यू के उद्देश्य
- ☐ इंटरव्यू के प्रकार
- ☐ इंटरव्यू कैसे लें ?
- ☐ इंटरव्यू के लिए प्रश्न
- ☐ अभ्यास कार्य

परिचय

साक्षात्कार को सरल रूप में परिभाषित करें तो ये दो या दो से अधिक व्यक्तियों के बीच एक बातचीत है जिसमें एक व्यक्ति साक्षात्कर्ता है जो एक निश्चित मुद्दे, विषय या समस्या पर जानकारी लेना चाहता है जबकि दूसरे पक्ष के पास जानकारी होने की उम्मीद की जाती है।

टेलीविजन पत्रकारिता पूरी तरह साक्षात्कार पर निर्भर करती है इसलिए टेलीविजन पत्रकार से अच्छा इंटरव्यू लेने वाला होने की आशा की जाती है इंटरव्यू पर इतनी निर्भरता होने के कारण कई बार टेलीविजन पत्रकारिता को 'बाइट जर्नलिज्म'' कहा जाता है क्योंकि साउंड बाइट भी एक प्रकार का छोटा इंटरव्यू ही होता है। दरअसल बाइट इंटरव्यू का छोटा हिस्सा होती है इसी प्रकार टेलीविजन न्यूज को कुछ लोग टॉकिंग हेड्स कहते हैं यानी ऐसी खबरें जिनमें कुछ लोग क्लोजअप शोट्स में केवल बातचीत करते रहते हैं एंकर हो, रिपोर्टर हो या बाइट देने वाला हो सब लोगों के चेहरे खबरों में बोलते रहते हैं।

टेलीविजन इंटरव्यू कई मायने में अखबारी इंटरव्यू से कठिन है क्योंकि समाचार पत्र का रिपोर्टर इंटरव्यू को एक स्टोरी के रूप में पेश करते हुए अपनी भाषा में सुविधाजनक तरीके से लिखता है। लेकिन टेलीविजन में बोले हुए शब्द ज्यों के त्यों दिखाये जाते हैं। इसलिए यह जरूरी है कि इंटरव्यू लेने वाला भी सधे हुए शब्दों में प्रश्न पूछे और वो जवाब देने वाले से भी सटीक उत्तर उगलवा सके। टेलीविजन इंटरव्यू में केवल शब्द ही नहीं बल्कि चेहरे के भाव भी बोलते हैं। जबकि

अखबार और रेडियो में दोनों लोगों के भाव छुप जाते हैं।

इंटरव्यू के उद्देश्य

- किसी व्यक्ति से इंटरव्यू लेने का उद्देश्य ऐसी जानकारियां निकालना है जो केवल साक्षात्कारदाता के पास हैं। जैसे व्यक्ति विशेष के किसी घटना, मुद्दे या समस्या पर विचार जानना। अक्सर रिपोर्टर समकालीन मसलों पर पार्टी प्रवक्ता की राय जानने के लिए उनकी बाइट लेते हैं इसी प्रकार भारत और पाकिस्तान के संबंधों पर किसी विशेषज्ञ प्रोफेसर से विचार लिए जाते हैं।
- बाइट ऐसे लोगों की भी ली जाती है जो घटना विशेष के चश्मदीद गवाह होते हैं क्योंकि न्यूज टीम घटना स्थल पर अक्सर घटना घटने के बाद ही पहुंचती है। ऐसे में घटना के समय मौजूद लोगों से न केवल रिपोर्टर को जरूरी जानकारी उपलब्ध होती है बल्कि मौजूद लोगों की राय से खबर की विश्वसनीयता भी बढ़ती है।
- रिपोर्टर अनेक बार किसी के व्यक्ति निजी अनुभव जानने के लिए भी उनका इंटरव्यू लेते हैं उदाहरण के लिए कान्धार विमान अपहरण से बचकर लौटे लोगों से उनके अनुभव जानने के लिए साक्षात्कार लिया जाना।

इंटरव्यू के प्रकार

प्रश्नों के आधार पर-पत्रकार किसी व्यक्ति से साक्षात्कार के दौरान मुख्यतः दो तरीके से सवाल पूंछता है। पहले प्रकार में उसके सवाल सिलसिलेवार ढंग से पूर्व निर्धारित होते हैं जिनका क्रम भी पहले से तय होता है जबकि दूसरे तरीके में साक्षात्कार के मुख्य बिंदु तय कर लिये जाते हैं और बातचीत को आगे बढ़ाया जाता है। इस दौरान पत्रकार धीरे-धीरे बातचीत में से ही सवालों को उठाता है और नयी जानकारियां हासिल करता है। इस प्रकार के इंटरव्यू अनौपचारिक होते हैं और पत्रकार के लिए साक्षात्कार के विषय की गहरी समझ होना आवश्यक होता है जबकि पहले प्रकार के इंटरव्यू में सधे हुए सवालों के आधार पर औपचारिकता से साक्षात्कार लिया जाता है।

विषय वस्तु के आधार-पत्रकार साक्षात्कारदाता से किस प्रकार की जानकारियां बटोरना चाहता है इस आधार पर भी इंटरव्यू को कई रूपों में बांटा जा सकता है। जैसे कुछ साक्षात्कार पूणतः सूचनामूलक होते हैं, जिनमें केवल किसी खास मुद्दे पर सूचना, राय या विचार जाना जाता है। जैसे- राजनीतिज्ञों से समकालीन घटनाक्रम पर उनकी राय जानना। कुछ इंटरव्यू भावनात्मक होते हैं जहां ध्यान केवल सूचनाओं पर नहीं बल्कि भावनात्मक अभिव्यक्तियों पर अधिक होता है। अक्सर इस प्रकार के

इंटरव्यू महत्वपूर्ण व्यक्तियों के उनके अतीत के बारे में लिये जाते हैं। कई बार ये इंटरव्यू थोड़े व्यक्तिगत और खोजी किस्म के होते हैं। उदाहरण के तौर पर सिमी ग्रेवाल का रेन्डवु विथ सिमी और राजीव शुक्ला का रूबरू कार्यक्रम को लिया जा सकता है। कुछ साक्षात्कारों की विषयवस्तु पूरी तरह मनोरंजक होती है इनका उद्देश्य दर्शकों का मनोरंजन करना होता है। ऐसे इंटरव्यू अधिकांश फिल्मी कलाकारों के होते हैं जिनमें दर्शक अपने मनपसंद कलाकारों के बारे में जानना चाहते हैं और साथ ही चटपटे मुद्दों पर उनकी राय फिल्मी अदाओं के साथ देखना पसंद करते हैं। इस प्रकार के इंटरव्यू में पूरा फॉर्मेट, पृष्ठभूमि, सवालों की भाषा और पहनावा सभी कुछ मनोरंजन की दृष्टि से तय होता है। म्यूजिक टीवी के अलावा समाचार चैनलों में भी फिल्मी इंटरव्यू इसी प्रकार लिये जाते हैं।

टेलीविजन इंटरव्यू के प्रकार-समाचार और तकनीकी आवश्यकताओं के अनुसार टेलीविजन पत्रकारों ने अनेक प्रकार के इंटरव्यू फॉर्मेट बना लिये हैं।

1. **बाइट इंटरव्यू**-सबसे अधिक प्रयोग होने वाला ये इंटरव्यू पत्रकार हर दिन अपनी खबरों के लिए लेते हैं। किसी भी व्यक्ति से खबर की जरूरत के लिए उसकी राय जानी जाती है। अक्सर दो तीन सवालों वाले इस इंटरव्यू का उद्देश्य बहुत ही सीमित और सधा हुआ होता है।

2. **वॉक्स पॉप इंटरव्यू**-किसी मुद्दे विशेष पर आम लोगों की राय जानने के लिए पत्रकार उनसे एक ही सवाल करते हैं। इस प्रकार के इंटरव्यू एक साथ ऐडिट करके वॉक्स पॉप के रूप में समाचारों में दिखाये जाते हैं। जैसे बजट पर आम लोगों की प्रतिक्रिया या फिल्म देख कर निकलते हुए दर्शकों की राय को दिखाना।

3. **फोन इंटरव्यू**-टेलीफोन का उपयोग करके पत्रकार दूर बैठे लोगों के भी इंटरव्यू ले लेते हैं। स्टूडियो में एंकर फोन से न केवल घटना स्थल पर मौजूद अपने रिपोर्टर से बातचीत करते हैं बल्कि किसी अन्य व्यक्ति का भी घटना के बारे में इंटरव्यू ले लेते हैं। जैसे आतंकवादी हमले के बाद तुरंत जम्मू के पुलिस अधिकारी से फोन पर बातचीत करना। इस प्रकार के इंटरव्यू लाईव और रिर्कोडेड दोनों हो सकते हैं।

4. **लाईव वीडियो इंटरव्यू**-सेटेलाईट की मदद से अब टेलीविजन एंकर सुदूर पत्रकारों और अन्य लोगों से लाईव इंटरव्यू लेते हैं। ओबी वैन से सीधे लाईव वीडियो इंटरव्यू लेना अब आसान हो गया है। और सभी राजधानी ब्यूरो तो हेड ऑफिस से सेटेलाईट के जरिए जुड गये हैं। ऐसे में कई बार स्टेट ब्यूरो मेहमान को स्टूडियो में बुला लेते हैं तो कई बार घटना स्थल से सीधे बातचीत प्रसारित की जाती है।

5. **स्टूडियो इंटरव्यू**-समाचारों के बीच में ही किसी खबर विशेष से संबंधित विद्वानों या विरोधी पक्षों को स्टूडियो में आमंत्रित करके उनका छोटा सा इंटरव्यू लेना चैनलों

में आम हो गया है। ये एक प्रकार से समाचारों के साथ-साथ विचार भी प्रस्तुत करना हुआ। इस प्रकार के इंटरव्यू में एंकर दो तीन सधे हुए सवाल करता है और फिर बातचीत को विराम देते हुए अगली खबरों की तरफ बढ़ जाता है।

6. **अन्य इंटरव्यू**-पत्रकार व्यक्ति से बातचीत कैसे करता है, किस माहौल में करता है, इन सब के आधार पर भी इंटरव्यू का वर्गीकरण किया जा सकता है। जैसे एनडीटीवी चैनल पर शेखर गुप्ता वॉक द टॉक कार्यक्रम में अपने मेहमान से लगातार चलते हुए बातचीत करते हैं। इसी प्रकार कुछ लोग कार की पिछली सीट पर बैठकर इंटरव्यू लेते हैं। किसी पुरातत्ववेता का साक्षात्कार यदि हडप्पा और मोहनजोदड़ो के विषय पर लेना हो तो इससे बेहतर क्या हो सकता है कि उनका इंटरव्यू खुदाई स्थल पर लिया जाये और इंटरव्यू के दौरान वे चल कर अलग-अलग स्थानों को भी दिखाते जायें। इस प्रकार से लंबी बातचीत उबाऊ भी नहीं होगी और दर्शकों को बांधे रखेगी। डॉक्यूमेन्ट्री चेनल अक्सर इस फॉर्मेट का उपयोग करते हैं।

इसी प्रकार टेलीविजन चैनल अनेक रचनात्मक फॉमेट का इस्तेमाल करके इंटरव्यू को अधिकाधिक रोचक बना रहे हैं। जैसे रजत शर्मा का कार्यक्रम जनता की अदालत भी एक नया और मिला-जुला इंटरव्यू फार्मेट है जिसमें किसी मेहमान को स्टूडियो में बुलाकर उस पर केस चलाया जाता है। पहले सूचनामूलक प्रश्न पूछे जाते हैं फिर आरोप लगाये जाते हैं। मेहमान से आरोपों पर सफाई और सबूत मांगे जाते हैं और अन्त में कोर्ट में बैठा न्यायाधीश अपना फैसला सुनाता है। इस दौरान स्टूडियो में मौजूद दर्शकों को भी सवाल पूछने का मौका दिया जाता है। दरअसल, इस फॉर्मेट में अकसर समकालीन विवादास्पद मुद्दे पर ऐसे व्यक्ति को आमंत्रित किया जाता है जो स्वयं विवादों में घिरा हो और एंकर जनता और आरोपी के बीच एक कड़ी का काम करता है। जबकि जी.टी.वी. के जीना इसी का नाम कार्यक्रम में मेहमान का साक्षात्कार अलग ही अंदाज में लिया जाता है। एंकर के रूप में फारूख शेख हल्के-फुल्के सवालों से मेहमान का मनोरंजक इंटरव्यू लेते हैं। कार्यक्रम में मेहमान के पुराने दोस्तों, रिश्तेदारों को स्टुडियो में आमंत्रित किया जाता है या फिर उनकी वीडियो क्लिप दिखाई जाती है और फोन से सवाल पूछे जाते हैं।

इंटरव्यू कैसे लें ?

इंटरव्यू लेना एक कला है। कुछ लोगों में ये कला पहले से ही मौजूद होती है। जबकि कुछ इसे प्रयास से विकसित कर सकते हैं। जरूरत इस बात की है कि आपकी दूसरे लोगों में सच्ची जिज्ञासा हो। लोगों से बातचीत करना और मनचाही बातें उगलवाना लम्बे अनुभव के बाद आ पाता है। इसके लिए जरूरी नहीं की कोई व्यक्ति अधिक बोलने वाला हो। सही मायने में तो कोई एक मूल मंत्र

बनाया जाना भी कठिन है लेकिन फिर भी कुछ बातें हैं जिनका ध्यान रखा जाना चाहिए।

1. **विश्वास कायम करें**-जब भी रिपोर्टर किसी व्यक्ति का इंटरव्यू लेने के लिए निकलता है तो अधिकांश वो उसे जानता नहीं है। रिपोर्टर साक्षात्कार देने वाले के घर, कार्यालय या दुकान पर एक बाहरी व्यक्ति की तरह ही जाता है। ऐसे में बहुत कम समय में विश्वास कायम करना थोड़ा सा मुश्किल लग सकता है, लेकिन यह जरूरी है। क्योंकि जब तक इंटरव्यू देने वाले का आप पर भरोसा नहीं है तब तक वह किसी मसले पर खुलकर बातचीत नहीं करेगा। विषय यदि विवादास्पद हो तो वह हरगिज नहीं बोलेगा। रिपोर्टर को ये नहीं मानना चाहिये कि प्रत्येक व्यक्ति से इंटरव्यू लेना उसका जन्मसिद्ध अधिकार है या प्रत्येक व्यक्ति को उसे जानकारी देने के लिए तत्पर रहना चाहिए। दरअसल, आम लोग एक रिपोर्टर को इंटरव्यू देने के लिए कतई बाध्य नहीं होते। ऐसे में जल्दबाजी, अविश्वास और छोटी सी गड़बड़ी भी सारे इंटरव्यू पर पानी फेर सकती है। हो सकता है व्यक्ति इंटरव्यू देने से ही मना कर दे या फिर ऊपरी मन से इंटरव्यू देकर एक औपचारिकता पूरी कर दे। अक्सर विश्वास का संकट नये स्थानों पर लोगों के इंटरव्यू के दौरान दिखता है। जब शहरी रिपोर्टर सुदूर गांव में कुछ महिलाओं के इंटरव्यू लेने पहुंचता है तो उसे ग्रामीण पृष्ठभूमि में सबसे पहले अपनी पहचान और चैनल की विश्वसनीयता को स्थापित करना पड़ता है। ऐसे में किसी स्थानीय व्यक्ति को साथ ले लेना उपयोगी रहता है।

2. **सामान्य व्यवहार की समझ**-समय सीमा के तमाम दबावों के बावजूद पत्रकार को इंटरव्यू के दौरान सामान्य व्यवहार की मर्यादाओं का पालन करना चाहिए। भले ही इंटरव्यू के दौरान भीड़ भाड़ का माहौल हो, लेकिन पत्रकार की जिम्मेदारी है कि वह अपना धैर्य बनाये रखे। कुछ पत्रकार स्वयं को वी.आई.पी समझ लेते हैं और मानने लगते हैं कि बाकि लोगों का दायित्व है कि वो उन्हें इंटरव्यू दें। जबकि होता इसके विपरीत है। यदि पत्रकार के खराब रवैये से इंटरव्यू देने वाला उखड़ जाये तो साक्षात्कार संभव ही नहीं होगा। सामान्य आचरण की अनेक बातों का हम अपनी दिनचर्या के दौरान भी ध्यान रखते हैं। जैसे दिये गये समय और निर्धारित स्थान पर पहुंचना, बिना अनुमति के दूसरे स्थान पर वस्तुओं को न छूना, दूसरों के फोन का बिना अनुमति इस्तेमाल न करना, बिना आमंत्रण के धुम्रपान न करना, या चिंगम, खैनी, पान, गुटखा इत्यादि न खाना। मूल बात यह है कि साक्षात्कार में इंटरव्यू देने वाले का सहयोग बहुत जरूरी है यदि पत्रकार के अमर्यादित आचरण से इंटरव्यू देने वाला थोड़ा सा भी उखड़ जाये या बुरा मान जाये तो उसका सीधा असर इंटरव्यू की गुणव ाा पर पड़ेगा। और ये सब पत्रकार की

व्यक्तिगत छवि और चैनल की छवि से भी जुड़ा हुआ है।

3. **सहजता का माहौल बनायें**-अधिकांश लोग कैमरे के सामने असहज हो जाते हैं। बेहतर साक्षात्कार के लिए जरूरी है कि व्यक्ति स्वाभाविक स्थिति में रहे ताकि सचाई निकल कर सामने आये। कुछ पत्रकार इसका ध्यान नहीं रखते और अपने कैमरे, माईक और लाईटिंग से सारे माहौल को असहज बना देते हैं। ये पत्रकार की जिम्मेदारी है कि वो साक्षात्कार से पहले और उसके दौरान इंटरव्यू देने वाले को सहज बने रहने में मदद करे। इसके लिए इंटरव्यू देने वाले को अपने स्वाभाविक माहौल में रहने दें। उदाहरण के लिए एक पनवाड़ी से इंटरव्यू के दौरान उसे पान बनाते हुये ही बातचीत करें, पत्थर तोड़ते मजदूर से बातचीत करने के लिए उसे काम के स्थान से हटाकर कहीं और न खड़ा करें। भारतीय संदर्भ में अक्सर महिलायें अधिक असहजता की शिकार होती हैं। बाहरी व्यक्तियों से बातचीत करने का अनुभव न होने के कारण ये स्वाभाविक भी है। ऐसे में उनसे स्वाभाविक माहोल में काम करते हुए ही बातचीत की जा सकती है।

4. **स्वतःस्फूर्त साक्षात्कार लें**-अक्सर कुछ लोग इंटरव्यू से पहले सवाल जानना चाहते हैं। ताकि वे सवालों के जवाब पहले से तैयार कर लें। हो सकता है ऐसे में अच्छे जवाब निकलकर आयें लेकिन ये उ ार स्वतःस्फूर्त और सहज होने की बजाय तैयार किये हुए होंगे। जबकि इंटरव्यू को स्वतस्फूर्त होना चाहिए। बेहतर होगा की सारे सवाल पहले बताने की बजाय केवल विषय समझा दिया जाये। विशेषकर सरकारी अधिकारी अपनी तैयारी के लिए सवालों की सूची मांगते हैं। ऐसे में पूरक प्रश्नों के जरिये स्वाभाविक राय को उजागर किया जा सकता है। कुछ पत्रकार सच्चाई उजागर करने का तर्क देकर वकीलों की तरह जिरह करने लगते हैं। न्यायालय की तरह इंटरव्यू देने वाला हर सवाल का उ ार देने के लिए बाध्य नहीं है। ऐसे में सवालों की भाषा आवश्यकता से अधिक आक्रामक नहीं होनी चाहिए। केवल अपराधियों और कुछ घाघ नेताओं से ही आक्रामक सवाल पूंछना उचित होगा। शालीनता की हदें पार करने से अंततः पत्रकारिता का स्तर ही गिरता है।

5. **विषय की पर्याप्त तैयारी करें**-पत्रकार किसी विषय विशेष का विशेषज्ञ नहीं होता। उसे दुनिया में घटित होने वाली सभी घटनाओं से जुड़े विषयों पर इंटरव्यू लेना पड़ता है। जबकि अनेक मौकों पर उस विषय पर इंटरव्यू देने वाला अधिक जानकार होता है। अच्छे इंटरव्यू के लिए जरूरी है कि पत्रकार इंटरव्यू के विषय की अच्छी जानकारी बटोर ले। नहीं तो इंटरव्यू के दौरान उसकी कमजोरी आसानी से पकड़ में आ सकती है। उसकी अल्पज्ञता बचकाने सवालों के रूप में तुरंत सामने आ जायेगी। विषय की सही समझ के बिना पूरक प्रश्न भी नहीं पूंछे जा

सकते। उदाहरण स्वरूप किसी बड़े साहित्यकार से इंटरव्यू के दौरान आप उसके उपन्यास का नाम ही गलत बोल रहे हैं तो साहित्यकार भले ही उस समय इसे न टोके लेकिन वो समझ तो जायेगा ही। मशहूर साहित्यकार मनोहर श्याम जोशी के निधन पर जब साहित्यकारों से चर्चा हो रही थी तो टेलीविजन एंकर बार-बार उनकी महान रचना के नाम पर हम लोग और बुनियाद धारावाहिकों का नाम ले रहे थे। क्योंकि उनकी जानकारी इतने तक ही सीमित थी। स्टूडियो में बैठे विद्वानों ने इस बात पर एंकरों को टोका भी।

6. **सुनने की कला**-कुछ लोग समझ बैठते हैं कि बातूनी लोग अच्छे साक्षात्कारकर्ता साबित होंगे। जबकि होता इसके विपरीत है। इंटरव्यू में हमारा उद्देश्य दूसरे से जानकारी लेना है। स्वयं बोलना इसलिए पड़ता है ताकि सवाल किये जा सकें। कुछ पत्रकारों और एंकरों के सवाल जवाब से बड़े होते हैं। ये बात एक लघु शोध के दौरान उजागर हुई। शायद इसके पीछे एक कारण एंकरों की स्वयं को केन्द्र में रखने की भावना भी है। जिसके कारण वे सुनना कम चाहते हैं और सुनाना ज्यादा। वो चाहते हैं कि दूसरे लोग केवल उतना ही और वैसा ही बोलें जैसा वे चाहते हैं। कई बार तो मन माफिक जवाब के लिए पत्रकार इंटरव्यू देने वाले के मुंह में अपनी बात डालते प्रतीत होते हैं। सुनने की कला साक्षात्कारकर्ता के लिए अतिआवश्यक है। यह तभी संभव है जब आप दूसरों की बातों और अनुभवों में सच्ची रूचि रखते हों। जब भी दूसरे की बात काटनी हो तो ये काम शिष्टता से करें। दूसरे को सुनना दरअसल अगला सवाल तैयार करने के लिए भी बहुत जरूरी है।

इंटरव्यू के लिए प्रश्न

- सबसे पहले इंटरव्यू का उद्देश्य और केन्द्र बिंदु तय करें।
- सभी सवालों में एक क्रमबद्धता होनी चाहिए। यानी पहले सरल प्रश्न पूछे जायें और उसके बाद धीरे-धीरे मूल बिंदु पर आया जाये।
- आरम्भ में चर्चा की शुरूआत करने के लिए खुले सवालों का उपयोग किया जाता है। जैसे महिला सशक्तीकरण का अर्थ क्या है? बाद की चर्चा में उत्तर की तरफ मोड़ने वाले सवाल किये जाते हैं जैसे आपको नहीं लगता कि महिला सशक्तीकरण के नाम पर केवल नारेबाजी हो रही है?
- मुश्किल सवालों की पृष्ठभूमि पहले तैयार की जाये। अकसर सूचना मूलक सवाल आरंभ में पूछे जाते हैं और उलझन भरे प्रश्न अंत में।
- सामान्य और सरल उत्तरों वाले प्रश्नों से बचा जाये। सामान्यतः छः ककार (क्या, क्यों, कब, कहां, कैसे, किसने) के इर्द गिर्द सवाल बुनें।
- प्रश्नों में एक प्रवाह हो ताकि साक्षात्कार के स्थान पर सामान्य बातचीत

लगे। जैसे क्या आप आरक्षण बिल का विरोध करते हैं ?, आप इसका विरोध क्यों करते हैं ?, आप इसके विरोध में क्या करेंगे ?

□ पत्रकार आम दर्शकों के प्रतिनिधि के रूप में इंटरव्यू लेता है। इसलिए प्रश्न बनाते समय ये ध्यान में रखना चाहिए कि आम दर्शक के मन में विषय को लेकर क्या सवाल होंगे।

□ प्रश्नों की भाषा शालीन होनी चाहिए। बहस करने से बचें, पुलिस या जांच अधिकारी न बने, मनोवैज्ञानिक की बजाय एक पत्रकार की तरह सवाल जवाब करें।

अभ्यास कार्य

- □ स्टूडियो में एक से अधिक मेहमानों को बुलाकर किसी मसले पर चर्चा-विमर्श करें। चर्चा से पहले इंटरव्यू की अवधि और फोकस तय कर लें।
- □ टेलीविजन पर प्रसारित विभिन्न इंटरव्यू आधारित कार्यक्रमों को ध्यान से देखें और ये पता लगाने की कोशिश करें कि विभिन्न साक्षात्कारियों की क्या-क्या विशेष आदते हैं।
- □ एक ही बात को पूछने के लिए विभिन्न प्रश्न तैयार करें और अपने सहयोगी को विशेषज्ञ बनाकर एक दिखावे की साक्षात्कार (Mock Interview) आयोजित करें।
- □ समकालीन मुद्दों पर नामचीन हस्तियों से काल्पनिक साक्षात्कार के लिए प्रश्न तैयार करें और उन्हें इंटरव्यू के क्रम में जंचाएं।
- □ किसी विशेषज्ञ से एक विषय पर इंटरव्यू लेने के लिए समय तैयार करें और इंटरव्यू के लिए जाने से पहले उस विषय एवं व्यक्ति के बारे में पृष्ठभूमि की जानकारियां इकट्ठा करें।
- □ कैमरा टीम के साथ विशेषज्ञ से इंटरव्यू लें और फुटेज का प्रिव्यू करें। ये तलाशने की कोशिश करें कि कौन सा हिस्सा फालतू है, आवश्यकतानुसार अवधि का इंटरव्यू एडिट भी करें।

अध्याय 8

समाचार बुलेटिन निर्माण

- ☐ समाचार चैनल की संरचना
- ☐ न्यूज डेस्क की संरचना एवं कार्यप्रणाली
- ☐ असाइनमेंट बोर्ड
- ☐ रन डाउन और बुलेटिन की संरचना
- ☐ न्यूज़ ग्राफिक्स - महत्व, प्रकार और प्रयोग
- ☐ रिसर्च और टेलीजिवन समाचार

समाचार चैनल की संरचना

टेलीविजन समाचार चैनल की संरचना काफी जटिल होती है। विभिन्न विषयों के विशेषज्ञ लोग एक साथ मिलकर काम करते हैं। जटिल होने के बावजूद ये जरूरी होता है कि सब लोग अपनी-अपनी जिम्मेदारियां पूरी करें। किसी एक भी विभाग में यदि रूकावट आती है तो प्रसारण का पूरा काम अटक जाता है। पुराने समय में टेलिविजन चैनल में ये विभाग काफी अलग-अलग दिखते थे और उनमें काम करने वाले लोगों की जिम्मेदारियों भी बंटी होती थी। लेकिन डिजिटल क्रांति ने समाचार चैनल के भीतर सभी विभागों के बीच की दूरियां काफी कम कर दीं। सभी विभाग कम्प्यूटर से जुड़ गए हैं और चैनलों का आधुनिक ढांचा काफी सघन हो गया है।

दिल्ली, मुम्बई स्थित अधिकांश राष्ट्रीय समाचार चैनलों के कार्यालय बहुत कम स्पेस में बनाये गये हैं। मंहगे स्थानों पर स्थित इन आफिसों में हर छोटी से छोटी जगह का अधिकतम उपयोग करने की कोशिश की जाती है। इसीलिए कार्पोरेट जगह की तरह चैनलों में भी वन फ्लोर आफिस की अवधारणा ने जन्म लिया है। इसका सबसे बड़ा फायदा यह होता है कि एक विभाग से दूसरे विभाग में जाने में समय की बर्बादी नहीं होती, साथ ही सभी लोग आपस में आसानी से सपंर्क कर सकते हैं।

न्यूज रूम-ये समाचार चैनल के मस्तिष्क का काम करता है। सभी टेलविजन पत्रकार न्यूज रूम के हिस्सा होते हैं। न्यूज रूम को हम चार हिस्सों में बांट सकते हैं। इनपुट डेस्क, आउटपुट डेस्क, कोर्डिनेशन डेस्क और असाइनमेंट डेस्क। न्यूज

रूम के बारे में विस्तार से चर्चा इस अध्याय में बाद में की गई है।

स्टूडियो-ये टेलीविजन चैनल का काफी महत्वपूर्ण स्थान है, जहां टेलीविजन एंकर बैठकर समाचार पढ़ता है। एक समय स्टूडियो चारों तरफ से बन्द बनाये जाते थे लेकिन आजकल ओपन स्टूडियो भी चलन में हैं। यानी न्यूज डेस्क और स्टूडियो काफी पास-पास पारदर्शी कांच से जुड़े होते हैं। इस प्रकार के स्टूडियो बनाने का मकसद दर्शकों को समाचारों के दौरान पृष्ठभूमि में न्यूजरूम का माहौल दिखाना भी होता है। ये जरूरी नहीं कि स्टूडियो में असली पृष्ठभूमि के लिए गत्ते, प्लाईवुड, प्लास्टिक इत्यादि से डिजाइन तैयार किया जाए क्योंकि अनेक समाचार चैनल वर्चुअल स्टूडियो का प्रयोग भी करने लगे हैं। कम्प्यूटर साफ्टवेयर की मदद से एंकर की पृष्ठभूमि अब मनचाहे तरीके से बनाई जा सकती है। इस कम्प्यूटर निर्मित पृष्ठभूमि को एंकर के पीछे क्रोमा कर दिया जाता है। वर्चुअल स्टूडियो के कम्प्यूटर साफ्टवेयर आजकल अधिकांश समाचार चैनल अपने उपयोग में ला रहे हैं।

स्टूडियो से जुड़ा हुआ एक और महत्वपूर्ण कमरा प्रोडक्शन कंट्रोल रूम (PCR) होता है जो सारी रिकार्डिंग को नियंत्रित करता है। प्रोडक्शन कंट्रोल रूम में बैठकर प्रोड्यूसर, डायरेक्टर, एंकर और कैमरा पर्सन को निर्देश देते हैं। इसके अलावा स्टूडियो से सटा हुआ मेकअप रूम भी होता है जिसमें एंकर और मेहमानों का शूटिंग से पहले मेकअप किया जाता है।

एडिटिंग रूम-रिपोर्टर घटना स्थल से विभिन्न खबरों की फुटेज इकट्ठा करके लाते हैं। इन सभी विजुअलों को सम्पादित करने का काम एडिटिंग रूम में किया जाता है। एडिटिंग का पूरा कार्य अब कम्प्यूटर आधारित नॉन लीनियर सिस्टम से किया जाता है जिनमें अति आधुनिक एडिटिंग साफ्टवेयर उपयोग में लाये जाते हैं। अलग-अलग चैनलों के अपने विशेष एडिटिंग साफ्टवेयर होते हैं जिनमें Incite, Final Cut Pro (FCP), Velocity, Avid, Metrox, Pinnacle प्रमुख हैं। कुछ चैनलों में सभी एडिटिंग कम्प्यूटर आपस में जुड़े हुये होते हैं। इन मशीनों पर एडिटर की मदद से रिपोर्टर अपनी स्टोरी एडिट करवाता है। इन दिनों कुछ चैनल बहुत आसान एडिटिंग साफ्टवेयर उपयोग में ला रहे हैं जिनकी मदद से रिपोर्टर स्वयं अपनी स्टोरी में वॉयस ओवर करते हैं और फिर विजुअल और बाईट सम्पादित करते हैं। एडिटिंग के बाद न्यूज क्लिप को एक नाम दे दिया जाता है जिसे बाद में बुलेटिन प्रोड्यूसर की जानकारी में ला दिया जाता है।

ग्राफिक्स विभाग-टेलीविजन समाचारों में ग्राफिक्स का महत्व दिनों-दिन बढ़ रहा है। समाचारों को आकर्षक रूप में पेश करने के लिए पत्रकार ग्राफिक्स की मदद लेते हैं। विशेष कम्प्यूटर सुविधायुक्त ग्राफिक्स रूम में ग्राफिक्स बनाने में माहिर

कलाकार काम करते हैं। ये ग्राफिक्स आर्टिस्ट विशेषीकृत ग्राफिक्स साफ्टवेयरों की मदद से रिपोर्टर या प्रोड्यूसर की जरूरत के अनुसार उन्हें ग्राफिक्स उपलब्ध कराते हैं। रिपोर्टर या प्रोड्यूसर अपनी खबर की जरूरत के अनुसार ग्राफिक्स आर्टिस्ट को टैक्स्ट और विजुअल मुहैया कराता है और उसके बाद ग्राफिक्स की गलतियों को भी प्रसारण से पहले जांच लेता है। ग्राफिक्स का कला पक्ष पूरी तरह से आर्टिस्ट स्वयं तय करता है। प्रत्येक चैनल में ग्राफिक्स का एक तयशुदा फार्मेट होता है, जिसमें रंग, फांट, टाइप साइज, दृश्य आदि सब कुछ पहले से तय कर दिया जाता है। ऐसा चैनल में एकरूपता लाने के लिए किया जाता है।

प्रिंट लायब्रेरी-भले ही आजकल प्रत्येक जानकारी इंटरनेट पर आसानी से उपलब्ध हो जाती हो लेकिन फिर भी प्रिंट लायब्रेरी का महत्व चैनलों में बना हुआ है। दरअसल किसी चैनल में पुस्तकालय की गुणवत्ता से यह तय होता है कि उसकी खबरों एवं कार्यक्रमों के कन्टेन्ट में गहराई होगी। प्रिंट लायब्रेरी में पुस्तकें, सन्दर्भ कोश, समाचारपत्रों की फाइलें, पुरानी पत्रिकाओं के रिकार्ड और विभिन्न विषयों पर क्लिप फाइलें उपलब्ध रहती हैं। इसके अलावा लायब्रेरी में काम करने वाले कर्मचारी इंटरनेट की मदद से भी किसी भी विषय पर आवश्यक सामग्री जुटाने के लिए तत्पर रहते हैं। अधिकांश चैनलों में लायब्रेरी के साथ रिसर्च यूनिट भी मिलकर काम करती हैं। रिसर्चर अगले एक सप्ताह में होने वाली घटनाओं का लेखा-जोखा तैयार करके न्यूज रूम में पहुंचा देता है। चुनावों के दौरान एक महीना पहले ही रिसर्च यूनिट तैयारी में जुट जाती है।

वीडियो लायब्रेरी-टेलीविजन दृश्यों का माध्यम है इसलिए चैनल में वीडियो लायब्रेरी का भी विशेष महत्व है। किसी चैनल की वीडियो लायब्रेरी कितनी समृद्ध है इस बात से तय होता है कि दृश्य सामग्री कितनी बेहतर होगी। वीडियो लायब्रेरी में चैनल के सभी पुराने कार्यक्रमों और विभिन्न विषयों से सम्बन्धित फुटेज को वर्गीकृत करके रखा जाता है। उदाहरण के लिए विभिन्न राजनैतिक पार्टियों से सम्बन्धित विजुअल अलग-अलग टेप में रखा जाता है ताकि जरूरत पड़ने पर तुरन्त उनका उपयोग किया जा सके। इसी प्रकार राज्यवार और विषयवार टेप भी तैयार किये जाते हैं जबकि ऐतिहासिक घटनाओं के टेप अलग से संभालकर रखे जाते हैं। पुस्तकालय की तरह इसमें भी सभी टेपों और उनमें उपलब्ध फुटेज के आंकड़े कम्प्यूटर साफ्टवेयर की मदद से वर्गीकृत करके रखे जाते हैं। इस लायब्रेरी साफ्टवेयर के जरिये तुरन्त किसी भी विषय, व्यक्ति या घटना के बारे में उपलब्ध फुटेज का टेप नम्बर और टाइम कोड आसानी से ढूंढा जा सकता है। अक्सर पत्रकार अपने समाचारों में स्टाक फुटेज का उपयोग करते हैं। ऐसा करके वे न केवल अपनी खबर को रोचक और सारगर्भित बनाते हैं बल्कि इससे खबर की पृष्ठ

भूमि का भी पता चलता है। जबकि कुछ मामलों में नयी खबर में भी अधिक फुटेज उपलब्ध नहीं होते इसलिए पुराने दृश्यों की भी मदद ली जाती है।

प्रसारण कक्ष-प्रसारण कक्ष किसी भी चैनल के महत्वपूर्ण स्थानों में से एक होता है जहां प्रत्येक व्यक्ति का प्रवेश वर्जित होता है। इस कक्ष में कार्यक्रम बनने के बाद उसके अन्तिम प्रसारण की सुविधा उपलब्ध होती है। जहां से उसकी आडिया-वीडियो गुणवत्ता को नियंत्रित किया जाता है। तस्वीर पर चैनल लोगो और खबरों के नीचे चलने वाली पट्टी क्रालर को सुपर इम्पोज किया जाता है। किसी भी छोटी सी गड़बड़ी के कारण चैनल प्रसारण में व्यवधान उत्पन्न हो सकता है। इसलिए प्रसारण कक्ष को वर्जित क्षेत्र माना जाता है।

मानव संसाधन विभाग-समाचार चैनलों में एचआर डिपार्टमेंट का महत्व पहले की तुलना में बढ़ गया है। वैसे तो ये विभाग एक सहयोगी विभाग है, लेकिन इनका दखल चैनल की प्रत्येक गतिविधियों में आसानी से देखा जा सकता है। नये लोगों की भर्ती करना, उन्हें उपयुक्त प्रशिक्षण देना, शिक्षण संस्थानों से इंटर्नस को बुलाना, कर्मचारियों के ड्यूटी चार्ट तैयार करना, उनके वेतन एवं भत्तों की व्यवस्था करना, कर्मचारियों के अवकाश आदि का हिसाब रखना आदि सभी कार्य मानव संसाधन विभाग करता है। कर्मचारियों में किसी प्रकार का असंतोष या कुंठा न पनपने पाये इसकी जिम्मेदारी मानव संसाधन विभाग की ही होती है। चैनल में इसके महत्व का इस बात से भी अनुमान लगाया जा सकता है कि आजकल नये पत्रकारों की चयन प्रक्रिया के दौरान इंटरव्यू बोर्ड में एच आर मैनेजर को भी शामिल किया जाता है।

मार्केटिंग विभाग-चैनलों की आय का बड़ा हिस्सा विज्ञापनों से आता है और विज्ञापनों को जुटाने का कार्य मार्केटिंग विभाग करता है। इस दृष्टि से ये विभाग किसी भी समाचार चैनल के लिए अत्यधिक महत्वपूर्ण कहा जा सकता है। इस विभाग के लोग चैनल के नीति निर्धारण में विशेष भूमिका निभाते हैं। चैनल पर क्या दिखाया जा रहा है और दर्शकों व विज्ञापनदाताओं में उसको लेकर क्या राय है, इस पर मार्केटिंग विभाग की विशेष निगाह रहती है। इसके लिए ये विभाग निरन्तर टेजीविजन रेटिंग प्वाइंट यानी टीआरपी चार्ट का विश्लेषण करता रहता है। इसके आधार पर विभाग सम्पादकीय टीम को भी समय-समय पर अपने प्रतिक्रिया और सुझाव देते रहते हैं। किसी भी कार्यक्रम की लोकप्रियता क्योंकि टीआरपी से तय होती है इसी कारण किसी कार्यक्रम का भविष्य भी मार्केटिंग विभाग ही तय करता है। मार्केटिंग एक्जीक्यूटिव चैनल के ब्रांड और कंटेन्ट को विभिन्न माध्यमों से विज्ञापित करता है और विज्ञापनदाताओं को चैनल पर विज्ञापन देने के लिए सहमत करवाता है। आज तक की सफलता के पीछे उसके कंटेन्ट के साथ-साथ आक्रामक मार्केटिंग भी है। मार्केटिंग विभाग ये भी सुनिश्चित करता है कि पूरे देश

में चैनल भली-भांति उपलब्ध हो। राज्य ब्यूरो में भी मार्केटिंग के प्रतिनिधि नियुक्त किये जाते हैं जो अपने राज्य में केबल ऑपरेटरों और विज्ञापनदाताओं से सीधा सम्पर्क बनाये रखते हैं।

उपकरण विभाग-टेलीविजन में काफी मंहगे उपकरणों का उपयोग किया जाता है। इन सब उपकरणों के बेहतर रखरखाव की जिम्मेदारी इक्युपमेंट विभाग की होती है। वीडियो कैमरे, ट्रायपोर्ट, बैट्री, लाईट इत्यादि सामान को सुव्यवस्थित रखना पड़ता है। बैट्री नियमित रूप से चार्ट होती रहे, सभी केबल ठीक-ठाक हों, कैमरों की मरम्मत होती रहे, लाईट के फ्यूज बल्व समय पर बदल दिये जायें, ये सब सुनिश्चित करना इस विभाग का काम है। विशेषकर जब दूसरे शहरों में शूटिंग के लिए जाना होता है, सामान के रखरखाव और सुरक्षा का दायित्व अधिक महत्वपूर्ण हो जाता है।

ट्रांसपोर्ट विभाग-समाचार चैनल खबरों को शीघ्रतम प्रसारित करने के लिए बड़ी संख्या में वाहन रखते हैं। अपने वाहनों की मदद से दूर की खबर को भी तुरन्त मुख्य कार्यालय तक पहुंचाया जाता है। अधिकांश चैनल कार, वैन को अपना वाहन बनाते हैं और वाहन पर अपने चैनल का नाम व लोगो छपवा देते हैं जिससे वह वैन या कार जहां भी जाती है लोगों में चैनल का प्रचार भी करती है और रिपोर्टर को अपने पक्ष में सकारात्मक माहौल दिलाने में भी मदद देती है। इसके अलावा कुछ विशेष वाहन मेहमानों को स्टुडियो तक लाने के लिए भी रखे जाते हैं। जबकि ओबी वैन उच्च तकनीकी सुविधायुक्त ऐसे वाहन होते हैं जिनमें सीधे प्रसारण की सुविधा उपलब्ध रहती है। इस विभाग के लोग न केवल वाहनों के रखरखाव को देखते हैं बल्कि वे अलग-अलग कार्यों के लिए समय पर वाहन उपलब्ध कराते हैं। बड़ी तादात में कर्मचारियों को घरों तक छोड़ना और उन्हें आफिस लेकर आने की जिम्मेदारी भी इसी विभाग की होती है। इसके लिए व्यवस्थित रूप में समय सारणी बनाई जाती है।

मेकअप रूम-स्टुडियो से सटे हुये इस कमरे में एंकर और मेहमानों के मेकअप की सुविधा होती है। मेकअप के लिए जरूरी साजोसामान के अलावा इसमें एंकर के लिए विभिन्न प्रकार के पहनावे की सुविधा भी उपलब्ध रहती है। इसमें एक साथ कई लोगों का मेकअप करने की व्यवस्था होती है। मेकअप रूम में हर समय एक मेकअप आर्टिस्ट की ड्यूटी लगाई जाती है।

न्यूज डेस्क की संरचना एवं कार्यप्रणाली

समाचार चैनल में न्यूज डेस्क की संरचना दिखने में जितनी सरल होती है उतनी सरल वह होती नहीं है। समाचार बुलेटिन की निर्माण प्रक्रिया जटिल होने

के कारण इस काम में लगे हुए लोगों की क्षमता, पद एवं जिम्मेदारियां भी काफी विविधतापूर्ण होती है। इसके बावजूद सबको मिल-जुलकर काम करना पड़ता है। पूरी टीम की एक भी इकाई यदि काम बन्द कर दे या गुणवत्ता कम हो जाए तो उसका सीधा असर पूरे न्यूज बुलेटिन पर आसानी से देखा जा सकता है। मोटे तौर पर न्यूज डेस्क को तीन हिस्से में बांटा जा सकता है। इनपुट डेस्क, असाइनमेंट डेस्क और आऊटपुट डेस्क। कुछ चैनलों में असाइनमेंट डेस्क को कोआर्डिनेशन डेस्क भी कहा जाता है जबकि अनेक चैनलों में इनपुट डेस्क और असाइनमेंट डेस्क इस कदर गूथे होते हैं कि उनको अलग देख पाना काफी कठिन होता है।

इनपुट डेस्क

शाब्दिक तौर पर इनपुट का अर्थ है बुलेटिन के लिए जो भी सूचनाएं, फीड, फोन इत्यादि कच्चे माल के रूप में बाहर से आ रहे हैं। इनपुट डेस्क इस कच्चे माल को सही प्रकार से इकट्ठा करता है और उचित विभाग में आगे भेज देता है। दरअसल, एक समाचार बुलेटिन तैयार करने में एक बड़ी टीम जुटती है। पूरे देश में पत्रकारों का जाल बिछा होता है। इसके अलावा समाचार समितियां भी लगातार समाचारों को चैनल कार्यालय में भेजती हैं। यही नहीं फोन, फैक्स, ई-मेल और वीसेट के जरिए निरन्तर सूचनाओं का प्रवाह चैनल में होता रहता है। सभी सूचनाएं चैनल में पहले इनपुट डेस्क पर ही जाती हैं, जिन्हें बाद में जरूरत के मुताबिक बुलेटिन में उपयोग किया जाता है। इनपुट डेस्क इंचार्ज अपने सहयोगियों के साथ लगातार ये पता लगाता रहता है कि किस ब्यूरो से कौन सी खबर किस तरह आनी है। इनपुट डेस्क इंचार्ज ही असाइनमेंट बोर्ड पर स्थानीय रिपोर्टरों के लिए काम का बंटवारा करता है। कई बार इंचार्ज फोन करके ब्यूरो प्रमुख को किसी खबर की जानकारी भी देता है क्योंकि वो निरन्तर एजेन्सी से आने वाली खबरों पर भी नजर रखता है। इनपुट डेस्क के लोग सुबह सबेरे ही दिन भर की अनुमानित खबरों का लेखा-जोखा बुलेटिन प्रोड्यूसर को सौंप देते हैं। बीच-बीच में समाचार निर्माता इनपुट डेस्क पर जाकर ये भी पता लगाता रहता है कि कौन सी खबर का फीड आ गया है और कौन सी खबर नहीं आई है।

अनेक चैनलों में इनपुट डेस्क रिपोर्टरों के बीच समन्वय का काम भी करती है। इनपुट डेस्क के लोग लगातार फोन के जरिए रिपोर्टरों के सम्पर्क में बने रहते हैं और जैसे-जैसे उनको घटनाओं की सूचना मिलती है वैसे-वैसे वे रिपोर्टरों को फोन से उन्हें खबर करने के लिए सूचित करते हैं। उदाहरण स्वरूप एक रिपोर्टर यदि संसद सत्र को कवर करके शाम को आफिस लौट रहे हैं और इस बीच कोआर्डिनेशन डेस्क के पास बीजेपी की प्रेस कांफ्रेंस का आमंत्रण आ जाता है तो वो रिपोर्टर को संसद

से ही बीजेपी आफिस जाने के निर्देश दे देते हैं और यदि आवश्यक हो तो इस बीच संसद की खबर का टेप रिपोर्टर गाड़ी से आफिस भिजवा देता है। जाहिर है इस तरीके से न केवल समय की बचत होती है बल्कि कम रिपोर्टरों से अधिक काम लेकर चैनल अपना खर्च भी बचाता है। इसी प्रकार यदि किसी मुद्दे पर एक राष्ट्रीय पार्टी के नेता के इंटरव्यू के लिए चैनल की टीम गई है और इसी बीच तमिलनाडू में कोई महत्वपूर्ण घटना हो जाती है या फिर कोई नेता विवादास्पद बयान दे देता है तो खबर मिलते ही कोआर्डिनेशन डेस्क राष्ट्रीय नेता का इंटरव्यू लेने गये रिपोर्टर को निर्देश देता है कि वह तमिलनाडू के घटनाक्रम या बयान पर भी उस नेता की टिप्पणी लेकर आए। ऐसा अनेक बार होता है जब नेताओं से पहले रिपोर्टरों को बयानबाजी का पता चलता है और रिपोर्टर ही विरोधी नेता का बयान बताकर दूसरी पार्टी से प्रतिक्रिया लेता है।

आउटपुट डेस्क

इस डेस्क की तुलना समाचार पत्रों के उप संपादकों से की जा सकती है। आउटपुट का शाब्दिक अर्थ समाचारों के कच्चे माल को पैकेज करके बुलेटिन के रूप में अन्तिम रूप देना है। सभी रिपोर्टर अपने द्वारा कवर की गई खबरों को स्वतंत्र रूप से एडिट करवाकर बुलेटिन प्रोड्यूसर के पास जमा करते हैं, लेकिन आउट स्टेशन ब्यूरो की खबरें सम्पादित होकर नहीं आतीं। फुटेज, वीसेट के जरिए फीड के रूप में आती है और स्क्रिप्ट या तो फैक्स द्वारा भेजी जाती हैं या फिर रिपोर्टर स्क्रिप्ट चैक होने के बाद वायस ओवर के रूप में भेजता है। इन सबको मिलाकर आउटपुट डेस्क पर काम करने वाले लोग उसे पूर्ण रूप देते हैं। इसके अलावा अनेक खबरें समाचार एजेंसियों की टीप पर भी आधारित होती हैं। जैसे अधिकांश अंतरराष्ट्रीय खेलों की खबरें रायटर की फीड पर आधारित होती हैं। संसद सत्र की फुटेज दूरदर्शन के चैनलों से रिकार्ड करके खबर बनायी जाती है। जबकि कुछ खबरें भारत की न्यूज एजेंसी ए.एन.आई. की फीड की मदद से बनाई जाती हैं।

आउटपुट डेस्क पर न्यूज प्रोड्यूसर काम करते हैं। सामान्यतः एक शिफ्ट में एक बुलेटिन प्रोड्यूसर के अलावा एक कॉपीराइटर, दो प्रोड्यूसर और चार असिस्टेंट प्रोड्यूसर काम करते हैं। इनके अलावा दो या तीन इंटर्न भी हो सकते हैं। अकसर रात और सुबह की शिफ्ट में काम का दबाव कम होता है इसलिए इसमें कम लोगों से गुजारा चल जाता है लेकिन शाम की शिफ्ट में सबसे अधिक नये समाचार आते हैं इसलिए इसे प्राईम टाइम शिफ्ट कहते हैं और क्षमतावान लोगों को अधिक संख्या में इस शिफ्ट में रखा जाता है।

बुलेटिन प्रोड्यूसर की जिम्मेदारी बुलेटिन का रनडाउन तैयार करना होता है।

इसके अलावा टीम का वरिष्ठतम व्यक्ति होने के नाते बुलेटिन के क्रम निर्धारण, हेडलाइन तय करने में उसकी प्रमुख भूमिका होती है। किसी स्टोरी को बुलेटिन से हटाने, नयी स्टोरी को शामिल करने, स्टोरी का फार्मेट तय करने आदि के बारे में अन्तिम फैसला टीम के नेता का ही होता है। टीम के बीच काम का बंटवारा भी बुलेटिन प्रोड्यूसर ही करता है। सही अर्थों में बुलेटिन की सभी खूबियों और खामियों के लिए पूरी तरह से बुलेटिन प्रोड्यूसर ही जिम्मेदार होता है। सभी समाचारों के लिए एंकर लिंक लिखने की जिम्मेदारी कॉपीराईटर की होती है। प्राईम टाइम शिफ्ट में एक वरिष्ठ पत्रकार कॉपी एडिटर की भूमिका में भी होता है। उसका काम सभी रिपोर्टरों की कॉपी को सम्पादित करना है। सामान्यतः उत्कृष्ट भाषा, व्यापक जानकारी और समाचारों की पैनी समझ वाले अनुभवी पत्रकारों को इस पद का दायित्व सौंपा जाता है। न्यूज प्रोड्यूसर और असिस्टेंड प्रोड्यूसर अलग-अलग खबरों का काम करते हैं। कोई एजेंसी की फीड को खबर में तब्दील करता है तो कोई ब्यूरो रिपोर्ट को एडिट करवाता है जबकि इंटर्न आउटपुट डेस्क पर विभिन्न छोटे मोटे कामों में मदद करता है। जैसे एजेंसी की स्क्रिप्ट का अनुवाद करना, किसी बाइट को डब करवाना, किसी खबर के बारे में पुस्तकालय से सम्बन्धित जानकारी जुटाना, टेप प्रिव्यू करके उपयुक्त बाईट का चुनाव करना, सम्बन्धित विषय पर उपयुक्त विजुअल टेप लायब्रेरी से निकलवाना, मेहमान को लेने जाना

असाइनमेंट बोर्ड

एक समाचार बुलेटिन तैयार करने में कई दर्जन पत्रकार एवं सहयोगी कर्मचारी मेहनत करते हैं। राज्य की राजधानियों से तो समाचार आते ही हैं लेकिन खबरों का बड़ा हिस्सा देश की राजधानी दिल्ली से बनता है। अधिकांश समाचार चैनलों के मुख्य कार्यालय भी दिल्ली या उससे सटे हुए इलाके नोयडा में स्थित है। केवल दिल्ली को कवर करने के लिए प्रत्येक चैनल बड़ी संख्या में रिपोर्टर नियुक्त रखता है। केन्द्रीय सरकार की उठापटक, संसद की कार्यवाही, केन्द्रीय मंत्रिमण्डल के फैसले, राष्ट्रीय संस्थानों की गतिविधियाँ, दूसरे देशों के दूतावास, अंतरराष्ट्रीय राजनेताओं की भारत यात्रा, राजनैतिक, आर्थिक, सामाजिक संगठनों के कार्यालय इत्यादि ऐसे स्थान और घटनायें हैं जहां निरन्तर समाचार बनते रहते हैं। असाइनमेंट बोर्ड रिपोर्टरों के बीच काम के बंटवारे को दर्शाने का एक सरल माध्यम है। सुबह दस या ग्यारह बजे समाचार चैनलों में सम्पादकीय बैठक होती है जिसमें चैनल के वरिष्ठ लोग शामिल होते हैं। संपादकीय बैठक इस बारे में निर्णय लेती है कि उस दिन कौन सी घटनायें महत्वपूर्ण हैं और उन्हें कौन-कौन से रिपोर्टर कवर करें।

असाइनमेंट बोर्ड

क्र.	स्टोरी विवरण	घटना स्थल	रिपोर्टर का नाम	घटना का समय	अनुमानित
1.	सोनिया रैली	इंडिया गेट	राकेश कुमार	11.00 A.M.	5.00 P.M.
2.	बीजेपी प्रेस कांफ्रेंस	भाजपा कार्यालय	देवाशीश	4.00 P.M.	7.00 P.M.
3.	नर्मदा बचाओ आंदोलन	जंतर-मंतर	रजनी शर्मा	12.00 P.M.	3.00 P.M.
4.	मुख्यमंत्री सम्मेलन	विज्ञान भवन	मनोज कुमार	11.00 A.M.	4.00 P.M.
5.	अपराध- आत्महत्या	यमुना पार	दशरथ प्रसाद	9.00 A.M.	4.00 P.M.
6.	मोबाइल कंपनी प्रेस कांफ्रेंस	होटल हयात	फैयाज अहमद	11.00 A.M.	4.00 P.M.
7.	साहित्यकार का निधन	निगम बोध घाट	अरूणिमा	11.00 A.M.	4.00 P.M.
8.	एथलेटिक्स मीट	सफदर. स्टेडियम	अरूण कुमार	12.00 P.M.	3.00 P.M.
9.	पेंटिंग प्रदर्शनी	मंडी हाऊस	मोहन कुमार	6.00 P.M.	9.00 P.M.
10.	फिल्म रिलीज-फना	पी.वी.आर. अनुपम	पूनम श्रीवास्तव	6.00 P.M.	9.00 P.M.

असाइनमेंट बोर्ड पर समाचार बनने वाली घटना का संक्षिप्त विवरण और उसे कवर करने वाले रिपोर्टर का नाम लिखा जाता है। इसके अलावा घटना के अनुमानित समय और रिपोर्टर उसे कवर करके कब तक अनुमानित रूप से ऑफिस में लौट आयेगा इसका जिक्र भी असाइनमेंट बोर्ड पर होता है।

रन डाउन और बुलेटिन की संरचना

टेलविजन समाचार बुलेटिन में दर्शक अखबार की तरह अपनी पसंद के अनुसार समाचार को पहले या बाद में नहीं देख पाता। दर्शक को उसी क्रम में समाचार देखने पड़ते हैं जिस क्रम में प्रोड्यूसर उन्हें दिखाता है। दरअसल क्रम के माध्यम से समाचार निर्माता खबरों के महत्व को भी स्थापित करता है। जैसे समाचार अत्यधिक महत्वपूर्ण है तो उसे बुलेटिन के सबसे अलगे हिस्से में दिखाया जाये और विशेष महत्व के समाचारों को भी बुलेटिन की हेडलाइन्स में स्थान मिलता है। बुलेटिन में समाचारों का क्रम तय करने का काम वरिष्ठ पत्रकार करते है।

Run Down/Run Orcder

Date............Anchor.............Buletin Producer...............

S.No.	Story	NewsFormat	Reproter's News	Duration	Clip Name/ Tape No.	Graphics	Total Duration
	Montag	-	-	5 Sec.	Mon	-	00:00:05
1.	Headines- ● Mumbai blast ● Patil's statement ● Adwani statement ● Cricket	-	-	10 Sec.	Head	-	00:00:15
2.	Mumbai blast	Package	Rakesh	100 sec.	MUM	Animation	00:01:55
3.	Mumbai blast	Live	Rakesh	60 sec/	_	Phono	00:02:05
4.	Home Minister's statement	Ancher bite	-	45 sec.	Patil	-	00:03:30
5.	Adeani PC	Package	Mohan	75 sec.	ADW	-	00:04:45
6.	Break	-	-	180 sec.	-	-	00:07:45
7.	Bihar Politics	Package	Pratush	90 sec.	Bih	Mug Plate	00:09:15
8.	Crime-Suiside	Package	Rina	95 sec.	cri-sui	Date Plate	00:10:50
9.	UN Council	VOSOT	-	40 sec.	UN	-	00:11:30
10.	Israel conflict	VOSOT	-	50 sec.	Isra	-	00:12:20
11.	Break	-	-	180 sec.	-	-	00:15:20
12.	Share Market	Anchor	-	45 sec.	-	graphics	00:16:05

12.	Share Market	Anchor Gfx	-	45 sec.	-	graphics Plate	00:16:05
13.	Auto expo.	Package	Ajay	100 sec.	auto	Plate	00:17:45
14.	Mandi-Wheat	Phono	Parvindar	60 sec.	wheat	Phono Plate	00:19:30
15.	Wimbledon Tenis	VOSOT	-	45 sec.	Winble	-	00:20:15
16.	Cricket	Package	Madan	145 sec.	Cri	Score	00:22:40
17.	Weather Report	-	-	50 sec.	WR	Animation	00:23:30
18.	Chinese baby	Package	Reuters	85 sec.	Chi	-	00:24:55
19.	Repeat head ● Mumbai blast ● Patil's statement ● Adwani statement ● Cricket	-	-	10 sec.	Rep. Head	-	00:25:05
20.	Montage	-	-	5 sec.	-	-	00:25:10

Total duration 00:25:10 Ad duration 00:06:00 News duration 00:19:10

चैनलों में रन आर्डर तैयार करने के लिए विशेषीकृत कम्प्यूटर साफ्टवेयर मौजूद होते हैं जिनमें केवल समाचारों के बारे में सूचनायें फीड करना होती हैं। सबसे पहले बुलेटिन के बारे में मुख्य जानकारियां दी जाती हैं जैसे-बुलेटिन का नाम क्या है?, इंडिया नौ बजे (एनडीटीवी इंडिया), 10 तक (आज तक), प्राईम टाईम (जी न्यूज) और स्टार रिपोर्ट (स्टार न्यूज)। इसी के साथ एंकर का नाम, बुलेटिन की कुल अवधि, विज्ञापनों की संख्या एवं अवधि आदि सूचनायें भी दी जाती हैं। रन डाउन में उसके बाद एक क्रम से समाचारों की सूची होती है। यह सूची किसी भी समाचार के रूप में स्लग के रूप में होती है। जैसे-

कांग्रेस पार्टी की एक प्रेस कान्फ्रेंस-Congress PC,
विश्व कप का क्रिकेट मैच-Cricket WC,
भारतीय जनता पार्टी की रैली-BJP Rally

समाचार के स्लग के अलावा रिपोर्टर का नाम, समाचार फार्मेट, समाचार की कुल अवधि, ग्राफिक्स का विवरण (लोकेशन प्लेट, मग प्लेट, टैक्स्ट प्लेट इत्यादि), वीडिया टेप नम्बर/क्लिप या फाइल का नाम की जानकारी भी दी जाती है। प्रदेश समाचार के विवरण के अंत में बुलेटिन की कुल अवधि का जोड़ भी बताया जाता है ताकि बुलेटिन प्रोड्यूसर जैसे-जैसे समाचारों का विवरण उनकी अवधि के साथ रन डाउन में क्लिक करे उसे बुलेटिन की कुल अवधि का अनुमान भी होता जाये।

रन डाउन का उद्देश्य एवं महत्व

रन डाउन बनाने का प्रमुख उद्देश्य बुलेटिन का अनुमानित स्वरूप तैयार करना होता है। इससे यह सुनिश्चित करने में मदद मिलती है कि बुलेटिन में कितने समाचार किस क्रम से जायेंगे। बुलेटिन की कुल अवधि उपलब्ध टाइम्स लॉट के अनुसार ही है या नहीं। बुलेटिन में कितने ब्रेक होंगे और उनमें कितनी अवधि के कितने विज्ञापन प्रसारित किये जायेंगे। सार रूप में कहें तो बुलेटिन का पूरा ढांचा कागज पर उतारना ही रन डाउन बनाना है। उन डाउन बनने के बाद ही बुलेटिन प्रोड्यूसर निश्चिन्त हो पाता है कि उसके समाचारों की अवधि और क्रम आवश्यकता अनुरूप है।

रन डाउन की एक-एक प्रति प्रोड्यूसर के अलावा प्रोडक्शन कंट्रोल रूम (PCR) में बैठे डायरेक्टर और ग्राफिक्स इंचार्ज के पास भी रहती है। इसका उद्देश्य सबको बुलेटिन के क्रम के बारे में जानकारी देना रहता है। स्टूडियो में समाचार पढ़ रहे एंकर के सामने लेपटॉप में भी रन डाउन उपलब्ध रहता है। आजकल अधिकांश चैनलों में एंकर समाचारों को लाईव पढ़ते हैं। ऐसे में 24 घंटे समाचारों के प्रसारण के दौरान खबरें निरन्तर चैनल आफिस में आती रहती है और पहले

से बनाये गये रन डाउन में शामिल होती जाती हैं। कई बार तो बुलेटिन के प्रसारण के दौरान ही बीच में खबरों का क्रम बदल दिया जाता है। ऐसा करना अब डिजिटल तकनीक से संभव हो गया है।

वैसे तो हर घंटे नये बुलेटिन के लिए पुराने रन डाउन को पुनर्गठित किया जाता है। बुलेटिन प्रोड्यूसर नये समाचारों को उपयुक्त क्रम में शामिल करके पुराने पड़ गये समाचारों को या तो बाहर निकाल देता है या फिर उन्हें क्रम में थोड़ा सा नीचे ले आता है। जब किसी बड़ी दुर्घटना का समाचार अचानक मिलता है तो उसे ही प्राथमिकता दी जाती है। ऐसे अवसर पर हार्ड न्यूज को स्थान देने के लिए अन्य सॉफ्ट/मानवीय रूचि के समाचारों को सुरक्षित रख लिया जाता है और आवश्यकता पड़ने पर अगले बुलेटिनों में उनका फिर से उपयोग किया जाता है।

बुलेटिन की संरचना

आधे घंटे के एक समाचार बुलेटिन में सामान्यतः दो ब्रेक होते हैं और इस प्रकार एक बुलेटिन के कुल तीन हिस्से बन जाते हैं। पहले में प्रमुख राष्ट्रीय-अंतरराष्ट्रीय समाचार, दूसरे में क्षेत्रीय, बिजनेस और सांस्कृतिक समाचार एवं अंतिम भाग में खेल, मनोरंजन और मौसम समाचारों को रखा जाता है। ये बुलेटिन की परम्परागत संरचना है जिसके अनुसार पत्रकार राजनैतिक और आर्थिक समाचारों को प्राथमिकता देते हैं और सामाजिक, सांस्कृतिक एवं मानवीय रूचि की खबरों को बुलेटिन में अन्त में स्थान देते हैं।

कोई भी बुलेटिन अपने विशेष मोन्टाज से शुरू होता है। कम्प्यूटर ग्राफिक्स से बनाये जाने वाले इस मोन्टाज में अनेक चैनल ग्लोब का प्रयोग करते हैं जो इसका द्योतक है कि बुलेटिन में देश, दुनिया की खबरों को शामिल किया जाता है। कुछ चैनल महत्वपूर्ण समाचारों के विजुअल भी मोन्टाज में दिखाते हैं। अक्सर मोनटाज तेज संगीत के साथ एडिट होता है। दरअसल मोन्टाज दर्शकों को बुलेटिन शुरू होने का संकेत देता है। यह उसकी सिग्नेचर ट्यून का काम करते हैं। न्यूज मोन्टाज संगीत के साथ जैसे ही समाप्त होता है वैसे ही एंकर स्क्रीन पर उपस्थित होकर अभिवादन के बाद बुलेटिन की हेडलाइन सुनाता है और इसी के साथ उस समाचार के विजुअल भी चलते हैं।

हेडलाइन के बाद एक के बाद एक खबरों का परिचय एंकर द्वारा दिये जाने के बाद उन समाचारों की विजुअल रिपोर्ट दिखाई जाती है। पहले भाग के अंत में ब्रेक पर जाने से पहले एंकर आने वाली खबरों के बारे में संक्षिप्त जानकारी देता है- आगे है अभी...... देखते रहिये आज तक। समाचारों के बारे में इस प्रकार की

अग्रिम संक्षिप्त सूचना टीजर (Teaser) कहलाती है। यानि इसके माध्यम से एंकर दर्शकों को टीज करता है ताकि वे बुलेटिन से बंधे रहें। टीजर के लिए ऐसे समाचारों और विजुअलों का चयन किया जाता है जो अत्यधिक रोचक हों। दरअसल चैनलों की प्रतिस्पर्द्धा के बीच दर्शकों को बांधे रखने के लिए टीजर एक कारगर औजार है। ये समाचारों को बेचने की एक प्रकार की रणनीति भी है। कई बार टीजर में बार-बार दिखायी जाने वाली खबर बुलेटिन के सबसे अन्त में दिखाई जाती है और उसे देखने के लिए दर्शक को पूरा बुलेटिन देखना पड़ता है।

अनेक चैनल किसी घटना की खबर दिखाने के अलावा उस मुद्दे पर चर्चा करने के लिए सम्बन्धित महमानों को भी स्टूडियो में आमंत्रित करते हैं। छोटी सी चर्चा या बहस के बाद एंकर फिर से अन्य समाचारों की तरफ बढ़ जाते हैं। कई बार बुलेटिन के अन्त में पुनः हेडलाईन बताने के बाद भी कोई विशेष समाचार दिखाया जाता है। ऐसा जानबूझकर किया जाता है। इस प्रकार की खबर को किकर (Kicker) कहा जाता है। ऐसा कभी-कभार किसी मसले पर दर्शकों का विशेष ध्यान खींचने के लिये किया जाता है।

न्यूज ग्राफिक्स

किसी भी प्रकार का स्थिर और चलायमान डिजाइन, ड्राइंग, टैक्स्ट या एनीमेशन की तश्वीर जो जीवन्त वीडियो से अलग है, टेलीविजन ग्राफिक्स की परिभाषा के दायरे में आती है। इसमें सभी प्रकार के मोन्टाज, क्रालर, ग्राफिक्स शामिल हैं।

न्यूज ग्राफिक्स का महत्व

दृश्य माध्यम होने के नाते तस्वीरें टेलीविजन की सबसे बड़ी ताकत भी हैं तो कमजोरी भी, क्योंकि अनेक मौकों पर तस्वीरें उपलब्ध नहीं हो पातीं। जबकि कुछ वैचारिक समाचारों में तस्वीरें नदारद होती हैं, तो टेलीविजन को ग्राफिक्स का सहारा लेना पड़ता है। कहा जाता है कि टेलीविजन की प्रत्येक स्टोरी में किसी न किसी रूप में कुछ विजुअल जरूर होने चाहिए तभी वह स्टोरी टेलीविजन पर दिखाये जाने लायक मानी जायेगी।

टेलीविजन चैनल ग्राफिक्स का इस्तेमाल बेहतर संचार के लिए करते हैं जब-जब उन्हें लगता है कि तस्वीरों के जरिये या शब्दों के जरिये किसी बात को अच्छी तरह नहीं कह पा रहे हैं प्रोड्यूसर ग्राफिक्स का सहारा लेते हैं। जैसे कई घटनायें इस कदर कठिन होती हैं कि सारी प्रक्रिया को समझाने के लिए ग्राफिक्स का सहारा लिया जाता है। संसद में आतंकवादी हमले की कवरेज के दौरान

आतंकवादियों के संसद में प्रवेश और हमले की बारीकियों को समझाने के लिए सभी चैनलों ने एनीमेटेड तस्वीरों का सहारा लिया। इन खबरों में समाचार चैनल न केवल उस जटिल घटना को समझा रहे थे बल्कि उन्होंने ग्राफिक्स का सहारा उन तस्वीरों को पुनर्जीवित करने के लिए भी किया जो उनका कैमरा शूट नहीं कर पाया था। अधिकांश दुर्घटनाओं की तस्वीरें पत्रकार अपने कैमरे में कैद नहीं कर पाते। उदाहरण के लिए रेल दुर्घटना को समझाने के लिए भी टेलीविजन पत्रकार ग्राफिक्स की मदद लेते हैं। यहां टेलीविजन निर्माता ऐनीमेशन से बने ग्राफिक्स को तस्वीरों के विकल्प के रूप में उपयोग करता है।

टेलीविजन पत्रकारों को जब-जब महसूस होता है कि समाचार में आंकड़े काफी हैं तो वह उनको समझाने के लिए ग्राफिक्स का सहारा लेता है। केवल वायस ओवर में काफी आंकड़ों को बोल देने से दर्शक उनको भली-भांति नहीं समझ पाता है साथ ही वह जल्दी बोर भी हो जाता है। इसलिए सामान्यतः शेयर बाजार की खबरों को ग्राफिक्स की मदद से समझाया जाता है। बजट की खबरों में भी कीमतों में बढ़ौतरी और अन्य आंकड़ों को विभिन्न आकर्षक ग्राफिक्स बनाकर समझाया जाता है। आजकल समाचार चैनल उन्नत कम्प्यूटर सॉफ्टवेयरों की मदद से अपनी प्रस्तुति को आकर्षक बनाने के लिए भी ग्राफिक्स इस्तेमाल करता है। उदाहरण स्वरूप- चुनाव परिणामों के दौरान स्टूडियो में एंकर खड़े होकर ग्राफिक्स की मदद से दर्शकों को सारी स्थितियां बताता है। इसी प्रकार इराक युद्ध के दौरान भी चैनलों ने वार रूम में युद्ध की रणनीतियों को दर्शकों के सामने ग्राफिक्स की मदद से रखा है।

न्यूज ग्राफिक्स के प्रकार

1. **सुपर और क्रालर**-सबसे अधिक प्रयोग होने वाला यह ग्राफिक्स किसी भी व्यक्ति का नाम और पद बताने के लिए उपयोग में लाया जाता है। टेलीविजन स्क्रीन के निचले हिस्से पर कम्प्यूटर से बनाया जाने वाला बैन्ड तस्वीरों पर सुपर इन्पोज कर दिया जाता है। इस पट्टी पर ताजा समाचारों को मनचाहे समय फ्लैश के रूप में भी दिखाया जा सकता है। कई बार अगर बाईट चैनल की भाषा में डब नहीं हो पायी है तो उस व्यक्ति के कथन का अनुवाद भी बैन्ड पर दिखाया जा सकता है। स्क्रीन के सबसे नीचे एक पट्टी पर समाचार नियमित रूप से रेंगते रहते हैं, ये क्रालर कहलाता है। दरअसल क्रालर का मकसद निरन्तर दर्शकों को ताजी सूचनाओं के सम्पर्क में रखना है। संक्षिप्त समाचारों के साथ-साथ कई प्रकार की दूसरी जानकारियां जैसे शेयरों के दाम, तापमान की जानकारी, कई प्रकार के विज्ञापन इत्यादि भी क्रालर पर दिखाये

जाते हैं। कम्प्यूटर की मदद से बनाये जाने वाले क्रालर भी टेलीविजन की तस्वीरों पर बाद में सुपर इम्पोज किये जाते हैं। ये टेलीविजन स्क्रीन का vfèkdre mi;ksx djuk Hkhgs

2- **लोकेशन प्लेट**-ये एक प्रकार की स्टिल प्लेट होती है जिसमें किसी घटना के स्थान को मानचित्र की मदद से दर्शाया जाता है। एक वृहद नक्शा होता है और दूसरे हिस्से में घटना से जुड़े स्थान का बारीकी से चित्रण होता है। इस प्लेट का इस्तेमाल अक्सर दुर्घटना समाचारों में किया जाता है जब दुर्घटना के कुछ समय बाद तक उसकी कोई भी तस्वीर उपलब्ध नहीं होती ऐसे में समाचार निर्माता अन्य सूचनाओं के साथ लोकेशन प्लेट दिखाकर दर्शकों को घटना स्थल से अवगत कराता है। लोकेशन प्लेट पर मानचित्र के अलावा एक लाईन में टैक्स्ट भी होता है। उदाहरण स्वरूप- दिल्ली से मुम्बई जाते हुए अगर पंजाब मेल इटारसी के पास दुर्घटनाग्रस्त हो जाये तो मध्यप्रदेश के मानचित्र पर भोपाल और इटारसी के आसपास का विवरण लोकेशन प्लेट पर देना उचित होगा। यहां टैक्स्ट होगा- पंजाब मेल भोपाल के पास दुर्घटनाग्रस्त, 10 यात्री मरे।

3. **फोनो प्लेट**-टेलीविजन रिपोर्टर घटना स्थल से फोन पर जानकारी स्टूडियो तक पहुंचाता है। फोनो रिपोर्टिंग के दौरान एक ग्राफिक्स प्लेट टीवी स्क्रीन पर दिखाई जाती है जिसमें सम्बन्धित खबर का टैक्स्ट, रिपोर्टर का फोटो और उसका नाम, स्थान और एक फोन या मोबाइल की सांकेतिक तस्वीर होती है। दरअसल रिपोर्टर से फोन पर बातचीत के दौरान दर्शकों को बांधे रखने के लिए इस प्लेट का उपयोग किया जाता है। कई बार फोनो प्लेट का उपयोग लोकेशन दर्शाने के लिए भी कर लिया जाता है और यदि घटना की तस्वीरें भी चैनल आफिस में पहुंच चुकी हों तो फोन पर बातचीत के साथ-साथ एक ही स्क्रीन पर तस्वीरें भी दिखा दी जाती हैं।

4. **मग प्लेट**-एक व्यक्ति के सीने से ऊपर के शॉट को मग शॉट बोलते हैं। मग प्लेट में सम्बन्धित व्यक्ति का एक स्टिल मग शाट लगाया जाता है। मग प्लेट अक्सर मृत्यु समाचारों में इस्तेमाल की जाती है। ऐसे में तस्वीर के नीचे उसका नाम और जन्म-मृत्यु का वर्ष लिख दिया जाता है। मग प्लेट बनाने के लिए अक्सर किसी स्थिर चित्र को स्कैन कर लिया जाता है। मग प्लेट का उपयोग उन समाचारों में अधिक होता है जहां व्यक्ति विशेष के विजुअल उपलब्ध न हों।

5. **टैक्स्ट प्लेट**-अनेक समाचार महत्वपूर्ण व्यक्तियों के कथन से बनते हैं। इन समाचारों में उनके द्वारा कही गई बातें भी महत्वपूर्ण होती हैं। अगर यह बातें

बाईट के रूप में चैनल के पास उपलब्ध नहीं हैं तो निर्माता उसे टैक्स्ट प्लेट के रूप में पेश करते हैं। उदाहरण के लिए अमरीकी राष्ट्रपति और भारतीय प्रधानमंत्री के बीच यदि कोई महत्वपूर्ण मुद्दे पर सहमति हुई है तो ऐसे में दोनों के कथन और प्रतिक्रिया महत्वपूर्ण हो जाती हैं। यह जरूरी नहीं है कि दोनों ही नेता पत्रकारों के सामने आकर सहमति के बिन्दुओं पर वक्तव्य दें। ऐसे में समाचार चैनल सहमति के बिन्दुओं को संक्षिप्त रूप में टैक्स्ट प्लेट बनाकर दर्शकों के सामने रखते हैं। भारतीय प्रधानमंत्री के कथन की टैक्स्ट प्लेट में वह उनकी स्थिर तस्वीर दिखा देते हैं और पृष्ठभूमि में सम्बन्धित देश के झंडे को भी प्रयोग में लाया जाता है।

6. **डाटा प्लेट**-जटिल आंकड़ों को सरलता से समझाने के लिए विभिन्न प्रकार के चार्टों की मदद ली जाती है। जैसे तुलनात्मक आंकड़ों को समझाने के लिए बार चार्ट का सहारा लिया जाता है। पिछले एक हफ्ते के शेयर बाजार की स्थिति को दिखाने के लिए बार चार्ट या लाईन चार्ट की मदद ली जाती है, जबकि संसद में विभिन्न दलों की स्थिति को दर्शाने के लिए या बजट में विभिन्न मदों पर खर्च का विवरण समझाने के लिए अक्सर टेलीविजन पत्रकार पाई चार्ट की मदद लेते हैं। डाटा चार्ट भी आजकल ऐनीमेशन की मदद से तैयार किये जाने लगे हैं।

7. **मौसम ग्राफिक्स**-मौसम समाचार टेलीविजन समाचारों का प्रमुख अंग हैं और सभी चैनल मौसम सम्बन्धी जानकारियां देने के लिए विभिन्न प्रकार के ग्राफिक्स का इस्तेमाल करते हैं। आजकल कम्प्यूटर आधारित उन्नत सॉफ्टवेयर एनीमेशन की मदद से मौसम समाचार दिखाये जाते हैं। तापमान की जानकारी के अलावा आने वाले तूफान, आंधी, बूंदाबांदी और बर्फबारी का विवरण भी रोचक अंदाज में ग्राफिक्स की मदद से दर्शाया जाता है।

8. **ऐनीमेटेड विजुअल**-कम्प्यूटर एनीमेशन की मदद से बनाई गई तस्वीरें भी टेलीविजन ग्राफिक्स की परिभाषा में शामिल होती हैं। टेलीविजन पत्रकार ऐनीमेशन की मदद से वास्तविक घटनाओं को पुनर्जीवित कर रहे हैं। उद्देश्य एक ही है कि किस प्रकार सूचनाओं और घटनाओं को अधिक सहज, सरल और रोचक रूप में दर्शकों तक पहुंचाया जाये।

9. **टाइटल एवं क्रेडिट**-किसी कार्यक्रम के आरंभ और अंत में भी ग्राफिक्स का उपयोग किया जाता है। शुरूआत में मॉन्टाज और टाइटल इस्तेमाल होता है और अन्त में निर्माण से जुड़े लोगों की जानकारी देने के लिए क्रेडिट लाइन दी जाती है। क्रेडिट नीचे से ऊपर स्क्राल करते हुए हो सकते हैं या फिर डिजोल्व की मदद से एक के बाद एक क्रमबद्ध रूप में निर्माण टीम के लोगों

की जानकारी दी जाती है।

ग्राफिक्स की पृष्ठभूमि

किसी भी प्रकार के ग्राफिक्स की पृष्ठभूमि में रंगों और तस्वीरों के चयन का बड़ा महत्व होता है, क्योंकि यदि रंग संयोजन और तस्वीर खबर से जुड़ी हुई नहीं है तो दर्शक जल्दी ही उससे उकताने लगेंगे। कुछ चैनल अपने ग्राफिक्स में चमकीले, भड़कीले रंगों का इस्तेमाल करने लगे हैं जो कुछ दिनों तक आकर्षक लगते हैं लेकिन लम्बे समय बाद चटक रंग आंखों में चुभने लगते हैं। चटख रंग वास्तविक नहीं लगते और दर्शक उन्हें जीवन की सच्चाई से जोड़ नहीं पाते। हमेशा यह नहीं भूलना चाहिए कि समाचार वास्तविकता का फार्मेट है।

ग्राफिक्स में प्रयोग होने वाली तस्वीरों का चयन रिपोर्टर को ही करना पड़ता है। अक्सर ये तस्वीर रिपोर्ट से जुड़ी होती है या इसका आकर्षक होना हमेशा जरूरी नहीं होता। दृश्य भाषा के मुताबिक ये विशेष विजुअल स्टोरी की मूल भावना से मेल खाता हुआ होना चाहिए। उदाहरण स्वरूप गुजरात में सूखे की एक खबर में यदि एक ग्राफिक्स इस्तेमाल किया जाता है तो उसके लिए उपयुक्त विजुअल सूखे के हालात को दर्शाने वाला होना चाहिए। जैसे- सूखे के कारण दरारें पड़ी जमीन, दूर से पानी लाती हुई एक महिला, नल के आगे मटकों की लम्बी कतार, गर्मी से मरे पशुओं का अस्थि-पंजर, संकट से जूझते लोगों के चिंताग्रस्त चेहरे इत्यादि।

ग्राफिक्स की भाषा

टेलीविजन ग्राफिक्स के लिए टैक्स्ट तैयार करने के दौरान पत्रकारों को कई बातों का ध्यान रखना पड़ता है। कुछ लोग सोचते हैं कि वायस ओवर में जो कुछ कहा गया है वह सारी बातें ग्राफिक्स में ज्यों-की-त्यों छाप दी जाये और परिणामस्वरूप ग्राफिक्स प्लेट पर भीड़-भाड़ हो जाती है। दरअसल, ग्राफिक्स में सारा टैक्स्ट देने की आवश्यकता नहीं होती। इसके स्थान पर महत्वपूर्ण बातों को बिन्दुवार लिखा जाना चाहिए। दर्शक वायस ओवर सुनते हुए उन बिन्दुओं को पढ़ते हैं तो दोनों को आपस में जोड़ लेते हैं। यदि अधिक जानकारियां है तो एक से अधिक प्लेट भी बनाई जा सकती है जिन्हें क्रमवार दिखाया जा सकता है।

ग्राफिक्स पर टैक्स्ट का साईज और फोंट के चयन का भी महत्व है। माना जाता है कि दर्शक टेलीविजन को 10 से 15 फुट की दूरी पर बैठकर देखता है। इसलिए ग्राफिक्स में टैक्स्ट का आकार इतना बड़ा होना चाहिए कि वह सामान्य टेलीविजन सेट पर औसत दूरी से स्पष्ट दिखाई दे। फोंट के स्वरूप का चयन भी इसलिए महत्वपूर्ण है क्योंकि मूलतः टेलीविजन समाचार मनोरंजन के लिए नहीं

होते। उनसे पूरी प्रस्तुति में गंभीरता की उम्मीद की जाती है। कुछ फोंट अत्यधिक डिजाइनदार और अगंभीर होते हैं जिनके इस्तेमाल से बचना चाहिए।

अधिकांश चैनलों में कम्प्यूटर ग्राफिक्स बनाने के लिए अलग से एक विभाग होता है जहां, इसके विशेषज्ञ रिपोर्टरों की मांग के अनुरूप न्यूज ग्राफिक्स तैयार करते हैं। ये लोग तकनीकी रूप से कम्प्यूटर के विशेषज्ञ होते हैं और इनको कला एवं सौन्दर्य बोध की समझ होती है। लेकिन फिर भी ग्राफिक्स की भाषा तैयार करने और तस्वीरों के चयन की जिम्मेदारी सम्बन्धित रिपोर्टर या प्रोड्यूसर की होती है क्योंकि टेलीविजन पत्रकार को पता होता है कि खबर की मांग क्या है। किस प्रकार का ग्राफिक्स जाना चाहिए। हमें भूलना नहीं चाहिए कि सुन्दर ग्राफिक्स एक समाचार को रोचक और सरल बनाने का एक जरिया है और उनका अलग से बुलेटिन में कोई वजूद नहीं होता।

रिसर्च और टेलीविजन समाचार

मनुष्य जब-जब जीवन की समस्याओं से जूझते हुए उन्हें हल करने की कोशिश करता है तो कुछ हद तक वह शोध कर रहा होता है। समस्याओं को सुलझाने के लिए उनकी जांच-पड़ताल की जाती है, प्रश्नों के उत्तर खोजे जाते हैं, पुरानी बातों पर सवाल उठाये जाते हैं तभी नये ज्ञान का सृजन होता है। दरअसल, अनुसंधान किसी समस्या को हल करने का एक व्यवस्थित, वैज्ञानिक एवं निष्पक्ष तरीका है, जिसके बाद सम्बन्धित विषय पर नई जानकारियां हासिल होती हैं।

रिसर्च का महत्व

पत्रकार हर दिन नये सवालों और नई समस्याओं से रूबरू होते हैं। अलग-अलग विषयों की रिपोर्टिंग के दौरान उन्हें भी खोजबीन और जांच-पड़ताल करनी पड़ती है। हालांकि इस दौरान पत्रकार अकादमिक शोध की तरह लम्बा-चौड़ा अध्ययन नहीं करते, लेकिन मोटे तौर पर उनके तथ्यों के संकलन और उन्हें प्रस्तुत करने का तरीका शोधकर्त्ताओं की तरह ही होता है। उदाहरण के लिए जब किसानों की आत्महत्या की खबर आती है तो पत्रकार गांव जाकर उस घटना की जांच-पड़ताल करता है, कारणों की तलाश करता है, सम्बन्धित लोगों से बातचीत करता है और स्वयं परिस्थितियों एवं घटनाओं का आंकलन करता है। तब जाकर वह एक रिपोर्ट पेश करता है, जिसमें किसानों की आत्महत्या से सम्बन्धित लेखा-जोखा होता है, क्योंकि पत्रकार एक त्वरित माध्यम के लिए काम करता है, इसलिए उसकी शोध भी एक प्रकार का त्वरित अनुसंधान होता है। लेकिन ध्यान देने योग्य बात यह है कि तथ्यों के संकलन के दौरान वो भी उन्हीं तरीकों का इस्तेमाल करता है जिनका कि

शोधकर्त्ता करते हैं, जैसे- इंटरव्यू, अवलोकन और पुस्तकों एवं इंटरनेट आदि से द्वितीयक आंकड़े इकट्ठा करना। साथ ही शोधार्थी की तरह ही एक पत्रकार से भी निष्पक्ष, वस्तुनिष्ठ और संतुलित होने की उम्मीद की जाती है।

एक अच्छा पत्रकार बनने के लिए जरूरी है कि व्यक्ति में नये-नये प्रश्नों के जवाब ढूंढने की आन्तरिक इच्छा हो। वो स्वयं को समाज से जोड़कर देखे और उसमें सामाजिक सरोकार मौजूद हों। नहीं तो ऊपरी मन से लम्बे समय तक एक रिपोर्टर अपने काम में आनंद नहीं ले पायेगा।

चैनल में रिसर्च यूनिट की भूमिका

अधिकांश समाचार चैनलों में रिसर्च की अलग यूनिट होती है जिसमें अनेक लोग काम करते हैं। रिसर्च यूनिट का मूल काम न्यूज टीम के लिए पृष्ठभूमि की जानकारियां और जरूरी सूचनाएं उपलब्ध कराना होता है। प्रायः रिसर्च यूनिट पुस्तकालय के एक अंग के रूप में स्थापित की जाती है ताकि जरूरत पड़ने पर उपयोगी संदर्भ-ग्रंथ, अखबारों की क्लीपिंग और पत्रिकाएं पुस्तकालय से उपलब्ध हो सकें। आजकल रिसर्च यूनिट के लोग जानकारियां इकट्ठी करने के लिए इंटरनेट का उपयोग अधिकाधिक करने लगे हैं। रिसर्च यूनिट घटनाओं का आगामी क्रम पहले से तैयार करके न्यूज टीम के पास पहुंचा देते है। यानी अगले दो दिन में क्या-क्या घटनाएं संभावित हैं, इसकी जानकारी सिलसिलेवार ढंग से तैयार कर ली जाती है। कई बार नयूज डेस्क से विशेष मुद्दों पर जानकारियां मंगाई जाती हैं। जैसे- आम बजट पेश होने से पहले उसके बारे में सम्बन्धित सभी जानकारियां इकट्ठा करने का काम रिसर्च के लोग करते हैं। इसी प्रकार संसदीय चुनाव से लगभग एक महीने पहले सभी चैनल अपने यहां रिसर्च टीम को तैयारी के काम में लगा देते हैं। प्रमुख संसदीय क्षेत्रों की राजनैतिक, सामाजिक, सांस्कृतिक पृष्ठभूमि, चुनाव के प्रमुख मुद्दे, मतदाताओं के बारे में ब्योरा आदि पहले से तैयार कर लिया जाता है। पार्टीवार और राज्यवार अलग-अलग फाइलें तैयार कर ली जाती हैं जिनमें सम्बन्धित जानकारियां पहले से ही रहती हैं। इन सबके अलावा समय-समय पर रिपोर्टर भी अपनी रिपोर्ट के बारे में सम्बन्धित जानकारियाँ रिसर्च यूनिट से मांगते रहते हैं।

रिसर्च और समसामयिक कार्यक्रम

टेलीविजन के समसामयिक कार्यक्रमों में रिसर्चर का बहुत महत्व है। ये कार्यक्रम किसी भी फार्मेट के हों लेकिन उनके लिए पहले से काफी तैयारी करनी पड़ती है। उदाहरण के लिए यदि केन्द्रीय रेल मंत्री से इंटरव्यू पर आधारित एक

आधे घंटे का कार्यक्रम तैयार करना है तो इस बातचीत के दौरान पूछे जाने वाले सवालों को तैयार करना होगा और सवाल तभी तैयार हो पायेंगे जब हमारे पास रेल मंत्री की पृष्ठभूमि के बारे में पर्याप्त जानकारी होगी। उन्होंने रेल मंत्रालय का कार्यभार कब संभाला और क्या-क्या नये फैसले लिये, जिनके कारण वे चर्चा में आये हैं। यह सब जानकारियां इकट्ठा करनी जरूरी हैं। शोधपरक कार्यक्रम जैसे- विशेष रिपोर्ट आदि में भी कार्यक्रम को सुगठित और सूचनामूलक बनाने के लिए शोध बहुत जरूरी है। टेलीविजन कार्यक्रमों में शोध के दौरान केवल आंकड़ों को इकट्ठा नहीं करना होता बल्कि संबंधित विजुअल भी वीडियो लायब्रेरी से तलाश करने होते हैं। जैसे- कश्मीर समस्या पर यदि आधे घंटे की एक स्पेशल रिपोर्ट तैयार करनी है तो इस समस्या की पृष्ठभूमि और आंकड़े तलाशने के साथ-साथ संबधित घटनाओं एवं व्यक्तियों के विजुअल भी इकट्ठा करने होंगे। किसी भी अच्छे कार्यक्रम के लिए जरूरी है कि सूचनाओं के साथ-साथ उसकी विजुअल प्रस्तुति शानदार हो। प्रभु चावला 'सीधी बात' और रजत शर्मा जब 'आपकी अदालत' कार्यक्रम में मेहमान से सवाल-जवाब करते हैं तो उनके सवालों को तैयार करने के लिए रिसर्च सहयोगी कई दिन पहले तैयारी शुरू कर देते हैं।

अभ्यास कार्य

- किसी समाचार चैनल के कार्यालय का भ्रमण करें और उसकी संरचना का एक चार्ट तैयार करें। चैनल के विभिन्न विभागों की एक सूची तैयार करें।
- टेलीविजन समाचार बुलेटिन देखते समय उसका रन डाउन/रन आर्डर तैयार करें, जिसमें समाचार का स्लग, न्यूज फोर्मेट, रिपोर्टर का नाम, ग्राफिक्स विवरण और समाचार अवधि दी गई हो।
- टेलीविजन समाचारों में उपयोग होने वाले विभिन्न ग्राफिक्स की सूची तैयार करें। किसी समाचार विशेष के लिए ग्राफिक्स की योजना बनाएं। इसके अन्तर्गत ग्राफिक्स प्लेट का डिजाइन, रंग, फोंट नाम, टाइप साइज, तस्वीर इत्यादि का विवरण लिखें।
- किसी समकालीन मुद्दे पर आयोजित होने वाले टॉक शो/इंटरव्यू के लिए रिसर्च सामग्री एकत्रित करें। इसके अन्तर्गत संबंधित प्रश्न, आंकड़े, तथ्य, सूचनाएं आदि शामिल हैं।
- राष्ट्रीय समस्या/मसले पर आधारित आधे घंटे की एक डाक्यूमेंटरी के लिए शोध कार्य करें। सभी शोध सामग्री संदर्भ सहित उल्लेखित करें।

अध्याय 9

टेलीविजन पत्रकारिता और प्रस्तुतिकरण

- ☐ टेलीविजन एंकर
- ☐ ध्वनि विश्लेषण
- ☐ स्वर समस्यायें एवं सुधार
- ☐ उच्चारण की समस्याएं
- ☐ उच्चारण कैसे सुधारें?

टेलीविजन एंकर

अंग्रेजी शब्द एंकर का मूल अर्थ समुद्री जहाज से जुड़ा है। दरअसल एंकर धातु के उस भारी भरकम कांटे को कहा जाता है जो लंगर डालने के दौरान समुद्र में लटका दिया जाता है। जहाज के चारों तरफ लटके ये एंकर समुद्र की तह में पत्थरों से अटक जाते हैं और इस प्रकार समुद्री जहाज को भी अपने स्थान पर बनाये रखने में मदद करते हैं। एंकर शब्द का एक प्रयोग एंकर रनर के रूप में भी होता है। रिले रेस में अंतिम धावक जब छड़ी या झंडे को लेकर मंजिल तक दौड़ता है उसे एंकर रनर कहते हैं। लगभग यही काम एंकर टेलीविजन कार्यक्रम में भी करता है। वह एक सूत्रधार का काम करते हुए पूरे कार्यक्रम को बांधे रखता है और साथ ही कार्यक्रम और दर्शकों के बीच में भी एक कड़ी का काम करता है।

एंकर की अवधारणा

शुरूआती दिनों में न्यूज रीडर दूरदर्शन आफिस में बुलेटिन समय से कुछ पहले आकर सीधे मेकअप रूम में चले जाते थे, जहां मेकअप के दौरान ही प्रोड्यूसर उन्हें बुलेटिन के समाचार पकड़ा देता था, जिसे कुछ देर बार उन्हें पढ़ना होता था। समाचार पढ़कर एंकर घर चले जाते और बदले में उन्हें प्रति बुलेटिन की दर से भुगतान किया जाता। उन दिनों समाचार वाचक न्यूज टीम के नियमित सदस्य नहीं होते थे और उनका काम केवल समाचार वाचन तक सीमित रहता था। जबकि आजकल समाचार टीम का ही एक सदस्य होता है

या कहें कि वह फील्ड में रिपोर्टिंग करता दिखता है तो कभी स्क्रीन के पीछे रहकर भी काम करता है। एंकर से बढ़कर वह एक टेलीविजन पत्रकार होता है और एंकरिंग की जिम्मेदारी तो उसके विशेष दायित्व में शुमार होता है। एंकर को समाचार लेखन, वॉयस ओवर, रिपोर्टिंग जैसे सभी काम करने पड़ते हैं।

अस्सी के दशक के समाचारवाचकों की तुलना में आज के एंकर अधिक सहज हैं। वे समाचारों का क्रम विशेष में परिचय देने के अलावा स्टूडियो में मेहमानों के साथ चर्चा विमर्श करते हैं, व्यूरो चीफ स्थित रिपोर्टरों से सवाल जवाब करते हैं और यहां तक कि दूर बैठे लोगों के फोन से इंटरव्यू भी लेते हैं। इस प्रकार वर्तमान एंकरों का कार्य पहले की तुलना में अधिक कठिन है। अनेक अवसरों पर तो उन्हें लाईव कमेंट्री भी करनी पड़ती है। ऐसे मौकों पर पहले से लिखी गई स्क्रिप्ट एंकर के पास नहीं होती। काफी अनौपचारिकता के बाद आज के एंकर अपने दर्शकों को समाचार सुनाने के बजाए उनसे वार्तालाप करते प्रतीत होते हैं। समाचार प्रेजेन्ट करने वालों को प्रस्तोता भी कहा जाता है।

समाचारों में एंकर की भूमिका

चैनल का चेहरा-एंकर या प्रस्तोता किसी भी समाचार चैनल के चेहरे का काम करता है। बिना एंकर के समाचार बुलेटिन या अन्य किसी कार्यक्रम की कल्पना करना कठिन होता है। इसीलिए चैनल एंकरों को अपने कार्यक्रमों के प्रचार में प्रयोग करता है।

चैनल की विश्वसनीयता-लम्बे समय तक एक एंकर से समाचार सुनते-सुनते दर्शकों का उससे जुड़ाव होने लगता है। दर्शक कुछ एंकरों के प्रस्तुतिकरण का तरीका, उनकी आवाज, अंदाज, चेहरा और पहनावा पसन्द करने लगते हैं। कुछ एंकरों पर दर्शकों का भरोसा दूसरों की तुलना में अधिक होता है। उदाहरण स्वरूप- स्व. सुरेन्द्र प्रताप सिंह, विनोद दुआ, और प्रणव राय भारत के सर्वाधिक विश्वसनीय एंकर कहे जाते हैं। इस प्रकार एंकर की पहचान और साख का लाभ टेलीविजन चैनलों को मिलता है।

चैनल की सम्पादकीय टिप्पणी-माना जाता है कि समाचारों में केवल तथ्यों को स्थान दिया जाना चाहिए। विचारों को नहीं। लेकिन एंकर की मदद से चैनल अपने संपादकीय विचार भी प्रस्तुत कर सकता है। अनेक बार खबर के बाद एंकर टैग के रूप में चैनल घटनाक्रम पर अपनी संपादकीय टिप्पणी पेश करता है।

समसामयिक कार्यक्रम और एंकर

समाचार बुलेटिन की तुलना में चर्चा विमर्श और अन्य समसामयिक कार्यक्रमों में एक एंकर की भूमिका अधिक मुखर होती है। नमस्कार के बाद दर्शकों का स्वागत करता है, मेहमानों के स्वागत के बाद वह उनका परिचय देता है फिर कार्यक्रम के विषय को खोलता है, बहस शुरू होती है और एंकर से पूरे विमर्श को बहुत सलीके से पटरी पर रखने की उम्मीद की जाती है। उस वक्त कई बार कोई मेहमान अत्यधिक बोलने वाला होता है तो एंकर बीच में हस्तक्षेप करके दूसरों को भी बोलने का मौका देता है। बहस को गर्म बनाये रखने की जिम्मेदारी भी एंकर की ही होती है। एंकर चर्चा को ब्रेक के दौरान शालीनता से रोकता है और ब्रेक के बाद दोबारा दर्शकों का स्वागत करके कार्यक्रम को शुरू करता है।

अक्सर यह पहले से ही तय कर लिया जाता है कि कार्यक्रम को किस दिशा में ले जाना है। उसकी तैयारी जरूरी तथ्यों और सवालों के रूप में पहले कर ली जाती है। ये प्रश्न और तथ्य एंकर के पास रहते हैं। एंकर जानता है कि कार्यक्रम का फार्मेट और समय सीमा क्या है। निर्देशक के आदेशों का पालन करते हुए कार्यक्रम को अन्तिम मंजिल तक एंकर ही पहुंचाता है।

एंकर के गुण

1. एक अच्छा समाचार एंकर बनने से पहले एक अच्छा टेलीविजन पत्रकार बनना जरूरी है।

2. एंकर को देश-दुनिया के मसलों की व्यापक समझ होनी चाहिए और इसके लिए जरूरी है कि उसकी व्यापक अध्ययन करने की आदत हो। समकालीन घटनाओं पर पैनी नजर रखने के लिए एंकर का पिछला लम्बा अनुभव भी काफी काम आता है।

3. एक एंकर अच्छा संचारक होता है। उसमें मुश्किल विषयों, मुद्दों, समस्याओं और घटनाओं को सरल और सुलझे तरीके से समझा सकने की क्षमता होनी चाहिए।

4. एंकर भाषा का धनी होना चाहिए। यानी सही समय पर चर्चा विमर्श और सवाल-जवाब के दौरान उचित शब्दों का प्रयोग कर पाना और अपने लिए अच्छी स्क्रिप्ट खुद लिख पाना।

5. एंकर के पास आकर्षक व्यक्तित्व होना चाहिए क्योंकि उसे स्क्रीन पर दिखना होता है। इस संदर्भ में उसके कपड़े, बाल, भाव-भंगिमायें और शरीर की

मुद्राओं का विशेष ध्यान रखना पड़ता है।

6. टेलीविजन प्रस्तुतिकरण में एंकर के पास आत्मविश्वास होना चाहिए। लेकिन इसका मतलब यह नहीं है कि एंकर अति आत्मविश्वास में भरकर तथ्यों के साथ खिलवाड़ करे या फिर स्टूडियो में आये मेहमानों के साथ व्यवहार में कोताही बरते।

7. एंकर में टीम भावना को होना आवश्यक है क्योंकि जो समाचार बुलेटिन वह पढ़ता है उसे तैयार करने में काफी लोगों की भूमिका होती है और समाचार पढ़ने से पहले उसे पूरी टीम के साथ मिलकर काम करना होता है।

ध्वनि विश्लेषण

मनुष्य द्वारा उच्चरित ध्वनियों को हम मुख्य तौर पर दो भागों में बांट सकते हैं। प्रथम वाणी (Voice) और दूसरा वाक् (Speech)।

वाणी मनुष्य के स्वर उत्पादक यंत्रों यानी टेटूए और कंठ से निकली हुई ध्वनि है। इसमें उच्चारण शामिल नहीं होता और इसे निकालने में केवल फेफड़ों से आने वाली हवा और वोकल कोर्डस् की भूमिका होती है। जबकि वाक् इस ध्वनि को विभिन्न रूप देने से पैदा होता है। वोकल कोर्डस् द्वारा उत्पन्न ध्वनि को मनुष्य जीभ, दांत, होंठ, तालू आदि से विभिन्न रूप देता है और ये रूप स्वर और व्यंजन के रूप में भाषा का आधार तैयार करता है।

वाक् विश्लेषण

1. पिच (Pitch)-पिच वह अनुभूति है जो इस बात का ज्ञान कराती है कि ध्वनि श्रोत से उत्पन्न ध्वनि मोटी है या बारीक। जैसे पुरूषों की ध्वनि प्रायः मोटी तथा बच्चों तथा महिलाओं की ध्वनि बारीक होती है।

हारमोनियम के पहले पर्दे को दबाने पर बहुत मोटी ध्वनि निकलती है। परन्तु ज्यों-ज्यों दाई और के पर्दों को दबाते जाते हैं त्यों-त्यों बारीक ध्वनि निकलती जाती है।

मोटी ध्वनि को नीचे पिच की (Lower Pitched) बारीक ध्वनि को ऊँचे पिच की (High Pitched) कहा जाता है।

ध्वनि की Pitch ध्वनि श्रोत के कम्पन की आवृत्ति पर निर्भर होती है। किसी ध्वनि श्रोत की कम्पन आवृत्ति जितनी अधिक होती है उसकी पिच उतनी ही अधिक होती है।

उदाहरणार्थ-शेर की दहाड़ की आवृत्ति मच्छर की भिनभिनाहट की आवृत्ति से बहुत कम होती है। अतः शेर की दाहाड़ पिच नीची तथा मच्छर की भिनभिनाहट

की पिच ऊँची होती है। इसीलिए शेर की दहाड़ की ध्वनि मोटी तथा मच्छर की भिनभिनाहट की ध्वनि बारकी सुनाई देती है।

2. वाल्यूम (Volume)-इससे आशय है कि कोई ध्वनि हमें कितनी तेज या मंद सुनाई देती है। यह तथ्य गति की अपेक्षा ऊर्जा से संबंधित हैं।

यह गुण ध्वनि, स्रोत से उत्पन्न ध्वनि की प्रबलता से निर्धारित होता है।

एक व्यक्ति शान्त वातावरण में जब सहज रूप से बात करता है तब उस की ध्वनि का वाल्यूम कम होता है जबकि तेज शोर एवं भीड़-भाड़ वाले क्षेत्र में वह जोर से बोलता है तब उसकी ध्वनि का वाल्यूम अधिक होता है।

3. टेम्पो (Tempo) उच्चारण यंत्रों द्वारा शब्द उत्पादन की गति होती है। यह समय-सीमा विशेष मं बोले गये शब्दों से निर्धारित होती है।

टेलीविजन अथवा रेडियो में उद्घोषक जब सामान्य स्थिति में उद्घोषणा करता है तब उसका ज्मउचव सवूमत होता है किन्तु क्रिकेट की लाइव कमेंट्री करते कमेंटेटरों का Tempo बहुत अधिक उंचा होता है क्योंकि उसे बहुत कम समय में पूरे घटनाक्रम का विवरण देना होता है।

4. वाइटैलिटी वाइटैलिटी इससे आशय कथ्य एवं उच्चारण में परिलक्षित होने वाले उत्साह एवं जीवंतता से है।

भ्रमवश वाइटैलिटी को उच्चारण की गति एवं प्रबलता से अविच्छित्र कर दिया जाता है। यद्यपि अधिकांशतः वाइटैलिटी की गति और प्रबलता की सहायता से व्यक्त किया जाता है किन्तु ऐसा अनिवार्य नहीं है। हम धीरे बोलकर भी अपनी अभिव्यक्ति में वाइटैलिटी ला सकते हैं। जबकि कई बार तेज बोलकर कहीं बात भी बेजान हो सकती है।

वाइटैलिटी किसी कथन की जान होती है। यह उस कथन में अंतर्निहित भाव को शब्दों की अपेक्षा ध्वनि की गुणवत्ता से संप्रेषित करती है।

वाणी की समस्यायें

1. फेंफड़ों से आने वाली वायु वोलक कोर्ड्स से गुजरने के बाद वाणी का रूप ले लेती है। उसके बाद इसका कुछ हिस्सा मुंह से और कुछ हिस्सा नाक से निकलता है। उच्चारण सही हो इसके लिए जरूरी है कि उचित मात्रा में ही वायु नाक या मुंह से गुजरे। उदाहरण स्वरूप- जुकाम के कारण यदि नाक बंद है तो उच्चारण सही नहीं हो सकता। कई बार नाक की हड्डी बढ़ने के कारण नाक से वायु उचित मात्रा में नहीं गुजरती ऐसा कई बार साइनर, या अन्य नाम की बीमारी के कारण भी होता है। इसे Denasality समस्या कहते हैं।

2. कई लोग जरूरत से अधिक वायु को नाक से निकालते हैं और उनके उच्चारण में अनुनासिक ध्वनियों की बहुलता रहती है। ये समस्या Nasality की समस्या कहते हैं। इस प्रकार की समस्या का एक कारण आदत हो सकती है तो दूसरी शारीरिक समस्या। आदत को निरंतर अभ्यास से सुधारा जा सकता है जबकि शारीरिक समस्या को चिकित्सकीय परामर्श से दूर किया जा सकता है।

3. वाणी में कर्कशता भी एक बड़ी समस्या है। लेरिंजाइटिस, स्मोकर्स, थ्रोट और संक्रमित साइनूसाइटिस इसके कारण हो सकते हैं। चिकित्सा के अलावा इसे गर्म तरल पदार्थ पीकर भी कुछ हद तक ठीक किया जा सकता है। लेकिन यदि ये ककर्शता गले के कैंसर, अत्यधिक धूम्रपान और मदिरा सेवन के कारण है तो इसका इलाज कठिन हो सकता है।

4. कई बार उच्चारण यंत्रों- दांत, होश, तालू, जीभ इत्यादि से आवश्यकता से अधिक घर्षण पैदा करने के कारण कुछ लोग ज और श की ध्वनियां अधिक निकालते हैं, ये Exessive Sibilance की समस्या है और माइक्रोफोन इसे तीव्रता से ग्रहण करता है। श्रोताओं को यह ध्वनि काफी असहनीय लगती है।

उच्चारण की समस्याएं

टेलीविजन पत्रकार बनने के लिए उच्चारण का सही होना अति आवश्यक है। चाहे एंकर हो या फिर रिपोर्टर, उच्चारण दोष तुरन्त दर्शकों की पकड़ में आ जाता है। टेलीविजन पत्रकार भाषा में एक नये प्रयोग करते हैं इसलिए उनकी यह भी जिम्मेदारी है कि भाषा के उचित संरचना और स्वरूप का सम्मान करें और उसे बनाये रखें क्योंकि आम लोग टेलीविजन चैनलों से नये-नये शब्दों के साथ उनका उच्चारण भी सीखते हैं। बच्चों में भाषा संस्कार डालने में टेलीविजन की भूमिका काफी महत्वपूर्ण हो गई है।

प्रत्येक अक्षर का एक नियत उच्चारण होता है। हिन्दी जैसी लिखी जाती है वैसी बोली भी जाती है। यूं तो वृहद हिन्दी पट्टी में विविध बोलियां प्रचलित हैं, या कहीं कि खड़ी बोली बड़े पैमाने पर कहीं आम लोगों द्वारा बोली ही नहीं जाती। फिर भी टेलीविजन समाचार चैनल सबको समझ में आने वाली आम हिन्दुस्तानी भाषा का इस्तेमाल करते हैं। कई स्थानों पर बोलियों का प्रभाव अत्यधिक है तो कहीं दूसरी भाषाओं का प्रभाव हिन्दी पर साफ दिखता है। यहां उच्चारण सम्बन्धी सामान्य दोषों की एक सूची बनाने की कोशिश की गई है।

1. हिन्दी प्रदेशों की श्रेणी में राजस्थान, उत्तरप्रदेश, मध्यप्रदेश, बिहार, उत्तरांचल, झारखण्ड, छत्तीसगढ़, दिल्ली, हरियाणा और हिमाचल प्रदेश आता है। कुछ इलाकों को छोड़कर लगभग सभी राज्यों में आम लोग श के स्थान पर स का उच्चारण करते हैं। ये स्वभाविक भी है, आम बोलचाल में उच्चारण को बिगाड़ने में मुख-सुख का बड़ा योगदान है और स बोलने में आसानी होती है। इसीलिए आम लोग देश-देस, शहर-सहर और कृष्णा- किसना हो जाता है। जबकि कुछ इलाकों में लोग स को श बनाकर भी बोलते हैं।
2. पंजाबी में आधे व्यंजन जैसे श्, न्, त् नहीं होते। इसीलिए पंजाबी और उसके प्रभाव वाले हरियाणा के लोग प्रकार को परकार बोलते हैं। इसी प्रकार स्कूल-सकूल, श्री-सिरी, छत्रपति-छतरपति हो जाता है।
3. राजस्थान, हरियाणा और पंजाब की बोलियों में ट वर्ग (ट,ठ,ड,ढ,ण) के वर्णों का काफी प्रयोग होता है। इसीलिए यहां खाणा, पाणी, रोणा बोला जाता है।
4. बांगला भाषा में केवल ब होता है। व नहीं होता। इसीलिए पश्चिम बंगाल से सटे बिहार के मिथिलांचल में लोग व का उच्चारण ब के रूप में करते हैं। इसीलिए वे प्रणव को प्रणब बोलते हैं। मिथिलांचल में भी ड को र और र को ड़ भी बोलने का चलन है। जैसे- घोरा सरक पर दौरता है।
5. बिहार, झारखण्ड के कुछ इलाकों में शब्दों के लिंग भेद को लेकर काफी गलतियां की जाती हैं। बांगला में शब्दों में लिंग भेद नहीं होता। जबकि हिन्दी में निर्जीव वस्तुओं को भी स्त्रीलिंग, पुलिंग या उभयलिंगी के रूप में वर्गीकृत किया गया है। जैसे- ग्रंथ पुरूषवाचक है, पुस्तक स्त्रीवाचक है। लिंग भेद की समझ न होने से काफी अजीब गलतियां होती हैं। जैसे- मुझे बुखार आ गई थी।
6. मध्यप्रदेश के कुछ इलाकों में बिना आवश्यकता के ही शब्दों में अनुस्वार लगाने का उच्चारण दोष देखा जाता है। जैस घास- घांस, गाय-गायं, खून-खूंन, आगे-आंगे इत्यादि। विशेषकर भोपाल और आसपास के इलाकों में ऐ व्यंजन के प्रयोग में भी दोष देखा जाता है। जैसे मैं- में, पैन-पेन इत्यादि।
7. पश्चिमी उत्तरप्रदेश के कुछ भोजपुरी इलाके में लोगों ने स् के उच्चारण को सुविधा के मुताबिक बदल दिया है। जैसे- स्कूल-इस्कूल, स्नान- इस्नान आदि।
8. अधिकांश बोलियों में ड, ड़ और ढ, ढ़ के उच्चारण को भी गलत बोला

जाता है। बड़े पैमाने पर ओ, औ, ए, ऐ के उच्चारण में भी भ्रम रहता है। जैसे सामान्यतः औरत को ओरत, और को ओर बोला जाता है।

9. कुछ लोग द्य को ध उच्चारित करते हैं। जैसे- विद्यालय-विधालय,
10. अक्सर ऋ का उच्चारण भी गलत तरीके से किया जाता है। जैसे गृह को ग्रह बोलना।
11. क्ष, त्र और ज्ञ का उच्चारण भी गलत तरीके से किया जाता है। जैसे- कक्ष- कछ, छत्र को छतर, ज्ञान को ग्यान।
12. शब्द के अंत में इ की मात्रा को ई की मात्रा के रूप में भी गलत तरीके से बोला जाता है। जैसे- गति को गती और कवि को कवी एवं आदि को आदी बोलना।
13. कुछ लोग रु और रू के उच्चारण में भी भेद नहीं कर पाते। जैसे- रूप-रुप और रुपया-रूपया
14. बोलचाल में गलतियों का एक प्रमुख कारण शब्दों के उच्चारण के दौरान एक हिस्से पर जरूरत से ज्यादा जोर देना भी है। इस कारण बाकी के वर्ण गौंण हो जाते हैं और शब्द का सही उच्चारण बिगड़ जाता है। इसी तरह वाक्यों के बोलने में भी अक्सर कुछ शब्दों को मिलाकर बोला जाता है।

    उदाहरण- मैं दिल्ली जा रहा हूं।
    मैं दिल्ली जाराहूं।
    मैं दिल्ली जारियाहूं।

    अक्सर सामान्य बोलचाल में वाक्य के अंत तक पहुंचते या तो उत्साह कम हो जाता है या फिर हम उस हिस्से को काफी धीमी आवाज से बोलते हैं।
15. नुक्ते का उच्चारण- व्यापक हिन्दी पट्टी की सामान्य समझ को ध्यान में रखते हुए टेलीविजन चैनल हिन्दुस्तान को प्रयोग करते हैं, जिसमें फारसी, अरबी मूल के शब्दों का प्रयोग काफी मात्रा में होता है। अक्सर हम इन्हें उर्दू शब्दों के रूप में जानते हैं नुक्ते का उर्दू के उच्चारण में विशेष महत्व है। समाचार-पत्र उर्दू के प्रयोग के समय नुक्ते नहीं लगाते। कुछ विद्वानों का कहना है कि जब उर्दू के शब्द हिन्दी में ग्रहण कर लिये हैं तो उनका हिन्दीकरण कर देना उचित होगा और हिन्दी में नुक्ते नहीं होते। लेकिन उच्चारण की दृष्टि से नुक्ते का विशेष महत्व है। दिल्ली, लखनऊ, कानपुर, अलीगढ़, आगरा, भोपाल आदि ऐतिहासिक रूप से मुस्लिम पृष्ठभूमि वाले शहरों को छोड़ दे तो नुक्ते के शुद्ध उच्चारण की समझ कम ही देखने को मिलती है। नुक्तों का

महत्व इस बात से समझा जा सकता है कि अनेक शब्दों में नुक्ता लगाने या न लगाने से अर्थ बदल जाते हैं। ज़ंग (लोहे का ज़ंग)-जंग (लड़ाई), जलील (पूज्य)- जलील (घटिया), हल्का (कम वजन का)- हलक़ा (परिधि), ताक (टोह लेना)- ताक़ (छोटा सामान रखने का स्थान), कदम (एक वृक्ष का नाम) - क़दम (पग) इत्यादि।

उर्दू के पांच वर्णों में नुक्ता लगता हैः-

क़ - क़यामत, क़त्ल, क़र्ज, क़ाबिल, क़ानून, क़ुरान, क़लम, क़बूल, क़ायम, क़ब्ज़ा

ख़- ख़बर, ख़ास, ख़त्म, ख़तरनाक, ख़फ़ा, ख़रीददार, ख़र्च, ख़िताब, ख़िलाफ, ख़त

ग़- ग़ज़ल, ग़म, ग़लत, ग़ैर, गुज़ारा, ग़ायब, ग़ज़ब, ग़नीमत, ग़दर, ग़रीब, ग़बन, नग़मा

ज़- रोज़ाना, ज़ंज़ीर, ज़ख़्म, ज़हर, ज़िला, ज़िद, ज़िंदगी, ज़मीन, ज़माना, ज़रूरत, ज़ोर

फ़- फ़ल, फ़ारसी, फ़रमान, फ़र्ज़ी, फ़र्क़, फ़ितरत, फ़ौज, हफ़्ता, फ़तूर, फ़तह,

उच्चारण कैसे सुधारें

- भाषा का सही उच्चारण सुने। क्योंकि सबसे महत्वपूर्ण अपनी कमिंया पकड़ना हैं। इसके लिए रेडियो समाचारों का सुनना उपयोगी रहेगा।
- ऊंची आवाज में पढ़ने का अभ्यास करें। सामान्य बोलचाल में सब लोग कम प्रयत्न से बिना जबड़ा पूरी तरह खोले बोलते हैं जिससे उच्चारण दोष आ जाता है। ऊंची आवाज में पढ़ने से शब्दों के सही उच्चारण में मदद मिलेगी।
- अपनी आवाज रिकार्ड करके स्वयं सुनें। इससे अपनी कमियां खुद पकड़ने में आसानी होगी।
- मुखसुख छोड़कर बोलना शुरू करें। पूरा जबड़ा खोलकर बोलें।
- जीभ ढीली करके बोलने और ओठों को कम चलाने की आदत छोड़ें।
- हर अक्षर पर बराबर जोर देकर बोलें और वाक्य के अंत में अक्षर को लोप करने की आदत छोड़ दें।
- खैनी, पान या अन्य कोई खाद्य पदार्थ मुंह में रखकर बोलने से उच्चारण बिगड़ता है। लम्बे समय तक इस आदत से बिना पान और खैनी के भी उच्चारण सही नहीं हो पाता।
- बोलने की गति कम रखें ताकि श्रोताओं को समझने में समस्या न आये।
- जिन शब्दों के उच्चारण में समस्या होती है, स्क्रिप्ट लेखन के दौरान उनसे

बचा जाये। जैसे श और स के उच्चारण दोष से बचने के लिए श और स से शुरू और अन्त होने वाले शब्दों से बचना चाहिए। जैसे- शीर्षासन और शीर्षस्थ में तीनों स, श, ष हैं। इसलिए उनके उच्चारण में दिक्कत होती है।

- लिंग भेद की समस्या से निजात पाने के लिए हिन्दी के अच्छे शब्दकोश की मदद ली जा सकती है। शब्दकोश में हर शब्द के स्त्रीवाचक, पुरूषवाचक और उभयलिंगी होने की जानकारी दी जाती है। इस संदर्भ में ऐसे सहयोगी जिनकी हिन्दी उच्चारण की समझ अच्छी है भी मदद कर सकते हैं।
- हिन्दी में आधे वर्णों वाले शब्दों के उच्चारण में विशेष ध्यान रखा जाना चाहिए। इन शब्दों में आधे वर्ण के बाद वाले वर्ण पर जोर दिया जाता है। जैसे- हत्या और प्रत्येक में य पर यदि बलाघाट नहीं देते हैं तो सही उच्चारण नहीं हो पाता।
- उच्चारण सुधारने में नियमित अभ्यास ही एकमात्र सहारा है।

अभ्यास कार्य

- विभिन्न समाचार चैनलों के प्रमुख एंकरों की सूची तैयार करें। इसके अलावा ये भी उल्लेखित करें कि कौन एंकर किस कार्यक्रम को प्रस्तुत करता है। अपने मनपसंद एंकर की कौन सी खूबियां आपको अच्छी लगती हैं।
- ऐसे शब्दों की एक सूची तैयार करें जिन्हें बोलने में अक्सर आप गलती करते हैं या जिनके उच्चारण में आपको समस्या आती है। इस प्रकार के कठिन शब्दों के विकल्प तलाशें।
- क्षेत्रीय और भाषायी आधार पर ये जानने का प्रयास करें कि किन इलाकों में निवासी हिन्दी/अंग्रेजी के उच्चारण में कौन-कौन सी गलतियां अक्सर करते हैं।
- रेडियो पर हिन्दी/अंग्रेजी के समाचार ध्यानपूर्वक नियमित सुनें और अपने उच्चारण की जांच-पड़ताल करें।
- समाचारपत्र/मैगजीन को ऊंची आवाज में पढ़ने का अभ्यास करें और मित्र या सम्बन्धी को सुनाने के बाद पूछें कि उसे कितना समझ में आया।
- विभिन्न समाचार चैनलों को नियमित देखकर खबरों में निष्पक्षता और संतुलन के मुद्दे पर उनकी तुलना करें। इस कार्य के लिए किन्हीं विवादास्पद मसलों को केन्द्र में रखा जा सकता है।
- विभिन्न समाचार पत्रों एवं पत्रिकाओं में प्रकाशित होने वाले मीडिया आलोचना सम्बन्धी लेखों को नियमित रूप से पढ़ें और समकालीन घटनाओं की टेलीविजन कवरेज के बारे में विश्लेषकों की राय पर मनन करें। प्रमुख मीडिया आलोचक सुधीश पचौरी, सेंवती नैनन, अमिता मलिक, पूनम सक्सेना हैं।
- कुछ टेलीविजन पत्रकारों से उन्हें मिलने वाले उपहारों के बारे में बातचीत करें और जानने का प्रयास करें कि इस प्रकार के उपहार उनकी रिपोर्ट को किस हद तक प्रभावित करते हैं।
- टेलीविजन पत्रकारिता की नैतिकता विषय पर किसी वरिष्ठ पत्रकार को विभाग में आमंत्रित करें और एक परिचर्चा आयोजित करें। इस विषय पर छात्रों में एक बहस या भाषण प्रतियोगिता आयोजित की जा सकती है।
- टेलीविजन के विभिन्न क्राइम शो देखकर उनका विश्लेषण करें और पत्रकारों द्वारा हिंसा के चित्रण पर एक विश्लेषणात्मक लेख लिखें।

अध्याय 10

टेलीविजन पत्रकारिता में कैरियर

- ☐ पत्रकारिता शिक्षण का इतिहास
- ☐ टेलीविजन शिक्षण की समस्याएं
- ☐ टेलीविजन पत्रकारिता शिक्षण संस्थान
- ☐ टेलीविजन चैनल में करियर की शुरूआत

पत्रकारिता शिक्षण का इतिहास

पिछले एक दशक में सूचना क्रांति ने मीडिया के पूरे परिदृश्य को ही बदल डाला है। ऐसे में संचार और पत्रकारिता के विभाग भी इससे अछूते नहीं रहे हैं। अब समय आ गया है कि देश के संचारविद् मिलकर इस बात पर विचार करें कि नयी सदी में देश को विकसित देशों की श्रेणी में शुमार करने के लिए संचारविज्ञानी किस प्रकार योगदान कर सकते हैं। पत्रकारिता एवं संचार विभागों के बारे में आशंका जताने और उनकी उपयोगिता पर शक करने का जमाना लद चुका है। नये संचार युग में संचारविज्ञानियों का रूतबा बढ़ा है तो जिम्मेदारी भी। बदलते युग के साथ नयी चुनौतियों को किस प्रकार स्वीकारा जाये और नये सफर पर कैसे जिम्मेदारी से आगे बढ़ा जाए यही सब तलाशने की कोशिश की जानी चाहिए।

आजादी से पहले

1920-भारत में पत्रकारिता शिक्षण की शुरूआत करने का श्रेय ऐनी बेसेंट को दिया जाता है। जिन्होंने मद्रास में ये प्रशिक्षण शुरू किया।

1936-निजी संस्थानों में सबसे पहले मुम्बई में **हार्नीमैन स्कूल ऑफ जर्नलिज्म** शुरू किया गया। ये अमेरिकन कॉलेज ऑफ जर्नलिज्म के नाम से भी जाना जाता था।

1938- अलीगढ़ मुस्लिम विश्वविद्यालय में न्यायमूर्ति शाह सुलेमान ने पत्रकारिता का एक डिप्लोमा पाठ्यक्रम शुरू किया लेकिन 1940 में उनके निधन के बाद ये बंद हो गया और एक लम्बे अन्तराल के बाद ये फिर शुरू किया गया।

1941- प्रो. पृथ्वीपाल सिंह ने देश का पहला व्यवस्थित पत्रकारिता विभाग लाहौर विश्वविद्यालय में स्थापित किया। जिसे आज़ादी के बाद पहले दिल्ली और बाद में जुलाई 1962 में चंड़ीगढ़ के पंजाब विश्वविद्यालय स्थानांतरित कर दिया गया। प्रो. सिंह ने लंदन विश्वविद्यालय से पत्रकारिता में डिप्लोमा और अमेरिका के प्रसिद्ध मिसूरी विश्वविद्यालय से पत्रकारिता की पढ़ाई की थी।

आजादी के बाद

1947-मद्रास विश्वविद्यालय में पत्रकारिता प्रशिक्षण प्रारंभ हुआ।
1950-कलकत्ता विश्वविद्यालय में पत्रकारिता पाठ्यक्रम की शुरूआत।
1951-मैसूर विश्वविद्यालय के तहत, कर्नाटक में पहले महाराजा कॉलेज में पत्रकारिता को एक विषय के रूप में पढ़ाया जाना शुरू हुआ।
1952-नागपुर के प्रसिद्ध **हिस्लाप कॉलेज** की स्थापना। ये कॉलेज पत्रकारिता प्रशिक्षण के लिए जाना गया। सन् 1977 में इसे नागपुर विश्वविद्यालय में स्थानांतरित कर दिया।
1954-प्रैस आयोग ने पत्रकारिता प्रशिक्षण पर बल दिया। इसी साल **उस्मानिया विश्वविद्यालय** हैदराबाद में पत्रकारिता विभाग की स्थापना हुई।
1960-बॉम्बे कॉलेज ऑफ जर्नलिज्म, मुम्बई की शुरूआत।
1961-भारतीय विद्या भवन की स्थापना मुम्बई में हुई। बाद में राजेन्द्र प्रसाद इंस्टीट्यूट ऑफ कम्युनिकेशन एंड मैनेजमेंट के नाम से ये संस्थान प्रसिद्ध हुआ। इस समय देश भर में विद्या भवन पत्रकारिता के पाठ्यक्रम चला रहा है।
1963-प्रेस इंस्टीट्यूट ऑफ इण्डिया की स्थापना।
1964-पूना विश्वविद्यालय में पत्रकारिता विभाग की शुरूआत।
1965-अगस्त 17 विकास में संचार की भूमिका को सुनिश्चित करने के उद्देश्य से **भारतीय जनसंचार संस्थान** (IIMC) दिल्ली की स्थापना संचार शिक्षा में एक मील का पत्थर साबित हुई। सैंकड़ों पत्रकार और शोधकर्त्ता इस संस्थान ने पैदा किये और अनेक उपयोगी संचार शोध स्थली के रूप में ये संस्थान प्रसिद्ध हुआ।
1967-गुवाहाटी में **असम विश्वविद्यालय** पत्रकारिता एवं जनसंचार विभाग प्रारंभ
1968-शिवाजी विश्वविद्यालय, कोहलापुर (महाराष्ट्र) और जबलपुर के रानी दुर्गावती विश्वविद्यालय पत्रकारिता विभाग की शुरूआत।
1970-1980 विस्तार के वर्ष-पंजाब कृषि विश्वविद्यालय, लुधियाना (1970), रविशंकर विश्वविद्यालय रायपुर (1972), मराठवाड़ा विश्वविद्यालय, औरंगाबाद (1972), बनारस हिन्दू विश्वविद्यालय, वाराणसी (1973), सौराष्ट्र विश्वविद्यालय,

राजकोट (1973), बंगलौर विश्वविद्यालय, कर्नाटक (1973), बहरामपुर विश्वविद्यालय, उड़ीसा (1974), पंजाबी विश्वविद्यालय, पटियाला (1974), मदुरई कामराजा विश्वविद्यालय, मदुरैई (1975), राजस्थान विश्वविद्यालय, जयपुर (1976), अलीगढ़ मुस्लिम विश्वविद्यालय, अलीगढ़ (1976), कालीकट विश्वविद्यालय, कालीकट, केरल (1976), गढ़वाल विश्वविद्यालय श्रीनगर गढ़वाल (1976), केरल विश्वविद्यालय, त्रिवेन्द्रम (1976), महर्षि दयानंद विश्वविद्यालय, रोहतक (1979)।
1984 देवी अहिल्या विश्वविद्यालय, इंदौर में पत्रकारिता विभाग शुरू।
1990 सिम्बयोसिस इंस्टीट्यूट आफ मास कम्युनिकेशन, पूना आरंभ हुआ।

आधुनिक युग की शुरूआत

1991-माखनलाल चतुर्वेदी राष्ट्रीय पत्रकारिता एवं संचार विश्वविद्यालय, भोपाल की स्थापना देश में पत्रकारिता और जनसंचार की शिक्षा में आधुनिक युग की शुरूआत कही जा सकती है क्योंकि केवल पत्रकारिता शिक्षण को समर्पित ये देश का एकमात्र विश्वविद्यालय है।
2005-कुशाभाऊ ठाकरे पत्रकारिता एवं जनसंचार विश्वविद्यालय, रायपुर, छत्तीसगढ़।

नब्बे के दशक में उदारीकरण और भूमण्डलीकरण के परिणामस्वरूप आयी मीडिया क्रांति ने बड़ी संख्या में मीडियाकर्मियों की जरूरत महसूस करायी। निजी संस्थानों ने भी इस क्षेत्र की ओर कदम बढ़ाया। आज सिम्बियोसिस, एमिटी, भारतीय विद्या भवन, राय विश्वविद्यालय जैसे नाम स्थापित बन चुके हैं। मीडिया शिक्षण में लगे संस्थानों की संख्या लगभग सौ से अधिक है। ये आंकडा स्वयं इस बात का द्योतक है कि पत्रकारिता शिक्षण का ये सुनहरा युग है। केवल संख्या की दृष्टि से नहीं बल्कि गुणवत्ता के मामले में भी।

एक अनुमान के मुताबिक हर साल लगभग पांच हजार छात्र पत्रकारिता की शिक्षा पूरी करके काम की तलाश में मीडिया बाज़ार में आते हैं। देशभर में पत्रकारिता विभागों के बीच संचार और मेल-जोल पहले की तुलना में बढ़ा है। अनेक विभाग संचार शोध पत्रिकाएं यानी रिसर्च जर्नल निकालने लगे हैं। मीडिया विषय पर रिफ्रेशर कोर्स और सेमिनार-संगोष्ठियों की संख्या भी बढ़ी है। डिप्लोमा पाठ्यक्रम चलाने वाले विभाग अपना विस्तार करके एम.ए. और पीएच.डी. शुरू कर रहे हैं। नये अध्यापकों की भर्ती हो रही है। ये सब संचार शिक्षा के लिए शुभ संकेत हैं।

पत्रकारिता शिक्षण की समस्यायें

कुछ साल पहले तब पत्रकारिता संस्थानों से छात्र पढ़ाई करके जब नौकरी की तलाश में किसी अखबार या टेलीविजन चैनल के दफ्तर में जाते थे तो स्थापित

पत्रकार उन्हें शक की निगाह से देखते थे। अक्सर व्यंग्य कसे जाते थे कि ये हैं डिग्रीधारी पत्रकार या 'पत्रकारिता भी कोई विश्वविद्यालय में सीखने की चीज है'। अनेक वरिष्ठ पत्रकार आज भी ये मानने को तैयार नहीं हैं कि पत्रकारिता विभाग छात्रों को किसी भी प्रकार मीडियाकर्मी बनाने में मदद करते हैं यही कारण है कि पत्रकारिता के अध्यापकों के प्रति उनके मन में एक तिरस्कार का भाव मौजूद रहता है। इसके ठीक विपरीत अनेक संचारविद् भी पेशेवर पत्रकारों को हेय दृष्टि से देखते हैं। लेकिन पिछले एक दशक में इस माहौल में गुणात्मक परिवर्तन देखने में आया है' जो संचार अध्ययन के भविष्य के लिए अच्छे लक्षण है। आज देश के लगभग सभी पत्रकारिता विभाग पत्रकारों को अपने यहां आमंत्रित कर विशेष व्याख्यान करवा रहे हैं। वहीं पत्रकारों ने भी संचार विभागों की उपयोगिता को स्वीकार करना शुरू कर दिया है। जैसे-जैसे देश में पत्रकारिता के विभाग बढ़ रहे हैं वैसे-वैसे अधिकांश मीडिया संस्थानों ने भर्ती के समय नये लोगों के लिए पत्रकारिता में किसी डिग्री या डिप्लोमा का होना अनिवार्य बना दिया है। यही नहीं टाइम्स, जागरण, टीवी टुडे, भास्कर, इनाडू, पायोनियर और हिन्दू जैसे प्रतिष्ठित ग्रुप अपना प्रशिक्षण संस्थान भी चला रहे हैं।

इलेक्ट्रानिक मीडिया में तो प्रशिक्षण का महत्व और अधिक है। तकनीक के मीडिया पर हावी होने से मीडिया संस्थान अब प्रशिक्षित लोगों की आवश्यकता पहले से अधिक महसूस करने लगे हैं। क्या किसी को प्रशिक्षण से पत्रकार बनाया जा सकता है- इस सवाल पर व्यर्थ की बहस अब लगभग शांत हो गई है। ये तथ्य स्थापित हो चुका है कि **पत्रकारिता कला के साथ-साथ कौशल भी है। जिसे सही मार्गदर्शन में सीखकर सतत् अभ्यास से निखारा जा सकता है और विश्वविद्यालय इसमें छात्रों की मदद करता है।**

आर्थिक तंगी की मार

इस समय देश के लगभग सभी विश्वविद्यालय पत्रकारिता के अलग-अलग पाठ्यक्रम चला रहे हैं। ये बात भी सच है कि कुछ गिने-चुने विभागों को छोड़ दें तो अधिकतर विभागों की हालत दयनीय है। कई जगह पत्रकारिता विभागों का अलग वजूद ही नहीं है और वे भाषा विभाग के एक हिस्से के रूप में चलाये जा रहे हैं। अधिकांश विभागों में शिक्षकों और प्रशिक्षण के लिए जरूरी सामान का अकाल है। ऐसा प्रतीत होता है कि देश में जनसंचार एवं पत्रकारिता शिक्षण पर कभी खुले दिमाग से विचार ही नहीं किया गया। इसलिए संचार माध्यमों का तो खूब विस्तार हुआ लेकिन संचार शोध और अध्ययन में कोई विशेष प्रगति नहीं हुई। विश्वविद्यालय अनुदान आयोग के उच्च शिक्षा से हाथ खींचने के बाद आर्थिक तंगी विभागों के लिए

एक बड़ी समस्या बन गई है। मीडिया उद्योग और विभागों के बीच कोई सीधा सम्बन्ध अभी स्थापित नहीं हो पाया है। शिक्षा के निजीकरण के बाद बड़ी तादाद में प्राइवेट संस्थानों के भी इस क्षेत्र में कूदने से पत्रकारिता की शिक्षा का विस्तार तो हुआ है लेकिन गुणवत्ता के स्तर पर स्थिति चिंताजनक है।

पाठ्यक्रमों में एकरूपता की कमी

पूरे देश में पत्रकारिता और जनसंचार की डिग्रियों और डिप्लोमा के नाम को लेकर एकरूपता का अभाव है। पत्रकारिता एवं जनसंचार की उपाधियों के नामों पर एक नजर दौड़ाएं तो हमें विचित्र नजारा देखने को मिलता है। एम जे, बी जे, एम जे एम सी, बी जे एम सी, एम एम सी, बी एम सी, एम सी जे, बी सी जे, एम बी जे, एम ई जे, एम ए इन मास कम्यूनिकेशन, एम ए इन जर्नलिज्म, एम एम सी इन मास कम्युनिकेशन, एम एस सी इन इलेक्ट्रानिक मीडिया, एम सी पी आर, एम ए ए पी आर समेत ढेर सारे डिप्लोमा पाठ्यक्रमों की भीड़ हम जनसंचार शिक्षण में देख सकते हैं। जब भी कोई विश्वविद्यालय नया पाठ्यक्रम शुरू करता है तो इस सूची में एक नया नाम और जुड़ जाता है। हाल ही में विश्वविद्यालय अनुदान आयोग ने एम ए मास कम्युनिकेशन नाम सभी विश्वविद्यालयों को सुझाया था जो इस दिशा में मानकीकरण का एक प्रयास था। सवाल ये उठता है कि क्या मेडिकल और कानून की डिग्रियों की तरह पूरे देश में जनसंचार और पत्रकारिता की उपाधियों को भी एकरूप नहीं बनाया जा सकता। नाम के अतिरिक्त पाठ्यक्रम की विषयवस्तु को लेकर भी भारी उलझन है। अभी मीडिया शिक्षण का अधिकांश विस्तार बाजार आधारित मांग से हुआ है। मीडिया शिक्षक सैद्धान्तिक सामग्री को पाठ्यक्रम में अधिक महत्व देते हैं जबकि बाजार की मांग अधिकाधिक छात्रों में पत्रकारिता के कौशल विकसित करने की है। ऐसे में हमेशा पाठ्यक्रम सैद्धान्ति पेपरों (संचार सिद्धांत, मॉडल, शोध प्रविधि, इतिहास इत्यादि) और कौशल आधारित पेपरों के बीच झूलते रहते हैं जबकि भविष्य में इस विषय पर भी विमर्श किया जाना चाहिए कि मीडिया अध्ययन एवं शोध के लिए अलग पाठ्यक्रम क्यों ना विकसित किए जाएं, क्योंकि देश भर में मीडिया अध्यापकों, शोधकर्त्ताओं की भी आवश्यकता है और गंभीर अध्ययन से विषय के विकास में भी मदद मिलेगी। जबकि बाजार आधारित पाठ्यक्रम विशेषीकृत होने चाहिए। जैसे एम.ए. (टेलीविजन पत्रकारिता), (रेडियो प्रॉडक्शन) (विज्ञापन) (लोक संपर्क) (प्रिंट पत्रकारिता) इत्यादि।

भूमण्डलीकरण की चुनौतियां

भारत विश्व व्यापार संगठन का सदस्य बन चुका है और जल्दी ही उच्च शिक्षा

के क्षेत्र विदेशी विश्वविद्यालय दस्तक देंगे। विश्वविद्यालय अनुदान आयोग देशभर के विश्वविद्यालयों को इस चुनौती से आगाह कर चुका है। मीडिया विभागों पर भी इसका काफी असर पड़ने वाला है। दुनिया के विश्वविद्यालय भारत में भी अपनी ब्रांच खोल सकेंगे तो भारतीय विश्वविद्यालयों के लिए भी एक अवसर मिलेगा जब वो अपना विस्तार विदेशों से कर सकेंगे। लेकिन वो तभी संभव हो पायेगा जब हम अंतरराष्ट्रीय स्तर शिक्षा दे पाएं। नहीं तो ये भूमण्डलीकरण एकतरफा ही रह जाएगा, जैसा अनेक क्षेत्रों में भी हो रहा है।

शिक्षा के इस बाजार में मीडिया शिक्षकों की स्थिति क्या होगी ये तो आगामी साल बताएंगे लेकिन संविदा पर शिक्षकों की नियुक्ति, पाठ्यक्रमों की फीस में बेतहाशा बढ़ोत्तरी और निजी विश्वविद्यालयों का उच्च शिक्षा में प्रवेश के रूप में भूमण्डलीकरण की आहट महसूस की जा सकती है। निःसंदेह आगामी वर्ष मीडिया शिक्षकों के लिए पहले से अधिक चुनौती भरे होने वाले हैं। उन पर निरंतर बदलती जरूरतों की कसौटी पर खरा उतरने का दबाव बढ़ेगा।

तकनीक क्रांति की चुनौतियां

मीडिया क्रांति दरअसल तकनीकी क्रांति का ही परिणाम है। आज जब अखबारों और टेलीविजन चैनलों के कार्यालयों का माहौल बदल गया तो मीडिया शिक्षण विभागों को भी समय के अनुरूप बदलना होगा। कम्प्यूटर ने मीडिया परिदृश्य को पूरी तरह बदल डाला है। आधुनिक तकनीक की एक विशेषता ये भी है कि ये निरंतर तेज गति से बदलने वाली है। हर साल कुछ ना कुछ बाजार में नया हो रहा है। ऐसे में विश्वविद्यालयों के पाठ्यक्रम पुराने पड़ रहे हैं। पाठ्यक्रमों को हर साल समय के मुताबिक समकालीन बनाये रखना जरूरी हो गया है। इसके साथ ही शिक्षकों के ज्ञान स्तर को समय के साथ ताज़ा बनाये रखने भी एक चुनौती बन गया है। वर्तमान युग कनवर्जेंस का युग है और नये मीडिया में रेडियो, टेलीविजन, अखबार और इंटरनेट सब का संगम हो गया है। इन स्थितियों में मीडिया शिक्षकों के सामने ये चुनौती है कि वे किस प्रकार सब विषयों की जानकारी देते हुए भी छात्रों को एक विषय का विशेषज्ञ बनाये।

बाज़ार की चुनौती

पत्रकारिता के अधिकांश पाठ्यक्रम अकादमिक की बजाए व्यावसायिक स्वरूप के हैं। छात्र इन पाठ्यक्रमों में एक नौकरी की तलाश में आता है। ऐसे में मीडिया पाठ्यक्रमों को तैयार करते समय ये सवाल पैदा होता है कि पाठ्यक्रम का मूल उद्देश्य क्या केवल बाज़ार की आवश्यकताओं को पूरा

करना ही है। बाज़ार की बदलती जरूरतों के अनुसार पाठ्यक्रम में फटाफट परिवर्तन किस सीमा तक उचित होगा। अनेक मुद्दों पर सामाजिक हित और बाजार हित में टकराव पैदा होता है। बाज़ार को एकमात्र आदर्श मान कर चलना भारी भूल होगी। विश्वविद्यालय की प्रतिबद्धता पूरे समाज के प्रति है। लेकिन इस सच्चाई को भी नकारा नहीं जा सकता कि छात्रों को आखिर इसी बाज़ार में नौकरी की तलाश करनी है। ऐसे में एक बीच का रास्ता चुनना ही समझदारी होगी।

शोध की चुनौतियां

किसी भी विषय के विकास में शोध का बड़ा ही महत्व है। उपयोगी शोध से ना केवल कोई विषय समाज में अपनी उपयोगिता साबित करता है बल्कि शोध उस विषय के लिए भी खाद का काम करती है। संचार विषय में गंभीर और मौलिक शोध का काम काफी कम हुआ है। यही कारण है कि आज़ादी के इतने साल बाद भी ये विषय अपनी पहचान के लिए विश्वविद्यालयों की अकादमिक समितियों में संघर्ष कर रहा है। शोध के नाम पर हल्के-फुल्के विषयों पर डाक्टरेट की जा रही है। ये भी विचारणीय है कि इतने सालों बाद भी भारतीय परिवेश के अध्ययन पर आधारित संचार सिद्धांत विकसित करने में हम क्यों असफल रहे हैं। इस दिशा में आज भी कोई गंभीर पहल नहीं दिखती।

बेहतर भविष्य के लिए सुझाव

1. देश के वरिष्ठ संचारविदों, मीडिया प्रोफेसरों के मार्गदर्शन में एक अखिल भारतीय मीडिया सम्मेलन बुलाकर मीडिया शिक्षण पर व्यापक चर्चा विमर्श करवाया जाना चाहिए। इसी सम्मेलन में एक **इंडियन मीडिया सोसायटी** का गठन किया जाए और इस सम्मेलन को एक सालाना आयोजन बनाया जाए, जो हर बार देश के अलग अलग हिस्सों में आयोजित किया जाए। ये सोसायटी मीडिया शिक्षकों के बीच अखिल भारतीय स्तर पर आपसी मेलजोल और वैचारिक आदान-प्रदान बढ़ाने के एक मंच के रूप में काम करेगी। गौरतलब है कि **इंडियन सोशोलाजिकल सोसायटी** इसी प्रकार समाजशास्त्र के शिक्षकों के बीच लगभग 50 साल से काम कर रही है।

2. मीडिया सोसायटी के सम्मेलन में अलग-अलग शोध समितियों का निर्माण हो, ताकी विभिन्न विशेषीकृत मीडिया मुद्दों जैसे जनसंचार सिद्धान्त, पत्रकारिता, जनसंपर्क विज्ञापन, फिल्म अध्ययन, टेलीविजन अध्ययन, रेडिया

अध्ययन न्यू मीडिया आदि पर शोध पेपर प्रस्तुत किये जा सकें।

3. देश में मीडिया पाठ्यक्रमों और उनके नामों में पूरी तरह एकरूपता लाना ना तो व्यवहारिक है ना ही संभव। फिर भी सभी संचारविदों को इस बात के लिए प्रयासरत होना चाहिए कि कैसे देशभर में मीडिया शिक्षण के लिए न्यूनतम मापदंड स्थापित किये जा सकें।

4. शिक्षकों की विशेषज्ञता को प्रोत्साहित करने के लिए शोध को बढ़ावा दिया जाए। इसके लिए मीडिया अध्ययन, टेलीविजन अध्ययन आदि के ऐसे पाठयक्रम शुरू किये जायें जिनका केन्द्र बिंदू शोध और नये विचारों को विकसित करना हो। इसके अलावा स्तरीय शोध जर्नल भी प्रकाशित किये जायें।

5. कुछ समय पहले तक पत्रकारिता में हिंदी की पुस्तकों की काफी कमी थी। लेकिन पिछले कुछ सालों में लगभग सभी विषयों पर काफी किताबें छपी हैं। आज भी मीडिया की पाठ्यक्रम आधारित पाठ्य पुस्तकों की कमी है। ये काम भी मीडिया शिक्षकों को ही करना होगा।

6. मीडिया संस्थानों और पत्रकारिता विभागों के बीच एक मधुर संबंध स्थापित किया जाना चाहिए। शिक्षक पेशेवर पत्रकारों से पाठ्यक्रम के अनुरूप अध्यापन की उम्मीद नहीं कर सकते लेकिन उनके विस्तार व्याख्यान छात्रों के लिए सोने पे सुहागे का काम करेंगे। इस प्रकार शिक्षण में शिक्षकों और पेशेवर पत्रकारों के सुंदर मेल ही समस्या का हल है।

7. परंपरागत तरीके के अध्यापन से अब मीडिया शिक्षण मुश्किल हो गया है। बदलते वक्त में आधुनिक और प्रयोगवादी तरीके अपना कर पत्रकारिता शिक्षण को बेहतर बनाया जा सकता है। उदाहरणस्वरूप क्लासरूम लेक्चर के अलावा छात्रों द्वारा कक्षा में प्रेजेंटेशन, चर्चा-विमर्श, विषय आधारित प्रोजेक्ट, छात्रों द्वारा खुद डाटा बैंक या अध्ययन सामाग्री तैयार करवाना आदि नये प्रयोग काफी प्रभावी हो सकते हैं। इसके अलवा छात्रों का मूल्यांकन पद्धति भी समय के अनुसार बदलनी चाहिए।

8. पाठ्यक्रम को बदलती जरूरतों के अनुरूप तरोताज़ा और उपयोगी बनाये रखना बड़ी चुनौती है। अधिकांश विभागों में पाठ्यक्रम तेज़ी से पुराने पड़ रहे हैं। जबकि मीडिया उद्योग में तकनीक और तौर तरीके निरंतर बदल रहे हैं।

टेलीविजन पत्रकारिता शिक्षण संस्थान

☐ भारतीय जनसंचार संस्थान (IIMC), नई दिल्ली। यहां रेडियो एवं टेलीविजन पत्रकारिता में एकवर्षीय स्नातकोत्तर डिप्लोमा पाठ्यक्रम चलाया जाता है।

☐ जामिया मिलिया इस्लामिया, नई दिल्ली का जनसंचार शोध केन्द्र (MCRC) अपने दो वर्षीय स्नातकोत्तर उपाधि के लिए जाना जाता है। यहां

टेलीविजन पत्रकारिता के प्रशिक्षण की भी समुचित व्यवस्था है।

□ माखनलाल चतुर्वेदी राष्ट्रीय पत्रकारिता विश्वविद्यालय, भोपाल के दृश्य-श्रव्य अध्ययन केन्द्र में प्रसारण पत्रकारिता और इलेक्ट्रोनिक मीडिया में स्नातकोत्तर उपाधि (MA BROADCAST JOUNALISM AND MSc Electronic Media) चलायी जा रही हैं।

□ भारतीय फिल्म एवं टेलीविजन संस्थान, (FTII) पुणे में टेलीविजन प्रॉडक्शन का डिप्लोमा चलाया जाता है।

□ Institute of Mass communication and Media Technology of Kurukshetra University is running M.Sc. Electronic Media and M.Sc. Mass Communication courses.

गुरू जंभेश्वर विश्वविद्यालय, हिसार के मीडिया अध्ययन संकाय में स्नातकोत्तर उपाधि के दौरान टेलीविजन पत्रकारिता का अध्ययन कराया जाता है।

एशियन कालेज आफ जर्नलिज्म, चेन्नई

एशियन एकेडमी आफ फिल्म एंड टेलीविजन, नोएडा, उत्तरप्रदेश

इंडियन इंस्टीट्यूट आफ जर्नलिज्म एंड न्यू मीडिया, बंगलौर

एमिटी स्कूल आफ जर्नलिज्म एंड कम्युनिकेशन, नई दिल्ली

स्कूल आफ ब्राडकास्टिंग एंड कम्युनिकेशन, मुम्बई

टेलीविजन में कैरियर

पिछले कुछ सालों में समाचार चैनलों की तादाद बढ़ने के साथ-साथ युवाओं में भी टेलीविजन पत्रकार बनने की ललक बढ़ी है। इलेक्ट्रोनिक मीडिया के समाज में बढ़ते प्रभाव के कारण ये स्वाभाविक भी है। लेकिन टेलीविजन पत्रकार बनने का सपना देखने वाले अधिकांश युवाओं में इस क्षेत्र की सही समझ ना के बराबर है। उनके मन में इस मीडिया की एक ग्लैमरस लेकिन मिथकीय छवि बनी हुई है, जिस कारण अधिकतर युवा कम समय में पैसा, प्रसिद्धि और ताकत की लालसा लिए इस क्षेत्र की ओर आकर्षित हो रहे हैं। नतीजतन अपेक्षित तैयारी के अभाव में उन्हें अंततः निराशा हाथ लगती है। पहला सवाल युवाओं के मन में ये उठता है कि क्या टेलीविजन पत्रकार बनने के लिए इस विषय में कोई डिग्री य डिप्लोमा की पढ़ाई करना आवश्यक है भले ही अनेक बड़े पत्रकार एक जमाने में बिना इस विषय की शैक्षणिक योग्यता लिए ऊंचे पद पर पहुंच गये हों। लेकिन आज के युग में पत्रकारिता की पढ़ाई इस क्षेत्र में एक अच्छी शुरूआत के लिए पहली शर्त बन चुकी है और ये पढ़ाई टेलीविजन पत्रकारिता की हो तो सोने पे सुहागा होगा। दरअसल पत्रकारिता के अध्ययन के दौरान छात्रों में विषय की व्यापक समझ

विकसित होती है जो लम्बे समय में उन्हें एक जिम्मेदार और उत्कृष्ट पत्रकार बनने में मदद करती है। वहीं व्यवहारिक प्रशिक्षण उन्हें काम के दौरान गलतियां करने से बचाता है।

आजकल लगभग सभी समचार चैनल प्रशिक्षु पत्रकारों के चयन के समय पत्रकारिता में डिग्री को महत्व देते हैं। अनेक संस्थान तो पाठ्यक्रम के अंत में इंटर्नशिप की व्यवस्था करते हैं। जो छात्रों के लिए कैरियर की अच्छी शुरूआत भी साबित हो सकती है। प्रशिक्षण की जरूरत टेलीविजन पत्रकारिता के संदर्भ में अधिक है। क्योंकि टेलीविजन माध्यम में तकनीक का बोलबाला है। जिस पर विधिवत प्रशिक्षण से ही महारत हासिल की जा सकती है।

पत्रकारिता का पेशा कई मायने में दूसरों से भिन्न है। जो युवा फटाफट शोहरत और पैसा कमाने की हसरत लिए इस लाइन को चुनते हैं उन्हें जल्दी ही निराशा हाथ लगती है। क्योंकि ऐसे युवा असल में टेलीविजन पत्रकारिता को केवल टेलीविजन पर्दे तक ही सीमित समझते हैं। जबकि पर्दे के पीछे के सच से वे अनजान होते हैं। स्क्रीन के पीछे की कहानी कठिन मेहनत, अनियमित काम के घंटे, घोर संघर्ष और ऊंचे दर्जे सी समझ की उम्मीद करती है। ये स्थिति अनेक युवाओं को बहुत दिन तक रास नहीं आती। सच तो ये है कि टेलीविजन पर दिखने वाले चेहरे, पर्दे के पीछे काम करने वाले लोगों की संख्या का केवल दो-तीन प्रतिशत ही बैठते हैं। हज़ारों लोग ऐसे हैं जिन्हें कोई नहीं जानता। ये लोग होते हैं डेस्क पर काम करने वाले समाचार निर्माता, कॉपी राइटर, प्रॉडक्शन सहायक इत्यादि। लेकिन अकसर युवा टेलीविजन पर दिखने वाले आकर्षक चेहरों को ही अपना आदर्श बनाते हैं।

निःसंदेह समाचार चैनलों की संख्या बढ़ रही है। और साथ ही इस क्षेत्र में रोजगार की संभावना भी व्यापक हो रही है। मौटे तौर पर हम कह सकते हैं कि देश में समाचार चैनलों के तीन स्तरों के बाजार हैं - राष्ट्रीय, क्षेत्रीय और स्थानीय चैनल। समाचार चैनल में काम करने वाले लोगों को हम तकनीकी और संपादकीय लोगों में बांट सकते हैं। तकनीकी लोगों में कैमरा पर्सन, नॉन लीनियर एडिटर, लाईट विशेषज्ञ, साउंड इंजीनियर, ग्राफिक्स पर्सन, स्टुडियो में काम करने वाले आदि शामिल हैं। ये सब अपनी-अपनी लाइन के विशेषज्ञ हैं। दूसरी तरफ संपादकीय टीम में टेलीविजन पत्रकार होते हैं। जिनकी किसी समाचार चैनल का कटेंट बनाने में निर्णायक भूमिका होती है। ये हैं समाचार प्रॉडयूसर, रिपोर्टर, एंकर, कॉपी राइटर आदि। ये लोग समाचार की समझ रखने वाले लोग होते हैं। जिन्हें देश-दुनिया के समकालीन घटनाक्रम की समझ है और उसे ये भाषा की मदद से दर्शकों तक पहुंचाते हैं। टेलीविजन पत्रकार बनने का ख्वाब देखने वाले अधिकांश युवा दरअसल इसी श्रेणी में अपना भविष्य तलाशते

हैं, बिना ये सोचे की क्या उन्हें सच में इस तरह के काम में रूचि है। क्योंकि जिन लोगों की देश-दुनिया में निरंतर घटने वाली खबरों में रूचि नहीं है या उसमें वे आनंद नहीं पाते हैं वे स्वाभाविक रूप से इस क्षेत्र में अधिक दिन तक नहीं टिक पाते। इसलिए टेलीविजन पत्रकार बनने का सफर शुरू करने से पहले स्वयं को टटोलना होगा।

टेलीविजन पत्रकार बनने के लिए एक अदद डिग्री या डिप्लोमा के अलावा उन सब योग्यताओं की भी जरूरत होती है जिन की बाज़ार में मांग है। जैसे अच्छी भाषा का धनी होना, अंग्रेजी और हिन्दी दोनों। आवाज के साथ भाषा का शुद्ध उच्चारण होना। अतीत का सामान्य ज्ञान और समकालीन घटनाक्रम की समझ। पत्रकारों से राजनीतिक, आर्थिक, सामाजिक, सांस्कृतिक, खेल, मनोरंजक, विज्ञान एवं तकनीक आदि लगभग सभी विषयों का कुछ जानकार होने की उम्मीद की जाती है। इसके लिए जरूरी है कि उनकी निरंतर पुस्तकें, समाचार पत्र और पत्रिकाएं पढ़ने की आदत हो। अक्सर होता ये है कि युवा इस क्षेत्र के ग्लैमर से तो आकर्षित होते हैं लेकिन इसके लिए जरूरी तैयारी में रूचि नहीं दिखाते। और बस तुरंत एंकर या रिपोर्टर बनकर टेलीविजन के पर्दे पर छा जाना चाहते हैं जो संभव नहीं हैं।

युवाओं के इस रूझान को देखते हुए अनेक संस्थानों ने मीडिया की पढ़ाई कराना शुरू कर दिया है। स्वाभाविक है सैकड़ों नौजवान पढ़ाई पूरी करके बाजार में नौकरी के लिए आ जाते हैं प्रतिस्पर्धा असीम है फिर भी कुछ को चैनलों में काम मिल रहा है। आजकल मल्टीस्किलिंग का युग है अगर आप एक से अधिक योग्यताएं अपने अंदर समेटे हुए हैं तो आप को टेलीविजन पत्रकार बनने से कोई नहीं रोक सकता। हो सकता है कि पहले एक छोटी शुरूआत हो लेकिन जल्द ही और भी मौके मिलेंगे। टेलीविजन के अनेक बड़े पत्रकारों ने अपना कैरियर छोटा काम करके शुरू किया था। इसलिए शुरूआत में वेतन से अधिक काम सीखने पर ज़ोर रहना चाहिए।

पत्रकारिता का पेशा सीधे समाज के व्यापक हित-अहित से जुड़ा हुआ है इसीलिए पत्रकारों पर समाज के प्रति जिम्मेदारी का दबाव भी अन्य पेशों की तुलना में अधिक रहता है। आम लोगों को उनसे उम्मीदें बनी रहती हैं। कुछ ही दिनों में बड़े नेताओं और नामचीन हस्तियों के करीब उठने-बैठने से अनेक पत्रकारों को अपनी जिम्मेदारी से विमुख होते हुए भी देखा जाता है। वहीं कुछ लोगों को पेशे में केवल एडवेंचर ही आकर्षित करता है। ऐसे लोगों को रिपोर्टिंग का सारा काम रोमांच मात्र लगता है। टेलीविजन पत्रकारिता में शिखर तक पहुंचने के लिए जरूरी है कि आपमें समाज के प्रति गहरी जिम्मेदारी का भाव मौजूद हो। अन्याय देखकर

आप चिंतित होते हों। दुनिया को बेहतर बनाने की कसक हो। समाज के वंचितों के प्रति एक सच्ची वेदना आपमें हो जो पूरी संजीदगी के साथ आपकी रिपोर्ट में उभर कर सामने आये। इन सबका उ ार इस सवाल में है कि आप टेलीविजन पत्रकार क्यों बनना चाहते हैं और क्या आप खुद को इस पेशे की कसौटी पर खरा उतार पायेंगे।

अभ्यास कार्य

- इंटरनेट और समाचार-पत्रों में प्रकाशित विज्ञापनों की मदद से देशभर में विभिन्न मीडिया संस्थानों की सूची तैयार करें और ये पता लगाने की कोशिश करें कि टेलीविजन पत्रकारिता का प्रशिक्षण किन संस्थानों में उपलब्ध है।
- वरिष्ठ टेलीविजन पत्रकारों को विभाग में बुलाकर करियर की शुरूआत कैसे करें? विषय पर चर्चा आयोजि की जाए, जिसके अंत में छात्र मेहमान से प्रश्न भी पूछ सकें।
- संस्थान में एक प्लेसमेंट बुलेटिन बोर्ड हो जिस पर नियमित रूप से नए पत्रकारों की भर्तियों की जानकारी लगायी जाये।
- बायोडाटा/व्यक्तिगत विवरण तैयार करने के लिए एक कार्यशाला का आयोजन किया जाए जिसमें बायोडाटा के विभिन्न रूपों पर चर्चा हो।
- पाठ्यक्रम पूरा करने के बाद छात्र चैनलों में इंटरव्यू और इंटर्नशिप के दौरान कैसे बेहतर पेश जाएं। इस बारे में परिचर्चा आयोजित की जाए।

महत्त्वपूर्ण शब्दावली

Anchor (एंकर) अंग्रेजी शब्द एंकर का मूल अर्थ समुद्री जहाज से जुड़ा हुआ हे। एंकर धातु के उस भारीभरकम कांटे को कहा जाता है जो लंगर डालने के दौरान समुद्र में लटका दिया जाता है। जहाज के चारों तरह लटके ये एंकर समुद्र की तह में पत्थरों में अटक जाते हैं और इस प्रकार समुद्री जहाज को अपने यथा स्थान पर बनाये रखने में मदद करते हैं लगभग यही काम एंकर टेलीविजन कार्यक्रम में भी करता है। वह एक सूत्रधार का काम करते हुए पूरे कार्यक्रम को बाँधें रखता है और साथ ही कार्यक्रम और दर्शकों के बीच भी एक कड़ी का काम करता है। रिले रेस में भी एंकर रनर शब्द का उपयोग उस धावक के लिए किया जाता है जो सबसे अंत में छड़ी या झंड़ी लेकर दौड़ता है। अंतिम धावक अत्यंत महत्त्वपूर्ण होता है। जिसके कंधों पर जीत टिकी होती है। यही भूमिका टेलीविजन कार्यक्रम में एंकर की भी होती है।

Anchor Link (एंकर लिंक)–टेलीविजन बुलेटिन में कोई भी समाचार पहले एंकर द्वारा बताया जाता है उसके बाद उसका पैकेज चलाया जाता है। एंकर द्वारा समाचार का ये परिचय एंकर लिंक कहता है। ये एक समाचार से दूसरे समाचार की तरफ बढ़ने में लिंक का काम भी करता है। उससे दर्शकों को सहजता का अनुभव होता है। एंकर लिंक अधिक लंबा नहीं होना चाहिए। इसमें सारी खबर बताने के बजाए केवल दर्शकों की रुचि को बताया जाता है। इसे लीड भी कहते हैं।

Ambience (एंबिएंस) वीडियो शूटिंग के दौरान जो आसपास की आवाज स्वाभाविक रूप से रिकोर्ड हो जाती है एंबिएंस कहलाती है। इसे नेचुरल साउंड भी करते हैं। प्रोफेशनल वीडियो टेप में दो ऑडियों चैनल होते हैं। जिनमें से एक पर नैचुरल साउंड रिकोर्ड की जाती है। एंबीएंस आवश्यक है इसके बिना कोई भी दृश्य नीरस और अस्वाभाविक सा लगता है। सड़क पर ट्रफिक होर्न, आफिस में लोगों की खुसरफुसर इत्यादि दृश्यों को सहज बनाते हैं, लेकिन एंबिएंस इतना भी तेज़ नहीं होना चाहिए कि मूल विषय को ही ना सुनने दे। इसके लिए ऑडियो कोंसोल और मिक्सर की मदद से दोनों चैनल के ऑडियों को आवश्यकतानुसार संतुलित किया

जाता है।

Beat (बीट) टेलीविजन समाचार चैनल में कुछ विषयों पर रिपोर्टिंग के लिए विशेष रिपोर्टर की जिम्मेदारी दी जाती हे। इस प्रकार क्षेत्र विशेष का जिम्मा उनकी विशेष जानकारी एवं अनुभव के आधार पर दिया जाता हे। रिपोर्टिंग का ये विषय विशेष उस रिपोर्टर की बीट कहलती है। उदाहरण के तौर पर संसद, शेयर बाजार, खेल, विश्वविद्यालय, कोर्ट, क्राइम, मेडिकल, कला एवं संस्कृति—ये सब महत्वपूर्ण बीट है जिन पर अलग-अलग रिपोर्टर विशेष रूप से रिपोर्टिंग करते हैं। एक ही बीट पर लंबे समय तक रिपोर्टिंग करते रहने के बाद पत्रकार का उस क्षेत्र में अनुभव अधिक हो जाता है।

Bite (बाइट) वैसे तो अंग्रेजी का ये शब्द अपने मूल अर्थ में खाने के एक कौर को बताता है लेकिन टेलीविजन पत्रकारिता में इसका उपयोग एक छोटी सी प्रतिक्रिया या राय के लिए किया जाता है। बाइट किसी संदर्भ विशेष में ली जाती है। इसे किसी खबर विशेष के संदर्भ में लिया गया छोटा-सा इंटरव्यू भी कह सकते हैं। जैसे एक रेल दुर्घटना के बाद पत्रकार रेलमंत्री से दो-तीन सवाल करता है कि दुर्घटना के पीछे क्या कारण हो सकते हैं या फिर मृतकों के परिवाजनों और घायलों को कितना मुआवजा दिया जाएगा।

बाइट का टेलीविजन में इतना महत्त्व है कि बिना बाइट के हम न्यूज पैकेज की कल्पना नहीं कर सकते। इस मामले में समाचार पत्र के पत्रकारों का काम थोड़ा सरल होता है। वे अनेक बार फोन पर भी संबंधित व्यक्ति से उनके विचार या प्रतिक्रिया लेकर छाप देते हैं। लेकिन टेलीविजन के पत्रकार को उस आदमी से समय लेना पड़ता है और फिर कैमरा टीम लेकर उसकी बाइट लेने जाना पड़ता है। टेलीविजन में हम अखबार की तरह यह नहीं कह सकते हैं कि उन्होंने कहा या बताया...। बल्कि हमें उन्हें टेलीविजन कैमरे पर बोलते हुए दिखाना पड़ता है। कुल मिलाकार टेलीविजन रिपोर्टिंग बाइट लेने के इर्द-गिर्द घूमती रहती है। इसलिये कई बार टेलीविजन रिपोर्टिंग को बाइट रिपोर्टिंग भी कहा जाता है। किसी नेता या महत्त्वपूर्ण हस्ती की एक्सक्लूसिव बाइट जुटा लेना रिपोटर के लिए गर्व का विषय होता है।

Briefing (ब्रीफिंग) सामान्यतः कोई भी प्रेस कांफ्रेंस पत्रकारों को विधिवत आमंत्रित करके थोड़े समय उपरांत बुलाई जाती है। लेकिन राजनैतिक सरगर्मियों के दौरान राजनेता अपने पार्टी मुख्यालयों से लगभग रोज निश्चित समय पर पत्रकारों को नये घटनाक्रम के बारे में संक्षिप्त जानकारी देते हैं यानी ब्रीफ करते

है। चुनाव और संसद सत्र के दौरान इस प्रकार की ब्रीफिंग अधिक की जाती है।

Catch Line (कैच लाइन) किसी भी समाचार की पत्रकार अपनी सुविधाओं के लिए दो या तीन शब्दों की केच लाइन बना लेते हें जिससे कि उस खबर को पहचानने में आसानी हो। इसे स्लग स्लग भी कहते हैं। (देखें Slug)

Camcoder (कैमकोडर) पुराने समय के वीडियो कैमरों में रिकोर्डर कैमरे के भीतर ना होकर अलग से होता था और रिकोर्डिंग के समय कैमरा पर्सन और रिकोर्डर के लिए अन्य व्यक्ति को मौजूद रहना पड़ता था। लेकिन बीटाकैम फोर्मेट में पहली बार कैमकोडर यानी कैमरा और रिकोर्डर एक साथ जुड़े हुए बनाये गये। इससे शूटिंग में बड़ी सुविधा होने लगी।

CG (कैरेक्टर जेनरेटर) ये मशीन टेलीविजन में टाइटल, क्रेडिट लाइन इत्यादि बनाने के लिए उपयोग में लाया जाता है। इसकी मदद से किसी भी वीडियो पर शब्दों को दिखाया जा सकता है। कैरेक्टर यानी शब्द और जैनरेटर यानी बनाने वाला।

Correspondent (कॉरसपोंडेट) संवाददाता दूर बैठकर टेलीविजन चैनल तक अपने समाचार भेजते हैं। ये पत्रकार फैक्स या इमेल के जरिये स्क्रिप्ट और वीसेट की मदद से विजुअल फीड अपने ऑफिस में भेजते हैं। (देखें Reporter)

Colour Bar (कलर बार)—किसी वीडियो कार्यक्रम आरंभ होने से पहले सीधी खड़ी विभिन्न रंगों की पट्टियाँ इससे किसी भी वीडियो कैमरे या मोनिटर के रंगों के सही होने की जानकारी मिलती है।

Credit (क्रेडिट)—किसी भी टेलीविजन कार्यक्रम के अंत में उसके निर्माण से जुड़े लोगों का विवरण क्रेडिट व अन्य जानकारियाँ अपने दर्शकों को देते हैं।

Chroma (क्रोमा) इस तकनीक की मदद से वीडियो एडिटर शूटिंग के दौरान या बाद में व्यक्ति की पृष्ठभूमि को किसी अन्य से बदल सकता है। लेकिन इसके लिए उसे नीले रंग के पर्दे के सामने खड़े होकर प्रस्तुति देनी होगी। दरअसल वीडियो एडिटिंग मशीन में क्रोमा सुविधा के तहत किसी एक रंग को चुनकर उसे हटाया जा सकता है। फिल्मों में भी स्पेशल इफेक्ट्स के लिए क्रोमा का उपयोग

किया जाता है।

Copy writer (कॉपी राइटर) ऐसे पत्रकार जो चैनल में केवल स्क्रिप्ट लेखन का काम करते हैं। इन पत्रकारों की भाषा अच्छी होती है और वे एंकर द्वारा पढ़ी जाने वाली स्क्रिप्ट लिखते हैं। वरिष्ठ कॉपी राइटर या कॉपी एडिटर अन्य रिपोर्टरों की कॉपी सुधारने का कार्य भी करते हैं।

Dope Sheet (डापशीट) एडिटिंग में सुविधा के लिए बनायी जाने वाली विजुअल्स का क्रम, अवधि और उनकी गुणवत्ता के बारे में जानकारी होती है। डॉपशीट को शूटिंग के बाद टेप का प्रिव्यू करके तैयार किया जाता है। इसे लोग शीट भी कहते हैं।

Dry Run (ड्राइ रन) किसी भी चैनल के विधिवत प्रसारण आरंभ करने से पहले उसकी सारी टीम अभ्यास के लिए नियम शड्यूल के मुताबिक कार्यक्रम बनाती है। इसे चैनल का ड्राई रन कहते हैं। यानी सूखे रूप में चलना। इसी प्रकार किसी कार्यक्रम के ड्राइ रन से उसे शूट करने से पहले बिना कैमरे के ही इस प्रकार रिहर्सल की जाती है जैसे की फाइनल शूट हो रहा हो।

Dubbing (डबिंग) इस प्रक्रिया के तहत सिकी वीडियो पर मनचाही आवाज डाल दी जाती है। समाचारों में अकसर दूसरी भाषा की बाइट होने पर उसका अनुवाद करके अन्य आवाज में उसे डब कर दिया जाता है।

Embargo (इंबार्गो) इसका अर्थ है किसी काम पर रोक। अनेक बार किसी प्रैस रिलीज में सरकार की तरह से निर्देश होते हैं कि उसे निर्धारित समय से पहले प्रसारित ना करें। उदाहरण के रूप में राष्ट्रपति का राष्ट्र के नाम संदेश पत्रकारों के पास लिखित रूप में पहले से आ जाता है लेकिन वे उसे उजागर नहीं कर सकते। ये नियमों की अवहेलना होगी। इस प्रकार की रिलीज को इंबार्गो कॉपी कहा जाता है।

FCP (फाइनल कट प्रो) नॉन लीनियर एडिटिंग का एक सॉफ्टवेयर। एप्पल कम्पनी द्वारा विकसित इस लोकप्रिय सॉफ्टवेयर में कई अन्य सॉफ्टवेयर मिलकर फाइनल कट स्टूडियो बन जाता है।

Injest (इनजेस्ट) वीडियो टेप से फुटेज को डिजीटल रूप में बदलना। समाचार

चैनलों में क्योंकि सभी कम्प्यूटर आपस में जुड़े होते हैं। इसलिए एक इनजेस्ट सैक्शन में सभी रिपोर्टर अपनी टेप जमा करा देते हैं जहां उस टेप की डिजीटल फाइल बना कर मुख्य हार्ड ड्राइव में सबके लिए उपलब्ध करा दिया जाता है।

Inset (इसनेट) ग्राफिक्स में किसी व्यक्ति को छोटे बॉक्स में प्रदर्शित करना।

Montage (मोंटाज) इसका शाब्दिक अर्थ है कुछ तस्वीरों का आकर्षक मेल। टेलीविजन मोंटाज रोचक तस्वीरों को एक के बाद एक तेज गति के संगीत के साथ संपादित करके तैयार किया जाता है। किसी भी कार्यक्रम या समाचार बुलेटिन के पहले उसका मोंटाज चलाया जाता है जो उस कार्यक्रम की सिग्नेचर ट्यून का काम करता है। मोंटाज दरअसल दर्शकों को कार्यक्रम आरम्भ या समाप्त होने का संकेत देता है। मोंटाज को आकर्षक बनाने के लिए विजुअल के अलावा कम्प्यूटर एनिमेशन और ग्राफिक्स की मदद भी ली जाती है।

NLE (नॉन लीनियर एडिटिंग) लीनियर एडिटिंग मूलतः टेप आधारित व्यवस्था थी लेकिन नॉन लीनियर सिस्टम डिजीटल तकनीक पर आधारित है। कम्प्यूटर की मदद से एडिटिंग सॉफ्टवेयर पर इसे किया जाता है। विशेषता ये है कि इसमें सम्पादन कार्य एक रेखा में होने के बजाए कभी भी फिल्म के किसी भी हिस्से में विजुअल या ऑडियो इंसर्ट किया जा सकता है। जबकि ऐसा टेप आधारित लीनियर एडिटिंग में सम्भव नहीं था।

Natural Sound (नैचुरल साउंड) शूटिंग के समय विजुअल के साथ आसपास के स्वाभाविक आवाज और ध्वनि भी रिकोर्ड हो जाती है। जिसे नैचुरल साउंड और एंबीएंस कहते है। (देखे Ambience)

Package (पैकेज) टेलीविजन समाचारों में सबसे लोकप्रिय फोर्मेट। न्यूज पैकेज एडिटिंग के बाद तैयार होता है। आदर्श स्थिति में इसमें दो वॉयस ऑवर, दो बाइट और एक पीटीसी होता है। लेकिन ऐसा कोई निश्चित नियम बनाना मुश्किल होता है। पैकेज का शाब्दिक अर्थ है किसी चीज को पैक करना। पत्रकार समाचार के कंटेंट को प्रस्तुति के लिए एक विशेष रूप में पैकेज करते हैं।

Promo (प्रोमो) टेलीविजन में प्रोमोशनल एड को संक्षिप्त में प्रोमो कहा जाता है। प्रत्येक चैनल में कार्यक्रमों के प्रोमो तैयार करने के लिए अलग से विभाग होता है। दरअसल अच्छा और प्रभावी प्रोमो किसी भी कार्यक्रम की दर्शकता बढ़ाने में

महत्वपूर्ण भूमिका निभाता है। कार्यक्रम के प्रसारण से भी पहले उसके प्रोमो बार-बार दिखाकर दर्शकों में कार्यक्रम के बारे में जिज्ञासा जगाई जाती है। प्रोमो में कार्यक्रम का समय और उसके कंटेट के बारे में परिचय होता है। प्रोमो विज्ञापन की तरह एक प्रकार का मार्केटिंग टूल है जिसमें कार्यक्रम के उसी पहलू को सबसे अधिक दिखाया जाता है जिसकी सबसे अधिक व आसानी से बिकने की उम्मीद है। जैसे अगर कार्यक्रम की थीम बिल्कुल नयी है या फिर उसका एंकर कोई प्रसिद्ध हस्ती है।

PCR (प्रॉडक्शन) स्टूडियो से सटे एक छोटे कमरे में सभी कैमरों के आउटपुट को विभिन्न मोनिटरों पर देखकर उसे मनचाहें रूप में रिकोर्ड करने का काम डायरेक्टर करता है। पीसीआर से प्राडक्शन नियंत्रित होता है। इस कमरे में डायरेक्टर के अलावा प्राड्यूसर, स्विचर, साउंड इंजीनियर और ग्राफिक्स पर्सन भी बैठता है।

PTC (पीस टू कैमरा) कैमरे के सामने बोला गया रिर्पोटर का वक्त्व्य। समाचारों में इसे अकसर अंत में उपयोग किया जाता है लेकिन ऑपनिंग और ब्रिज पीटीसी भी होता है जिसे क्रमशः आरंभ और बीच में प्रयोग किया जाता है। इसे स्टैंड अप भी कहते हैं।

Run Down (रन डाउन) यह एक प्रकार से समाचार बुलेटिन का विवरण होता है। इसमें ख़बरों की संख्या एवं अवधि, विज्ञापनों की संख्या एवं अवधि, ब्रेक का क्रम, हेडलाइंस इतयादि की पूरी जानकारी क्रमवार होती है। इसे रन ओर्डर भी कहा जाता है। यानी कि बुलेटिन किस क्रम में चलेगा इसका ब्यौरा। रन डाउन बुलेटिन प्रोड्यूसर पहले से तैयार कर लेता है।

Reporter (रिपोर्टर) वैसे तो टेलीविजन पत्रकारों को रिपोर्टर कहने का प्रचलन है। क्योंकि प्रत्येक वह व्यक्ति जो रिपोर्ट करे रिपोर्टर कहलाएगा। लेकिन अकसर उस शहर में, जहाँ चैनल का हेड ऑफिस स्थित है, जो पत्रकार काम करते हैं वो रिपोर्टर कहलाते हैं, क्योंकि वे स्टोरी कवर करके तुरंत ऑफिस रिपोर्ट करते हैं। और जो पत्रकार दूसरे शहरों से खबर भेजते हैं उन्हें कॉरसपोंडेट कहते हैं। हालांकि चैनलों में इस प्रकार से कोई पदों को लेकर विशेष नियम नहीं बने होते।

Rushes (रशेज) किसी की स्टोरी को फील्ड से शूट करने के बाद ये रॉ फूटेज रशेज कहलाती है। संपादन से पहले इन रशेज को मोनिटर पर देखा जाता है ताकि पता

चला सके कि किस प्रकार के विजुअल हैं। उपयुक्त बाइट है या नहीं इसी के आधार पर रिपोर्टर स्क्रिप्ट तैयार करता है।

Scoop (स्कूप) ऐसे न्यूज स्टोरी जो ना केवल एक्सक्लूसिव है बल्कि उसका प्रभाव भी व्यापक हो स्कूप कहलाता है। सामान्यतः बड़े घोटालों का पर्दाफाश इत्यादि की खबरें स्कूल कहलाती हैं। विशेषकर जिससे किसी प्रभावशाली व्यक्ति, सरकार या कंपनी पर विपरीत असर पड़ने वाला होता है।

SFX (एस एफ एक्स) टेलीविजन स्क्रिप्ट में शब्दों के साथ-साथ ऑडियो और वीडियो का वर्णन भी किया जाता है। स्क्रिप्ट में साउंट इफेक्ट्स को दर्शाने के लिए पत्रकार SFX का प्रतीक इस्तेमाल करते हैं।

Slug (स्लग) किसी भी न्यूज स्टोरी का चैनल में जब-जब जिक्र होता है तो उसे पूरा बताने या लिखने के बजाय पत्रकार दो या तीन शब्दों में उसका एक स्लग तैयार कर लेते हैं। उदाहरण के लिए-एक कांग्रेस रैली जिसमें सोनिया गाँधी आ रही हैं पत्रकार इसका स्लग Sonia Rally बना देते हैं। ये स्लग फाइल के नाम के रूप में भी रहता है तो रन डाउन इत्यादि में भी स्टोरी को पहचानने में मदद करता है।

Stringer (स्ट्रिंगर) किसी भी चैनल के लिए प्रत्येक स्थान पर अपने नियमित पत्रकारों को नियुक्त कर पाना आर्थिक तौर पर संभव नहीं होता। इसलिए ऐसे स्थान जहाँ से कम समाचार बन पाते हैं चैनल अंशकालिक पत्रकार नियुक्त करता है जिन्हें स्ट्रिंगर कहा जाता है। अधिकांश छोटे शहरों में नियुक्त इन स्ट्रिंगरों को मासिक वेतन के स्थान पर प्रसारित स्टोरी के हिसाब से भुगतान होता है।

Super/aston (सुपर या एस्टन) टेलीविजन स्क्रीन के निचले हिस्से पर कम्प्यूटर से बनाया जाने वाला बैंड सुपर या एस्टन कहलाता है। क्योंकि इस तस्वीरों पर सुपरइंपोज कर दिया जाता है। इस पट्टी पर मनचाहे समय ताजा समाचारों को फ्लेश के रूप में दिखाया जा सकता है। अकसर किसी भी बाइट के दौरान व्यक्ति का नाम और पद सुपर की मदद से दिखाया जाता है। इसके अलावा कई बार अगर बाइट अन्य भाषा में है और उसे डब नहीं किया गया है तो सुपर पर उस व्यक्ति के कथन का अनुवाद दिखाया जाता है।

Talk Back System (टॉक बैंक सिस्टम) इस स्टिम की मदद से स्टूडियो में कैमरा पर्सन और प्रॉडक्शन कंट्रोल रूम में बैठे डायरेक्टर या प्रोड्यूसर के बीच

संवाद सम्भव होता है। इसके तहत कैमरा पर्सन के पास हेडसेट रहता है और पीसीआर से माइक के जरिये उन्हें निर्देश दिया जा सकता है। इसका उपयोग डायरेक्टर मनचाहे शॉट्स बनवाने के लिए करता है। टॉक बैक सिस्टम की मदद से एंकर और प्रॉड्यूसर के बीच भी संवाद संभव हो पाता है। एंकर के कान में छुपा हुआ इयर फोन लगा रहात है जिसकी मदद से उसे पीसीआर से निर्देश मिलते रहते हैं।

Teaser (टीजर) इसका शाब्दिक अर्थ है किसी को परेशान करने वाला। जो अंग्रेजी के टीज शब्द से बना है। ब्रेक पर जाने से पहले समाचार एंकर दर्शकों को आने वाली कुछ खबरों के बारे में बताता है और कहता है—कहीं जाइएगा नहीं देखते रहिये स्टार रिपोर्ट। इस प्रकार वो दर्शकों को ब्रेक के बाद भी बाँधे रखने की कोशिश करता है। दरअसल खबरों की मार्केटिंग की एक तकनीक है जिसके जरिए एक रोचक विजुअल स्टोरी के जरिए चैनल बाकी सभी खबरें बेचते हैं। अखबार की तरह टेलीविजन चैनल में दर्शक के पास मनचाहे समाचार क्रम बदलकर देखने की सुविधा नहीं होती और इसी का लाभ टेलीविजन निर्माता उठाते हैं। कई बार सबसे आकर्षक मानवीय रुचि का समाचार देखने के लिए दर्शक को बुलेटिन के अंत तक इंतजार करना पड़ता है। धारावाहिकों में भी टीजर का उपयोग किया जाता है।

Ticker (टिकर) समाचार समितियों के समाचार पहले निरंतर एक प्रिंटर के जरिये अखबारों के दफ्तर के छपते रहते थे। ये प्रिंटर छपाई के दौरान लगातार टिक-टिक की आवाज निकालता रहता था। इसलिए इसे समाचार समितियों की सेवा को पत्रकार टिकर भी कहने लगे। विस्तार के लिए वायर सर्विस देखें।

Voice Over (वॉयस ऑवर) इसका अर्थ है टेलीविजन के दृश्यों पर आवाज़ को रिकोर्ड करना। वॉयस को ऑवर करना। टेलीविजन विजुअल एडिटिंग के दौरान रिपोर्टर किसी समाचार पैकेज पर अपनी आवाज रिकार्ड करता है। इसे नैरेशन भी कहते हैं। ये बोले हुए शब्द टेलीविजन दृश्यों को निश्चित अर्थ देते हैं। साथ ही उन सूचनाओं को भी बताते हैं जो विजुअल नहीं कह पाते या दृश्यों में छूट जाते हैं।

Vox Pop (वॉक्स पॉप) ये लेटिन शब्द वॉक्स पोपूली से बना है। इसका अर्थ होता है। जनता की आवाज या आम राय। बॉक्स पॉप तैयार करने के लिए एक ही विषय पर विभिन्न समुदाय के लोगों से उनकी राय जानी जाती है और फिर उनको एक साथ संपादित करके दिखाया जाता है। ये एक प्रकार का छोटा सा जनमत

सर्वे है। जैसे चुनाव के दौरान आम लोगों की नेताओं से क्या उम्मीदें हैं इस बारे में अलग-अलग सामाजिक, सांस्कृतिक और आर्थिक पृष्ठभूमि के लोगों की राय जानी जाती है।

Video Wall (वीडियो वॉल) अनेक बार टेलीविजन स्टूडियो में एंकर के पीछे की दीवार को बड़े स्क्रीन से ढक दिया जाता है। जिस पर लगातार कुछ चलता भी रहता है। ये बड़ा स्क्रीन अनेक हिस्सों में बंटा होता है।

Wire Service (वायर सर्विस) समाचार समितियाँ अपने समाचार वायर यानी तार के जरिये मीडिया तक पहुँचाती है। इसलिए पत्रकार इनको वायर सर्विस कहते हैं। एक जमाने में अखबारों और चैनलों में वायर सर्विस कनेक्शन के साथ एक प्रिंटर लगा रहता था जिस पर दिन भर आने वाली खबरे लगातार छपती रहती थी। पत्रकार उनका उपयोग आवश्यकतानुसार करते थे। भारत में प्रमुख वायर सर्विस प्रैस ट्रस्ट ऑफ इंडिया (भाषा हिंदी सेवा) और यूनाइटेड न्यूज ऑफ इंडिया (यूनिवार्ता हिंदी सेवा) है। अंतर्राष्ट्रीय सेवा में रायटर, यूपीआई, एएफपी, तास प्रमुख है। आजकल ये समितियाँ कम्प्यूटर और इंटरनेट के जरिये समाचारों का प्रसार करती हैं। समाचार पत्रों और चैनलों को सदस्यता शुल्क देना पड़ता है और बदले में उन्हें पासवर्ड मिल जाता है और वे सभी समाचारों को ऐजेंसी की साइट पर हासिल कर सकते हैं।

References

- Berger, Arthur Asa, *Scripts,* Sage Publications, New Delhi, 1990.
- Cohler, David Keith, *Broadcast Journalism*, Prentice-Hall, New Jersey, 1985.
- Hagerman, William L. *Broadcast Announcing*, Prentice-Hall, New Jersy, 1993.
- Maeseneer, Paul De, *Here's the news*, Asian Book Pvt. Ltd., New Delhi, 1987.
- Parthasarthy, Rangaswami, *Here is the news*, Sterling Publishers, New Delhi, 1994.
- Shrivastava, K.M., *Radio and TV Journalism*, Sterling Publishers, New Delhi, 1989.
- Yorke, Ivor, *Television News,* Ivor Yorke,Oxford, 1995.
- Joshi, H.M. *Training Programme on Radio News Presentation,* IIMC, ND, 1996.
- Kaushik, Sharda, *Script to Screen, an Introduction to Television Journalism,* Macmillan, 2000.
- Singh, Chandrakant P. Before the Headlines- A handbook of television journalism, MacMillan, 1999.
- Boyd, Andrew, Broadcast Journalism-Techniques of Radio and Television News, Focal Press, 1994.
- Vani - Culture your Voice, a publication of Staff Training Institute, Prasar Bharti, Akashwani, New Delhi. 2004.
- Allan, Stuart, News Culture, Open University, Buckingham 1999.
- Indian Broadcasting, HR Luthra, Ministry of Information and Broadcasting, 1986

- सामान्य हिन्दी, डॉ. विजयपाल सिंह, हिन्दी प्रचारक संस्थान, वाराणसी, 1994।
- हिन्दी रचना और प्रयोग, संपादक डॉ. शिव सहाय पाठक, मध्यप्रदेश हिन्दी ग्रंथ अकादमी, 1998।
- शुद्ध हिन्दी - डॉ. जगदीश प्रसाद कौशिक, साहित्यागार प्रकाशन, जयपुर 1999।
- समाचार पत्रों की भाषा, माणिक मृगेश, वाणी प्रकाशन नई दिल्ली, 1999।
- जनसंचार माध्यमों में हिन्दी, चन्द्र कुमार, क्लासिकल पब्लिशिंग कंपनी, नई दिल्ली- 2000।
- हिन्दी शब्दकोष, डॉ. हरदेव बाहारी, 2000।
- टीवी पत्रकारिता- बदलने लगी खबरों की परिभाषा, देवव्रत, विदुर, जनवरी 2001, पेज़ 2000।
- देखते रहिए हिन्दी खबरें, रसरंग, दैनिक भास्कर, 7 जनवरी 2001।
- संचार भाषा रूप में हिन्दी, प्रो. सूर्य प्रसाद दीक्षित, संचारश्री - शोध पत्रिका, जुलाई-सितम्बर 2003।
- भाषा विज्ञान- डा. भोलानाथ तिवारी।
- टेलीजिवन संस्कृति और राजनीति- जगदीश्वर चतुर्वेदी, अनामिका पब्लिशर्ज 2004।
- मीडिया टीचिंग- फ्लेमिंग डेन, ब्लैकवेल, आक्सफोर्ड 1993।
- टेलीविजन इन इंडिया- गोपाल सक्सेना, विकास पब्लिकेशन हाउस, 1996।
- सेटेलाइट इन्वेजन- एस.सी.भट्ट, ज्ञान पब्लिकेशन- 1994।
- स्विचिंग चैनल्स, आइडियोलॉजीज ऑफ टेलीविजन इन इंडिया- नीजांजना गुप्ता, ऑक्सफोर्ड यूनीवर्सिटी प्रेस, 1999।
- सेटेलाइट्स ओवर साउथ एशिया, ब्राडकास्टिंग कल्चर एंड पब्लिक इंटरेस्ट- डेविड पेज और विलियम्स क्रॉजी, सेज, 2001।
- डिजिटल टेलीविजन प्रोडक्शन- जेरिमी ओरलीबार, आर्नल्ड पब्लिशर्स, 2002।
- प्रेजेंटिंग फॉर टीवी एंड वीडियो- जेरियन लिन-ए एंड सी पब्लिशर्ज, लंदन 2001।
- टेलीविजन समाचार-लेखन और वाचन- एसएच मुस्तफा जैदी, सुलभ प्रकाशन, लखनऊ 2004।
- टेलीविजन फील्ड प्रोडक्शन एंड रिपोर्टिंग- फ्रेडरिक शूक, लांगमैन पब्लिशर्ज- 1996।
- पत्रकार और पत्रकारिता प्रशिक्षण- अरविन्द मोहन, सामयिक प्रकाशन, 2003।
- टेलीविजन और अपराध पत्रकारिता, वर्तिका नन्दा, भारतीय जनसंचार संस्थान, 2005।
- राइटिंग एंड रिपोर्टिंग न्यूज- कैरोल रिच-वड्सवर्थ पब्लिशिंग कंपनी, 1994।

- ब्राडकास्ट जर्नलिज्म, बेसिक प्रिंसिपल, एस.सी.भट्ट, हर आनन्द पब्लिकेशन, नई दिल्ली, 1996।
- क्राइम रिपोर्टर, हर्षदेव, भारतीय जनसंचार संस्थान, 2005।
- खबरपालिका की आचार संहिता, सम्पादक- विजयदत्त श्रीधर, माधवराव सप्रे स्मृति समाचारपत्र संग्रहालय, भोपाल, 2006
- समाचार अवधारणा और लेखन प्रक्रिया, सम्पादक- सुभाष धूलिया, आनन्द प्रधान, भारतीय जनसंचार संस्थान, 2000।
- द रिपोर्टर्स हेंडबुक, स्टीव विनबर्ग, सेंट मार्टिन प्रेस, 1996।
- टेलीविजन लेखन, असगर वजाहत, प्रभात रंजन, राधाकृष्ण प्रकाशन, 2006।
- इलेक्ट्रानिक मीडिया, डा. संजीव भानावत, जनसंचार केन्द्र राजस्थान विश्वविद्यालय, 2001।
- रेडियो और दूरदर्शन पत्रकारिता, डा. हरि मोहन, तक्षशिला प्रकाशन, 1999।

www.ingramcontent.com/pod-product-compliance
Ingram Content Group UK Ltd.
Pitfield, Milton Keynes, MK11 3LW, UK
UKHW021312160826
14477UKWH00023B/394

9 789389 984415